Selected Stories of O. Henry
欧·亨利短篇小说选

［美］欧·亨利——著　周丽红　成昭伟——译

山西出版传媒集团　北岳文艺出版社
·太原·

图书在版编目（CIP）数据

欧·亨利短篇小说选 /（美）欧·亨利著；周丽红，成昭伟译. -- 太原：北岳文艺出版社，2024.9.

ISBN 978-7-5378-6876-1

Ⅰ. I712.44

中国国家版本馆CIP数据核字第2024D7A161号

欧·亨利短篇小说选　　［美］欧·亨利/著　周丽红　成昭伟/译
OU HENGLI DUANPIAN XIAOSHUO XUAN

出　品　人：郭文礼	出版发行：山西出版传媒集团·北岳文艺出版社
项目统筹：汪恒江	地址：山西省太原市并州南路57号
策划编辑：金国安	邮编：030012
汪恒江	电话：0351-5628696（发行部）　0351-5628688（总编室）
责任编辑：高海霞	传真：0351-5628680
印装监制：郭　勇	印刷装订：唐山楠萍印务有限公司
装帧设计：郑金霞	开本：880 mm×1230 mm　1/32
李　璐	字数：275千
封面插画：常　菲	印张：15
	版次：2024年9月第1版
	印次：2024年9月河北第1次印刷
	书号：ISBN 978-7-5378-6876-1
	定价：43.00元

本书版权为本社独家所有，未经本社同意不得转载、摘编或复制

目 录

绿林王子 / 001

麦琪的礼物 / 017

二十年后 / 026

回合之间 / 032

艾奇·舍恩斯坦的爱情灵药 / 042

天窗室 / 051

爱的付出 / 062

警察与赞美诗 / 073

财神与爱神 / 083

故事未完 / 094

一个忙碌经纪人的浪漫史 / 105

徒有其表 / 111

带家具的出租屋 / 122

交友当交忒勒马科斯 / 133

婚姻手册 / 145

皮明塔薄饼 / 163

索利托牧场的医学奇迹 / 180

美味情缘 / 204

神秘的苹果 / 231

红发酋长的赎金 / 257

女巫的面包 / 274

公主与美洲狮 / 280

并非特写 / 290

最后一片叶子 / 306

绿　门 / 316

精确的婚姻学 / 328

菜单上的春天 / 339

催眠大师杰夫·彼得斯 / 350

命运之路 / 362

改邪归正 / 400

我们选择的道路 / 413

盗亦有道 / 422

钟　摆 / 433

托妮娅的红玫瑰 / 441

一千美元 / 456

生活的陀螺 / 467

绿林王子

熬到晚上九点钟，一天的劳作终于结束了。莉娜疲惫不堪地回到自己的住处，住处在采石场旅馆三楼半的楼梯间。

每天天一亮，她就像奴隶一样忙得不可开交，擦地板，洗像铁矿石一样沉甸甸的盘子，整理住客们的床铺，没完没了地搬柴提水。这些活儿都在等着她，让她在这家乱糟糟的旅馆里倍感压抑，喘不过气来。

白天的采石场闹哄哄的，爆炸声、钻机声、吊车的嘎吱声、工头的叫喊声、进进出出运送大块石灰石的平板车的呜呜声，声声入耳，此起彼伏。这会儿，嘈杂纷乱的各种声音渐渐远去，只听见三四个劳工在楼下的办公室里骂骂咧咧，抱怨棋赛迟迟没有开始。炖肉味儿、油腻味儿、廉价咖啡味儿，像让人备感压抑的浓雾，弥漫在旅馆的周围。

莉娜点着一截蜡烛，有气无力地在一把木椅上坐了下来。她才十一岁,面黄肌瘦,营养不良,还饱受腰酸背痛之苦,但更让她难受的是内心的焦灼——那本《格林童话》被抢走了,她失去了最后一根救命稻草。有了那本书的陪伴,就算白天再苦再累,一到晚上她紧绷的神经就会稍稍松弛下来,在书里面找到安慰和希望。格林总是悄悄对她说,王子或小精灵会来救她的,她很快就有摆脱邪恶的魔法了。《格林童话》成了她的精神支柱,每天晚上都会给她撑腰打气。

无论读到哪一个故事,莉娜都会觉得,书中人物的遭遇跟她的处境如出一辙。被伐木工丢弃的兄妹、忧伤的牧鹅姑娘、受继母虐待的少女、被囚禁在巫婆屋里的小女仆等,都是在采石场旅馆和厨房累得疲惫不堪的莉娜的化身。值得庆幸的是,危难之际,善良的精灵或勇敢的王子总会出手相救。

眼下,莉娜置身于妖魔的城堡,被邪恶的魔法所困,过着牛马不如的生活。幸好还有《格林童话》,让她满怀憧憬,那个斩妖除魔的救星一定会出现。然而,昨天老板娘马洛尼太太在莉娜的住处发现了这本书,不由分说把书抢走了,还恶狠狠地告诉她,不许晚上看书,看书耽误睡觉,第二天干活儿没力气。一个只有十一岁的孩子,远离妈妈的怀抱,没有片刻时间玩耍,连《格林童话》也不让看,谁能受得了？你不妨试试看，分分秒秒都是煎熬。

莉娜的家在得克萨斯州佩德纳尔斯河边的一个小镇上，小镇名叫弗雷德里克斯堡，周边都是小山，镇上的居民都是德国人。每当夜幕降临时，他们喜欢把小桌摆在人行道上，大家围坐在一起，喝喝啤酒，玩玩纸牌，或者胡乱地唱点儿什么。他们都是会过日子的人。

本镇最会过日子的，当属彼得·希尔德斯穆勒——莉娜的父亲。正因为如此，莉娜才被送到这三十英里外的采石场旅馆干活儿，周薪三美元，悉数进了她那个铁公鸡老爸的腰包。他胸怀大志，一心想要像邻居雨果·赫弗鲍尔那样财大气粗。那家伙吸着三英尺长的海泡石①烟斗，每顿晚餐都少不了维也纳炸小牛排和德式红烩腌泡兔肉。现在莉娜已经不小了，可以出去挣钱了，此举无疑有利于她老爸发家致富。不过，假如你就是那个十一岁的孩子，你会做何感想？你不得不离开那个惬意的莱茵河畔的小家，被流放到恶魔的城堡当牛做马，每天受尽苦累，来回飞跑着服侍那些恶魔。他们一边大口吃着肉，一边穷凶极恶地咆哮着，还不停地蹬脚，从大鞋子上抖落石灰石粉砂，叫

---

① 海泡石：一种珍贵的多孔矿物，传说由海浪头的白沫凝成。主要成分为含水硅酸镁，是自然界中最具渗透性的物质之一。雕刻精细、造型生动的海泡石烟斗一向为烟斗爱好者所推崇，个中珍品价格不菲。

你伸出酸痛无力的手指清理干净,你能想象那是怎样的一种折磨吗?而且连看《格林童话》也不行,你的书还被抢走了!

莉娜打开一个空玉米罐头盒的盖子,从里面拿出一张纸和一支铅笔,准备给妈妈写信。汤米·瑞安会把她的信带到巴林杰邮政所。汤米十七岁,在采石场干活儿,他住在巴林杰家,每天晚上都回去。这会儿,他就躲在莉娜窗下的阴影处,等她把信丢下来。唯有如此,她才能把信寄到弗雷德里克斯堡。老板娘马洛尼太太不喜欢她给家里写信,叫她瞧见可不得了。

那截蜡烛眼看就要烧到头儿了,莉娜赶紧咬出铅笔芯,开始写信,内容如下:

我最亲爱的妈妈:

我好想见你一面,还有格雷特尔、克劳斯、海因里希,还有阿道尔夫小弟弟。我累坏了,好想见你一面。今天,马洛尼太太打了我耳光,不让我吃晚饭。我的手疼得厉害,搬的柴不够数。昨天,她抢走了我的书,就是利奥大叔送给我的那本《格林童话》。我看自己的书,一点儿碍不着别人的事儿。我干活儿从不偷懒,可是活儿太多了,我只能在晚上看一小会儿书。亲爱的妈妈，听我说说接下来的打算吧。要是你明天还不叫人接我回家，我就去跳河，游到一个很深的地方，让河水淹没。我知道寻短见这事儿很可恶，可我实在撑不下去了。我好想见你一面，我只想见你。我累坏了，汤米在等着拿信。要是我真的跳河了，你一定要原谅我。

　　　　爱你的女儿　莉娜　敬上

　　汤米一直在窗外耐心地等待着。莉娜写完最后一笔，把信丢了出去，看着汤米拾起，往陡峭的山坡上走去。莉娜吹灭蜡烛，顾不上脱衣服，蜷缩着身子倒在地上的床垫上。

　　晚上十点半，邮政所长巴林杰老头儿穿着长袜走出屋子，靠在门口抽烟。他顺着月光下银白色的大路向远处望去，用一只脚的脚趾蹭着另一只脚的脚脖子。这会儿，前往弗雷德里克斯堡的邮车该来了。

　　没过几分钟，巴林杰老头儿就听到了弗里茨那两匹小黑骡清脆的蹄声。一转眼，一辆轻型篷车来到门前。邮差弗里茨戴着一副大眼镜，镜片在月光下闪闪发亮。他亮出大嗓门儿跟巴林杰寒暄了一下，跳下邮车，卸下骡子的笼头，像往常一样让它们在这儿歇歇脚，吃点儿燕麦。

趁着骡子进食的当儿,巴林杰老头儿搬来邮袋,扔进篷车。

弗里茨·伯格曼的"心头好"有三(准确地说,应是"有四",因为那两匹骡子各占一席):骡子是他的命根子,是他的人生乐趣之所在,其次是德国皇帝和莉娜·希尔德斯穆勒。

"跟我说说,"弗里茨临出发时说,"这回邮袋里有小莉娜——采石场的那个小丫头——寄给希尔德斯穆勒太太的信吗?她上回写信说身体不舒服,她妈妈看了急得够呛,迫切想知道她现在怎么样了。"

"有的。"巴林杰老头儿说,"有封信应该就是寄给你说的那位太太的,具体名字我也记不清啦。信是汤米·瑞安带回来的。你说那个小丫头也在采石场干活儿?"

"在采石场的旅馆里帮厨。"弗里茨终于把憋在心里的话一吐为快,"一个十一岁的孩子,还没一根法兰克福熏肠大哩。她老爸彼得·希尔德斯穆勒是个要钱不要命的主儿,哪天把我惹急了,我非得拿根大棒好好地教训他一顿不可,让这个大笨蛋也开窍。但愿莉娜在这封信里说身体好些了,让她的妈妈高兴高兴。再见,巴林杰先生——夜里寒气重,当心脚受凉。"

"再见,弗里茨。"巴林杰老头儿说,"夜里好凉快,赶车还不错。"

两匹小黑骡稳步小跑起来,弗里茨的大嗓门儿不时响起,对骡子说些知心话。

邮差心情不错,不疾不徐地驾着车,当来到距巴林杰邮政所八英里外的一片星毛栎树林时,突然,一阵枪响传来,火把乱闪,"嗬嗬"之声不绝于耳,好像印第安人倾巢而出。这种阵势,一下子让邮差的好心情化为乌有。一大帮人策马疾驰而来,将邮车团团围住。其中一个人在前轮处俯下身来,用左轮手枪对准车夫,令他立即停车,另外几个人伸手抓住了两匹骡子的笼头。

"都给我滚开!"弗里茨咆哮着,情急之下冒出几个德语词儿,"你们想干什么?放开我的骡子!这是美国政府的邮车!"

"识相点儿,德国佬①!"一个阴郁的声音传来,拖着长腔,"你被打劫啦,明白吗?让你的骡子停下,赶紧

---

① 德国佬:以下多处涉及这一称呼,原文为 Dutch 或 Dutchman,该词通常指荷兰人,在英语中往往带有贬义。17世纪,因商业和领海纷争,荷兰与英国连续发生了三次战争(1652—1654,1665—1667,1672—1674),以英国取胜而告终。一些英国人挖空心思嘲笑挖苦失败的荷兰人,造出了五花八门的词,污蔑辱骂荷兰人。这些词语当时十分流行,有很多流传至今。另外,Dutch 一词在英语中也可以用来指代德国人,这是因为德国人和荷兰人都来自日耳曼语族。在美国,Dutch 可以用来指代任何日耳曼后裔,无论他们来自哪个国家。

下车!"

汉多·比尔劣迹斑斑,恶名远扬。此次打劫前往弗雷德里克斯堡的邮车,实属小打小闹,就像一头雄狮按住不会跑的兔子一样,只需轻轻动动脚爪。眼下,汉多·比尔及其手下围着弗里茨先生毫无威胁的运输工具,与其说是打劫,不如说是找乐子。

这天夜里,这伙人已经干了一票大的,弗里茨的邮袋和骡子,不过是正餐后的一道小甜点而已。就在东南方向二十英里处,一列火车遭了殃。车头被毁,彻底熄火;旅客们歇斯底里,惊慌失措;快件和邮政车厢惨遭洗劫,一片狼藉。汉多·比尔一伙以此为业,这一票收获颇丰,现钞和银货不在少数。劫匪们得手后,往西绕了一个大圈,取道荒郊野外,准备在水浅的地方蹚过格兰德河①,到墨西哥去避避风头。打劫火车大功告成,颇为可观的战利品使这伙天不怕地不怕的绿林好汉喜不自胜,变成了快乐的云雀。

弗里茨气得浑身发抖,一方面觉得伤了自尊,另一方面也为自身的安危捏了把汗。他摸到刚才被一下子打落的眼镜,把它重新戴好,然后爬下车来,站在路上。这帮家伙跳下马来,又唱又跳,大呼小叫,尽情地抒发着对亡命

---

① 格兰德河:美国与墨西哥界河,向东南注入墨西哥湾。

生涯的热爱和激情。"响尾蛇"罗杰斯站在骡子前头,拽缰绳时用力稍重,那匹名叫唐德尔的骡子嘴巴娇嫩,当即疼得龇牙咧嘴地跳起来,大声打了个响鼻儿,以示抗议。弗里茨见状,怒火中烧,大叫着向响尾蛇罗杰斯扑去,挥起老拳乱打一气,把那个大块头劫匪弄得目瞪口呆。

"可恶的家伙!"弗里茨大声骂道,"你这狗东西!那匹骡子嘴上有伤,碰不得。我非得把你的脑袋从肩膀上扭下来不可——你这个强盗!"

"哈哈!""响尾蛇"罗杰斯一边躲避,一边号叫着,大笑着,"本来我的肩膀又酸又痛,这下有人帮我治好啦!"

一个同伙拉住弗里茨的衣角,把他拖到一边。随后,"响尾蛇"罗杰斯又"哇啦哇啦"地发了一通议论,大嗓门儿响彻整片树林。

"这个维也纳小香肠。""响尾蛇"罗杰斯大喊大叫着,态度还算友好,"德国佬里,这家伙还不错。看到自己的牲口吃了亏,他立刻发飙了,可不是吗?把马当成心肝宝贝,对骡子也一样,这种人我喜欢。这个该死的家伙,长得又瘦又小,像块儿臭烘烘的小干酪似的,居然想跟我比试比试,实在是不知道天高地厚。好啦,喂,骡子哟,我再也不把你的嘴弄疼啦。"

要不是本·穆迪——团伙里那位颇有心机的高参——节

外生枝,想多弄点儿外快,车上的邮件还不至于遭殃。

"我说,头儿,"本·穆迪对汉多·比尔说,"这些邮袋里,很可能会有不少油水哩。我跟弗雷德里克斯堡一带的德国佬做过几回马匹生意,对他们的习惯有所了解。这帮家伙会把一大笔钱夹在信里邮寄到那个小镇。他们宁可冒很大的风险,把上千元钞票包在纸里交给邮局,也不肯到银行办理汇款,毕竟手续费不便宜。"

汉多·比尔,身高六英尺二英寸,一向轻言慢语,做事却容易冲动。本·穆迪话音未落,他已经把邮袋从车后拖了过来。他手里拿着一把铮亮的刀,"嘶啦"一声给厚实的帆布袋来了个开膛破肚。亡命徒们一拥而上,把信件和包裹一一撕开,一边撕一边嘻嘻哈哈地骂着发信人,说他们成心让本·穆迪难堪,里面连一元钱都没有,就像事先商量好的一样。

"你应该感到不好意思才是。"汉多·比尔严肃地对邮差说,"袋子里怎么装了那么一大堆废纸?你们这些德国佬把钱藏到哪儿去啦?"

轮到巴林杰老头儿的邮袋了。汉多手起刀落,袋子像蚕茧一样被剖开了,里面只装着几封信。弗里茨气得够呛,又急又怕,瞧见这个邮袋被剖开了,他一下子想起了莉娜的信。他请求劫匪的头儿高抬贵手,别让这封不同寻常的信遭殃。

"多亏你的提醒，德国佬。"劫匪头儿对惴惴不安的邮差说，"看来我们终于找到了想要的东西。信里面有钱，对不对？信就在这儿。点个火照着，弟兄们。"

汉多翻到这封寄给希尔德斯穆勒太太的信，撕开信封。他的手下站在四周，把那些揉乱了的信一封一封地点着了。汉多的脸色很难看，信封里面只有一张纸片，他默默地盯着那上面写得潦潦草草的德文。

"这是什么鬼东西，德国佬？你在耍我们吗？你说这信不同寻常，我看你分明是在捉弄你的朋友们，哄人家来帮你分发邮件。"

"那是中国字儿。"桑迪·格伦迪站在汉多背后，一边端详着信上的文字一边说。

"瞎说。"旁边的一个家伙说。他年纪不大，头戴丝巾，身着镀镍铠甲，看上去相当干练。

"哎呀，不对，都不对。"弗里茨纠正道，"那是德文，是一个小丫头给她老妈写的信。那个小东西太可怜啦，生着病，还得到离家那么远的地方拼命干活儿。哎呀，实在是太不像话啦。各位大侠行行好，把这封信还给我吧。"

"少鬼扯，德国佬，你把我们当成什么人啦！"汉多突然翻了脸，声色俱厉地说，"你是不是以为，弟兄们一点儿绅士风度都没有，对那个生病的小妞儿不闻不问？好啦，你干脆把那些歪歪扭扭的字儿大声念念，用简单的美国话，弟兄们肚里有墨水儿，能听懂。"

汉多钩住扳机护圈，旋转着六响左轮手枪，在瘦小的德国人面前站定，活像一座高塔。弗里茨开始读信，把那上面简单的词语翻译成英语。各位好汉静静地听着，专注得很。

"这个小孩儿几岁啦？"听罢信上的内容，汉多问。

"十一岁。"弗里茨答道。

"她在哪儿呢？"

"在采石场——干活，哎呀，我的天哪——小莉娜说要跳河哩。她要是随口说说还好，要是真的跳了河，我非把彼得·希尔德斯穆勒一枪崩了不可。"

"你们这些德国佬，"汉多·比尔鄙夷地说，"简直让我烦透了，竟然逼着自己的孩子去打工赚钱。那么小的孩子，按理说该在沙滩上玩玩布娃娃什么的。你们可真够浑蛋的。那就先委屈你一下，过会儿你再瞧瞧，我们是怎么对待你们这些蹩脚的老古板的。来啊，弟兄们！"

汉多·比尔把手下叫到一旁交代了几句。随后，他们把弗里茨拖到路边，用两根套马的绳子把他绑在一棵树上，又把他的两匹骡子拴在附近的另一棵树上。

"放心，我们不会伤害你的。"汉多安慰他说，"绑一会儿就好，不碍事的。我们去去就来，就此别过。别不耐烦，德国佬，一会儿就好。"

这帮家伙飞身上马，马鞍发出响亮的嘎吱声。紧接着弗里茨听到，一声吆喝过后，嘚嘚的马蹄声渐行渐远，一伙人沿路朝着与弗雷德里克斯堡相反的方向疾驰而去。

弗里茨背靠着那棵树坐着，坐了两个多钟头，虽然被绑得很紧，却没怎么感觉到疼痛。他的心一直悬着，后来昏昏沉沉地睡着了。也不知道睡了多久，有人粗暴地摇醒他，解开他身上的绳索，拉着他站起来。他头昏眼花，体力不支，揉揉眼睛一看，那群可怕的劫匪又回来了。这伙人把他推到骡车的座位上，把缰绳递给了他。

"回家吧，德国佬。"汉多·比尔用命令的口吻说，"你把我们给折腾得够呛，好在你没事儿。少废话！得空儿来两杯啤酒！赶紧走人！"

汉多说罢，狠狠地给了那匹名叫"闪电"的骡子一马鞭。

两匹小黑骡猛地向前一跃，很高兴能再次上路。弗里茨驱车一路疾行，脑子依旧昏昏沉沉，心里七上八下，此番可怕的遭遇让他一头雾水。

按照规定，弗里茨本该天一亮就赶到弗雷德里克斯堡。

而实际上,他十一点钟才到镇上的长街。邮车前往邮局,正好路过彼得·希尔德斯穆勒的家。他停下车,喊了一声。望眼欲穿的希尔德斯穆勒太太冲了出来,一大家子紧随其后。

胖乎乎的希尔德斯穆勒太太满脸通红地问道:"可有小莉娜的信?"弗里茨扯着大嗓门儿,把遭遇的险情说了一遍,把劫匪头儿让他念的信上内容传达给一家人。希尔德斯穆勒太太听罢,大放悲声,她的小莉娜,眼看就要跳河淹死啦!为啥非得让女儿到那么远的地方去干活儿?眼下该咋办才好?这会儿就算马上派人去接她回家,恐怕也来不及了。彼得·希尔德斯穆勒手里的海泡石烟斗不小心掉在人行道上,抽搐了几下四分五裂。

"你这婆娘!"他对妻子咆哮起来,"你为啥非得让这孩子出去干活儿?她要是有个三长两短,全都怪你!"

人人心知肚明,这事儿都怪彼得·希尔德斯穆勒财迷心窍。所以,没人理睬他的胡说八道。

过了一会儿,有个微弱的声音隐隐约约地传来:"妈妈!"一开始,希尔德斯穆勒太太还以为是莉娜的灵魂在呼唤她哩。她随即冲到篷车后头,一声惊呼,破涕为笑——原来莉娜就在车里。希尔德斯穆勒太太抱起莉娜,在女儿苍白的小脸儿上亲了又亲,把她搂得紧紧的,弄得这孩子几乎喘不过气来。莉娜太累了,她蜷缩在篷车里面沉沉地睡了一大觉,这会儿眼皮沉甸甸的。但一见到朝思暮想的亲人,她笑了,紧紧地依偎在妈妈的怀里。此前她躺在那些邮袋之间睡得很熟,身上盖着不知道从哪儿飞来的毛毯和羽绒被,后来被周围的说话声吵醒了。

弗里茨盯着这个不知道从哪儿冒出来的孩子,两只眼睛在眼镜后面鼓得老高。

"我的天哪!"他嚷道,"你是怎么跑到这车子里来的?难道是我发疯了?要不然,是我让那伙劫匪谋杀了,绞死了,到了另一个世界?"

"是你把小莉娜带回家的,弗里茨,"希尔德斯穆勒太太感激涕零地说,"我们该怎样谢你才好呢?"

"跟妈妈说说,你是怎么跑到弗里茨的车子里来的?"希尔德斯穆勒太太问莉娜。

"我也不知道。"莉娜答道,"但我知道我是怎样离开采石场旅馆的,是王子救了我。"

"我对德国皇帝的皇冠起誓,"弗里茨又嚷道,"我们都成疯子啦!"

"我就知道王子早晚会来救我的。"莉娜铺盖的东西被搬到人行道上,她坐在上面说起事情的经过,"昨天夜里,王子率领全副武装的骑士,攻下了恶魔的城堡。他们摔碎盘子，踢倒房门，把马洛尼老板扔进一个接雨水的桶里，在老板娘浑身上下撒了不少面粉。骑士们一开枪，住在旅馆里面的工人一个个跳出窗子，往林子里跑。我惊醒过来，顺着楼梯偷偷往下瞧。不一会儿，王子上了楼，把我用床单被褥什么的一裹，抱了出来。王子个子高高的，身强力壮，长相帅气。他的脸粗糙得像板刷，但说起话来慢声细语，透着和气，就是有股杜松子酒味儿。他把我放在马上，让我坐在他前面，我们夹在骑士们中间，快马加鞭地离开了。王子紧紧地搂着我，我睡了一路，到家了才醒过来。"

"尽胡扯！"弗里茨又嚷嚷起来，"你在给我们讲童话故事吗？说吧，你究竟是怎样从采石场跑到我车里来的？"

"是王子把我给救出来的。"莉娜用不容置疑的口吻说。

时至今日，无论弗雷德里克斯堡的好心人怎么问她，她始终坚持这个说法，再无其他解释。

麦琪[①]的礼物

一美元外加八十七美分。就剩这么点儿钱。其中的六十美分是硬币,是从杂货商、菜贩子和卖肉的那里软磨硬泡,一分两分地抠回来的。如此讨价还价,分斤掰两,不用人家明说"小气鬼",自己每次都臊得满脸通红。德拉一连数了三遍,还是一美元八十七美分,可明天就是圣诞节了。

很明显这点钱什么也办不成,实在没辙,那就扑倒在破旧的小沙发上大哭一场吧。德拉正是这么做的,并由此生出一番人生感慨:所谓生活,就是有哭泣,有抽噎,有破涕为笑,而抽噎占了十之八九。

趁女主人从痛哭中慢慢冷静下来,并对人生唏嘘之际,让我们来看一看她的家吧。这是一套带家具的房间,租金每星期八美元。说它是贫民窟似乎不够确切,其实二者相

[①] 麦琪:《圣经》记载,麦琪是耶稣初生时从东方前来朝圣送礼的三位贤士,他们的礼物寓意深远。

差无几。

楼下门廊里有个信箱,一直是空的。还有一个门铃,也从没有人造访把它按响。信箱上还贴着一张名片,写着"詹姆斯·迪林厄姆·扬先生"。

想当初,这家主人的收入不错,每星期能挣三十美元,他一时高兴便给自己添了个中间名"迪林厄姆"。可是好景不长,眼下他的收入锐减到二十美元,"迪林厄姆"这几个字也随之黯然失色,仿佛它们也对主人的境遇感同身受,觉得此处还是缩减成一个"迪"字为好,更显低调谦逊。尽管如此,每逢詹姆斯·迪林厄姆·扬先生踏进家门时,詹姆斯·迪林厄姆·扬太太,即前文所述的那位德拉,就会亲切地叫他"吉姆",同时献上热情的拥抱。此情此景,夫复何求?

德拉哭够了,往脸上扑了点儿粉。她伫立在窗边,呆呆地瞧着一只灰猫在灰蒙蒙的后院沿着灰色的篱笆墙走动。明天就是圣诞节了,得给吉姆买件礼物,可她却只有一美元八十七美分。她一分两分地积攒了好几个月,这点儿钱还是少得可怜。一周二十美元,实在是入不敷出,而且经常如此。只有一美元八十七美分给吉姆买礼物,这可是她的吉姆啊!她曾经花了大把时间美滋滋地筹划给吉姆买礼物,只有精美的、稀罕的、有价值的东西,才能配得上她的吉姆。

屋子的两扇窗户之间有面镜子。你或许见过租金八美元的屋子里的那种试衣镜吧?只有体形单薄且动作灵活的人左右摆动一番,才能挤进狭长的镜面,看到一连串狭长的身影,合起来就能对自己的模样有个大致的判断。德拉身材苗条,对此驾轻就熟。

突然,她从窗边转过身子,站在镜子面前。她的双眸晶莹闪亮,又陡然失色,二十秒钟过后才复原。她三下两下拉散头发,让一头秀发完全披落下来。

其实,詹姆斯·迪林厄姆·扬家有两件东西是他们共同的心头好:一是吉姆的金表,是他祖父和父亲传下来的宝贝;第二个就是德拉的秀发。若是希巴女王①住在房间对面,德拉哪天洗完头把一头秀发甩到窗外晾干,女王陛下再名贵的珠宝首饰也会黯然失色。若是所罗门王②做了门房,地下室里堆满金银财宝,只要吉姆路过,亮出金表,这位国王就会红眼病发作,猛扯自己的胡须。

此刻,德拉的一头秀发披散开来,如水波潋滟,摇曳

---

① 希巴女王:又称示巴女王,首见于《圣经·旧约·列王纪》,曾朝觐所罗门王,测其智慧。希巴古国位于阿拉伯半岛西南角,今也门境内。
② 所罗门王:古以色列联合王国的第三任君主,《圣经·旧约·列王纪》称他有非凡的智慧。所罗门王是耶路撒冷第一圣殿的建造者,拥有大量的财富和无上的权力。

生姿。长发及膝，仿佛身着锦袍。蓦地，她又神经兮兮地急忙把头发盘起。她迟疑了片刻，伫立不动，不觉间一两滴热泪夺眶而出，落在破旧的红地毯上。

她穿上棕色旧外套，戴上棕色的旧帽子，眼睛里依然闪着泪花，飞奔下楼，朝街上走去。

她走到一家店铺，招牌上有"索弗朗尼夫人——发制品专营"字样。德拉跑上台阶，气喘吁吁，好不容易才定下神来。这位夫人身材肥壮，皮肤惨白，言辞冷漠，与"索弗朗尼"[①]这个称号相去甚远。

"我的头发卖给你，好吗？"德拉问。

"我收购头发，"夫人答道，"你把帽子摘下来，让我瞧瞧你的头发什么样。"

棕色的长发，如瀑布般倾泻了下来。

"二十美元。"夫人颇为老练地掂了掂头发。

"那就付钱吧。"德拉说道。

接下来的两个钟头像生出了玫瑰色的翅膀，轻盈飞起。这比喻可真糟糕，您别介意。其实，德拉正在各家店铺奔走，为吉姆寻觅礼物。

找到了！那是专属于吉姆的礼物，别人都配不上它。

---

① 索弗朗尼：意大利诗人塔索（1544—1595）以第一次十字军东征为题材写就的史诗《被解放的耶路撒冷》中的人物，被视为舍己救人的典范。

德拉踏破铁鞋，搜遍所有的铺子，才找到心仪之物。那是一条白金表链，款式古朴雅致，像一切好东西一样，不以华丽的外表取胜，单靠本身质地就能彰显其身价。用它来配吉姆的那只金表，真是再合适不过了。德拉一见到这条表链，就知道此物非吉姆莫属。它就像吉姆本人，朴实无华、别具价值，如此形容一人一物，两者都当之无愧。她花了二十一美元将它买下，一路小跑赶回家，兜里只剩下八十七美分。吉姆的金表配上这条表链，无论何时何地，他都可以大大方方地察看时间了。尽管那只金表弥足珍贵，但由于没有表链，仅用根旧皮带子绑着，吉姆拿不出手，只好偷偷地看看几点了。

到了家里，德拉从陶醉中清醒了一些，逐渐恢复了理智。她取出卷发钳，烧起煤炉，准备修补爱的奉献给她带来的破坏。诸位可知，那历来是一项大工程，一项巨大的工程。

忙了将近四十分钟，她的头上平整地盖了一层细密的小发卷，看上去活像一个逃学的熊孩子。她仔细打量镜子里的自己，眼神挑剔。

"要是吉姆见我这个样子，还不得要我的命？"她自言自语，"他准会说我像个康尼岛游乐场的歌舞女郎。谁叫我实在没辙呢？唉！一美元八十七美分，这点儿钱能买什么呢?"

晚上七点整,她煮好了咖啡,炉子上的煎锅也已经烧热,只等下牛排。

吉姆总是准点儿回家。德拉手心里攥着折好的表链,坐在近门的桌角旁,吉姆每天都是从这扇门进屋。一听到他开始上楼的脚步声,她顿时紧张得面色苍白。她有个习惯,凡事都要默默祷告一番,日常琐事也不例外。此时此刻,她在心里祈祷着:"上帝保佑,但愿他觉得我还像以前一样漂亮吧。"

房门开了,吉姆进了屋,又随手把门关上。他瘦瘦的,面色凝重。这个小可怜,才二十二岁啊,就挑起了养家糊口的重担!他的外套太旧了,他连手套都没有。

吉姆刚一进门就怔住了,他一动不动,像只猎犬嗅到了鹌鹑味。他盯着德拉,那种表情叫她摸不着头脑,只觉得害怕。从他的脸上看不出愤怒、惊讶、不满或厌恶——这些反应都在她的预料之中。他只用非常怪异的表情死死地盯着德拉。

德拉扭动着离开桌子,走向她的吉姆。

"亲爱的吉姆!"她喊着,"不要这样子瞧人家嘛。我把头发剪了换钱,要是没给你买件礼物,今天的圣诞节我可怎么过啊。头发剪了还会长嘛……你不会介意的,对吗?

我是实在没辙才这么做的。而且,我的头发长得要多快有多快。吉姆,快跟我说'圣诞节快乐'吧,我们俩快快乐乐地过个节多好啊。你肯定猜不到,我给你买了一件多么好、多么漂亮的礼物!"

"你把头发剪啦?"吉姆艰难地蹦出几个字,仿佛经过冥思苦想后依然不敢相信自己的眼睛。

"剪啦,卖掉啦。"德拉说,"不管怎么说,你还会像以前一样喜欢我吧?头发没了,我还是我嘛,对不对?"

吉姆满腹狐疑地东张西望。

"你是说头发没啦?"他看上去有点儿傻乎乎的。

"别找啦,"德拉说,"听我说,卖掉啦,已经没有啦。今天是平安夜,亲爱的,对我好一点儿,我是为了你才卖掉头发的。我有多少根头发也许数得过来,"她的语气突然变得庄重但不失温柔,"但我对你的感情谁都数不过来。我去煎牛排好吗,吉姆?"

神情恍惚的吉姆好像一下子清醒过来,把德拉拥进怀中。此处我们不妨抽出十秒钟,认真思考一个与这对夫妇关系不大的问题:一星期八美元或一年一百万美元的房租,这中间有什么差别呢?数学家或才子们给出的答案会误导你。《圣经》提到基督初生时三位贤人带来了珍贵的礼物,但这件礼物却不在其中。这句话可能会让你一头雾水,且看下文分解。

吉姆从外套口袋里掏出一个纸包扔到桌上。

"千万别误会我,小德拉,"他说,"剪发也好,修脸、洗头也罢,都不会让我对自己姑娘的爱减少一丝一毫。你把那个包打开看看,就会明白刚才我一见到你,为什么发愣。"

一双白皙的手麻利地解开绳结,撕开包装纸。随即响起一声喜不自胜的惊叫。再后来,天知道女人有多善变,她突然又泪流满面、号啕大哭起来。这家的男主人见状,不得不立刻使出浑身解数来安抚她。

原来,纸包里面是成套的发梳,两鬓用的、脑后用的,一应俱全,正是摆在百老汇大道橱窗里的那套让德拉心仪已久的发梳。它们美不胜收,纯玳瑁做的,还用宝石镶了边儿,色彩与她不见踪影的满头秀发甚是相配。她心里清楚,这套发梳价值不菲,虽然渴望已久,但她从未动过有朝一日拥有它们的念头。而此刻,这套发梳竟然真的属于她了,只可惜,完美匹配这套心仪饰品的满头秀发已不存在。

尽管如此,她还是把这些梳子紧紧地抱在怀里。过了好一会儿,她才眼泪汪汪地抬起头来,露出一丝笑意,说:"吉姆,我的头发长得可快啦!"

不一会儿,德拉像只被烫着的小猫一样跳了起来,嘴里喊着:"哎呀,哎呀!"

原来还没给吉姆看为他买的漂亮礼物哩。她摊开手掌,把礼物呈上。那无声无息的贵重金属自带光芒,仿佛映照出她心头的喜悦与热切。

"真是好极了,对吗,吉姆?我跑遍了全城才买到的。有了它,你一天能看一百次表。把表给我,让我瞧瞧配上这条表链好看不好看。"

吉姆没有乖乖听话,而是歪倒在沙发上,两手枕在脑后,微微一笑。

"小德拉,"他说,"我们还是先把节日礼物收起来,过段时间再说吧。这两件东西太好了,只是眼下还用不着。我把金表卖了,给你买了梳子。好了,劳驾去煎牛排吧。"

如你所知,《圣经》中提到的三位贤人是拥有大智慧的人。他们在基督初生时携带礼物来到马厩,由此开创了赠送圣诞礼物的风尚。这些智者携带的礼物无疑是智慧的结晶,如有重复,还可以优先调换。笔者在此笨嘴拙舌地对你讲述了这间陋室里两个小笨蛋的寻常故事,他们的智慧少得可怜,为了对方竟然白白牺牲了家中至宝。不过,在本文的最后,我要对现今的聪明人说,在所有送礼和收礼的人中,这两人最具智慧。无论身处何方,他们都是最具智慧的,这两个人就是《圣经》里提到的贤人——麦琪。

二十年后

　　一个警察在精神抖擞地沿街巡逻。这种派头纯属习惯使然，并非是为了招摇，因为街上的行人寥寥无几。这会儿虽然还不到晚上十点，但阵阵寒风袭来，眼看就要下雨，街上哪里还有什么人影。

　　这个警察长得人高马大，气宇轩昂，一边走一边把他手里的警棍甩出各种花样。他时而看看沿街的大门有没有锁好，时而警惕地扫一眼平静的大街，一举一动颇具和平保护神的风范。这一带的店铺打烊早，只能偶尔看到一两家烟铺或通宵餐馆还亮着灯，绝大部分店铺早就关了门。

　　在某一街区中段，警察蓦地放慢了脚步。有个男子斜靠在一家已经打烊的五金店门口，嘴角叼着根雪茄，并没有点着。一见警察走了过来，那人抢先说话了。

　　"没什么的，警官，"他说，试图打消对方的疑惑，"我在这儿等一个朋友哩。我俩二十年前约好在这儿见面。这事儿谁听了都会觉得不可思议，可不是吗？你要是不放心，我可以跟你说说。二十年前,这儿原本是家餐馆,大乔·布雷迪餐馆。"

"这家餐馆一直开到五年前,"警察说,"后来拆掉了。"

靠在门口的男子划了根火柴,点着嘴里的雪茄。在火光的映照下,可以看得出他面色苍白,下巴方正,目光炯炯有神,右边眉毛附近有一小块白色的伤疤。他的领带夹上镶着一颗大钻石,煞是扎眼。

"那是二十年前的这天晚上,"那人说,"我在这儿——当年的大乔·布雷迪餐馆——跟吉米·韦尔斯一起吃饭。吉米是我最要好的哥们儿,这个世界上数他最好了。我俩一起在纽约长大,情同手足。那年我十八岁,吉米二十岁,我要去西部讨生活,我没少劝说吉米跟我一起走,但他压根儿不想离开纽约,他认为纽约是世界上最好的地方。于是,我俩在那天晚上约好,二十年后的这一天、这一时间,我俩还到这儿来,不见不散:无论那会儿混得怎么样,无论路途多远。我俩当时觉得,过了二十年,各自的命运早已定型,混出点儿名堂不在话下。"

"这事儿挺有趣的,"警察说,"尽管我认为,这场约会的间隔未免太久了一些。你俩分别后,你有那个朋友的消息吗?"

"此后我俩有过一段书信来往,"那人说,"但过了一两年就失去了联系。你知道,西部太大了,我每天东跑西颠,忙得不可开交。不过,我心里有数,只要吉米还活着,他肯定会来跟我见面,世界上最忠诚、最靠谱的朋友非他莫属,他是绝对不会忘记这码事的。今天晚上我千里迢迢跑到这家店门口等他,要是我的老伙计也来了,那就不虚此行,什么都值了。"

那人望眼欲穿,掏出一块漂亮的怀表,表盖上镶嵌着小宝石。

"还差三分钟就到十点了,"他宣布道,"当年我俩在这家餐馆分手时,正好是十点钟。"

"看来你在西部混得相当不错?"警察问。

"那是自然!吉米要是能混到我的一半程度,那就相当不错了。他虽然是个大好人,但过于老实本分。我和他不同,想发财就得和那帮极其精明的家伙硬碰硬,不然哪有我的今天。人在纽约,难免会得过且过,不思进取。然而,人一旦到了西部,不多长几个心眼,绝对没有你的好果子吃。"

警察甩了甩警棍,走开一两步。

"我得去巡逻了。但愿你的朋友说话算话,准时赴约。到时候他要是没来,你还等不等了?"

"当然要等了!"那人说,"我少说还得再等上半个钟头。杰米要是还活着,半个钟头之内准到。再见,警官。"

"晚安,先生。"警察说着,沿街道继续朝前巡逻,边走边留意各家各户有没有什么异样。

这会儿,天上下起了毛毛雨,冷飕飕的风刮个不停。街上少之又少的行人闷头赶路,大衣领子竖得高高的,双手插在衣袋里。五金店门口的那个人抽着雪茄,还在痴痴地等待着那个年轻时代的好朋友。他千里迢迢赶到这儿赴约,这场约会怎么看都不太靠谱。

大约二十分钟过后,一个身材高大的男子由街道对面匆匆赶来,径直走到那个翘首以待的人面前。来人身穿长大衣,衣领翻到耳边。

"鲍勃,真的是你吗?"来人有点儿迟疑地问。

"真的是你吗,吉米·韦尔斯?"站在门口的人大声叫道。

"谢天谢地!"来人也大叫着,紧紧抓住对方的双手,"真的是你啊,鲍勃,确实是你。我打心眼儿里相信,只要你还活在世上,我肯定能在这儿见到你。太好啦,真是太好啦!二十年可真够漫长的。原来的那家餐馆已经拆掉了,鲍勃,要是它还在,咱俩又可以在这儿吃顿饭了。对了,你在西部混得还好吗,老伙计?"

"好极啦!多亏我去了西部,以前想要的,现在都有了。

吉米,你的变化可真不小啊!我怎么也没想到,你会长这么高,比以前足足高了两三英寸哩。"

"这个嘛,过了二十岁,我又长个了。"

"你呢,在纽约混得还可以吧,吉米?"

"一般般啦。我在市政部门谋了个差事。跟我来,鲍勃,咱俩换个地方坐坐,我常去那儿,是个叙旧的好地方。"

于是,两个人手挽着手沿街走去。从西部归来的那人兴高采烈地说起这些年来的辉煌业绩;另一个人把大衣捂得严严的,听得津津有味。

街角有家药房,灯火通明。两个人来到光亮处,不约而同地转过头来,四目相对,打量着对方的面孔。

从西部归来的那人突然停下脚步,抽出胳膊。

"你根本不是吉米·韦尔斯!"他发出一声惊呼,"二十年虽然漫长,但总不至于把一个高鼻梁变成个塌鼻子吧。"

"可是,二十年足以把一个好人变成个坏人。"那个身材高大的人说,"你在十分钟前就已经被捕了,'老滑头'鲍勃。不出芝加哥警方所料,你果然溜到我们这儿来了。那边发了电报,说想跟你谈谈。放老实点儿,好吗?别给自己找麻烦。对了,有人叫我给你带张字条,趁我们还没到警察局,你可以借助这里橱窗的灯光看一看。那字条是巡警韦尔斯写给你的。"

从西部归来的那人打开了小纸条。刚开始看的时候，他的手稳稳当当，看完后却颤抖不止。那上面只有寥寥数语：

鲍勃：

　　我及时赶到了你我当年约定的地方。就在你划火柴点雪茄的时候，我发现你原来是芝加哥警方通缉的罪犯。我自己实在不忍下手，只好找了一个便衣代劳。

吉米

回合之间

五月的夜晚,明月朗照,墨菲太太经营的寄宿旅馆亮亮堂堂。

翻翻历书可知,现在大部分地方都是皓月当空。春天已然盛装出场,枯草热①紧随其后。公园里绿意盎然,南来北往的客商络绎不绝。花儿竞相开放,避暑胜地的代理人卖力地吆喝着;春风和煦,人们处事日益和气起来;各处喷泉叮咚作响,拉手风琴的、玩纸牌的随处可见。

墨菲太太打理的这家寄宿旅馆,此时所有的窗户都敞开着。门口石阶的高处坐着数名房客,他们屁股底下是状如德式薄饼的草垫,圆圆的,扁扁的。

靠在二层窗前的是麦卡斯基太太,丈夫还没回来,她一直在等。饭桌上的吃食,再不吃就凉了。食物的火气,全跑到麦卡斯基太太的身上啦。

---

① 枯草热:又称"花粉热",是一种因吸入外界花粉抗原而引起的春夏季过敏性疾病。谓之"枯草热",是因为当时的人们认为这是枯草引起的疾病。

直到晚上九点，麦卡斯基先生才回家。只见他把外套搭在胳膊上，嘴里衔着一支烟斗，来到门口石阶处，房客们正坐在石阶上聊天，麦卡斯基一边小心地见缝落脚（一双大脚，长达九号，宽四号），一边不停地为自己打扰了这伙人而道歉。

他推门进屋，发现情形不同往常。往日迎接他的，不是火炉盖就是搅土豆的家什；这次迎接他的，只有老婆的声音。

麦卡斯基先生认为是这五月的月光如水般温柔了他老婆的心。

"我什么都听见了。"迎接他的声音就此开场，"要是在外面踩了哪个家伙的衣角，你就忙不迭地给人家赔不是，可是对老婆呢？她在窗边眼巴巴地等你回来，脖子抻得老长，活像条晒衣绳，就算你踩着她的脖子了，你也不会说声'对不起'。一到周六晚上，你就跑到加勒吉酒馆，把工钱喝个精光，只剩几个子儿糊口。家里就这点儿吃的，你还不早点儿回来，全给放凉了！还有，收煤气费的今天又跑了两趟。"

"这个女人！"麦卡斯基抓起外套和帽子朝椅子扔去，气呼呼地说，"你吵闹个没完，真让人倒胃口。你不懂以礼待人，这是在破坏社会根基。从女士面前借过说声抱歉是男人应有的绅士风度。还不赶紧把你的肥脸从窗边移开,快点儿弄饭去!"

麦卡斯基太太慢条斯理地起身走到炉灶旁。这个女人的举止不同往常,让麦卡斯基先生不得不防。她的嘴角像气压计上的指针似的一下子耷拉下来,这是锅碗瓢盆即将向他飞来的标志,一向如此。

"你说我是肥脸?!"麦卡斯基太太话音未落,就把一个炖锅抛了过来,那是一锅咸肉萝卜。

对此毫不陌生的麦卡斯基先生兵来将挡,他太清楚一道开胃菜过后该上什么主菜了。桌上有盘烤猪肉,还装饰着三叶草。他顺手抄起来,向对方砸了过去。来而不往非礼也,立刻回敬他的是陶土盘子加面包布丁。丈夫随即抄起一大块瑞士奶酪,准确地糊在他老婆的眼睛下面。按理说,当他老婆把滚烫的黑咖啡泼在他身上后,在满屋焦香之际,就该停战了。

话虽如此,麦卡斯基先生可不是省油的灯。劣等的波希米亚人[1]的一餐可以用咖啡收尾,随他们的便,但对麦卡斯基先生来说,如此草草结束战斗,没门儿。可以用作武

---

[1] 波希米亚人:指流浪者或吉卜赛人,亦指放荡不羁的文化人。《美国大学辞典》中将 bohemian 定义为"一个具有艺术或思维倾向的人,其生活和行动均不受传统行为准则的影响"。一些保守的美国人经常将波希米亚人和毒品以及自陷贫困联系在一起。

器的各种物件浮现在他的脑海,用来饭后洗手的那种大盆就不错,遗憾的是墨菲寄宿旅馆没有配备此物。那就在手边找个替代品吧,一个搪瓷脸盆派上了用场。他气势汹汹地把脸盆甩向他的老婆,她身体一闪,竟然躲过去了。这个女人也不是好惹的,她抄起身边的电熨斗,想借助这一超级武器结束这场锅碗瓢盆大战。就在这时,一声撕心裂肺的尖叫声从楼下传来,声音大得惊人,这对激战正酣的夫妇都停了手,向楼下望去。

房子拐角处的人行道上,克利里警官正竖起耳朵密切关注着这场锅碗瓢盆大战的进展。

"这个约翰·麦卡斯基跟他老婆又打起来了。"警官心里琢磨着,"我是不是应该上楼去劝劝他们呢?没这个必要吧,夫妻打架是家常便饭,闲着也是闲着,互相较较劲,一会儿就好了。何况他们又没砸别人家的东西。"

这时的一声尖叫,预示着某种恐怖事件或惨剧的到来。克利里警官听了,咕哝了一句:"可能是猫在叫吧。"他赶紧向发出声音的地方走去。

坐在旅馆石阶上的那些房客也随即紧张起来。卖保险的图米先生天生喜欢打探别人隐私,听到尖叫声后立马冲进楼内一探究竟。人们从他口中得知,原来是墨菲太太的小儿子迈克找不着了。图米先生刚刚说完,当事人墨菲太太也跟着出场了。她痛哭流涕，泪水流了足有两百磅。她歇斯底里地叫喊着，为她那个只有三十磅重、满脸雀斑的小捣蛋鬼哭得惊天动地。尽管当事人的举动有些虚张声势，图米先生还是紧挨着做帽子生意的珀迪小姐坐下，他们握着彼此的手，对此深表同情。沃尔什家那两个一向抱怨过道里闲人太多太吵的老姑娘，也立即帮着打听，有没有人在大钟后面见过那个小捣蛋鬼。

坐在石阶最高处的格里格少校从他胖太太旁边立即起身，扣好外衣。"孩子找不着了？我出去找找吧。"少校大声说。天黑以后不出门，是他太太为他定下的规矩，可此时她却用一种近乎男中音的嗓音鼓励他："卢多维克，你尽管去吧！只有铁石心肠的人，才会对一位丢失孩子的母亲不闻不问。"少校说："亲爱的，请给三十美分，不，还是六十美分吧，孩子迷路可能跑得很远，需要坐车，没钱可不成。"

丹尼老头儿住在这栋房子的四楼后房，这会儿他正坐在最底层石阶上，借助街灯看报。他翻过报纸，继续关注木匠罢工的新闻。墨菲太太对着一轮明月，又发出一声尖叫："啊，我的小迈克，你去哪儿了，我的小宝贝？""你最后一次见到他，是什么时候？"丹尼老头儿问道，眼睛一直瞄着报纸上的建筑公会报告。"呃，"墨菲太太带着哭腔答道，"可能是昨天，也可能是四个钟头之前，我也说不准了。

我的小迈克一定是走丢了。今天早上我还看到他在人行道边玩儿呢——呃,或许不是今天早上,是周三的早上吧。我忙得要命,实在分不清楚哪天是哪天了。屋子里里外外让我翻了个底儿朝天,就是没有他的影儿啊。我的上帝啊,我的小心肝啊……"

这座城市像个沉默、冷酷的庞然大物,无论人们如何谩骂,它始终无动于衷。人们骂它铁石心肠,没有一丝人情味;抱怨街道简直就是荒凉阴郁的森林、寸草不生的荒漠。但是就算这样,人们还是可以在冰冷的城市中找到乐趣,就如同在龙虾的硬壳里面找到难得的美味一样。这个比喻也许值得商榷,但不至于惹人生气。在没有绝对的把握之前,我们是不会给谁乱安"龙虾"[①]这一称谓的。

再也没有比丢失小孩更令人痛心疾首的事了。孩子的小脚是那么软弱无力,而世上的路又是那么艰险陌生。

大街拐角不远处是比利家的铺子,格里格少校匆匆赶到,一进门就对伙计说:"给我来杯威士忌苏打。"之后又问:"对了,这里临街,在这附近有没有看见过一个罗圈腿的小家伙?大约六岁吧,小脸儿脏兮兮的。"

旅馆门口的石阶上,图米先生和珀迪小姐还没挪窝,他还拉着她的手。珀迪小姐说:"那个可怜的小家伙,母亲

---

① 龙虾:美国俚语中指容易上当受骗的人。

不在身边——或许已经被高高抬起的马蹄——天哪,想都不敢想。"

"是啊,"图米先生把珀迪小姐的手握得更紧了,对此深表赞同,"我是不是也该出去帮忙找找呢?"

"或许,"珀迪小姐说,"你帮忙找找也好。不过,图米先生,不管发生任何事情,你总是挺身而出——从不计较什么的——可如果你为了帮助别人,有什么三长两短的话,我——"

丹尼老头儿仍旧在老地方看报纸,正用手指一行一行地关注着那篇仲裁协定。

二楼前房窗口处,暂时休战的麦卡斯基夫妇需要透透气。刚才有块胡萝卜打进麦卡斯基先生的坎肩里,此时他正在用食指一点点地往外抠呢。而麦卡斯基太太正在揉眼睛,那盘烤猪肉里的盐粒不慎入眼,好不难受。楼下人声鼎沸,两人随即将脑袋伸了出来。

"小迈克丢了,"麦卡斯基太太尽量将音量调低,"那个可爱的小淘气,简直像个天使。"

"你是说那个小鬼丢了?"麦卡斯基先生将头伸出窗外,说,"那可真够倒霉的。如果是女人,丢了就丢了。她们一走,这个世界就清静了。但是孩子丢了,另当别论。"

麦卡斯基太太没有计较丈夫的挖苦,一把抓住他的胳膊，饱含深情地说："约翰，墨菲太太的小家伙丢了。这个地方太大了，丢个孩子可不好找。一个六岁的孩子啊，约翰。要是咱俩六年前也生个小孩儿，如今也和那个小家伙一样大了哦。"

麦卡斯基先生想了想，说："可是，我们一直没有生过小孩儿啊。"

"约翰，我只是在假设，要是咱俩当年生下的话，小费伦今年也六岁了。他要是丢了，你想想看，咱俩的心里得多着急啊。"

"真是傻话。"麦卡斯基先生说，"小孩儿名叫帕特才对，取我卡特里老爹的名字。"

"瞎说！"麦卡斯基太太没有大吵，心平气和地说，"孩子的名字必须和我哥哥一样，他比卖苦力的麦卡斯基强一百倍。"她探出身子趴在窗台上，看着下面一片忙乱的景象。

"真是抱歉，"麦卡斯基太太柔声说，"约翰，我不该这样对你，我太暴躁了。"

"嗯，没错。就像你说的，暴躁的布丁，子弹一样的萝卜，烫死人不偿命的黑咖啡，"她丈夫答道，"这些都是你独家发明的新款快餐啊，你说得一点儿都没错。"

麦卡斯基太太挽着自己丈夫的胳膊，将他厚实的大手放在自己的手里。

"听啊,那位可怜的墨菲太太还在哭呢。"她说,"这么小的孩子,说丢就丢了,城市这么大,多可怕啊。约翰,这次走丢的要是咱家的小费伦,我得伤心成什么样儿。"

麦卡斯基先生很不自然地把手抽了回来,放在太太的肩膀上。

"真是胡说八道,"他大大咧咧地说,"要是咱家的小——帕特被人诱拐,或遭遇其他不幸的话,我也会很痛苦。好在咱们一直都没有生过小孩儿。我也有不对的地方,有时候乱发无名火。好了朱迪,让我们忘了这些不愉快吧。"

麦卡斯基夫妇依偎在一起,看着楼下正上演的那出令人心碎的剧目。

夫妻俩一直这样坐了许久。人行道上人头攒动,大家也会时不时地聚在一起,互相打听有何进展。此时,各种谣言、各种猜测不绝于耳。墨菲太太像个耕田的农夫,又像一座不停移动的人肉小山,在人群之中来回穿梭着,两眼挂满了泪水,如瀑布般汩汩而下。报信的人进进出出,怎一个"忙"字了得。

"又怎么了,朱迪?"麦卡斯基先生问。

"是墨菲太太又在说什么了。"麦卡斯基太太一边仔细听着楼下的动静,一边回答,"她好像在说,在自己房间的床底下找到了小迈克,那个小家伙竟然在漆布后面睡着了。"

麦卡斯基先生大声地笑了起来。

"你的小费伦将来就是这个德行。"他嘲笑道,"我的小帕特肯定特别机灵,他才不会和大人们开这么愚蠢的玩笑呢。咱俩那个未曾出生的小孩儿,你爱叫费伦就随你吧。要是有一天他也丢了,你就使劲地喊他的名字,我保证他会像条癞皮狗一样,躲在床底下呼呼大睡哩。"

麦卡斯基太太郁闷地慢慢站起,向碗橱那边走去,嘴角再次耷拉下来。

等到人群散尽,克利里警官才踱回街道拐角那儿。令他吃惊的是,麦卡斯基家里好像又开始了新一轮的锅碗瓢盆大战,"哐当哐当"的家什碰撞声不绝于耳,响动之大不亚于刚才。

克利里警官掏出了怀表。"天哪,这场战争打得够长的。"他大声嚷嚷起来,"从我的表上看,麦卡斯基夫妇已经打了一小时十五分钟了。他太太可比他重四十磅呢,他得加油啊。"

说完,克利里警官不紧不慢地拐过街角离开了。

夜已深,墨菲太太要锁上大门了,丹尼老头儿赶紧把报纸折起,匆匆走上石阶。

艾奇·舍恩斯坦的爱情灵药

蓝灯药房开在闹市区,地处鲍里街与第一大道之间的蜂腰地段。蓝灯药房只卖药,不卖古玩、香水、冰激凌和汽水。①如果你要止痛药,这家药房绝不会给你推荐夹心糖。

蓝灯药房对当下投机取巧的制药方法颇为反感。举个例子说吧,这家药房必先将鸦片充分浸泡,渗滤出鸦片酊,继而手工制作复方樟脑鸦片酊。时至今日,这里销售的药丸均为手工制作。在高大的配药柜子后面,伙计们先把药物平摊在专用瓷板上,碾滚揉搓成团,再拿药刀分割成几个均匀的小块,用拇指和食指捏成药丸,撒上一层氧化镁粉,最后将其分别装进小圆纸盒待售。蓝灯药房位于街角处,一帮穿得破破烂烂的孩子时常在那儿兴高采烈地玩耍。当然,他们也时常光顾这家药房,买点儿止咳药或镇痛药什么的。

---

① 蓝灯药房只卖药,不卖古玩、香水、冰激凌和汽水:美国的一些药店,除了药品,也会经营食品饮料和小包装的日用品。

艾奇·舍恩斯坦是蓝灯药房的夜班店员，也是顾客的知心人。这一带地处纽约东部，药房的生意不太景气，做这一行的当然不止卖药那么简单。这里的药剂师不仅给病人配药，还充当顾问、忏悔牧师、传教士乃至人生导师。他们智慧超群，颇受敬重。至于他们的药嘛，人们往往尝都不尝就倒入下水道。正因如此，大鼻子上架着一副眼镜、被满腹学识压弯了瘦小身躯的药剂师艾奇在当地颇受信赖。附近居民遇到大事小情，都乐于找他出主意想办法。

艾奇租住在隔两个街口的里德尔太太家里，每天在她家吃早餐。里德尔太太有个女儿叫罗茜。不兜圈子了——可想而知——艾奇爱上了罗茜。他整天想着这个姑娘，在他眼中，罗茜就像不含任何杂质、按照完美比例提炼出来的药剂精华，整间药房里没有一味药能与她相提并论。不过，艾奇生性腼腆，纵有满腔渴望，却迟迟未付诸行动，就像什么东西放在溶剂里迟迟没有溶解一样。在三尺柜台后面，他高人一等，无所不知，冷静而矜持，对什么都胸有成竹。可一旦走出柜台，他就像换了一个人似的，脑筋迟钝、行动迟缓、战战兢兢，凡事没有主见；他走起路来歪歪扭扭，常被开车的司机咒骂；他衣衫不整，身上到处是化学药剂的污渍，散发出刺鼻的东非芦荟油和氨戊酸酯的味道。

艾奇的眼中钉是查克·麦高恩。这家伙是艾奇药膏里的一只苍蝇（绝妙的比喻！此处不妨来三次掌声）。

查克·麦高恩先生也在打罗茜的主意，为博美人儿一笑煞费苦心，谁让罗茜的笑容那么可爱动人呢。但他的行事方式与艾奇大相径庭，只要罗茜对他稍有好感，他立即心领神会并付诸实际行动。此外，他还是艾奇的主顾，在鲍里街度过一个愉快的夜晚后，他十有八九会来趟蓝灯药房，不是给擦破皮的地方搽些碘酒，就是在伤口处贴块橡皮膏。

这天下午，查克·麦高恩又出现在药房里，像往常一样不声不响、落落大方地坐在凳子上。他看上去既和蔼可亲，又不失男子汉气概。

艾奇轻车熟路地取来安息香树胶放入药钵中，准备捣药。"艾奇，"麦高恩见状，赶紧开口道，"你先别忙，好好听我说。今天你得给我弄点儿对路的药，就看你有没有那个本事啦。"

艾奇仔细打量着麦高恩先生的脸，看看有没有打架斗殴留下的伤痕，却一无所获。

"脱下外套！"药剂师吩咐道，"我敢肯定，你肋骨上让人家捅了一刀吧？我跟你不知说过多少遍，那帮拉丁佬[①]迟早会好好教训你的。"

[①] 拉丁佬：俚语，对意大利人、西班牙人或葡萄牙人的蔑称。

麦高恩先生微微一笑："不关那帮人的事，这回跟那帮拉丁佬没有任何关系。不过，你的诊断说对了地方：就在我的外套里面，靠近肋骨处。我跟你实话实说吧，艾奇，今天夜里，我和心上人罗茜打算私奔，然后马上去结婚。"

艾奇的左手食指紧紧勾住药钵口将它稳住，右手拿起杵子狠狠地捣在那只手指上，却一点儿也没感到疼痛。这会儿，麦高恩先生脸上的笑容渐渐退去，换上一副忧心忡忡的神情。

"不过呢，"他接着说，"我一直担心罗茜会临时变卦。要是她在我俩今晚约定的时间之前还没改主意，那就万事大吉了。你不知道，这事儿我俩已经商量整整两个星期了。有天早上，我俩定好当晚就走，谁知到了晚上，她又变卦了。这回我俩约好今晚走人，我相信罗茜打定主意要走，因为她已经整整两天没变卦了。可是，话说回来，距离动身还有整整五个钟头，天知道这段时间里会出现什么差池，她要是再变卦，我可就惨啦。"

"你刚才说要买点儿药？"艾奇道。

麦高恩先生心神不定，如坐针毡，与以往判若两人。他把一本专利药品年鉴卷成筒状，又把一个手指没头没脑地伸到里面。

"就算有人肯出一百万美元，我也不想让今天晚上的计划泡汤。"他说,"我已经在哈莱姆①黑人住宅区租了一个小套间,桌上摆好了菊花,水壶也准备好了,随时可以把水烧开。我连牧师都约好了,今晚九点半等我俩去他家。现在万事俱备,就差罗茜准时出现了。但愿这姑娘别再临时变卦!"麦高恩先生止住话匣子,对罗茜还是不太放心。

"你把我给弄糊涂了,"艾奇有点儿不耐烦地说,"这跟你跑到我这儿买药有什么关系?我的药能派上什么用场?"

"里德尔那个老东西根本看不上我。"这位饱受煎熬的求婚者决定一吐为快,把前因后果讲清楚,"整整一个星期,他不让罗茜跟我一起出门。要不是怕少了一个租客影响收入,他早就把我赶跑了。我的周薪足有二十美元哩,罗茜跟我远走高飞,肯定会过上幸福的生活。跟我查克·麦高恩在一起,她肯定不会后悔。"

"实在不好意思,查克,"艾奇说,"我还有个药方要处理,一会儿人家就会来取。"

"那好吧,"麦高恩先生猛地一抬头,问道,"艾奇,你跟我说说,有没有什么药——什么药粉,只要让姑娘吃下去,她就会更喜欢你?"

---

① 哈莱姆:又译哈林,美国纽约曼哈顿北部的一个社区,原名来自荷兰的一个村庄。曾经长期是20世纪美国黑人文化与商业中心,也曾是贫穷、犯罪和毒品的代名词。

艾奇这才明白他用意何在,不由得鄙夷地撇撇嘴。还没等艾奇搭腔,麦高恩接着说:"蒂姆·莱西跟我说过,有一回他从社区医生手里搞到一些药粉,兑在汽水里给女朋友喝了。只喝了一回,他女朋友就把他当成了心肝宝贝,觉得他是世上最棒的男人,而别的男人一无是处。没出两星期,他俩便结婚了。"

查克·麦高恩四肢发达,头脑简单。比艾奇稍有知人之明的人都能看出,艾奇反败为胜的机会就在眼前。他像一名即将攻城拔寨的将军,谋定而后动,确保万无一失。

"要是我也能搞到一包那样的药粉,"查克·麦高恩憧憬道,"晚饭时给罗茜吃了,她也许会死心塌地地跟我私奔,再也不会临时变卦了。我觉得,虽说我不用雇一群骡子把她拽出家门,但女人嘛,你懂的,随便说说还行,真正要做件事情总是犹犹豫豫,缺乏魄力。只要药效能维持一两个钟头,私奔的事儿就成了。"

"这事儿真荒唐,你打算在什么时候行动?"艾奇问。

"今晚九点钟。"麦高恩先生答道,"七点钟吃晚饭;八点钟罗茜会假装头疼,要早点儿上床睡觉;九点钟,帕温赞诺老头儿会把我放进他家后院,围墙上有块板子可以拿下来,穿过去就是里德尔家。我赶到罗茜卧室窗下,接应她从防火梯那儿下来。由于约好了牧师,我俩得早点儿出来。行动开始后,只要罗茜不反悔,所有的事儿都易如反掌。艾奇,你能不能给我配点儿那种药粉?"

艾奇·舍恩斯坦慢吞吞地揉揉鼻子。

"查克,"艾奇说,"这药性质特殊,药剂师必须格外小心谨慎。我认识的人不少,但信得过的只有你,所以我才敢把这药给你。我这就配药,你就等着瞧好儿吧,很快你的罗茜姑娘就会为你神魂颠倒的。"

艾奇走到配药柜子后面,把两颗可以溶解的药片碾成粉末,每片含有四分之一格令①的吗啡。为了凑分量,他又往里面加了点儿乳糖,用一张白纸包得整整齐齐。成年人服了这些药粉,可以一连几个钟头沉睡不醒,却没有什么危险。他将药包递给查克·麦高恩,叫他最好将药粉兑在饮料里。这位准备潜入人家后院的洛钦瓦尔②自是感激涕零,千恩万谢。

艾奇的葫芦里到底卖的什么药?且看下文分解。

麦高恩先生走后,艾奇立即派人捎口信把里德尔先生找来,将麦高恩企图拐带罗茜私奔的行动方案和盘托出。里德尔先生是个壮汉,砖灰肤色,爆发力强。

---

① 格令:重量单位,1 格令等于 0.00143 磅或 0.0648 克,用于称量药物等。
② 洛钦瓦尔:英国作家瓦尔特·司各特的长篇叙事诗《湖上夫人》里的主人公,著名的勇士和浪荡公子,在婚礼舞会上劫走他的情人爱伦。后被用来指代男性私奔者。

"多谢啦!"他干脆利落地对艾奇说,"这个不着调的爱尔兰二流子真讨厌!我的房间就在罗茜楼上,晚饭后我就上楼,架好鸟枪等着。那小子胆敢踏进我家后院半步,我准叫他躺进救护车!至于结婚,那是痴心妄想!"

在睡神的庇护下,罗茜可以美美地睡上好几个钟头。她老爸预先得到警告,手持武器严阵以待,那小子肯定凶多吉少。想到这些,艾奇觉得这回终于可以高枕无忧了,他的情敌在劫难逃,他心爱的女人安然无恙。

这一夜,艾奇一直在蓝灯药房里值班,暗暗期待着悲剧发生的消息。可他左等右等,什么消息都没有等到。

第二天早上八点,白班店员来了。艾奇拔腿就走,准备赶往里德尔太太家一探究竟。真是无巧不成书!他刚走出药房门口,一辆电车正好路过,从车上跳下来一个人,一把抓住了他的手。来者不是别人,正是查克·麦高恩!他脸上红扑扑的,带着胜利者特有的笑容,兴奋之情溢于言表。

"大功告成啦!"麦高恩笑得合不拢嘴,仿佛置身极乐世界,"昨晚九点钟,罗茜一秒不差地从防火梯那儿爬了下来。九点三十分十五秒,我俩赶到牧师家里,举行了结婚仪式。这会儿她就在我租的那个小套间里。今天早上,她穿件蓝色的家居服,下厨煎了鸡蛋。上帝啊!我实在是太幸运啦！艾奇，等你哪天有空，一定要来我俩家里吃饭。还有，我在大桥附近找到一份工作，这就去上班，不多聊了。"

"那——那——那药呢？"艾奇吞吞吐吐，好不容易问了出来。

"呃，你给我的那玩意儿啊？"提起那药，麦高恩笑得更开心了，"其实，是这么回事儿。昨晚我坐在里德尔家的餐桌旁，本想给罗茜下药的。我望着她，突然有了新的想法：查克，你要是真爱这个姑娘，就得真心真意对待她，她那么有教养，万万不可以对她耍花招。于是，我就把你给我的药粉放回口袋里了。后来，我将目光转向餐桌上的另一个人，心中暗想，这家伙太不够意思，对未来的女婿太不友好了。于是，我瞅准机会，把药粉倒进里德尔老头儿的咖啡里了。好了，你明白了吗？"

天窗室

　　帕克太太的第一要务，是带你参观那套两居室的客厅。当她打开话匣子，喋喋不休地介绍这房的诸多好处，以至于某位品行颇佳的先生一住就是八年时，你都不好意思插话。踌躇了好半天，你终于鼓起勇气说，你不是做大夫、牙医这一行的。帕克太太听你这么说，那神情会让你怨恨起自己的爸妈，都怪他们没有把你培养到位，就此失去租用帕克太太家客厅的资格。

　　接下来，你得爬一段楼梯，去见识一下二楼阴面的房间，租金每星期八美元。帕克太太的神情，随楼层的不同而富于变化。她会对你说，有位图森贝雷先生曾在此居住，后来搬到佛罗里达的棕榈滩了，他兄弟在当地有个柑橘种植园，从此归他了。那会儿租金是每星期十二美元，不还价的。还有位麦金太尔太太，住阳面两居室，独有一间浴房，每年必去那个棕榈滩过冬。听完这些，你吞吞吐吐地说，你还是想瞧瞧房租更便宜点儿的住处。

帕克太太会立刻露出鄙夷的神情，你要是不以为意，可以跟她上到三楼，去欣赏斯基德先生住的一间大房子。这位先生一直住在里面，写写剧本、抽抽烟什么的，只是一有租房子的上门，帕克太太总会将其引到这个房间，去参观一下门窗的装饰风格。这种参观总会提醒斯基德先生，他得赶紧支付拖欠的房租，以免被轰走。

再往后，呃，再往后，要是你依然脸红脖子粗地戳在那儿，手掌发烫，插在衣兜里——那可怜兮兮的三美元快被你攥出水来——嘶哑地道出令人汗颜的拮据，帕克太太就没有义务亲自带你看房了。她会扯着嗓子喊一声"克拉拉"，随即转过身去，大步流星地下楼。那个叫克拉拉的黑人女仆走过来，陪你爬上铺着毡毯的梯子（权作四楼楼梯），向你展示天窗室。它位置居中，长八英尺，宽七英尺，两侧都是黑咕隆咚的杂物间和贮藏室。

一张小得不能再小的铁床、一个洗脸架、一把椅子以及勉强充当梳妆台的一个木头架子，是这个天窗室里的全部家当。四壁空空，活像棺材的壁板，简直让人窒息。你的手下意识地摸索着喉咙，呼吸急促。你抬起头，就像坐在井底向上望，呼吸慢慢恢复正常。小小的玻璃天窗，让你望见一方蓝天。

"两美元，先生。"克拉拉会用亚拉巴马州斯特基吉地区黑人特有的乡音，略带轻蔑地提示你。

这天，有位丽森小姐来了。她身材娇小，却随身携带一台笨重的打字机。她眼睛大大的，头发长长的，它们好像在说："咦？你的个头怎么不跟我们一块儿长啦？"

帕克太太像往常一样，首先带丽森小姐去参观那套两居室。"这儿有个壁橱，"她说，"什么都能摆放，骨骼标本啦，麻醉剂啦，也可以是煤——"

"那些是大夫、牙医的东西，我不是做这个的。"丽森小姐说着，不由自主地打了个哆嗦。

帕克太太用其训练有素的眼神，瞪了这个没有大夫或牙医身份的女人一眼，疑惑、怜悯、蔑视和冷漠尽在其中。随后，把她带到二楼阴面的房间。

"要八美元？"丽森小姐说，"天哪！我看起来年纪轻轻，可毕竟不是什么富贵人家的小姐。我只是一个可怜的打工人。您还是带我瞧瞧楼上更便宜一些的房间吧。"

听见有人敲门，斯基德先生赶紧跳了起来，把烟蒂弄得满地都是。

"打扰了，斯基德先生。"帕克太太见他如此狼狈，露出了坏笑，"没想到你在房间里。这位小姐是我请来的，看她喜不喜欢这里门窗的装饰。"

"真是太漂亮了。"丽森小姐嫣然一笑，美若天仙。

待她们离开,斯基德先生忙得不亦乐乎:把他尚未公演的新剧里那个高个子、黑头发的女主角剔除,换上一个身材娇小、容貌秀丽、性格活泼、长着一头浓密金发的姑娘。"说不定著名演员安娜·赫尔德会抢着要这个角色哩。"斯基德先生心想。他抬起双脚,踩在窗帘上,继续吞云吐雾,像一条墨斗鱼消失在空中。

没过多久,有人大叫"克拉拉",犹如警铃大作,将丽森小姐的经济状况公之于世。一个皮肤黝黑的小鬼来了,裹挟着她爬过一段黑漆漆的梯子,将她推进那间只有顶端能透进一丝光亮的拱形小屋,用一种不无威胁的语调神秘兮兮地说:"两美元!"

"就这么定了!"丽森小姐长长地出了一口气,倒在那张"咯吱咯吱"的小铁床上。

丽森小姐每天都得外出打工。到了晚上,她会带回一些手写材料,用那台打字机打出来。有时候,她晚上不用工作,就与其他房客一起坐在门口台阶上谈天。上帝创造出丽森小姐这样的可人儿,只关在天窗室里岂不可惜。她活泼开朗,小脑袋里装满了各种妙趣横生的想法。有一回,她心血来潮,竟然鼓动斯基德先生将其敝帚自珍的(尚未有机会出版的)喜剧《绝非戏言》(或曰《地铁继承人》)读了整整三幕给她听。

每当丽森小姐抽出时间在台阶上坐一两小时时,那些男房客的心里就乐开了花。不过,任教于公立学校,不管你说什么都会报以"啊,真的啊"的那位身材高挑的金发女郎朗纳克小姐,却坐在最上面那级台阶那里,不时发出"呵呵"的冷笑声;还有位多恩小姐,平时在商店卖货,一到周日就跑到康尼岛游乐场打活动木鸭,她坐在最底端的台阶上,也"呵呵"地冷笑个不停。而丽森小姐呢,则坐在台阶中央,那些男房客总是很快地围拢在她的身旁。

斯基德先生更是值得一提。虽然没有明说,但在内心深处,他早已把丽森小姐视为自己现实版浪漫剧情中的最佳女主角。还有那位大胖子胡佛先生,他已经四十五岁了,虽不年轻但血气旺盛,一个十足的愣头青。另有一位年纪轻轻的埃文斯先生,动不动就故意干咳,这样丽森小姐就会好心地劝他戒烟。这些男人已然达成共识,丽森小姐是"全世界最有趣、最快活的人儿"。然而,台阶最上面一级和最下面一级却传来阵阵冷笑,对此绝不认同。

诸位,请允许我暂停剧情的发展,先请合唱队出场,为大胖子胡佛先生唱一支哀歌,流一滴伤心的眼泪吧。他浑身上下圆滚滚的,那些脂肪害他不浅,我见犹怜。情场上如果能以脂肪多少论胜负,莎士比亚戏剧中胖墩墩的福斯塔夫①可以完胜皮包骨的罗密欧②。不过,一个情人可以多愁善感,却绝对不能气喘吁吁。胖子必须听候嘲弄之神莫摩斯③的发落。一个腰围达到五十二英寸的家伙,不管你的心为谁狂跳不止,最后还是竹篮打水一场空。醒醒吧,胡佛!四十五岁还满面红光的愣头青胡佛,可能将引发特洛伊战争的美女海伦④成功拐跑。但四十五岁、满面红光、肥头大耳的愣头青胡佛,只不过是万劫不复的行尸走肉而已。胡佛,你还是别做梦了。

夏天的某个傍晚,这些房客像往常一样在台阶上闲坐着,丽森小姐突然仰头望向天空,发出一阵银铃般的笑声,喊道:

"哎呀,那不是我的比利·杰克逊嘛!在这儿居然也能瞧得到啊。"

大家一起仰头张望,有的望向高楼大厦的窗子,有的以为空中有杰克逊驾驶的飞艇。

---

① 福斯塔夫:亦译"福斯泰夫"。这个人物先后出现在莎士比亚喜剧《温莎的风流娘们儿》和历史剧《亨利四世》中,此人心宽体胖,玩世不恭,抽象的道德情感与责任在他身上从来不起作用,被称为"满肚子臭水的胖冬瓜"。
② 罗密欧:莎士比亚悲剧《罗密欧与朱丽叶》中的男主人公。
③ 莫摩斯:又译摩摩斯、摩莫斯。希腊神话中的嘲弄和非难指责之神,以挑剔众神和凡人的毛病为乐。同时也是作家和诗人的守护神。
④ 海伦:古希腊神话传说中的绝世美女,斯巴达的王后。因与特洛伊王子帕里斯私奔,引发了长达十年的特洛伊战争。

"就是那颗星星。"丽森小姐伸出一根纤细的手指比画着，给大家解释道，"我说的不是那颗闪个不停的大个儿星星，是它边上那颗小的、一动不动的蓝色星星。透过天窗，我每晚都可以见到它哩。我给它起了个名字，叫比利·杰克逊。"

"啊，真的啊！"朗纳克小姐搭腔了，"恕我眼拙，丽森小姐，原来你还是个天文学家哩。"

"可不是嘛，"这个探索星空的娇小姑娘答道，"我的确像个天文学家，我知道火星人明年秋季流行穿什么。"

"啊，真的啊！"朗纳克小姐开启了授课模式，"你所说的星星，属于仙后星座，学名伽马。其亮度约等于二等星，其子午线程数据为……"

"明白了。"那位年纪轻轻的埃文斯先生说，"我倒是觉得，还是叫比利·杰克逊更好些。"

"我也这么认为。"胡佛先生气喘吁吁地跟朗纳克小姐争辩起来，"既然那些观望星象的老人家可以随意给星星命名，丽森小姐也可以。"

"啊，真的啊！"朗纳克小姐说。

"这或许是颗流星吧。"多恩小姐加入了讨论，"周日我在康尼岛游乐场里打靶，打了十枪，九次打中木鸭，一次打中木兔。"

"这里看不太清楚,"丽森小姐继续道,"你们还是来我的房间看看吧。从一口井的底下,就算是在大白天也能看见星星的。到了晚上,我的房间就成了煤矿里面的竖井,从那儿望上去,比利·杰克逊就像黑夜女神扣在睡衣上的宝石别针。"

此后,有那么一段时间,丽森小姐不再把那些令人头疼的手写材料带回打字。她每天早早出门,并非去上班,而是不停地穿梭于各家事务所。事务所里没人给她好脸色,她的情绪日益低落。这种状况,持续了相当长一段时间。

一天晚上,丽森小姐疲惫不堪地爬上出租屋的石头台阶。以前她都在小饭馆吃过晚饭才回来,这次她什么都没吃。

她走进门厅的时候,遇见胡佛先生,胡佛先生抓住这一机会,将她拦住,向她求婚。这个男人肥肉乱颤,仿佛一座马上就要发生雪崩的大山。丽森小姐往边上一闪,跑到楼梯扶手处。他想拉住她的手,她抬手赏他一个耳光,打得有气无力的。她抓住扶手,一步一顿地向楼上挪动着。来到斯基德先生门口时,他正忙着改动那部尚无人问津的喜剧的舞台提示,用红色墨水注明,女主人公梅特尔·德洛姆(即丽森小姐)这时应"出现在舞台左角,旋即飞快地奔向子爵"。最终,她爬上那段铺着毡毯、黑漆漆的梯子，打开天窗室的门。

她连点灯和换睡衣的力气都没有了。她一下子瘫倒在那张小小的铁床上，床垫的弹簧早已失去了弹性，她纤弱的身体竟然没有留下一点儿凹痕。在那个地狱般阴森森的房间里，她费力地抬起沉重的眼皮，露出一丝微笑。

此时，透过天窗，她的比利·杰克逊正在把祥和、明亮而恒久的光芒播洒在她身上。她身边的一切好像都不存在了，她像是坠入了无底深渊，周围一片漆黑，只剩下头顶一方夜空，嵌着一颗星星。她此前突发奇想把那颗星叫作比利·杰克逊，其实没什么根据。还是朗纳克小姐说得在理：它属于仙后星座，学名伽马，跟比利·杰克逊什么的不沾边。即便是这样，她依然觉得比利·杰克逊这个名字比伽马好得多。

她仰面躺在那里，两次试着抬起胳膊，都失败了。到了第三次，她终于成功了。她把两根纤瘦的手指紧贴在嘴唇上，在黑漆漆的无底深渊里，为她的比利·杰克逊献上一个飞吻。她的胳膊随即软绵绵地落了下来。

"再会吧，我的比利。"她气若游丝地咕哝着，"你离我那么远，足有几百万英里，怎么连眨眨眼睛也不肯啊。这儿到处黑漆漆的，什么都看不见，好在还能看见你，你大部分时间都会留在我能看见的地方，对吗……几百万英里啊……再会吧,我的比利·杰克逊。"

第二天上午,已经十点了,黑人女仆克拉拉发现丽森小姐屋门一直紧锁着,便叫人用力撞开。大家拿来生醋熏她,拍打她的手腕,把烧焦的羽毛放到她鼻子底下,都没有效果,于是打电话喊救护车快来。

不一会儿,一辆救护车风风火火地赶来了,倒退着停在石阶下面。一位身着亚麻布白大褂的年轻大夫敏捷地跃上台阶,他有一张光洁的脸,一举一动透着沉着冷静、潇洒大方。

"四十九号呼叫了救护车,"他直奔主题,"怎么了?"

"哎呀,不好了,大夫。"帕克太太气呼呼地说,好像她房间里出的事成了世界上最大的麻烦,"真搞不清她怎么会弄成这样的。我们什么法子都试过了,都不能让她苏醒过来。是个年轻姑娘……叫埃尔西……对了,是埃尔西·丽森小姐。这种事在我这儿还是头一遭……"

"哪个房间?"大夫厉声问道。这种粗暴的问话方式,帕克太太此前从未经历过。

"那个天窗室,它在……"

显然,这位随车大夫对天窗室的具体位置一点儿都不陌生。只见他一下子跨上四级楼梯,大步流星地直奔顶楼。帕克太太是要面子的人,慢悠悠地跟在后面。

帕克太太才踱到一楼楼梯口，就看见大夫抱着娇小的天文学家从楼上往下走。他停了下来，压低嗓子，用其训练有素如解剖刀般锋利的舌头，狠狠地将她数落了一番。帕克太太像一个泄了气的皮球，慢慢地瘪了。此后，她的心情久久不能平静。房客们对此深感好奇，时常问她，那个大夫到底对她说了啥。

"不提了，"她总是这样答复他们，"要是那些话能让我得到宽恕，我就心满意足了。"

那位大夫抱着患者，大步流星地穿过围观的人群。那些围观者不无羞愧地慢慢退到人行道上，因为他们看到，大夫神情凝重，好像抱着一位故去的亲人。

他们没有看到的是，救护车内，这位大夫并没有把他抱在怀里的患者放在专用担架上，而只是对司机说了一句："威尔逊，能开多快就多快吧。"

故事就这样结束了。意犹未尽，对吗？第二天早晨，报上登出一则短新闻，其最后一句也许可以帮助各位读者（包括我自己）把支离破碎的事件联系起来。

这则新闻说，贝尔维尤医院收治了一名年轻女患者，其居所位于纽约东区某街四十九号，病因是饥饿引发虚脱。最后一句写道："负责治疗的随车大夫比利·杰克逊表示，这位患者一定能康复。"

爱的付出

对醉心于艺术的人来说,付出再多也会在所不惜。

这是本文的前提。这个故事将由此得出一个结论,来表明这个前提根本站不住脚。就逻辑学而言,这肯定是件新鲜事;但就讲故事而言,倒要比中国的万里长城还要古老些哩。

乔·拉勒比在栎树丛生的中西部平原长大,在绘画艺术方面可谓天赋异禀。六岁时,他就有一幅风景画问世,上面有镇上的水泵,以及一个步履匆匆的当地名人。此画随即被配上画框,挂在一家药店的窗子上,与一个颗粒参差不齐的玉米穗子并排展出。二十岁那年,他脖子上系着一条轻飘飘的领带,怀里揣着更加轻飘飘的钱包,离开小镇到纽约闯荡。

迪莉娅·卡拉瑟斯则来自一个松林掩映的南方庄户人家,乡亲们见她能像模像样地弹出钢琴上的六个八音阶,前途无量,就给她凑足一笔学费,塞在她的棕榈草帽里,让她到北方求学。可惜的是，他们未能看到她学业有成——这就是本文接下来要讲的故事。

中西部的乔、南方的迪莉娅是在一个画室里相识的。一群搞美术和音乐的学生聚集在那里，讨论的内容包括德国作曲家瓦格纳、荷兰画家伦勃朗、法国作曲家瓦尔德托费尔、波兰作曲家兼钢琴家肖邦，还有什么明暗对比、壁纸和乌龙茶。

乔和迪莉娅双双坠入爱河，或者说是一见钟情，你怎么说都行，反正没几天他们就结了婚。至于原因嘛，如本文开篇所说，对醉心于艺术的人来说，付出再多也会在所不惜。

拉勒比夫妇搬进公寓，就此开始了他们的家庭生活。那套公寓看上去孤零零的，犹如钢琴键盘左下方最顶端那只升A调的琴键。但这对夫妇很快乐——他们拥有自己的艺术，拥有彼此。我想奉劝那些不差钱的年轻人，变卖你的一切财产，救济贫困的看门人，这样，就可以带着你心爱的艺术和你亲爱的"迪莉娅"，获得优先入住公寓的资格。

你要是在公寓里生活过，就会赞同我的看法：他们拥有的那种幸福，才是真正的幸福。只要家庭幸福，房子小点儿又有什么关系呢——可以把梳妆台放倒，变成一张台球桌；可以把壁炉架拆下来，变成划船练习架；书桌可以随时当床睡;脸盆架则是现成的竖琴;就算四堵墙壁一齐挤压过来,也没什么大不了的,你和你亲爱的迪莉娅依然可以在里面紧紧相拥。不过,如果一个家庭毫无幸福可言,房子再怎么宽敞——打个比方,进门取道金门①,挂帽子的地儿在哈特拉斯②,挂披肩的地儿在合恩角③,出门要取道拉布拉多④——那又有什么用呢?

乔在马吉斯特大师的班上学画画,诸位一定听说过他的鼎鼎大名吧?他收费高,课程少——这一高一少,使他远近闻名。迪莉娅在罗森斯托克手下学艺——谁都知道,此君的钢琴手法以乱弹著称。

这对夫妇的生活极其幸福——只要钱够花就好。人人都如此,我这么说绝无讽刺挖苦之意。两人的奋斗目标再明确不过了。乔得早日创作出新的作品,让一把年纪、胡子稀疏、腰包鼓鼓的绅士们挤进他的画室竞相购买。至于迪莉娅,她得先熟悉一些乐曲,这样才会有摆摆架子的本钱:见到剧场里前排座位和包厢卖不满,就可以借口嗓子

---

① 金门:美国加利福尼亚州西海岸旧金山湾的湾口,南北岸有大桥连接。
② 哈特拉斯:美国北卡罗来纳州海岸的海峡,与"挂帽架"(hatrack)谐音。
③ 合恩角:智利南部合恩岛上的陡峭岬角,位于南美洲最南端,与"晾衣架"(clothes horse)谐音。
④ 拉布拉多:加拿大东部哈德孙湾与圣劳伦斯湾之间的半岛,或与"边门"(laborer door)谐音。

疼，拒绝登台献艺，躲进餐厅包厢大嚼龙虾。

话虽如此，在我看来，最叫人羡慕的还是那套小公寓里的小日子：一天学习之后有说不完的知心话；可口的晚餐和清新的早餐；倾心交流各自的理想抱负——当然，这些志向相互交织，互有启发，否则就失去探讨的意义了。还有——实话实说——晚上十一点钟的那顿夜宵：酿橄榄和奶酪三明治。

但是不久之后，艺术之花就开始枯萎了。即使没有人为因素，有时也会这样。像有句俗语说的，只出不进，坐吃山空。小夫妻没钱给马吉斯特和罗森斯托克两位先生交学费了。对醉心于艺术的人来说，付出再多也会在所不惜。所以迪莉娅说，小日子总得过下去，给人上音乐课是个办法。

她在外面奔波了两三天，打听谁家孩子想学音乐。一天晚上，她兴冲冲地回到家里。

"亲爱的乔，"她兴高采烈地说，"我今天找到一个学生啦。而且，是一户再好不过的人家。那是一位将军的宝贝女儿，将军名叫阿·彼·平克尼，家住第七十一街。那房子好气派啊！乔，你真该去瞧瞧那房子的大门！你常说的拜占庭风格，应该就是那样的吧。走进去一看，到处富丽堂皇的，我的天哪！这次算是开了眼了。"

"那位将军的女儿叫克莱门蒂娜,我一看到这个学生就喜欢得不得了。她长得娇小玲珑,喜欢穿一身白色衣裙,一举一动朴实又可爱!她刚满十八岁,我每周给她上三次课。你知道吗,乔,一次课五美元哩。钱多钱少好说,只要再有两三个学生,我又能去上罗森斯托克先生的课了。好啦,亲爱的,别愁眉苦脸啦,咱俩好好吃顿晚饭吧。"

"你很棒,小迪莉①。"乔说,手里拿着切肉刀和小斧子,打开一听豌豆罐头,"可我呢?我怎么忍心让你奔忙养家,自己却心安理得地留在高雅的艺术殿堂?我以本韦努托·切利尼②的名义起誓,万万不能!我可以去卖报、修马路,挣个一两美元也好。"

迪莉娅走到乔身边,搂住他的脖子。

"亲爱的,别犯傻。你得继续学下去。我这样做也不是放弃音乐了,边教边学,始终不离音乐。而且,一周十五美元,够咱俩快快乐乐地生活了,日子不比百万富翁差。别胡思乱想了,无论如何,你也别离开马吉斯特先生。"

"行吧。"乔一边说着,一边伸手去取一只扇贝形的蓝菜碟,"我实在不想让你出去教课。这活儿和艺术不沾边啊。

---

① 迪莉:迪莉娅的昵称。
② 本韦努托·切利尼:意大利文艺复兴时期的金匠、画家、雕塑家、战士和音乐家。

你真是好样的，付出这么多，我自愧不如啊。"

"对醉心于艺术的人来说，付出再多也会在所不惜。"迪莉娅说。

"马吉斯特先生觉得我那幅公园素描还不错，说我天空部分画得尤其好。"乔说，"而且，廷克尔允许我把两幅画挂在他的橱窗里出售。要是哪个有钱的傻瓜看到了，说不定能卖出一幅哩。"

"肯定没问题的。"迪莉娅柔声说，"这会儿，咱俩应该感谢平克尼将军和烤牛肉了。"

接下来的一周，夫妻俩每天都早早地吃早饭。乔急着要赶往中央公园画素描，晨光熹微的意境不错。迪莉娅则细心照顾他吃完早饭，拥抱着他夸上几句，七点钟跟他吻别。艺术真像个迷人的情人，乔差不多总要到晚上七点才回家。

一周之后，在那间公寓长十英尺、宽八英尺的客厅里，迪莉娅得意地把三张五美元的纸币甩到中间那张长十英寸、宽八英寸的桌子上。她的自豪之情溢于言表，但疲惫不堪的样子令人心疼。

"有那么几回，"她带着厌倦的口吻说，"克莱门蒂娜可把我给折磨得够呛。她恐怕还是练得不够，同样的内容，不知得教她多少遍。再说，总是一身白色衣裙，让人乏味透了。但那位平克尼将军还不错,老头儿看上去可爱极了!但愿你也能见见他,乔。我教克莱门蒂娜弹琴时,他有时会走过来瞧瞧。你可知道,乔,这人是个老鳏夫。他往那儿一站,捋着花白的山羊胡子,每次总问:'十六分音符和三十二分音符都弹得怎么样了?'"

"你要是能去瞧瞧那家客厅里的护墙板就好了,乔!还得瞧瞧产自俄国阿斯特拉罕地区的门帘挂毯。克莱门蒂娜有咳嗽的毛病,时不时咳嗽几声,听起来怪吓人的,但愿她比看上去更强壮些。哎呀,她真是一个可爱的姑娘,温婉如玉,一看就知道家教不错。平克尼将军的兄弟曾经做过驻玻利维亚的公使哩。"

迪莉娅话音刚落,乔便摆出一副基督山伯爵①的架势,从口袋里抽出几张钞票——十美元、五美元、两美元和一美元面额的钞票各一张,均为法定货币——放在迪莉娅的工资边上。

"那张画了尖塔的水彩画,让伊利诺伊州皮奥里亚市来的人买走了。"他神气活现地发布了这一重大消息。

"别逗我了,"迪莉娅说,"怎么可能是远道而来的皮奥

---

① 基督山伯爵:法国作家大仲马同名小说的主人公。小说以其扬善惩恶、报恩复仇为故事发展的中心线索,情节跌宕起伏,充满了叙述的张力,被公认为通俗小说的典范。

里亚人?"

"如假包换的皮奥里亚人。你要是看见他那模样就不会怀疑了,小迪莉。他长得胖乎乎的,系着一条羊毛围巾,用的是羽毛牙签。他路过廷克尔的橱窗时,立刻注意到了那张素描,起初还以为画的是风车哩。他真够爽快,买卖当场成交。他又订购一幅拉卡瓦纳货车站的油画,等着带走。我们两个,绘画加音乐课,艺术终究是艺术啊!"

"你对艺术的坚守,太让我高兴了。"迪莉娅饱含深情地说,"你肯定会出人头地的,亲爱的乔。我俩一起挣了三十三美元呢!手头有这么多钱可用,还是头一回。今天晚上我们吃生蚝吧。"

"还得来个香菇牛排。"乔说,"你把牛肉叉放哪儿了?"

接下来的那个周六晚上,乔先回到家里,掏出十八美元钞票摊在客厅桌上,随即洗掉满手黑色油漆似的污垢。

半小时以后,迪莉娅也到家了,右手上胡乱地包扎着纱布绷带。

"怎么会弄成这样?"乔像往常一样打过招呼之后,关心地问。迪莉娅勉强挤出一个微笑。

"克莱门蒂娜那个怪姑娘,"她解释道,"下课后非要吃威尔士奶酪不可。当时已是下午五点,非要吃这个。将军那会儿也在。可惜你没看见他连跑带颠地去取锅子的样子,乔,就好像屋子里没个打杂的似的。克莱门蒂娜的健康状况令人担心,特别容易紧张,取奶酪时弄洒了不少,都洒在我的手腕上了。那东西烫得要命,可把我给疼坏了,乔。那个小可怜儿伤心极了!而平克尼将军呢,差点儿发了疯。他急吼吼地冲到楼下喊人,让一个锅炉工或是在地下室干活儿的下人——我后来听说的——去药店买了烫伤膏和纱布绷带什么的。这会儿倒不怎么疼了。"

"这是?"乔温柔地拉过她受伤的手,从绷带下面扯出几根白线头,问道。

"是纱布,抹了烫伤膏。"迪莉娅说,"咦,乔,又出手了一幅画吗?"她发现了桌子上的钞票。

"当然了,"乔说,"不信的话,你问一下那个皮奥里亚人吧。今天他取走了预订的那幅货车站画;他还在考虑,可能会再买一幅公园风景和一幅哈德孙河风景。你的手是下午什么时间烫伤的,小迪莉?"

"五点左右吧,我想。"迪莉娅哀声说,"那个熨斗……我的意思是奶酪,大概是那会儿从炉子上取下来的。要是你当时在场,乔,平克尼将军他……"

"坐下来歇歇吧,小迪莉。"乔把她拉到沙发上,自己紧挨着她坐下,伸手搂住她的肩膀。

"过去两周你在干什么呀,小迪莉?"他问。

她有些招架不住了,盯着丈夫看了一两分钟,眸子里透出爱意和固执,嘴里含糊其词地念叨着平克尼将军什么的。终于,她低下了头,泪如雨下,道出实情。

"我一个学生也没找到。"她坦白说,"可我实在不忍心看你放弃学业,就到二十四街的大洗衣房里干起了熨烫衬衫的活计。我编了个平克尼将军和克莱门蒂娜父女的故事,编得还算天衣无缝,对吗,乔?今天下午出了点儿意外,店里有个姑娘不小心把滚烫的熨斗放在我手上了,我只好在回家路上又编了个威尔士奶酪的故事。你不会真的生气吧,乔?要是我不出去干活儿,你可能就没有作品卖给皮奥里亚人了。"

"其实没有什么皮奥里亚人。"乔慢吞吞地说。

"好啦,什么人都一样。你可真棒,亲爱的,吻我一下吧。乔,给克莱门蒂娜上音乐课这事儿,你为什么会起疑心呢?"

"我到今天晚上才感到不对劲儿。"乔说,"今天晚上本来也和平时一样,但就在下午,我听说楼上有个姑娘的手让熨斗烫伤了,就找了一些机油和纱头送过去。这两周我一直在那家洗衣房烧锅炉。"

"这么说你没有——"

"压根儿就没有什么皮奥里亚人,"乔说,"这位买主和你的平克尼将军都是艺术创造的结果——这种艺术,你不会叫它绘画或音乐。"

两人不约而同地笑了起来。乔接着说:"对醉心于艺术的人来说,付出再多也会——"

迪莉娅却伸手捂住他嘴巴。"不用多说,"她说——"有爱就好。"

警察与赞美诗

躺在纽约麦迪逊广场①长椅上的索比,睡得一点儿也不踏实。当雁群高叫着从夜空掠过时,当缺少海豹皮大衣的女人对丈夫殷勤备至时,当索比躺在街心公园的长椅上再也睡不踏实时,毋庸置疑,冬天很快就要到了。

有片落叶飘在索比膝上,这是霜冻先生递上的名片。霜冻先生对麦迪逊广场的常驻人士十分关照,每年来访都预先通报一声。在十字街头,他把名片交给北风先生——那位露天大厦的看门人——好让睡在那里的居民们做好准备。

索比心里很清楚,要熬过这个寒冬,靠天靠地不如靠自己。所以,他在长椅上冥思苦想,再也睡不踏实。

索比的过冬方案一点儿也不过分。他既没想去地中海优哉游哉,也没想去暖风熏得游人醉的南方,更没想去意

---

① 麦迪逊广场:纽约历史最悠久的广场之一,位于曼哈顿中城第五大道、百老汇大道及23街的交会点。广场得名于第四任美国总统、美国宪法的起草和签署人之一詹姆斯·麦迪逊。

大利维苏威湾泛舟漂流。他只想去纽约和布鲁克林之间的布莱克威尔岛上待三个月。在这段时间里,他既不用为吃住操心,又有合得来的伙伴,北风先生和警察老爷也不来找麻烦,惬意至此,夫复何求?

冬季入住大方好客的布莱克威尔岛监狱,索比多年来一向如此。比他命好的纽约人,一到冬天就要购票前往佛罗里达的棕榈滩和地中海沿岸的里维埃拉①,索比命运不济,要求不高,每年能够如期上岛,他就心满意足了。眼下,又到启程的时候了。前一天夜里,他睡在这个古老的广场靠近喷泉的长椅上,把三沓厚厚的星期日报纸,分别垫在上衣里,盖在膝头上,裹住双脚脚踝,结果还是冷得要命。于是,尽快上岛就成了索比目前的第一要务。城市里虽有以慈善为名对无家可归者的施舍救济,可他根本瞧不上。在索比眼中,所谓的慈善事业还不如法律管用哩。这里的救助机构数不胜数,无论是政府机关还是慈善组织开办的,只要他肯进,就可以吃住不愁,过上简朴的生活。话虽如此,索比心高气傲,让他接受施舍是绝对不可能的。出自慈善机构的任何施舍,虽说不要你破费分文,却要以心灵

---

① 里维埃拉:地中海沿岸区域,包括意大利的西北海岸和法国的蓝岸地区。全年阳光充足,降雪日和阴雨日很少。受地中海式气候影响,区内植物种类很多,花卉四季均可栽种,岸边景象嵯峨壮丽,海上风光吸引着众多的游客来此度假避寒。

的屈辱为代价。世上之事，有得必有失。谁要住慈善机构的床，就得先把浑身上下洗干净；谁要在那儿吃块面包，就得让人家没完没了地盘问自己的隐私。由此看来，倒是做法律的客人更划算，一切按规章办事，起码不会随意干涉一位绅士的私事。

既然决定了要上岛，索比便立即行动起来。实现这一愿望的途径有很多，最惬意的就是，到哪家高档餐馆美餐一顿，酒足饭饱之后，直截了当地说无钱买单，悉听尊便，人往警察局一送，干脆利落，没声没响。往下的事，自有一位识相的地方法官去办理。

索比从长椅上站起身来，溜达着离开广场，行至百老汇大道与第五大道交会处平坦的柏油路口。他继续前行，拐进百老汇大道，在一家灯火通明的饭店前面停了下来。最上等的美酒佳肴，衣着华丽的贵宾，各类社会精英，一到晚上就汇聚于此。

索比对自己的上半身还是很自信的。脸刮得干干净净，上衣还算体面，黑色的简易领结也很整洁，那是一位修女送他的感恩节礼物。只要能靠近餐桌，不引起怀疑，那就大功告成了。他置于桌面以上的半身，尚不至于让侍者看出什么破绽。索比琢磨着，一只烤野鸭，再加上一瓶法国白葡萄酒配干酪，一小杯咖啡，一根雪茄，就差不多了，雪茄要一美元一支的就行。这几样加起来钱不会太多,太多了饭店老板会狠狠地教训他一顿的。吃饱喝足之后,他就可以高高兴兴地上路,前往他的冬季乐园。

然而出师不利。索比一条腿刚跨进饭店大门,侍者领班一眼就注意到了他破破烂烂的裤子和趔趔趄趄的鞋子。一双大手干脆利落地把他扭过身去,没声没响地把他打发到人行道上。那只险遭不测的野鸭,就此扭转了不体面的厄运。

索比快快走出百老汇大道。看来靠白吃一顿实现海岛之梦不太现实。要进监狱,还得另找门路。

走到第六街拐角处,只见一家店铺灯火通明,货品琳琅满目,玻璃橱窗煞是引人注目。索比捡起一块大鹅卵石砸向橱窗,玻璃碎了。行人纷纷拥来,跑在前头的正是个警察。索比老老实实地站在那儿,双手插兜,笑容可掬地瞧着警察制服上的铜纽扣。

"干坏事的那个家伙跑哪儿去了?"警察气喘吁吁地问。

"你就一点儿都不怀疑我吗?"索比反问道,口气里不无嘲讽,但态度友好,好像好运就在眼前。

警察对索比没有一丝一毫的怀疑,哪有人干完坏事会留在原地等警察来抓?坏人会撒丫子就跑的。警察一扭头看见半条街开外有个人奔跑着去赶搭一辆车,便抽出警棍追了过去。索比满肚子不高兴,这次又失算了,只好继续游荡。

马路对面有家不怎么气派的普通餐馆,是为那些食量大而钱包小的人开的,餐具粗糙,空气污浊,菜汤寡淡,餐巾单薄。在这种地方,没人在意索比不成体统的皮鞋和暴露底细的裤子。他在桌旁落座,享用了牛排、煎饼、炸面包圈以及馅饼。吃完后,他对侍者实话实说——他身上一个子儿也没有。

"快去叫警察吧,"索比说,"老子等不及了。"

"犯不着惊动警察,"侍者声气柔和,两眼却直冒火星,"来呀,阿康!"

两个侍者手脚麻利地将索比扔了出去,他的左耳首先着地,和硬邦邦的人行道来了个亲密接触。像木匠一段一段地打开曲尺一样,他一点一点地挣扎着站了起来,然后拍干净身上的尘土,成功地让警察拘捕像个可望而不可即的玫瑰梦,虽然那个小岛近在咫尺。有个警察就站在相隔两个铺面的药店门口,对他只是笑了笑,又去巡街了。

索比继续溜达,过了五个路口才恢复勇气继续寻求被捕的机会。一个机会就在眼前,他想这次应该十拿九稳了。有个模样端庄动人的年轻女郎站在橱窗前,饶有兴致地看着里面摆放的剃须专用杯和墨水瓶架。距橱窗两码处,有位彪形大汉——是个警察——威风凛凛地靠在消防龙头上。

索比的行动方案是,即兴出演一个下作的小流氓。他的猎物长相那么典雅脱俗,旁边的警察又那么警惕,这种态势让他信心十足——他肯定会被那个警察逮个正着,继而痛痛快快地上岛过冬。

索比把修女送他的简易领结调整正当,把缩进去的袖口拉到外面,看似潇洒地歪戴着帽子,侧身凑近那个女郎。他又是向她挤眉弄眼,又假装咳嗽清嗓子,嬉皮笑脸、厚颜无耻地展示着一个小流氓该有的丑态。索比用眼角的余光瞥见,那个警察果然在紧紧地盯着他。女郎挪开几步,又全神贯注地看着那个剃须专用杯。索比跟了过去,壮着胆子挨到她身边,抓起帽子,说:"我说,小妞儿!到我家玩玩怎么样?"

那个警察仍在盯着。遭到非礼的女郎只需招招手,就能把索比送往安乐岛了。他此时仿佛感受到了警察局里的融融暖意。女郎转过脸来,伸手抓住索比的衣袖。

"当然好啊,小兄弟。"她兴奋地说,"不过,你得请我喝杯啤酒。都怪那个警察死盯着,不然我早就跟你搭腔了。"

那娘们儿挽起索比,像常春藤缠住了橡树。索比大失所望,平安无事地从警察身边走了过去。他想失去自由,看来没那么容易。

走到一个街角,他挣脱女郎落荒而逃。他跑啊跑,跑到一个亮如白昼的地方。入夜时分,此处的灯光最轻佻,此处的心情最轻松,此处的誓言最轻率,此处的歌声最轻灵。身着轻裘大氅的淑女绅士无惧寒风,来来去去走得煞是欢快。索比突然担心起来,是不是自己中了什么邪,让警察一见他就绕道走?心慌意乱之际,他瞥见一个警察神气活现地站在灯火通明的剧院门口,于是立刻抓住了"扰乱治安"这根救命稻草。

索比扯着破嗓门儿,在人行道醉汉般哇哇乱叫。他手舞足蹈,骂骂咧咧,大吵大闹,搅得天翻地覆。

警察转动着手里的警棍,转过身去干脆不瞧索比,对一个路人解释道:"那小子是耶鲁大学的,他们球队刚刚给哈特福德学院吃了个大鸭蛋,瞧把他给乐得吵吵闹闹的,没啥大事儿。上头有交代,别理他们。"

索比满腹郁闷,停止了劳而无功的吵闹。怎么就没有一个警察来抓他呢?他觉得那个小岛愈加可望而不可即了。寒风刺骨,他把薄薄的外衣上的纽扣逐个扣好。

索比瞧见一个衣着考究的家伙在雪茄店里点烟,火头晃来晃去,一把绸伞倚在门口。他走进去,拿起伞,慢条斯理地走了出来。点烟的人急忙跟了上来。

"你拿了我的伞!"失主大喊,很厉害的样子。

"哦，你的吗？"索比发出冷笑，以期在偷窃的基础上再加上侮辱他人这一条，两个罪名更保险些，"既然这样，你还不快叫警察呀？你的伞，我偏要拿！有本事你叫警察啊？街口就站着一个哩！"

失主越走越慢，索比也越走越慢。一种不祥之感袭上他的心头，这次依然运气不佳。那个警察一脸不解地看着他俩。

"既然……"失主说，"嗯……是啊，你知道这种误会……就是我……既然这伞是你的，请原谅……今天上午我在餐馆捡的……既然你认出来了，是你的伞，那……那还请你别……"

"就是我的伞！"索比气急败坏地说。

徒有其名的失主退却了。那个警察呢，忙不迭地跑去搀扶一位身穿晚礼服的高个儿金发女郎过马路，生怕她被正从两条街外开来的电车撞着。

索比继续向东游荡，穿过一条因修路而被刨得坑坑洼洼的街道。他气呼呼地把伞扔进一个土坑里，叽叽咕咕地咒骂起那些头戴钢盔、手拿警棍的警察来。他只求落入法网，而那些家伙却把他当作不可能有过错的圣贤。

最终，索比来到东边的一条马路上，这里灯光暗淡，也比较安静。他打算顺这条路回麦迪逊广场，那是他的家——虽然他的全部家当只是那里的一条长椅,夜深了总要回去的。

然而,行至一个特别静谧的街角时,索比停了下来。此处矗立着一座老教堂,有山墙的那种,不甚规整,古韵犹存。一扇紫罗兰色的窗户透出淡淡的灯光,不用说,有位风琴师正在反复拨弄琴键,为即将到来的礼拜日苦练赞美诗的伴奏。仙乐飘飘,索比被这动人的旋律迷住了,靠在铁栏的圆环上凝神谛听。

皓月当空,车辆与行人稀疏寥落。屋檐下的麻雀已然进入梦乡,偶尔发出几声啁啾。索比一下子恍惚起来,仿佛置身于乡间教堂的墓园。风琴师的演奏把他牢牢地拴在铁栏上了,以前他是多么熟悉赞美诗的旋律啊!那时的他,生活中尚有母亲、玫瑰、理想、友谊以及一尘不染的思想与衣领。

良知未泯的索比,在这座老教堂的感召下,幡然悔悟,对自己当下的所作所为——自甘堕落、欲壑难填、不切实际、不思进取、居心不良——感到既恐惧又厌恶。

就在这一瞬间,他重新振作起来了。一股突如其来的强烈冲动,激励着他立即行动起来,与坎坷的命运抗争。他要从泥坑中自拔,洗心革面,让一度控制住他的邪恶甘拜下风。一切还都来得及,他还相当年轻,他要唤醒当年的远大志向，不屈不挠地把理想变成现实。管风琴庄严而优美的旋律荡涤着他的灵魂。明天他就去闹市区找份工作。有个皮货进口商曾想雇他驾车。他明天就去找那商人，接下这份工作。他会出人头地的，他会……

索比感觉到有人抓住了他的手臂。他急忙扭过头来，眼前赫然出现一张大胖脸，警察的。

"你在这儿干什么？"那警察问。

"没干什么。"索比说。

"跟我走。"警察说。

"在岛上关三个月。"翌日早上，警庭的法官这样宣判。

财神与爱神

现已退休的"罗氏尤里克"牌肥皂的创始人、制造商安东尼·罗克沃尔的府邸位于第五大道。① 此时,他正从藏书室的窗口向外望,还撇嘴笑着。他的右邻那位贵族范儿十足的俱乐部会员吉·范·斯凯莱特·萨福克-琼斯此时正走出家门,朝着等在门前的那辆小轿车走去。像往常一样,他对肥皂大王府邸门前摆着的那尊文艺复兴时期的雕塑嗤之以鼻。

"没出息的老东西,摆什么臭架子!"前任肥皂大王朝窗外大喊道,"外来的荷兰佬,我劝你小心点儿,不然早晚得夹着尾巴滚蛋。等明年夏天一到,我就把这宅子刷上红、白、蓝三色②,把你的荷兰鼻子给气歪了。"

---

① 第五大道:美国纽约曼哈顿一条重要的南北向干道,南起华盛顿广场公园,北抵第138街。由于第五大道位于曼哈顿的中心地带,因此曼哈顿东西走向的街道有时会以这条街道为界而加以东、西的称呼。
② 红、白、蓝三色:这里指的是荷兰国旗,荷兰国旗自上而下由红、白、蓝三个平行相等的横长方形相连而成。

安东尼·罗克沃尔叫仆人的时候一向不喜欢打铃,他走到藏书室门口大声叫道:"迈克!"嗓门儿之高,颇有当年在堪萨斯大草原那震天一吼的风采。

"你去告诉少爷,"安东尼对应声前来的仆人说,"出门前先来我这儿一趟。"

罗克沃尔少爷一进藏书室,老头儿立刻放下报纸,那红润而光滑的脸上展露出慈祥又不失严肃的神情,上下打量着儿子。他一只手胡乱地揉着满头白发,另一只手伸进口袋里叮叮当当地摆弄着钥匙。

"理查德,你用的肥皂多少钱?"安东尼·罗克沃尔问道。

理查德从大学毕业回家才半年,突然被这话问得有些莫名其妙。他尚未摸透老爸的脾气。老爸就像个初次参加聚会的姑娘,总会问出一些让人措手不及的问题。

"我想是六美元一打的那种,爸。"

"你穿的衣服多少钱?"

"通常是六十美元左右一套。"

"你是个绅士,"安东尼用不容置疑的口吻说,"听人家说,如今那些豪门子弟用的肥皂是二十四美元一打的,随便一套衣服就要一百多美元。你也是有钱人,完全可以像他们那样随意挥霍,但你从不乱花钱,规矩得很。我一直在用咱家的尤里克肥皂,不光是因为感情上难以割舍,还因为这种肥皂最实惠。要是你买的肥皂超过十美分,那超出的部分无非都付给了劣质香料和外包装了。不过,像你这样的年龄、地位和条件,肯用五十美分一块的肥皂,已经相当低调了。我说过,你是个绅士。他们说真正的绅士要经过三代才能出一个,这话不对。有钱能使鬼推磨,金钱比皂脂还好使。你看,你就是用金钱打造成的一个绅士。哎呀,要不是被咱家一左一右住的那两个粗鲁、野蛮的荷兰佬影响了,我也能当个绅士。当初我就不应该买这个房子,这倒好,夹在他俩中间,每天夜里就再也睡不安稳了。"

"就算有了钱,有些事情还是办不到啊。"小罗克沃尔愁眉不展地说。

"没那回事儿。"安东尼对儿子的话深感意外,"钱是万能的。我查了百科全书,几乎从开头翻到字母Y,没发现什么事不能用钱解决。下周我会再查查附录。我是百分之百地相信金钱万能的。你说吧,世上的事儿,哪样儿是用钱不能解决的?"

"比如,"理查德明显有些不服,低声地嘟哝,"就算有了钱,也没办法挤进上层社会啊。"

"哼!挤不进去?"这个笃信"万恶之源"无所不能的

安东尼咆哮起来,"你说说看,要是当年阿斯特家族①的祖先没钱买统舱票漂洋过海来美国,哪成得了什么上层社会的人物?"

理查德发出一声叹息。

"我正要说这事儿哩。"安东尼嗓音放低了些说,"我就是为这事儿叫你来的。你这些日子不大对头啊,我的孩子。我已经留意你两个礼拜了。有什么心事尽管对我说。要是钱的问题,我能在二十四小时内搞到一千一百万,不动产不计在内。要是你的肝脏不舒服,'漫游者号'就停在海湾里,煤也上足了,用不了两天就能把你送到巴哈马群岛度个假。"

"你的猜测还算靠谱,爸。"

"嗯,"安东尼关切地问,"是哪位姑娘啊?"

理查德在藏书室里走来走去。一贯粗鲁的老爸居然对儿子的烦恼如此上心,他只得实话实说。

"那你还不赶紧求婚?"安东尼不解地追问道,"她求之不得哩。你有钱,长得又好看,而且为人正派。你的手干干净净,没有粘上尤里卡肥皂的油脂。你上过大学,不过

---

① 阿斯特家族:美国经济世家,通过对房地产、金融和众多企业的精明投资积累了巨额的财富。家族创始人约翰·雅各布·阿斯特(1763—1848)生于德国,是最早来到美国的移民之一,被美国《商业周刊》评为"史上最伟大企业家"之一。

这一点对她来说可能没什么大不了的。"

"可我一直没找到机会。"理查德说。

"那就创造机会呗!"安东尼说,"带她上公园走走,或者带她去郊游,要不做完礼拜从教堂送她回家。没找到机会?!呸!"

"社交界的事儿你不懂,爸。她是社交界的风云人物,要雨得雨,要风得风。她的日程安排得很满,哪一分哪一秒该做什么,都是提前好几天就安排好了的。可我非她不娶,爸,不然生活在这里,就跟深陷泥潭一样煎熬。这种事儿又不能给她写信说,那样做绝对不行。"

"真是怪了!"安东尼说,"你的意思是说,用我的全部身家,也买不来那姑娘跟你独处一两个钟头的机会?"

"已经来不及了。她后天中午就要坐船去欧洲了,这一走就是两年。明天晚上我能和她单独在一起的时间只有几分钟。这会儿她正在拉契蒙特她姑妈家,我不便过去。不过,她允许我明天晚上备好马车去中央车站接她,她乘坐的那趟火车八点半到,然后我们要乘车赶往百老汇大道的沃勒克戏院,她妈妈和一些亲友在休息室等我们。这样折腾下来,我俩独处的时间只有六到八分钟,你想,在那样短短的几分钟,她能听得进去我的表白吗?不可能的。至于看戏时和散戏后,你觉得我还有机会吗?更不可能了。

你明白了吧,爸?金钱买不了时间,一分钟都不行;要是时间都能买,那么有钱人会长命百岁的。看来在兰特里小姐坐船走之前,我是没机会向她表白心意了。"

"原来如此,孩子!"安东尼乐呵呵地说,"你尽管去你的俱乐部吧。幸好你不是肝脏不舒服。但是,你记得到庙里给财神老爷烧几炷香。你不是说多少钱都买不来时间吗?嗯,没错!你没法让永恒的时间打包送货上门,那是做梦。不过,我倒是瞧见过时间老人路过金矿,脚后跟也被磨得伤痕累累哩。"

当天晚上,安东尼正在看晚报时,埃伦姑妈前来拜访。埃伦姑妈心肠柔软,多愁善感,满脸皱纹,总抱怨自己被财富折磨得喘不过气来。姐弟俩把情人的苦恼当作话题。

"他把他的苦恼全跟我说了,"安东尼打着哈欠说,"我跟他说,我全部的存款都随便他使用,可他却反倒说起了金钱的不是,说什么有多少钱都没用,还说一群千万富翁凑到一块儿也撼动不了一丝一毫的上层社会规则。"

"得啦,安东尼,"埃伦姑妈叹息道,"我觉得你没必要总拿金钱说事儿。与真情实感相比,钱财不值一提。爱情才是万能的。理查德要是早点儿表白该有多好!那姑娘一定会打心眼儿里愿意的。不过,现在恐怕为时已晚,这小子想求爱也没有机会了。不管你有多少金银财宝,也换不来你儿子的幸福。"

第二天晚上八点，埃伦姑妈从一个带有虫蛀痕迹的首饰盒里拿出了一枚古色古香的金戒指，放在侄子手中。

"今天晚上你得戴上这枚戒指，我的侄儿，"她语重心长地说，"这是你妈妈给我的，说它能给爱情带来好运。她托付我，等你有了心上人，就把这枚戒指交给你。"

理查德满怀敬意地接过戒指，把它戴在小拇指上试了试，结果戒指在第二个指关节处就卡住了，于是他将戒指取下来，放进了背心口袋里——这是男子汉的习惯。随后，他便打电话张罗马车。

八点三十二分，他在中央车站熙熙攘攘的人群中，看见了兰特里小姐。

"千万别让妈妈和那些亲友等得太久。"她说。

"到沃勒克戏院，要快！"理查德立即传达给了车夫。

那车向百老汇大道疾驰。穿过第四十二街，马车拐进了一条闪烁着璀璨星光般街灯的小路，从西区的田园风光直奔东区的大厦高楼。

行至第三十四街，理查德一把推开车窗，叫车夫停下。"我的戒指掉了，"他一边道歉一边跨下车去，"那是我妈妈去世前留给我的，我真不想弄丢它。最多耽误一分钟，我知道它掉哪儿了。"

果真不到一分钟,他就拿着戒指返回车上。

但就在这一分钟里,一辆穿城而过的汽车正好在马车的对面停住了。车夫试着从左侧插过去,却被一辆载重货车挡住了去路。他想从右边试试,又遇上了一辆装满家具、不知从哪儿突然冒出来的马车。他又想干脆倒车,但却也无路可走。他索性扔下缰绳,骂骂咧咧地表示自己是恪尽职守的。此时的车马已经被乱作一团的车牢牢困在中间,不能挪动半分。

大城市里的交通瘫痪,总是令人猝不及防,也会殃及周边。

"怎么还不走?眼看就来不及啦。"兰特里小姐有些不耐烦地问。

理查德从座位上站起来四下张望。他看到四周的货车、卡车、马车、电车、出租车把百老汇大道、第六大道和三十四街开阔的三岔地带挤得水泄不通,活像一个二十六英寸腰围的姑娘系着一条二十二英寸的腰带。与此同时,几条横街上的各种车辆还在争先恐后地朝这一地段涌来,乱成一团,难解难分,一片喧嚣声中夹杂着车夫们的咒骂,不绝于耳。总之,就是曼哈顿地区的所有车辆,这天似乎都来凑热闹了。人行道上也是人满为患,看客中连那位资格最老的纽约佬也没有见识过哪次交通瘫痪如此壮观。

"实在不好意思，"理查德回到了座位上说，"看来我们被卡在这里了，我想乱成这样，没一个小时也过不去。都怪我，要是我没去捡那枚戒指，那我们——"

"让我看看那枚戒指，"兰特里小姐说，"事已至此，无所谓了。反正看戏也没多大意思。"

是夜十一点，有人轻轻地敲着安东尼·罗克沃尔的门。

"进来吧。"安东尼用他特有的大嗓门儿叫道。他身着红色睡袍，正在读一本关于海盗的惊险小说。

敲门的是埃伦姑妈，她看上去像一个不小心流落人间的白发天使。

"他俩订婚了，安东尼，"她轻声说道，"那姑娘同意嫁给理查德了。他俩去戏院的路上遇上了交通阻塞，他俩的马车堵了整整两个钟头。

"啊呀，安东尼，我的好弟弟，你以后可别瞎说什么金钱万能的话了。咱家的理查德能找到幸福，多亏了那枚象征着爱情天长地久的小戒指。走到半路他发现那枚戒指掉了，就下车去找。刚巧就在这会儿，街道给堵得严严实实。他们的马车好半天走不了，他就抓住机会向那姑娘说出了心里话，她当场就答应了。与真爱相比，金钱不过是粪土，你说对吗，安东尼？"

"好哇，"安东尼说，"这孩子如愿以偿，真令人高兴啊。

我告诉过他,这事儿花多少钱我都在所不惜,但愿——"

"可是,安东尼,我的弟弟,这事儿你的钱起到了什么作用呢?"

"姐姐啊,"安东尼说,"我正看到海盗十万火急的情节。他的船底破了一个大洞,这家伙很有钱,知道金钱的作用,不想就此葬身大海。你还是先别说了,让我把这章看完呗。"

故事本该就此打住。我也像读者诸君一样,觉得这种结局还不错。然而,我们还是有必要寻根究底,还原事实真相。

第二天,一位脖子上挂着一条蓝底圆点领带、两手红通通的、自称凯利的人登门造访。他一进门就被带到了安东尼的藏书室。

"不错,"安东尼拿起他的支票簿,"这锅肥皂熬得相当不错。我来看看——你此前已经拿过五千美元现金了。"

"我个人额外垫付了三百元哩。"凯利说,"这活儿有点儿超出预算。货车和马车一般是五元一辆;不过卡车和两匹马拉的车子开价就是十元;小汽车和电车司机也要价十元才肯干,搬运车队的车子要二十元;警察宰人最狠——有两个我各付了五十元,另外两个我分别打点了二十元和二十五元。可是罗克沃尔先生,这活儿干得够漂亮吧?幸好大戏院老板威廉·埃·布雷迪没看到这一幕车群外景,否则他准得嫉妒够呛——我们压根儿没彩排过,却这么出彩!伙计们各就各位,分秒不差。堵了足足两个钟头,就算是一条蛇也钻不到格里利①广场那尊雕像底下。"

"这是一千三,你拿去,"安东尼边撕支票边说,"一千归你,三百是你额外垫付的。你总不会瞧不起钱吧,对吗,凯利?"

"我?"凯利说,"依我看,发明贫穷的人,真是欠揍啊。"

凯利刚走到门口,安东尼又把他叫住了。

"堵车那会儿,"安东尼问,"你有没有见过一个名叫丘比特②的光屁股的小男孩儿,拿着弓箭到处乱射?"

"啊?会有这种事儿?"凯利一下子愣住了,"反正我没看见。就算有这么个小家伙,不等我到那儿,警察早就把他逮起来了。"

"我也以为那个小浑蛋不会出现呢。"安东尼哑然失笑,"再见吧,凯利。"

---

① 格里利:霍勒斯·格里利(1811—1872),美国著名报人、编辑,《纽约每日论坛报》的创办者。格里利也是一位著名政治领袖,1872年脱离共和党,组织自由共和党,并为该党领袖。美国有多个地名、学校以其名字命名,与他有关的纪念物也散布在美国各处。
② 丘比特:罗马神话中的爱神,希腊神话中称为厄洛斯。其形象常为生有双翅的男童,手执弓箭。据说谁中了他的金箭就会坠入情网。

故事未完

如今当人们谈及地狱之火时，不再苦苦呻吟，也不会再按照犹太风俗那样，往须发上涂灰炭，以示忏悔。因为连传教的牧师也换了一套说辞，告诉我们说上帝无非是镭、乙醚抑或科学意义上的某种化合物。所以，对我们这些恶人来说，所谓的恶有恶报只不过是一个化学反应而已。这种说法固然让人高兴，但世代相传的正统教义中的一些说法，至今仍会让人胆战心惊。

有两个话题，每个人都可以信口开河，想怎么说就怎么说，而且绝不至于会被驳斥：第一，就是你可以说出你的梦境；第二，就是你可以告诉别人，你听到鹦鹉所说的话。梦神和鹦鹉都做不了证人，因此听众就不会质疑你，更不会怀疑你的神侃。这个故事就是根据一个无根无据的梦写成的，而不是鹦鹉的言语，因为美丽的鹦鹉说的不过是些不知所云的只言片语，并不会给我提供什么好的素材。

我曾经做过一个梦，这个梦与《圣经》的考证毫无关联，只与一个由来已久、令人心生敬畏和让人哀叹的末日审判①有关。

加百列②已经吹响了末日审判的号角，我们这些没有号角可吹的人只能被提去受审。我注意到身旁还聚集了一伙职业保人，他们身着庄严肃穆的黑袍，衣领后面钉着纽扣。但眼下，他们威风不再，自身难保，所以恐怕不能指望他们再保我们中的哪一个了。

一位充当警察的天使飞到我跟前，一把抓住我的左侧翅膀就飞走了。我身边还有一拨鬼魂在候审，看上去境况颇佳。

"你和他们是一伙的吗？"警察天使问道。

"他们是些什么人？"我反问道。

"这伙人嘛，"他说，"他们……"

我还是闲言少叙，言归正传吧。

达尔西是一家百货商店的售货员，售卖汉堡花边、酿辣椒、玩具小汽车，或者其他一些百货商店日常售卖的小饰品。不过，不管她为这家商店创造了多少财富，她每周只能拿到六美元，余下的工资就算是她借的，都记在一个

---

① 末日审判：亦称"最后审判"。基督教末世论的基本神学观点，谓耶稣将于世界末日审判古今全人类，分辨善人恶人，善人升天堂，恶人下地狱。

② 加百列：《圣经》中人物，七大天使之一，上帝传送好消息给人类的使者。作为天使长，担任整个天界的警戒工作，传信为其职能之一。传说末日审判的号角就是由他吹响的。

只有上帝才知道的账本上——啊,对了,尊敬的牧师先生,您将那称为"原始能量掌管的账本"——那好吧,贷方达尔西,借方某某某。

达尔西进入这家商店工作的第一年,周薪只有五美元。要是探讨一下她用这区区五美元是如何生活的,你一定会获益良多。怎么,你没兴趣?那就探讨一个大点儿的数目吧。六美元这个数目比较大,让我来告诉你,她用六美元维持一周的生活,是怎么做到的。

这天下午六点,达尔西一边小心翼翼地在头上插着帽针①,一边对同为店员的好朋友萨迪(那个喜欢侧着左身接待顾客的姑娘)说:"你知道吗,萨迪,皮吉今天晚上约我吃饭哩。"

"真的?"萨迪煞是羡慕地大叫起来,"那你可真够幸运的。皮吉那家伙太有钱了,他总是带姑娘去一些高级的地方。有天晚上,他带着布兰奇去了霍夫曼大酒店,那里的音乐特别优美,还可以邂逅很多上流社会的人。好好享受一番吧,达尔西。"

达尔西一路小跑着往家赶。她的眼睛闪闪发光,泛红的小脸儿焕发出生命的活力,仿佛美好的生活曙光即将来

---

① 帽针:一种装饰性的别针,其作用是把帽子别在头发上,让它不会被风吹跑。帽针是当时女性日常装扮中必备的单品之一。

到。这天已是周五,她上周的工资只剩五十美分了。

下班时分,街上人流如潮。百老汇大街上灯火通明,引来了几里、几十里甚或几百里①开外的飞蛾参加了这次扑火活动。男人穿着裁剪合身的衣服,但面目却模糊不清,就像在水手的养老院里,那些老水手在樱桃核上雕出来的样子。他们扭过头来,睁大眼睛盯着一路小跑的达尔西。曼哈顿这朵夜里才会绽放的昙花,此刻正慢慢地展开它那色泽苍白、气味浓烈的片片花瓣。

达尔西走进一家卖便宜货的小店,用仅有的五十美分买了个带假花边的衣领。这笔钱原本是要用作别的开销:晚餐十五美分,早餐十美分,午餐十美分,余下的十五美分呢,十美分存进她可怜巴巴的储蓄里,再用那五美分奖励自己几颗甘草糖——这种糖含在嘴里,会把腮帮子弄得像是牙痛一样鼓鼓的,融化的时间也像牙痛的时间那样长。享用甘草糖简直是一种奢侈,与大吃大喝没什么两样。但要是没有了这种乐趣,生活还有什么意义呢?

达尔西租住在一间配有家具的屋子。这样的房间与配备餐食的出租屋有很大的不同——栖身于这种地方,就算你饿得半死,他人也无从知晓。

---

① 几里、几十里甚或几百里:原文表述为"几英里、几里格甚至几十里格"。里格,长度单位,约合三英里。此处译文按汉语表达习惯措辞。

达尔西移步上三楼，朝着自己的房间走去。她的房间位于西区一座褐色沙石房屋的后面。她点上煤气灯。科学家告诉我们说，钻石是这个世界上已知的硬度最大的东西，但是他们错了。房东太太都知道有一种化合物，宝石与它相比，软得简直像油灰。她们把这种神奇的物质塞进煤气灯的顶端，煤气倒是省了，灯光却暗得可怜。不管你站在凳子上如何捅，还是用簪子都不能将它撼动半分，所以我们姑且把它称为"坚不可摧"的物质吧。

达尔西点燃了煤气灯，借着它发出的相当于蜡烛四分之一的光亮，我们来瞧瞧这间屋子吧。

屋内有一张沙发床、一张梳妆台、一张桌子、一个洗脸架和一把椅子，这几样家具是由房东太太慷慨提供的。其余的东西都是达尔西自己的，她的宝贝都摆在了梳妆台上：有萨迪赠送的描金瓷瓶、咸菜铺子送的一本日历，还有一本关于梦境解析的书、一只装着扑粉的玻璃盘和一束用粉红带子扎起来的假樱桃。

那面伤痕累累的镜子前面摆着在第一次世界大战中叱咤风云的英国名将基钦纳、英国马尔伯勒公爵约翰·丘吉尔[①]的夫人、意大利文艺复兴时期的金匠兼雕刻家本韦努托·切利尼的画像。有面墙上挂着一幅一个戴罗马钢盔的爱尔兰人

[①] 约翰·丘吉尔：第二次世界大战期间英国首相温斯顿·丘吉尔的祖先。

的石膏板像，旁边还挂着一幅色彩斑斓的石版画，上面有一个穿着淡黄色衣服的孩子正在捉一只火红色的蝴蝶。在达尔西的心目中，这幅画堪称极品。她的高度评价从未招致过任何异议，既没有人私下议论它的真伪给她添堵，也没有人挖苦说她喜爱的昆虫学家看上去实在幼稚可笑。

皮吉说好晚上七点钟来接她。她正快速地梳洗打扮一番。这些我们暂且不说，先聊点儿别的。

达尔西住的这间屋子，每周租金两美元。周一到周六，她每天早餐花十美分，边穿衣服边在煤气灯上煮咖啡和鸡蛋。周日早晨，她会犒劳一下自己，到比利餐馆吃顿小牛排和油煎菠萝饼，餐费是二十五美分，还要付给女服务员十美分的小费。纽约的诱惑太多，特别容易让人大把花钱。她的中、晚两餐都在百货商店的食堂解决，中餐每周六十美分，晚餐每周一美元零五美分，还有一份晚报。你说说看，哪有一个纽约人不看报的，这一份晚报要花六美分；周日版的报纸得来两份，一份是专门看各种招聘信息，另外一份用于精读，这又要花去十美分。这几项开销加起来就得有四美元七十六美分，而她还得添置衣服，还得……

还是别往下计算了。我听说，有人用便宜透顶的布料和针线缝衣服创造出了奇迹，但终究是耳听为虚。我本想在达尔西的生活里加上一些看似天经地义，本应该属于女人的乐趣,可是我的笔却不听使唤,只好就此打住。她仅仅去过两次本市的游乐胜地康尼岛,骑过旋转木马。如果一个人的快乐不是以钟点计算,而是以年来计算,那生活真的是没劲透了,不说也罢。

皮吉不值得多费笔墨。姑娘们每次谈起他的时候,高贵的猪族①便要蒙受不白之冤了。在一本老旧的蓝皮单词读本里,有三个字母组成的单词就是对皮吉最为生动的描述:他长得胖(fat),论心灵像老鼠(rat),论习性像蝙蝠(bat),对猎物的上心程度像狸猫(cat)……他穿着高档的衣服,而且在鉴别一个人的饥饿程度方面可谓天赋异禀。店里的姑娘只需瞟上一眼,他就能判断出,她有多久没有品尝过比茶和棉花糖更有营养的东西了,而且误差不出一个钟头。他总是在闹市区四处闲逛,进百货商店里寻机搭讪,邀请店里的姑娘们共进晚餐。连牵着绳子在街上遛狗的人对他都会嗤之以鼻的。他也算是某类人中的典型人物,但我不能再为他多费笔墨了。他不是我笔下想要刻画的人,我不是木匠,对他的刻画到此为止。

离七点还差十分钟的时候,达尔西梳洗打扮完了。她在那面伤痕累累的镜子前照了照,对自己还算满意。那套深蓝的连衣裙非常合身,像是为她量身定做的,帽子上装

---

① 猪族:Piggy,发音像"皮吉",有小猪的意思。

饰着飘逸的黑羽毛,手套稍有点儿脏,但无伤大雅。这身行头每一样都是她精打细算省出来的,完全拿得出手。

达尔西心无旁骛,陶醉在自己的美貌中。眼下的生活即将揭开它神秘的面纱,即使只是一角,也足以让她啧啧称奇。过去从没有哪个男人带她出去过,而现在她马上就可以到那种令人眼花缭乱的高贵生活中体验一番了。

据那些姑娘说,皮吉出手很大方。这次跟他出去一定会吃顿大餐,听听音乐,看看那些身着华服的贵妇人。还可以享用让姑娘们垂涎三尺的美味佳肴。毫无疑问,皮吉下次还会邀请她的。

她记得有一家商店的橱窗里展示着一套蓝色的真丝衣服。要是每周多存下十美分,将储蓄从十美分增加到二十美分,那么——算一算啊——一算吓一跳,得攒上好几年呢!不过,第七马路那边有家旧货店,可以——

有人来敲门了。达尔西开门一看,是房东太太。她面带虚伪的笑容站在门口,鼻子却在嗅房间里是否有偷用煤气烧东西吃的味道。

"有位先生找你,就在楼下,"她说,"叫威金斯。"

对于那些对他颇有好感的倒霉姑娘,皮吉总是用这个姓氏自报家门。

达尔西转回身到梳妆台取她的手帕。蓦地,她停下不动了，使劲儿咬着下嘴唇。刚才照镜子的时候，她宛若置身仙境，看到自己像个刚从漫长的睡梦中醒来的公主，但她却没有注意到，一双忧郁、深情的眼睛正凝视着她——这个人只是赞成或反对她的一举一动。这个人就是她梳妆台上描金镜框里的基钦纳将军。他的个子修长挺拔，英俊的脸上透着忧郁，一双美丽的眼睛紧盯着她，目光中流露出伤心和责备。

达尔西像个带发条的玩具娃娃似的，机械地转过身，对房东太太怔怔地说："告诉他我去不成了。就说我生病了，或者随便找个什么借口都行，总之我不想出去了。"

达尔西把门关上并锁好，一头栽倒在床上，哭了整整十分钟，把帽子上的黑羽毛都给压坏了。她唯一的朋友就是基钦纳将军，他是她心目中的堂堂大丈夫的典范。他看上去似乎也是心事重重的，那漂亮的小胡子叫她着迷，而严肃中透着温和的眼神又让她望而生畏。她常常幻想，总有一天，他会脚蹬马靴，腰佩铿锵长剑，专程到这屋里来看她。那该多好啊！有一次，有个男孩儿拿着一根铁链撞到了灯杆，弄得哗哗响。她听了，竟然情不自禁地打开窗户，伸长脖子往外瞧。然而这只是幻想。她原本知道基钦纳将军正率部在遥远的日本与土耳其兵作战[①]，他绝不可能

[①] 此处原文表述与史实有出入。

从描金镜框里走出来见她。然而,在这个夜晚,基钦纳将军只用一个眼神就把皮吉击败了。没错,这个夜晚的情形的确如此。

大哭一场后,达尔西起身脱下"盛装",换上一件穿了很多年的蓝色睡袍。她没心情吃饭了。随口唱了两段《美国远征军大兵》。随后,她的注意力转移到了鼻子旁边的一个小红点上。处理完那个小粉刺,她把椅子搬到晃晃悠悠的破桌子旁,拿了一副破旧的纸牌给自己算起命来。

"这家伙真不要脸!"她喊出了声,"我说了什么话,做了什么事,让他动了邪念!"

晚上九点钟,达尔西从行李箱里拿出一盒饼干和一小瓶树莓酱,有滋有味地吃了起来。她又给基钦纳将军在一块饼干上放了点儿果酱,可这位将军只是默默地注视着她,犹如埃及胡夫金字塔前的狮身人面像注视着一只蝴蝶——如果说沙漠里也有蝴蝶的话。

"你不想吃就不吃吧,"达尔西说,"但不要吹胡子瞪眼地教训我。要是你每周也守着六美元过日子的话,我看你还会不会觉得自己高人一等,目中无人。"

这番大不敬的话不是好兆头。果然,她又气急败坏地把本韦努托·切利尼的画像翻过来,给他扮了个嘴啃泥。这个举动其实情有可原,因为她讨厌他,一直当他是亨利八世①——那个离婚多次并处决过第二个妻子的英国国王。

九点半,达尔西最后扫了一眼梳妆台上的基钦纳将军、马尔伯勒公爵夫人和本韦努托·切利尼等人,便熄灯跳到了床上去。临睡前,还不忘对这帮家伙行注目礼问候晚安,这真是一件糟糕的事儿。

故事讲到这里,却无从结尾。后来又发生了一些事情,皮吉又邀达尔西陪他一起吃饭,此时的达尔西比以往更感到孤寂,而基钦纳将军的眼睛碰巧看向了别处,所以……

书接前文。在梦境中,我站在一群春风得意的鬼魂旁边,一位充当警察的天使抓着我的肩膀,问我是不是他们的同伙。

"这伙人是干什么的?"我问。

"呃,"他说,"这伙人雇用年轻的女工,每周只给她们五六美元生活费。你是他们的同伙吗?"

"我对天发誓,我绝对不是。"我说,"我只是放火烧了一家孤儿院,为了几个钱要了一个盲人的命而已。"

---

① 亨利八世:英格兰都铎王朝的第二位国王,英国历史上最具争议的君主之一。他因不满罗马教廷对其婚姻问题的处理方式,于1534年颁布了《至尊法令》,宣布英格兰独立于罗马教廷,建立了英国国教。这一举动引发了英格兰宗教改革运动,对整个欧洲的宗教格局产生了深远影响。批评者认为,其婚姻问题引发了一系列政治和宗教危机,导致了社会动荡和混乱。

一个忙碌经纪人的浪漫史

　　皮彻是证券经纪人哈维·马克斯韦尔事务所的心腹雇员。这天上午九点三十分，他瞧见领导带着那位年轻的速记员快步走进了公司。这个场景让他那一向神色木然的脸上顿时浮现出了一丝疑惑与惊奇。"早安，皮彻。"马克斯韦尔漫不经心地向他打了个招呼后，就迫不及待地冲向办公桌，一头扎进那一大堆等他处理的信函和电报里。
　　那位年轻的速记员已在马克斯韦尔证券事务所工作了一年。她那天生丽质的美貌在一般速记员中极为罕见。她从不追求那种华丽的发型，也不会佩戴一些像项链、手镯、吊坠之类的首饰，倘若要邀她出去吃顿饭，恐怕都会碰壁。她穿着朴素的一袭灰裙，但却非常合体、雅致。一顶干净利落的黑色帽子上插了一根翠绿色的金刚鹦鹉羽毛。这天上午，她满面红光却带有一丝羞涩，双眼水润晶莹却带有一丝梦幻，两颊绯红的样子好像在回味着美好的记忆。
　　皮彻的好奇丝毫未减，他注意到这年轻的速记员接下来的举动和以往有些不同。她的桌子在隔壁房间，但她没有立刻进去，而是在外间办公室徘徊了好一阵子。终于，她慢慢地向马克斯韦尔的桌子走了过去，离他很近，近到足以让他察觉到身旁有人。

马克斯韦尔一坐到办公桌前，就已经不是一个人了，而是一台机器——一台靠咔咔作响的齿轮和紧绷绷的发条驱动的机器。

"嗯，有事儿吗？"马克斯韦尔不客气地问。拆开的邮件像雪堆一样，胡乱地堆放在他的桌子上。他那锐利的灰眼珠咄咄逼人地向她射去，不带有一丝的人情味儿，甚至还有一些粗暴。

"没事儿。"速记员微微一笑，转身走开了。

"皮彻先生，"她转而问老板的心腹雇员，"关于另雇一位速记员的事儿，昨天马克斯韦尔先生跟你说过吗？"

"说过啦，"皮彻先生答道，"他叫我另找一位速记员。昨天下午我就联系了中介，请他们今天上午推荐几个人过来。不过这会儿都已经九点四十五了，连个人影儿都没见着。"

"这样的话，我还是照常上班吧，"年轻的速记员说，"在雇到合适的人之前。"说完，她快步走到自己桌边，将插着金刚鹦鹉羽毛的黑帽子挂在了老地方。

倘若一个人没见识过一个曼哈顿经纪人忙得脚打后脑勺时的表现，是不足以做一个人类学家的。托马斯·莫当特曾在《蜜蜂》一诗中热情洋溢地歌颂："绚烂的人生中，一时的忙碌，抵得上一世纪的默默无闻。"就证券经纪人而言，何止是"一时的忙碌"，这个行当每分每秒都忙得不可开交，仿佛置身于一个人满为患的公交车厢，分分秒秒都悬挂在车厢吊带上那样紧张，前前后后都被挤得密不透风。

这一天就是哈维·马克斯韦尔忙得要命的日子。股票交易正酣，收报机急促地吐出一卷卷行情记录；桌上的电话机不停地响着；一大群人拥进他的事务所，隔着栏杆跟他交流，有兴高采烈的，有担惊受怕的，有粗声大气的，有恶声恶气的；信差捧着信件和电报跑进跑出；事务所里的几名雇员上蹿下跳，就和暴风雨中的船员没什么两样。就连一向神色木然的皮彻也变得活泼起来。

自然界的诸多灾难，比如，飓风、山体滑坡、暴风雪、冰川移动、火山爆发等，在证券经纪人的事务所里轮番上演，只不过被袭击的规模小了一些。马克斯韦尔索性把椅子推到墙根，以腾出更多的空间办理业务，他一刻也不停歇，仿佛在跳足尖舞。他在行情收报机和电话之间奔走跳跃，身手敏捷程度绝不亚于滑稽剧中受过专业训练的小丑。

就在马克斯韦尔忙得热火朝天，感到压力越来越大的时候，突然瞥见一堆高高耸起的金发，上面扣着一顶插着鸵鸟毛的天鹅绒帽，一件仿海豹皮的短大衣，一串山核桃大小的珠链，珠链上挂着的银质鸡心吊坠快要垂到地板上了。这身装扮的主人是一位气定神闲的年轻女郎，她轻轻地点头，正在听皮彻的解释。

"这位小姐是中介介绍来的速记员。"皮彻说。

马克斯韦尔半转过身子，手里全是信件和电报纸。

"求什么职？"他皱着眉头问道。

"速记员啊，"皮彻说，"你昨天叫我给那家中介打电话，让他们今天上午介绍一个过来。"

"你真是昏了头，皮彻，"马克斯韦尔说，"我怎么会叫你干这事儿？莱斯莉小姐在这里工作一年以来非常令人满意。只要是她想留在这里，这个位置就一直是她的。小姐，我们这里不缺人。皮彻，赶快跟中介说清楚，千万别再介绍什么人来啦。"

挂着银质鸡心吊坠的年轻女郎气呼呼地离开事务所，一路上那条鸡心左右摇晃，碰撞着办公室里的家具。皮彻抽空儿对会计说，"老家伙"的脑子越来越不好使了，什么事情都记不住。

交易所里的业务不停地往上涨，工作节奏越来越紧张，交易的节奏也越来越快。马克斯韦尔的客户重金投资的几只股票遭遇暴跌。买进卖出的单据来来回回疾如飞燕，就连他本人入手的几只股票也岌岌可危。他简直成了一台做工精巧、坚固耐用的机器，紧张、快速、准确地运转着，像只上满发条的钟表，一分一秒不得停歇，随时准备下达指令，做出正确的决断，从而迅速采取行动。股票、债券、贷款、抵押、定金、担保……构建起一个金融王国，在这里，没有人类世界和自然界的立足之地。

临近午饭时刻，喧嚣暂告停歇。

马克斯韦尔戳在桌旁，手中的电报和记录满满当当，右耳上夹着一支自来水笔，头发胡乱地耷拉在额头上。办公室的窗子开着，因为可爱的春姑娘像个善解人意的女佣，已悄然开启了大地的调温器，送来融融暖意。

紫色丁香花的幽香从窗口飘了进来，使经纪人一下子怔住了。这是因为这种香气非莱斯莉小姐莫属。

这种香气让人无比生动地看到了莱斯莉小姐，仿佛触手可及。刹那间，金融世界突然缩成了一个小小的黑点。她就在隔壁，离他只有二十步的距离。

"的确，我得马上去找她，"马克斯韦尔的心里话几乎冲口而出，"我得马上去跟她说。真想不通，我早干吗去了。"

他急匆匆地闯进里间，像抢抛股票赚了大钱急于补仓似的，冲到那位年轻的速记员的桌子前。

速记员抬起头，面露微笑地看向他。瞬间泛起的红晕爬上了她的脸颊，眼神中透露出柔和和坦诚。马克斯韦尔把一只手肘支在桌子上，两只手里依然是一大摞纸，耳朵上依然夹着那支自来水笔。

"莱斯莉小姐，"他急急忙忙地说，"趁现在有空，我想跟你说句话。你愿意做我的太太吗？我真的没空儿像一般人那样追求你，可我真的爱你。请快回答我，那些家伙正抢购太平洋联合铁路公司的股票哩！"

"咦，你在说什么呀？"速记员被吓了一跳。她站起身，双眼圆睁。

"这你还不明白吗？"马克斯韦尔急不可耐地喊道，"莱斯莉小姐，我希望你能嫁给我。其实我早就爱上你了，只是一直没机会对你说。趁这会儿稍微有点儿空，我赶紧来找你。这不，又有电话催我了。皮彻，告诉他们稍等。你到底愿不愿意，莱斯莉小姐？"

速记员的神情有些异样。她先是一愣，接着热泪夺眶而出，然后她破涕为笑，伸出一条胳臂温柔地勾住这位证券经纪人的脖子。

"我现在明白啦，"她柔声细语地说，"做这一行让你把什么都忘了。一开始你把我吓坏了。哈维，你真的忘了吗？昨天晚上八点，咱俩在街角那家小教堂结婚啦。"

徒有其表

此时，托尔斯·钱德勒先生正在他的卧室熨烫着他的晚礼服，他的卧室是在走廊上隔断而成的。他把一个熨斗放在小煤炉上面烤着，另外一个熨斗拿在手里来回用力地推了几下，就压出了一条令他满意的折痕。用不了多久，他的裤子上就会拥有两条笔直的裤线了，这与他脚上的黑色漆皮鞋和燕尾服里面的低领的坎肩相得益彰。关于本文主人公的穿着打扮，我只交代到这儿；剩下的事情，就让那些穷困潦倒又死要面子的人尽情地展开想象的翅膀去猜测吧。当他再次出现在我们面前时，他已经打扮得整整齐齐了，举手投足间尽显纽约公子哥儿的潇洒风度。接着，他用略带嫌弃的神情，潇洒地走下出租屋门口的石阶，出去寻求晚间的乐子。

这位钱德勒先生刚刚二十出头，就职于一家建筑事务所，周薪十八美元。他笃信建筑是一门名副其实的艺术，并且坚信纽约那座用钢筋水泥修建的第一高楼熨斗大厦①比意大利的米兰大教堂②逊色得多。当然,这话在纽约是不可以随便乱说的。

钱德勒每周从工资中预留一美元,每攒十周后,他就用这笔存款把自己打扮成上流人物的派头,购买一夜的潇洒,讲讲绅士的排场。他摆出一副百万富翁或大老板的架势,去一次豪华的餐厅,在那享用一顿品位不俗的晚餐。当一个人只有十美元时,他就可以痛痛快快地拥有几个钟头的上流人生,这笔钱足够一桌精心挑选的餐食、一瓶好酒、一支雪茄以及适量小费、往返车费,等等。

每隔十周也就是七十天就可以换取一个如此惬意的夜晚,这就是钱德勒朝思暮想,保持生活幸福的源泉。大家闺秀即使人到暮年,仍会对初入社交场的那种新奇之感念念不忘,但在人的一生中,也就只有成人礼时的那一次。可在钱德勒看来,每十周一次的享受,仍像第一次那样充满了新鲜感,这种感觉使他欲罢不能。沉浸在棕榈婆娑、歌舞升平的人间天堂,与经常光顾此类场所的贵宾们一起

---

① 熨斗大厦:建造时称为福勒大厦,在1902年完工,当时为纽约市最高的大楼之一。地址在曼哈顿岛第五大道175号,坐落在23街、百老汇大道和第五大道交叉的一个三角形的街区内,尖头指向麦迪逊广场的南边。

② 米兰大教堂:天主教堂,坐落于意大利米兰市中心的广场,世界五大教堂之一,是世界上最大的哥特式教堂,也是米兰市的象征。它始建于1387年,历经五个世纪才完工。拿破仑曾于1805年在此举行加冕仪式。

享用美食，自己就会成为他们中的一员，他们也把自己视为同类，这难道不是很快乐吗？相比之下，一个少女第一次在大庭广众之下跳舞和第一次穿露胳膊露腿的薄纱衣裙，又有什么大不了的呢？

置身于百老汇大道，钱德勒感觉自己像是加入了身着晚礼服的游行队伍一样。今晚，他不仅是旁观者，还是供他人欣赏的对象。虽然在今后那六十九个晚上，他只能身着粗布衣衫，在低档的餐馆里吃个便饭，在大排档上随便对付一口，或在他的卧室里啃个面包、喝点儿啤酒什么的，但是他心甘情愿这样做，因为毕竟他是这个夜生活极其丰富的大城市孕育出来的。在他看来，这一夜的风光，完全可以补偿接下来的六十九个黯然无趣的日子。

钱德勒沿着这条灯火辉煌、热闹非凡的大街漫步前行，一直走到和第四十几号街交会的地方。时间还早，对一个每隔七十天才能在上流社会逗留几个钟头的人来说，这种快乐理应尽量延长。他的这身行头和派头表明他正在寻求着享乐，所以身上引来了各种眼光：明亮的、阴险的、好奇的、羡慕的、挑逗的，如此等等。

他走到一个街角停了下来，认真思考着是否要折返回到此前他多次光顾的那家豪华饭店去。就在这时，一个姑娘步履轻盈地跑过街角，一个不小心在一块冻得梆硬的积雪上滑了一跤,"扑通"一声跌倒在人行道上。

钱德勒颇有绅士风度地将这位姑娘轻轻扶起。她一瘸一拐地走到路旁房屋墙边,倚在墙上,很礼貌地对他表示感谢。

"看来我的脚踝被扭到了,"她说,"摔倒时崴了一下。"

"疼吗?"钱德勒问道。

"用力的时候会疼。我想再待一两分钟应该就能走了吧。"

"那看我能帮你做点儿什么,"钱德勒说,"比如,我可以去叫辆车子,或者……"

"多谢了。"姑娘说话的声音既柔和又诚恳,"不用您费心了。是我的鞋跟儿不太舒服,不过还是怪我太大意了,不能怪它。"

钱德勒打量着她,顿时发觉自己对她产生了好感。这是一位优雅、迷人的姑娘,眼神和善。她穿着一件朴素的,像极了女店员常穿的那种黑衣服,她的草帽一看就是很便宜的那种,上面除了一个用绒布打的蝴蝶结以外,再没有其他的装饰。草帽下面露出了富有光泽的深褐色卷发。这副打扮,堪称职业女性自食其力的典范。

年轻的建筑师忽然有了一个想法:他要邀请这位姑娘共进晚餐。他那具有周期性的放纵固然潇洒惬意,但美中不足的是身边缺个女伴，总会让人有形单影只的感觉。此刻，这个弥补美中不足的人就在眼前。要是能有这样一位知书达理的小姐陪伴，今晚他那短暂的几个钟头的快乐就能翻倍了。他敢肯定这位姑娘是知书达理的，她的态度和言语已经充分表明了这一点。钱德勒觉得她虽然衣着朴素，但能和她一起吃顿饭还是让他很有面子的。

这些想法在他的大脑里飞快地转动着，就这么定了。虽然他的邀请有些冒昧，但职业女性应该不会拘泥于这种形式的。她们通常在判断男人方面都十分敏锐，并且更看重自己的判断力而不是繁文缛节。虽然他的经费只有十美元，但只要安排得巧妙，足够他俩美美地吃喝一番。他敢肯定接下来的这顿晚餐，会给这位姑娘平淡无奇的人生增添一分极其美妙的体验，而她由此产生的感激之情也会让他倍感自豪。

"我想，"钱德勒坦诚而郑重地提议道，"您的脚恐怕得多休息一会儿。我倒有个两全其美的办法，既能让您的脚多休息会儿，又能赏我个面子。您刚才不小心在街角摔倒时，我正打算一个人去吃晚饭。这样的话，您跟我一起去吧，让我们美美地吃顿饭，开心地聊点儿什么。吃完饭，我想您的脚就会好了，您就可以高高兴兴地走回家。"

姑娘抬头看向钱德勒那开朗和蔼的面孔，眼睛非常明亮地闪烁了一下,露出了天真的笑容。

"但咱俩还不认识啊——这样有些不妥吧?"她有些迟疑地说。

"没什么不妥的,"钱德勒爽快地说,"请允许我自报家门,我叫托尔斯·钱德勒。我会尽心让我们这顿饭吃得满意,吃完饭后我们就分手告别,或者让我送您回家,悉听尊便。"

"天哪!"姑娘朝钱德勒那无可挑剔的装扮瞟了一眼,说,"瞧我穿的这套旧衣服,这顶旧帽子,恐怕一起吃饭不合适吧?"

"没关系的,"年轻的建筑师豪爽地说,"我保证,您的这身穿戴会比咱俩过会儿吃饭时见到的每个穿晚礼服的姑娘更迷人。"

"这脚踝还是很疼,"姑娘试探着走了一步,并对他的提议表示认可,"那就恭敬不如从命了,钱德勒先生。您可以叫我玛瑞安小姐。"

"请跟我来,玛瑞安小姐,"钱德勒兴奋而不失礼貌地说,"我们不需要走多远,下个路口就有一家很不错的餐厅。您可以扶着我的胳膊——就是这样——我们走慢些。我自己一个人吃东西实在是太没意思了。巧遇您摔倒,倒是成全了我呢。"

他们两人在一张整洁的餐桌旁坐下,一个侍者殷勤地为他们服务。此刻,钱德勒由衷地感到他的定期潇洒真是物超所值。

这家餐厅虽不像他经常光顾的,在百老汇大道里面那家那么富丽堂皇,但这两家差别其实也不大。餐厅里尽是一些衣着光鲜亮丽的顾客,还有一支一流的乐队在现场演奏。在轻柔的音乐的衬托下,这次谈话成了一种美妙的享受。当然,这里的美食和服务也是一流的。他的女伴虽然穿戴朴素,但容貌秀丽,身段窈窕,给人以清水出芙蓉的美感享受。毫无疑问,钱德勒那热情稳重的态度,坦诚大方的蓝眼睛,也让姑娘在凝望他时,俏丽的脸上流露出了一种近乎仰慕的神情。

就在此刻,纽约曼哈顿特有的疯狂、炫耀、装腔作势等毛病,感染了这位定期潇洒一回的年轻建筑师。现在,他仿佛置身于百老汇大道的舞台上,周围一片繁华,还有不知道多少双眼睛在凝望着他。在这个舞台上,好戏即刻上演。他假想当晚自己扮演的角色是身家不菲的花花公子、品位不俗的时尚人士。他早已换好的戏服和角色是绝配,演出即将开始,天神下凡也拦不住他了。

演出开始。他先是对玛瑞安小姐大聊特聊,话题从名人俱乐部、品茶聚会、打高尔夫球到骑马、狩猎、跳交际舞、出国旅游等，还有意无意地提到他停泊在拉奇蒙特港的私人游艇。他发现这番信口开河的谈话深深地打动了她，于是又随口胡诌了一些暗示自己富得流油的鬼话，还亲切地说起了几个没有什么钱的朋友的名字意在强化表演效果。对钱德勒来说，这种机会来之不易，转瞬即逝，所以尽量让快乐最大化方为上策。他陶醉在自己的独角戏中，但透过这层迷雾，他感受到了玛瑞安小姐的纯真品性。

"你说的这些，听起来让人感觉十分空虚无聊，"她说，"难道这世上就没有什么工作让你感兴趣吗？"

"工作！"他提高了嗓门，"试想一下，我的玛瑞安小姐，每天都要穿着礼服赴宴，一个下午有五到六个地方等你赴约，每个街角都有警察关注着你，哪怕你的汽车只比驴车快那么一点点，他们就会跳上车来，让你上趟警察局。我们这种看似无所事事的人，其实是最辛苦的大忙人。"

晚餐结束后，钱德勒给了侍者一大笔小费，然后和玛瑞安小姐一起去了刚才两人邂逅的街角。此时她的脚已经完全能走了，而且完全看不出脚步有什么不便。

"多谢您的盛情款待，钱德勒先生，"她发自肺腑地说，"我得赶紧回家了，很高兴与您一起吃饭。"

他亲切地对她笑了笑，然后跟她握手说再见，不经意地又说起了他接下来要去俱乐部打桥牌。他朝着她远去的背影望了片刻，然后快步向东走去，雇了一辆马车，慢慢地打道回府。

钱德勒回到那间冰窖般的卧室，脱下晚礼服并细心收好，六十九天后它又可以派上用场了。他一边收拾礼服，一边回想着刚才的情形。

"这姑娘真不错，"他自言自语道，"就算她为了生活不得不每天工作，但我必须承认，她绝对是个好姑娘。要是我今晚管住嘴巴，不那样天花乱坠地胡诌，而是对她实话实说，兴许我俩——去它的！那怎么行！如果我那样说的话，怎能对得起我的这身行头啊。"

这就是出自纽约曼哈顿部落小屋里的一位勇士的内心独白。

那位姑娘与请她吃饭的人道别后，快步走过闹市，在一座漂亮且安静的府邸前停了下来。这座府邸离东区隔了两个广场，前面就是曼哈顿的中央大街第五大道。她快速地冲进门去，跑到楼上房间，有一个身着精致便装、面容姣好的年轻女子正焦急地向窗外眺望。

"哎呀，真是个疯丫头！"她刚一进门，那个年龄比她略大的女人立刻喊了起来，"你总这样让全家人跟着担惊受吓，什么时候才能改一改啊？瞧你那身又破又旧的衣裳，还戴了玛丽的帽子，一跑出去就两个钟头见不到人，把妈妈吓得够呛,她让路易斯开车四处找你去了。你这个不听话的丫头,真是没脑子!"

年纪略大的女人按了一下电钮,一个女仆应声而来。

"玛丽,你去跟太太说,玛瑞安小姐这会儿到家了。"

"好姐姐,别埋怨我了。我本来只是跑到西奥夫人店里,告诉她我的晚礼服不要用粉红色的嵌花,改用紫红色的。这身旧衣服和玛丽的帽子很合适,我觉得谁看见我,都会以为我是个女店员也没什么。"

"亲爱的妹妹,晚饭时间早就过了,你跑出去太久了。"

"我知道,我不小心在街角那儿滑了一跤,把脚踝给弄伤了,一时间动弹不得,只好到一家餐厅坐了好一会儿才回来,让你们久等了。"

姐妹二人在窗边坐下,看着车水马龙、灯火辉煌的第五大道。妹妹把头靠在姐姐的膝上。

"早晚有一天咱俩都得嫁人,"她满怀憧憬地说,"家里这么有钱,咱俩的婚姻大事自然会有不少人关注,我们可别让大家失望才好。想听听我会爱上什么样的人吗,姐姐?"

"尽管说吧,傻丫头。"姐姐微笑着说。

"我会爱上一个拥有一双透着善良的深蓝色眼睛的人,他对穷苦姑娘温存有礼,人又很帅气,又十分和气。但他还得有所追求,有目标,有事业,我才会爱上他。只要他有事业心，没钱我都不在乎，我会做一个贤内助，在事业上帮助他。然而，亲爱的姐姐，我们总是会遇到那种整天无所事事、优哉游哉的纨绔子弟，他们的生活中只有俱乐部和交际界。我可不能爱上这样的人，就算他有一双蓝眼睛，在街上碰到贫苦姑娘也和蔼可亲。"

带家具的出租屋

时光飘忽不定，匆匆流逝，像极了纽约下西区那片红砖楼里的租客。说他们居无定所，是因为他们总是从这间带家具的出租屋搬到那间带家具的出租屋，永远没有消停的时候。所以不管从他们的住处，还是从思想感情上说，他们都是一些匆匆的过客。他们用黑人的拉格泰姆曲调唱起英国民谣《家，甜蜜的家》，把全部家当安置在纸箱里说走就走，他们没有《圣经》中象征着安定居家生活的葡萄藤和无花果树，只好用缠绕帽子的饰带和室内盆栽橡胶树代替。

这里有成百上千的租客，自然也有成百上千的故事。尽管大多情节不值一提，但要说这一大帮匆匆过客里连一两件诡异的事情都找不出来的话，那才是活见鬼哩。

一天天黑时分，一个青年男子穿梭在这一带红砖建筑中，一栋又一栋地按门铃。一直来到第十二家，他把干瘪的行李包搁在石阶上，摘下帽子，掸去帽檐和额头上的尘土。微弱的门铃声好像是从僻静空洞的地底下传来的。

这是他第十二次按的门铃。铃音未落,房东太太出现在了门口,她的体态立刻让人联想到一只令人作呕、脑满肠肥的蠕虫。她刚把果仁吃个精光,只剩下一个空空如也的坚果壳,正要找下一名房客来填肚子。

青年男子问是否还有空房。

"跟我来,"房东太太从喉头蹦出几个字,那声音好像是嗓子眼生了锈,"三楼后面有一间屋子空了快有一周了,去看看?"

青年随她上楼。一束来路不明的微光照着黑暗的走廊。他们沉默地踩在楼梯的地毯上,这地毯早已经残破得不像样了,恐怕就连它自己都不会承认和地毯这个名字有什么关系。它终日不见阳光,在周遭臭烘烘的空气里逐渐腐烂、发霉,生出了浓密的青苔地衣。蔓延的苔藓一丛又一丛在楼梯上任意生长,踩上去黏糊糊的感觉像是踩着了黏性极强的有机体。楼梯每处拐弯的墙上都有空着的壁龛,说不定这些壁龛里曾放置过什么花花草草,结果被又脏又臭的空气活活熏死了。又也许这里曾摆放过什么神像,但不难想象,黑暗之中妖魔鬼怪早就把他们拉下神坛,扔到下面某个备有家具的罪恶的深渊之中去了。

"就剩这一间了，"房东太太用生了锈的嗓子说，"这房间没得说，难得空着。去年夏天这里还住过几位贵客，他们从不招惹麻烦，还总是提前付房租。水龙头在走廊的那头。斯普罗尔斯小姐与穆尼先生在这儿住过三个月，他们是杂耍演员。我说的这个布雷特·斯普罗尔斯小姐——这名字你应该有所耳闻吧——当然，这其实不过是艺名而已。她的结婚证书原来就挂在那张梳妆台上方，还镶在镜框里。煤气灶在这里。你瞧，储藏空间也大得很。这间房是很受欢迎的，真的难得空着。"

"常有演员住到这儿来？"青年问。

"常来常往。来我这儿的房客大多与剧院有关。先生，你可知道这一带可是剧院区。做演戏这一行的从来不会在哪个地方长住，我这儿就是他们待过的地方之一。他们总是来的来走的走。"

青年租下这间房，并且先付了一周的房租。他说自己太累了，希望立刻入住。房东太太说这房什么都是现成的，连毛巾和水都不用他操心。当房东太太转身要走时，青年提出了那个一直挂在嘴边，已经问过上千遍的问题：

"有个名叫瓦西纳，全名是艾洛伊丝·瓦西纳的小姐，她来过你这儿租房吗？她很可能是剧院的歌手，她人长得很漂亮，中等个头，身材苗条，一头深黄的金发，靠近左眉梢有颗黑痣。"

"我不记得这个名字。那些演员换名字跟换住处没什么两样，常来常走，这谁能说得准。这个名字我真的想不起来。"

不记得了、想不起来了，诸如此类的否定回答，在过去的五个月里他已经听了无数次。他逢人就问，白天花时间去询问剧院经理、经纪人、培训学校和歌舞团，夜晚还要向从各种剧院出来的观众堆里打听。从全明星阵容的豪华剧院到低级下流的音乐厅，他既担心她出现在那种污秽的地方，又不想放弃任何机会。他对她一片痴心，非要找到她不可。他坚信，自从她离家出走后，她就被纽约这座水光潋滟的大都市给藏起来了。可这座城市就像一大片流沙滩，颗颗沙粒不断流动，今天还在上层的沙粒很可能明天就被掩埋在了底层，要找到她谈何容易。

这个带家具的出租屋以虚情假意的热情迎接了这位初来乍到的客人。它像个面色枯黄、皮笑肉不笑的暗娼，尽显了敷衍了事的架势。那些破败的旧家具让所谓舒适的环境变成了睁眼说瞎话：长沙发和两把座椅上的面料已经破败不堪，两窗之间有一块一英尺宽的廉价的穿衣镜，墙上挂着几个描金画框，画框下摆着一张铜床。

青年精疲力竭地靠在椅子上，仿佛置身于巴比伦的通天塔①。操着各种不同语言的人争先恐后、含混不清地给他讲起曾留宿在这儿的各样房客的故事。

地上铺着一块花花搭搭的毯子，周边尽是污垢，就好像波涛汹涌的海洋中露出一个花团锦簇的长方形热带小岛。墙上糊着花花绿绿的壁纸，挂着在外漂泊的人住过的出租房里都见过的画作——《信奉新教的法国情侣》《首次争吵》《新婚早餐》《灵魂之神在泉边》等。古朴大方的壁炉架被一条七扭八歪，花哨得像舞台上亚马逊女郎的腰带似的布帘给遮住了。架子上胡乱地放着一些此前房客丢弃的东西——一两只不值钱的花瓶、几张女演员的相片、一个药瓶、数张残缺不全的扑克纸牌。那些人曾流落到这座荒岛，后来侥幸被其他船只救起载到新的码头，于是就把这堆杂七杂八的东西，毫无可惜地丢掉了。

渐渐地，此前房客留下的各种痕迹让他看出了端倪，就像一组密码逐一显示出了特定的意义。

---

① 通天塔：又称"巴别塔""巴比伦塔"。《圣经·旧约》中记载：古巴比伦通天塔建造之初，人们互相交流皆使用同一种语言，工程进展顺利，该塔不断向天上延伸。上帝见状十分忧虑，于是施展法力，打乱了人类的语言，使他们分散在各处，讲着不一样的话语，人们无法沟通，自此通天塔的建造半途而废。在希伯来语中，"巴别"是"变乱"的意思，因此，通天塔又称"巴别塔"。另见《绿门》一文脚注。

梳妆台前的地毯上,有块磨损得相当严重的地方,这说明曾经一些漂亮的女人在这儿走来走去;墙上的小手印是渴望阳光和新鲜空气的被困在这儿的孩子们留下的;另外一大块呈放射状的污渍像极了炸弹爆裂,它表明是装有某种液体的玻璃容器被狠狠地摔到墙上留下的。穿衣镜上留有被人用金刚石刻下的、歪歪扭扭的"玛丽"两个字,也许是在这儿留宿的房客对周遭的冷漠实在忍无可忍,在最后时刻发泄了心中愤懑。瞧,房间里几乎每一件家具都满是伤痕:长沙发里面的弹簧挣脱出来;变形严重的椅子活像一头死于极度痉挛的可怕怪物;大理石材质的壁炉上有一道很大的裂痕,肯定是遭遇了飞来横祸;地上的每一块木板或塌陷或开裂,各有各的伤痛和冤屈。匪夷所思的是,这间屋子遭受的所有伤害都来自一度以此为家的人。不过,让租客们火冒三丈也许正是因为他们对家的眷恋本性迟迟得不到满足,出于对这冒牌的家的愤恨。如果是真正属于自己的家,哪怕只是一间茅草房,我们也会小心呵护,倍加珍惜。

青年靠在椅子上,任由这些念头从心头掠过。与此同时,从其他房间飘进来的各种声音和气味萦绕在他身边挥之不去。他听见有个房间传来一阵淫荡的咻咻笑声;另外几间房有人在独自谩骂,有人在摇骰子,有人在哼摇篮曲,还有人在哭哭啼啼；楼上有人在起劲地弹着五弦琴。还有，不知道是什么地方的门"嘭"的一声关上，高架电车不时隆隆驶过，后院的篱笆上有一只猫在哀号。他的呼吸中都是这屋子里潮乎乎的怪味儿，那味道像是地窖里油布和朽木混在一起蒸腾起来的霉臭。

他一动不动地靠在那把椅子上歇息，突然，整个房间充盈着一股浓郁的木樨草香。它似乎是乘风而至，香气是那么清新、浓郁，沁人心脾，似乎要幻化成登门的嘉宾。他好像听见真有人在叫他似的，于是情不自禁地喊道："怎么了，亲爱的？"他随即一跃而起，四处张望。沁人心脾的浓香把他团团围住。一时间，他恍惚起来，竟伸出手去想要抓住这香气。可香气怎么可能开口叫他呢？他肯定是听到了声音。而这个声音难道真是那个曾触动、安慰过他的声音？

"她住过这间屋子！"他叫了起来。当务之急是找到证据。他坚信自己一定能认出属于她的东西或者是她碰过的东西，无论多小都逃不过他的眼睛。如此醉人的木樨草香，是唯她独有的香气。这味道到底源自哪里？

这间屋子在他入住前没有被好好收拾过。铺着薄桌布的梳妆台上胡乱地扔着五六个样式普通的发夹。发夹是每个女人都会用到的东西，说明不了什么。当搜索梳妆台下面的第一个抽屉时,他找到一块破破烂烂的小手帕。他把手帕蒙在脸上,一股刺鼻的金盏草味向他袭来,冲得他赶紧把手帕甩在地上。另外一个抽屉里散落着几枚纽扣、一份演出节目单、一张当铺老板的名片、两颗遗落的果汁软糖,以及一本关于解梦的书。最后的那个抽屉里,有一个黑缎蝴蝶结,让他不由得一愣,他在悲喜之间踌躇了好一会儿。不过这样的黑缎蝴蝶结也只是女人的普通装饰而已,无法提供任何线索。

随后,他像猎犬追踪某种气味似的趴在地上仔细地把房间扫了一遍,没有放过墙面和墙角的任何一个角落。他翻遍了壁炉、桌子、窗帘、挂饰以及角落里摇摇晃晃的橱柜,搜索了一切可以看到的标记,希望能找寻出她是否曾经出现在这里——在这屋里,在他身边,在他对面,在他周围,在他头顶上方,她在冥冥之中苦苦地呼唤着他的名字。他的知觉错乱了,但似乎却更加强烈地捕捉到了她的声声呼唤。他再次大声回应道:"怎么了,亲爱的?"随即他瞪大了双眼转过身来,却什么也没看见。他已经被这木樨草香熏得无法再分辨形状、颜色、爱情和张开的双肩了。上帝啊,这香气究竟从哪儿来的呢?香气怎么能发出声音呼唤他呢?于是,他继续搜索。

他把每条墙缝、每个墙角细细地清理了一番,却只发现几个瓶塞、烟蒂，这使他兴味索然。在地垫的折缝里，他找到了半支没吸完的雪茄，于是他用鞋底恶狠狠地把它踩得稀烂，嘴上还咒骂着。他把房间翻了个底儿朝天，发现了居无定所的房客们留下的乱七八糟小物件还真不少。可他苦苦寻求的她，那个很可能在这儿住过，其幽灵好像仍在这儿徘徊的她，却没有给他留下丝毫痕迹。

他一下子想起房东太太。

他跑出这间诡异的房间，来到一扇透出一缝光线的门前。房东太太应声开门出来了。他极力控制住自己的情绪。

"请问，夫人，"他恳求道，"我来之前谁住过那个房间？"

"这位先生，我就再跟你说一次好了。此前这儿住的是斯普罗尔斯小姐与穆尼先生，我刚才提过的。布雷特·斯普罗尔斯小姐是艺名，其实是穆尼先生的太太。我这房子可从来没有发生过什么不光彩的事情，他俩的结婚证还镶了框，就挂在……"

"那位斯普罗尔斯小姐看上去——我是想问她长什么样。"

"哦，这个嘛，她黑头发，又矮又胖，模样挺滑稽的。他们俩上周二离开的。"

"在他们之前呢？"

"哦,是个单身汉,做货运生意的,还差我一周房租没付就跑掉了。在他之前是克劳德太太和她的两个孩子,她们住了四个月;再往前数是多伊尔老头儿,他的几个儿子替他付的房租,他可在这儿住了半年呢。这就往回数了一年,先生,再往前我可记不清了。"

他谢过房东太太,有气无力地回到自己房间。房间里一片死寂,曾为它注入生机和活力的木樨草香已不复存在了,取而代之的是破旧家具散发出的那令人窒息的霉臭气。

伴随着最后一丝希望的破灭,他万念俱灰。他呆呆地坐在那儿,盯着煤气灯发出摇曳不定的昏黄光亮。过了一会儿,他走到床边,把床单撕成一缕缕的长条,然后用小刀把布条牢牢塞进门窗周围的每一条缝隙里。一切安排停当,他灭了灯,开足了煤气,如释重负地瘫倒在床上。

当天晚上轮到麦库尔太太拿上啤酒罐去买啤酒。买完啤酒,她和珀迪太太在她们的一个秘密基地聊了起来。这里是房东太太们常常聚会聊天的地方。

"今天晚上我把三楼后面的那间屋子租出去了,"珀迪太太面前的酒杯里啤酒泛着泡沫,"是个男青年租的,这会儿睡了两个钟头了。"

"嗬,真的吗,珀迪太太?"麦库尔太太煞是羡慕,"那种屋子竟然租出去了,你可真行。难道你跟他实话实说了?"

她哑着嗓子神秘兮兮地小声问道。

"屋子带家具，就好出租了。"珀迪太太用她那生了锈的嗓子眼答道，"我没跟他说实话，麦库尔太太。"

"这就对啦，珀迪太太。咱们靠房租生活，你做生意很在行啊。一旦房客听说有人在那床上自杀了，那屋子你永远别想租出去了。"

"可不是嘛，咱们总得过日子。"珀迪太太说。

"没错，珀迪太太。一周前，也是这日子吧，我才帮你把三楼后面的那间屋子收拾停当。那么漂亮的一个姑娘竟然开煤气自杀了。真可惜了那张可爱的小脸儿。"

"谁说不是呢，她确实长得挺好看，"珀迪太太表示赞同却又不无挑剔地说，"只可惜，左眉梢有颗碍眼的黑痣。再来一杯，麦库尔太太。"

交友当交忒勒马科斯[①]

打猎结束，我在新墨西哥州一个名为洛斯皮诺斯的小镇准备乘坐南行列车返程。由于车子晚了一个钟头，我就坐在"顶峰居"旅店的门厅里，和店主忒勒马科斯·希克斯聊起了人生的价值。

我见店主这人的脾气还不坏，就问他那只左耳是让什么野兽给弄伤的。作为一个猎人的我，自然而然地联想到追捕猎物时发生的意外。

"这只耳朵嘛，"忒勒马科斯说，"这关乎一段真挚的友谊。"

"是出了什么意外吗？"我追问道。

"友谊与意外无关。"忒勒马科斯说。我陷入沉默。

店主却打开了话匣子："说起真挚的友谊，我过去只知道

[①] 忒勒马科斯：希腊神话人物，本文借用了这一人名。据荷马史诗《奥德赛》，忒勒马科斯协助从特洛伊战争中归来的其父奥德修斯，杀死了其母珀涅罗珀的所有求婚者。

一个康涅狄格州人和一只猴子是一对称得上挚友的朋友，他们以诚相待。那人跑到哥伦比亚北部的巴兰基利亚谋生，靠的是猴子爬椰子树给他摘椰子。他把椰子一切两半做成了水瓢，每只卖上几个钱，用来买酒喝，而椰子汁归猴子喝。这样的模式让他们彼此都很满意，他们生活得就像亲兄弟一样。

"可要是人与人之间呢，那就完全是另一码事了。交朋友不过是逢场作戏罢了，随时都可能玩完儿，而且是事先一点儿征兆都没有的那种。

"我曾经有个名叫佩斯利·菲什的挚友，我满以为我俩的友谊会天荒地老、万古长青哩。整整有七年的时间，我们一起挖矿、办农场、卖专利产品搅乳器、放羊、给人家照相等，还一起筑过铁栅栏、采过干梅。我还以为，别说是花言巧语、金银财宝、美酒佳肴，就是刀架在脖子上也休想破坏我和佩斯利真挚的友谊。你很难想象我俩那股子要好劲儿。我们不仅是干事业的好朋友，在生活中我们也同样是好哥们儿，空闲的时候我们会在一块儿消遣，日子过得十分有趣。我俩形影不离，比亲兄弟还要亲。

"一个夏天，我和佩斯利穿着体面的新衣，策马奔进圣安德烈斯山，想痛痛快快地玩了一个月。我俩到了这个洛斯皮诺斯的小镇。这里简直就是世界屋顶上的一个花园，空气中弥漫着炼乳、蜂蜜的香味。镇上有一两条街，空气好,母鸡肥,有旅店落脚,这一切足够我们享受了。

"我俩抵达小镇时天色已晚,看到铁路边上有家小吃店,就打算进去瞧瞧有什么东西能填饱肚子。我们刚一落座,拿起餐刀,还没来得及把粘在红油布上的盘子取走,有个叫杰塞普的寡妇就端来了新烤的甜面包和炸鸡肝。

"信不信由你,这世界上真有这种女人,谁见了都会怦然心动。她身材匀称,身高和体形都恰到好处,态度和蔼可亲,一看就是很容易相处的人。她那红扑扑的脸蛋儿一看就是经常下厨房造成的,不过这也是她性格热情开朗的标志。她一笑起来仿佛可以让原本早春开花的山茱萸在寒冬腊月里也绽放开来。

"杰塞普太太很健谈,她滔滔不绝地跟我俩天南地北地聊了起来,从本地的气候、沿革到英国桂冠诗人丁尼生[①],还聊到干梅、断货的羊肉等话题,最后她才想起来问我俩来自什么地方。

"'斯普林峡谷。'我对她说。

"'斯普林大峡谷。'佩斯利插话道,露出满嘴的土豆泥、火腿脆骨。

[①] 丁尼生:阿尔弗雷德·丁尼生(1809—1892)。英国维多利亚时代最受欢迎及最具特色的诗人。代表作品为组诗《悼念哈勒姆》(一译《悼念集》)。《悼念哈勒姆》至今仍被视为英国文学史上最优秀的哀歌之一。

"佩斯利·菲什一插话我立刻意识到,我俩的真挚友谊走到尽头了。他比谁都清楚我最讨厌多嘴多舌的人,这回却偏偏插嘴抠起了字眼,打断了我和杰塞普的谈话。没错,地图上标的是斯普林大峡谷,可这家伙自己也总是管它叫斯普林峡谷,我听过上千次。

"我俩不再说什么,吃过饭便走出旅店,在铁轨上坐了下来。我俩是多年的好朋友,对彼此的想法了如指掌。

"'我不说你也明白,'佩斯利先开口了,'我已经下定决心,无论如何也要让那个寡妇成为我合法的妻子,生活中最重要的组成部分,除非有一天死亡把我们分开。'

"'我当然明白,'我说,'你一开口,我就明白你的小心思啦。不过话说回来,你也应该明白我的想法,我正打算让那个寡妇改姓希克斯哩。依我看,你还是赶紧给报纸的社交栏目写一封信,问问婚礼上的伴郎要不要戴山茶花,穿无缝袜!'

"'你这个打算不靠谱啊。'佩斯利一边说着,一边把铁路枕木掰下一小片儿放在嘴里嚼着。'要是换作别的事情,'他说,'无论是哪一方面的我都可以让你,唯独这事儿不行。'他继续说,'女人笑盈盈的酒窝是迷人而危险的旋涡,一旦卷进去,再结实的友谊之船也会说翻就翻。'他还说,'要是有只狗熊冲你来了,我可以毫不犹豫地跟它拼命;你欠了债，我可以替你画押作保；倘若你的后背不舒服，我可以用肥皂、樟脑给你搽；但在这事儿上，我绝不会顾什么交情了。在争夺杰塞普太太这件事上，我俩只能各自想办法，谁也别干涉谁。我把丑话说在前头。'

"事已至此，我想了想，然后摆明了态度：

"'男人之间的友谊是古老的历史美德，'我说，'在古代社会，男人需要互相帮助共同抵御八十英尺长的蜥蜴和带翅膀的海龟侵袭。至今也是如此，直到旅店的招待跑过来说，这些怪物已不复存在。我常听人说，只要事关女人，男人之间的友谊就会破裂。为什么会这样呢？听我说，佩斯利，我们第一次看到那个叫杰塞普太太和吃到她烤的热面包的时候，咱俩都心跳加快、意乱情迷了。她到底归谁就要看咱俩谁更有本事了。我和你公平竞争，绝不会在背后搞什么小动作。不管我用什么法子追求她，都会在你的眼皮子底下进行，因此咱俩的机会是一样的。这样一来，不管咱俩谁胜出，咱俩的友谊之船，绝不至于在旋涡里说翻就翻。'

"'你真够意思！'佩斯利一把握住了我的手，'我一定会照办。咱俩一起追杰塞普太太，不必弄争风吃醋、头破血流那一套。不管谁得手，咱俩依然是朋友。'

"杰塞普太太的小吃店附近有几棵树，树下摆着一条长凳,待乘客登上列车走了,她喜欢坐在凳子上纳凉。于是,我和我的竞争对手吃完晚饭便聚到这里,各自向杰塞普太太表达了爱意。我俩颇有谦谦君子之风,严格遵守机会均等的承诺,要是哪一个先到了,都要等另一个来了才开始进入主题。

"杰塞普太太察觉我和佩斯利的君子协定的当天晚上是我先到的。晚饭刚结束不久,杰塞普太太穿了件粉嫩的连衣裙坐在凳子上纳凉。

"我坐到她身旁,由眼前的美景谈及大自然的精神风貌。那天晚上谈论这种话题再合适不过了。皓月当空,在自己的轨道上履行着义务;我们头上那斑驳的树影是科学原理和自然规律使然;灌木丛中的小夜莺、金莺鸟、长耳兔和昆虫的鸣叫声,你方唱罢我登场,一片喧嚣不绝于耳;山风习习,掠过铁轨旁的一堆空番茄酱罐头盒,呜呜作响,像是犹太人在弹奏竖琴似的。

"我突然感到身体左侧有些异样,就像火炉边上瓦罐里的面团一样发起胀来。原来是杰塞普太太贴近了我。

"'哎,希克斯先生,'她说,'每逢这样美丽的夜晚,世上那些形单影只的人心里肯定会更不好受吧?'

"我马上从长凳上站起身来。

"'请原谅,夫人,'我说,'对于这个敏感的话题,只

有佩斯利也在场时,我才好光明正大地答复。'

"接下来,我对她解释说,我和佩斯利·菲什是多年好友,我俩一起四处闯荡,情同手足,一直形影不离;因此我俩有言在先,不管遇到什么事,就算是感情问题都得光明正大,不得互相拆台,在背后搞小动作。杰塞普太太听了,似乎认真地思考了一阵,继而哈哈大笑起来,笑声回荡在周边的树林里。

"没过多久,佩斯利也来了,他在头发上抹了佛手柑精油。他在杰塞普太太的另一边坐下后说起了一段辛酸的冒险往事:1895年圣丽塔山谷一连九个月干旱无雨,牛群大面积的死亡,他跟一个长着一张馅儿饼脸的拉姆利进行了一场剥死牛皮比赛,赢家可以得到一副镶银马鞍。

"竞争一开始,佩斯利·菲什就不是我的对手。如何才能轻易地抓住一个女人的心,我俩的策略大相径庭。佩斯利的招数是讲些自身经历的或是从大字体的通俗读物里看来的故事,先把女人唬住。依我看,他这一套主意肯定是从莎士比亚的《奥赛罗》①里现学现卖的。我看过那部戏,里面有一个黑人把小说家和牧师几个人的话搅在一起信口

---

① 《奥赛罗》:莎士比亚的四大悲剧之一(其余三部分别为《哈姆雷特》《罗密欧与朱丽叶》《李尔王》)。该剧的主人公奥赛罗,是作者创造的理想人物,他勇敢忠诚,疾恶如仇,但他误中坏人的奸计而杀害了自己的爱妻,当真相大白后,又自杀身亡。

开河，最终把编出来的故事讲给了公爵的女儿听，终于把她给追到手了。不过这种招数下了舞台就失灵了。

"你一定会问，我是怎样让杰塞普太太成为希克斯太太的？听我说，秘诀就是男人要懂得巧妙地抓起女人的手，然后紧握住不放，她就非你莫属了。这话说起来容易，真要做起来可不简单。有些男人生拉硬拽，像是要给脱臼的肩胛骨复位似的，一时间你仿佛闻到了山金车[①]酊剂的药水味，还能听到撕扯绷带的声音；有些男人抓女人的手就像抓发烫的马蹄铁一样，手臂伸得长长的，身子却躲得远远的，那架势就像药剂师往瓶子里灌阿魏[②]酊溶液。大多数的男人抓到女人的手之后，都是在她眼皮底下使劲往外拉扯，像是在草地上找到一个棒球的小孩似的，没有让她忘掉手是长在她自己的胳膊上的。可是这些男人的做法全都不对。

"怎么做才是对的？继续听我说。你看过有人用石子打猫吧？有只野猫蹲在后院的篱笆上瞄着他，他便蹑手蹑脚地溜进后院捡起一块石子，假装自己手里什么东西都没有，假装猫没瞧见他，他也没瞧见猫，然后猛地把石子扔过去。这就是成功的秘诀。抓女人的手也是这个道理，切记在女

[①] 山金车：一种菊科植物，含有植物精油的成分，是一种传统的治疗跌打损伤与抗瘀血药草。

[②] 阿魏：植物树脂，以前用作镇痉药。

人有戒备心的情况下不要去拉她的手。你握着她的手之后，尽管你心里知道她已经心领神会了，可你还是要装出一副若无其事的样子，不要让她察觉到。这就是我采取的策略。佩斯利满以为，他把那些惊险的故事和天灾人祸当成小夜曲唱，其实这种套路，无异于给她读礼拜日火车停靠新泽西州欧欣格罗夫之类小镇的时刻表。

"有天晚上，我先在长凳上坐下，比那位竞争对手早一袋烟的工夫。这让我对朋友的承诺差点儿前功尽弃。我问杰塞普太太，是否觉得'希克斯太太'的'希'字要比'杰塞普太太'的'杰'更容易写一些。不想我话音未落，她就一头扑进我的怀里，一下子把我扣眼里的夹竹桃花压得四分五裂。我情不自禁地俯下身去，想要——但我忍住了。

"'希望你别介意，'我站起来说，'我们还是等佩斯利来了以后再说吧。我可从来没有做过让朋友失望的事情，他不在场，咱俩这样做不够正大光明啊。'

"'希克斯先生，'夜色中的杰塞普太太意味深长地瞧瞧我，'要不是另有原因，我早就下逐客令了，永远别再进我的旅店。'

"'能告诉我为什么吗，夫人？'我问。

"'你对朋友忠诚到这个分儿上，对自己的老婆应该也不赖。'她说。

"没过几分钟,佩斯利坐到了杰塞普太太另一边。

"'1898年的夏天,'他又来这一套,'在新墨西哥州银城的蓝灯酒吧,我亲眼瞧见吉姆·巴塞洛缪为了一件横格棉布衬衫把一个中国人的耳朵咬掉了。那衬衫……咦!什么动静啊?'

"我和杰塞普太太已经干了刚才暂停的事情。

"'杰塞普太太已经同意改姓希克斯了,'我说,'空口无凭,让你见证一下。'

"佩斯利两脚勾着凳子腿长吁短叹起来。

"'莱姆,'他说,'看在咱俩七年交情的分儿上,你跟杰塞普太太接吻别弄出那么大动静好吗?换作我,肯定不会弄出太大动静的。'

"'行啊,'我说,'小点儿声也行。'

"'这个中国人,'佩斯利继续讲故事,'在1897年春天开枪打死了一个叫马林斯的家伙,那是——'

"佩斯利的故事又无法继续了。

"'莱姆啊,'他说,'你要是真够朋友的话,就别把杰塞普太太搂那么紧,弄得凳子都晃晃悠悠的了。你还记得自己说过的话吗?只要有机会,咱们俩要公平竞争。'

"'这位不识趣的先生,'杰塞普太太扭转身子冲着佩斯利挖苦道,'二十五年后,就是我和希克斯先生庆祝银婚的日子；到那时客人们在举杯庆贺的时候，难道你的榆木疙瘩脑袋还以为自己有什么机会不成？看在你是希克斯朋友的分儿上，我才忍到现在，不过我劝你趁早儿死了这条心，赶紧下山吧。'

"'杰塞普太太，'我以未婚夫的架势赶紧打圆场，'佩斯利先生毕竟还是我的好朋友嘛；我的确答应过他，只要有机会，我俩就要公平竞争。'

"'哪来的机会？'她说，'行啊，就让他做梦吧，今天晚上他什么都看到了，但愿他别再自以为是，不要再抱什么希望了才好。'

"后来，过了一个月，我跟杰塞普太太在洛斯皮诺斯的基督新教卫斯理宗教堂举行了婚礼，整个小镇的人都来凑热闹。

"我俩站在头排，正当牧师要宣布婚礼仪式开始时，我四下张望，却没看到佩斯利的人影，我就请他等会儿开始。'佩斯利还没来哩，'我说，'我们一定要等他。交友当交我忒勒马科斯。'再看杰塞普太太的眼神，恨不得就要吃了我似的，好在牧师听了我的话，没着急念出那句开场白。

"几分钟之后，佩斯利一路小跑赶来了，他一边跑，一边系袖口上的纽扣。他解释说小镇上唯一的一家服装店也关了门，来教堂瞧热闹了，他买不到爱穿的这种过浆的衬衫，情急之下只能砸开店铺后窗，跳进去拿了一件。说罢，他站到新娘的另一侧，于是婚礼继续举行。我暗自思忖，这家伙以为这是最后一次机会哩，要是牧师昏了头弄出错来，没准儿会让他跟寡妇成一对。

"仪式结束后，我们喝了茶，吃了羚羊肉干和杏子罐头，镇上那些看热闹的人也慢慢散了。佩斯利是最后一个走的。他握了握我的手说，我对他绝对够意思，和我做朋友他感到很荣幸。

"牧师有幢临街小屋等着出租，便答应我们夫妇，让我们在那儿临时住一宿，第二天上午十点四十分乘坐开往埃尔帕索的火车开启蜜月之旅。牧师太太用蜀葵和野葛把那幢小屋装饰得看上去有几分喜气，同时又显得清爽惬意。

"当天晚上差不多十点，我太太在屋里忙碌着，而我坐在大门口脱掉靴子乘凉。不一会儿，里面的灯转眼就熄了；我坐着没动，沉浸在往昔的时光里。随后，我太太叫了我一声：'你还不进来呀，莱姆？'

"'就来，就来！'我仿佛大梦初醒地回应说，'我一直在等老伙计佩斯利来着，不然的话——'

"'可是我刚说到一半，'忒勒马科斯·希克斯最后说，'就感觉有人用四五口径的手枪把我这只左耳打飞了似的。我定睛一看，是我太太双手握着枪把，原来我的左耳朵是被她打的！'"

婚姻手册

笔者桑德森·普拉特在此提议：美国的教育机构应由气象部门统一管理。我这么说不是信口胡诌，而是有充分的理由，谁也反驳不了——大学教授都转岗到气象局势在必行。教授们能读书写字，只需要看一眼晨报，就可以把未来天气变化以拍电报的形式告知气象总局。不过，这一话题就此打住，因为它并不是本文的重点。笔者接下来要跟各位说的是，气象给我和艾达荷·格林提供了一流教育的机会。

为了寻找金矿，我们俩来到蒙大拿州的苦根山脉一带。在沃拉城，我们遇到了一个留着络腮胡子的人，他觉得在这淘到金子的希望很渺茫，于是就打起了退堂鼓，并把自己的口粮和补给悉数转让给了我们。有了这些粮食，我们就可以不慌不忙地在山脚下进行勘探，因为手头的补给足够养活一支配合和平谈判的军队。

这天，一个从卡洛斯城而来的邮递员来到山区。他路过我们这里时休息了一会儿,吃了三瓶青李子罐头,还留给我们一份近期出版的报纸。报纸上有天气预报的栏目,上面写着苦根山脉一带未来几天的天气状况:"天气晴好,气温回升,西风轻拂。"

可在当天晚上却下起了雪,还刮起了强劲的北风。我们不得不向半山腰处一座无人看管的旧木屋转移,但还是心存侥幸,认为这不过是十一月的阵雪而已。然而雪越下越起劲,已经有三英尺厚了,而且还在不停地下。我们这才意识到,我们要被大雪困在这儿了。好在趁这场雪还没下大那会儿,我们从屋外搬进来不少木柴,而且手头的物资也足够维持两个月,所以没什么好担心的,管他是刮风下雪,还是整座山都被封了,都不会影响到我们。

如果你想教唆杀人,只需把两个人关在一间长二十英尺、宽十八英尺的屋子里一个月,就像这间小木屋一般,你的目的就达到了。人的本性是经受不住这种考验的。

雪花刚飘落那会儿,我和艾达荷·格林一起谈笑风生,对从平底锅里倒出来,姑且称之为面包的东西赞不绝口。在第三个星期快要结束的时候,艾达荷向我严正声明:"我从没有在意过把玻璃瓶中的酸奶倒在铁皮锅里的声音是什么样子的,不过跟你从发声器官里发出的无聊透顶、令人窒息的讲话声音相比,酸奶倒在铁皮锅里的声音简直动听极了。你天天发出'吧唧吧唧'的鬼动静，简直像牛在反刍。不同的是牛比你懂事，它从不给他人造成困扰，而你却不是。"

"格林先生，"我反唇相讥，"看在你我曾是朋友的分儿上，我一直不想跟你挑明，要是我能在你和一只三条腿的黄毛土狗之间选择一个伙伴的话，那这个小屋里早就有个会摇尾巴的住户了。"

我俩这种状态持续了两三天，然后便谁也不搭理谁了。我们把炊具分开，在火炉两侧各做各的吃的。外面的积雪已经堆到了窗口，所以我们整天生着火。

你得理解，我和艾达荷接受过的教育少得可怜，能识点字，计算也仅限于做过写在石板上的"约翰有三个苹果，詹姆斯有五个苹果"这类简单的题目。在四处闯荡的过程中，我们逐渐掌握了随机应变的本领，这种本领在大学课堂上是学不到的，所以即便我们没有学位，也没什么大不了的。然而被大雪困在苦根山区小屋的时候，我们第一次意识到，要是以前钻研过《荷马史诗》、希腊文、数学中的分数之类的较为高深的知识，那就可以在这时静下心来思考相关的问题了。我曾经看到过东部地区毕业的大学生来到西部的牧场寻找工作，可他们所受过的教育竟成了他们额外的负担。例如，有一次在蛇河附近，安德鲁·麦克威廉斯的坐骑患上了马蝇幼虫病，他却雇了一辆四轮马车从十英里外的地方请来了一个号称植物学家的陌生人来给马治病，结果可想而知，那匹马最后还是死了。

有天早上，艾达荷拿了根棍子在储物架顶上扒拉着什么，但是因为架子太高，他的胳膊不够长，两本书突然掉了下来。我刚想起身去捡，艾达荷却用眼神制止了我。这是沉默一周以来，他第一次开口说话。

"不许动，"他说，"虽然你只配与熟睡的泥乌龟做朋友，但我还是想跟你做个公平交易。你爸妈生了你这么一个脾气像响尾蛇一样暴躁、睡相像冻萝卜一样难看的人，他们给你的恩惠都没法跟我给你的相比。咱俩打牌定胜负，胜者先选一本，剩下的归对方。"

于是我俩打了一局牌，艾达荷获胜。他先挑了一本书，剩下的那本书归我。我俩回到自己的地盘看起书来。

一见到那本书，我比发现一块重达十盎司的天然金矿石还兴奋。艾达荷也美滋滋地看着他的战利品，那架势就像小孩儿看见了棒棒糖。

我的书长六英寸、宽五英寸，书名是《赫基默必备知识手册》。在我看来，它是世界上最伟大的书。这一说法或许值得商榷，但我真的是这么认为的。这本书我一直珍藏着。书中的内容，哪怕只搬出一点儿来，保准能在五分钟之内把人难倒五十次，甭管是谁。跟赫基默相比，什么智慧之王所罗门，什么《纽约论坛报》，都得甘拜下风。赫基默用了五十年的时间，行了一百万里路，才能够弄到这些五花八门、无所不包的资料，写成了这本书。书上可以查到大小城市的人口数量，判断女人岁数的方法，以及骆驼长了多少颗牙齿，等等。通过这本书，你可以知道，世界上最长的隧道在哪儿，天上的星星到底有多少颗，水痘的潜伏期有多久，名媛脖子粗细的数据，州长的否决权是怎么回事，罗马人什么时候修建的引水渠，每日三杯啤酒的营养等于多少克大米，缅因州奥古斯塔城的年均气温，使用条播机播种一英亩胡萝卜需要的种子数量，中毒后该如何解救，金发女郎的头发有多少根，新鲜鸡蛋该怎样存放，世界上每座大山到底有多高，每次战事发生的日期，对溺水者的施救方法，对中暑患者该怎样抢救，一磅重约有多少个大头针，炸药是怎样生产出来的，花怎么种，床怎么铺，医生到场之前该怎样救护患者，如此等等，不一而足。还有什么是赫基默不知道的吗？反正我是没有发现。

我捧着书坐在那儿，一口气看了四个钟头。教育的全部精华全被浓缩在这本神奇的书里了。有书为伴，我把这场大雪以及与艾达荷的芥蒂抛到了九霄云外。艾达荷也纹丝不动地坐在凳子上，津津有味地读着手里的书，他长有黄褐色胡子的脸上露出了高深莫测但又温和的神情。

"艾达荷,"我问道,"你看什么书呢?"

这家伙肯定也忘记了我俩此前闹的别扭。他回答的语气随和,毫无恶意,这有点儿出乎我的意料。

"这本书嘛,"他说,"作者好像叫荷马·K.M.①。"

"你说的荷马·K.M.,后面应该有姓氏吧?"我问。

"这个嘛,只写着荷马·K.M.。"他说。

"胡说八道。"我以为艾达荷在瞎说,所以有点儿生气,"署名哪有用缩写字母的?没有姓氏吗?要么是荷马·K.M.斯普彭戴克,要么是荷马·K.M.麦克斯温尼,要么是荷马·K.M.琼斯。你就不能好好说话吗?非得学小牛犊咬掉晾衣绳上衬衫的下摆那样,把作者署名的后半部分吞进自己肚子里吗?"

"我没胡说,桑德。"艾达荷平心静气地解释道,"我看的是本诗集,荷马·K.M.写的。刚开始我还看不出个所以然,可看着看着就像发现了金矿似的。现在就算有人想用两条红毛毯换这本诗集,我也不会答应的。"

"你想怎样就怎样吧。"我说,"我想要的,不过是有助

---

① 荷马·K.M.:这里的作者其实是指奥玛尔·海亚姆。奥玛尔·海亚姆(1048—1122),波斯诗人、数学家、天文学家、哲学家,著有《鲁拜集》。此处艾达荷误将"奥玛尔"当成了"荷马"。

于我思考的客观事实，拜你所赐的这本书里，似乎就有这些东西。"

"你说的那些不过是统计数据而已，那些东西太浅薄了，会毒害你的大脑。我喜欢 K. M. 的说理方法。他好像是个葡萄酒代理商。他祝酒时爱说'万物皆幻'。他似乎喜欢发牢骚，但是爱喝酒的习惯起到了润滑作用，因此就算是他最大的不满，听起来都像是在邀人举杯共饮。总而言之，诗意盎然。"艾达荷说，"你的那本书，简直是一派胡言，智慧岂可用数据衡量？这种东西真让我烦透了。哲学的本质问题，当然要用自然的艺术加以阐释，K. M. 在这方面完胜你那本书的作者：什么条播机、数字栏、叙事段落、胸围尺码、年均降雨量，这些在 K. M. 面前都不值一提。"

那段日子里，不管白天黑夜，阅读成了我和艾达荷唯一的消遣。大雪封山，我俩的学识与日俱增。等到积雪融化之际，要是你冷不防地向我提问："桑德森·普拉特在房顶铺铁皮，每张铁皮规格为二十乘二十八，每箱价格为九美元五十美分，那每平方英尺需要花费多少？"我可以不假思索地告诉你准确答案，回答之快，就像闪电能在铁铲把上以每秒十九万两千英里的速度传导一样。世界上还有谁能做到这一点？你可以在夜深人静的时候，叫醒你认识的任何一个人，要他立刻说出人体除了牙齿以外，还有多少块骨头，抑或是问他内布拉斯加州议员们的投票需达百分之多少才可以驳回一项否决案，他能答上来吗？你不妨一试。

艾达荷只要一开口说话，就会替 K. M. 吹嘘。我不知道这家伙到底从那个葡萄酒代理商的诗里有何收获，但我认为他获益寥寥。

从艾达荷挂在嘴边的荷马·K. M. 的诗句来看，我认为那诗人就像是一条狗，将生活视为拴在尾巴上的一个铁皮罐。他一路狂奔，筋疲力尽地坐下，伸着舌头，看着这个罐子说道："也好，甩不掉这个罐子，没有关系，可以到街角的铺子里去灌满酒，诸位与我一起喝一杯。"

还有，这位诗人应该是个波斯人，那个地方似乎没有什么值得骄傲的特产，我只对土耳其的毡毯和马耳他猫有所耳闻。

冬去春来，我和艾达荷终于勘探到了金矿，发了一笔小财。同往常一样，一找到金矿，我俩就立刻出手，最后每人得到了八千元。随后我们来到萨蒙河畔一个名为罗萨的小城，准备在那儿待上一段时间，刮刮胡子，吃点儿好的。

罗萨小城没有金矿。它位于山谷里面，像一座远离喧嚣与疫病的乡间小镇。它的近郊有电车。整整一个星期，我和艾达荷每天坐在"咯吱咯吱"响个不停的车厢里，在单程三英里的线路上兜兜转转，晚上再回到"夕阳景"旅馆歇息。我俩走南闯北，见多识广，而且腹有诗书，于是顺理成章地成为罗萨城里上层社交圈的成员，不时获邀参加当地规格最高的名流聚会。有一回，市政厅举办钢琴独奏音乐会和吃鹌鹑竞赛，以此来给消防队募捐。借此机会，我与艾达荷第一次见到了罗萨城里上层社交圈的皇后——德·奥蒙德·桑普森夫人。

寡居的桑普森夫人，拥有城里唯一一座二层小楼。小楼的外观呈黄色，从各个方向看去都很扎眼，像星期五斋戒日那天沾在爱尔兰人胡子上的鸡蛋黄一样惹眼。不算我和艾达荷，光是罗萨城里，就有二十二个男人梦想成为那座黄色小楼的主人。

演奏完毕，鹌鹑只剩下了骨头。稍事打扫后，舞会开始了。二十三个家伙争先恐后地邀请桑普森夫人共舞。我没去凑热闹邀她跳什么两步舞，只是请求她让我送她回家。凭借这一步棋，我占得了先机。

在路上，她问我："今夜的星星看上去特别漂亮，特别明亮。你觉得呢，普拉特先生？"

"就这些星星而言，"我答道，"每一颗的光亮都来之不易。你看见那颗大星星了吗？它离咱们这里有六百六十亿英里的距离，其光线传到咱们这里得用三十六年的时间。通过十八英尺长的天文望远镜，你能瞧见四千三百万颗大小不等的星星，其中有亮度等级为十三的恒星。要是有颗十三等星这会儿陨灭了，在今后的两千七百年内，你依然可以在这儿瞧见它的光亮。"

"我的天哪！"桑普森夫人说，"我今晚之前从来没听过这些事情。好热的天啊！那么多人邀我跳舞，全身都被汗水浸湿了。"

"造成这一现象的原因其实很简单，"我说，"你知道吗，你全身的汗腺多达两百万个，它们会同时把你的汗液分泌出来。一个汗腺长四分之一英寸，把你身上的两百万个汗腺连起来，长度可达七英里呢。"

"真的吗？"桑普森夫人说，"按你的说法，每个人的汗腺简直就像是一条灌溉水渠。普拉特先生，你懂得真多。你是怎么做到的？"

"一切源自我的观察，桑普森夫人。"我对她说，"周游世界的时候，我一直在观察。"

"普拉特先生，"她说，"我向来敬重学识渊博的人。罗萨城里尽是些不学无术的傻瓜恶棍，像你这样有真才实学的人真的是少之又少。我很荣幸能与一位有修养的绅士交流。只要你愿意，你可以来我家里聊聊，我随时恭候。"

就这样，我博得了黄色小楼女主人的喜欢。每周二、周五的晚上，我都会走进那座小楼，把《赫基默必备知识手册》为我提供的关于这个世界的无穷奥秘讲给她听。如此一来，每周留给艾达荷和城里其他情敌的时间就不多了，他们只好分秒必争。

令我感到意外的是，艾达荷竟然将 K. M. 追求女人的那一套用在了桑普森夫人身上。有一天下午，我去给这位夫人送野李子。当我走到通向她家的小路上时，我看到她正生气地向我这个方向走来。她满眼怒火，帽子歪戴着，遮住了一只眼睛，看上去像是要找人大吵一架。

"普拉特先生，"她问道，"依我看，你和那个格林先生应该是朋友关系吧？"

"我俩是九年的老朋友了。"我答道。

"别再跟他来往了，"她说，"他不是什么正人君子！"

"发生什么事了，夫人？"我问道，"艾达荷来自山里，尽管性情粗鲁，放浪不羁，喜欢撒谎，但我还是不愿意说他不是正人君子。就他的穿着打扮、高傲的态度、喜欢炫耀来说，他或许有些令人反感，桑普森夫人，不过根据我的了解，他不会故意做出卑鄙可耻的事情。我与艾达荷已经认识九年了，夫人。我不想在背后说他不好，也不想听见别人说他不好。"

"普拉特先生,"桑普森夫人说,"你为朋友辩护,我可以理解。不过,这无法改变一个事实,那就是他对我动了歪心思。不管对哪位名媛来说,这都是莫大的侮辱。"

"真是的!"我说,"艾达荷这家伙竟如此行事,我简直不敢相信。据我所知,他身上只有一件可笑的事,都是那场风雪给闹的。有一回下大雪,把我俩困在了山上。就在这个时候,他迷上了一本写得乱七八糟的诗集,或许是那上面的歪诗把他教坏了。"

"一定是这样的。"桑普森夫人说,"我刚认识他没几天,他就开始给我读诗。诗里尽是些亵渎神灵的话。他告诉我诗人是个女子,叫什么鲁碧·奥特。我想能写出这种东西的女诗人,绝对上不了台面。"

"看样子,这家伙又弄到一本新的诗集。"我说,"我还记得,他此前那本诗集的作者,是个署名为荷马·K. M.的男人。"

"书嘛,"桑普森夫人说,"我觉得,不管它写了些什么,他只要守住一本就行。今天,这家伙真是胆儿肥了。他给我拿来一束花,并附带一张字条。普拉特先生,名媛应有怎样的做派,你应该是清楚的。我在罗萨城里的名望,你也是知道的。试想,叫我灌满一壶酒,手拿一个长条面包,随一个男人跑进树林里,在树荫下跟他又唱又跳,你觉得这合适吗？我平时用餐时会喝点儿葡萄酒，这没错，但让我带上一大壶酒到那儿去瞎胡闹，这可没门儿！更何况，他还要带上那本宝贝诗集。他就是这么说的。这种让人出丑的野餐，让他自己享用去吧！当然，他也可以邀请那个女诗人一起去，我觉得她肯定会同意的，只要酒管够。这会儿，你还认为你的朋友是个正人君子吗，普拉特先生？"

"夫人，"我说，"艾达荷邀请你吃野餐，可能并无恶意，仅是被那些诗启发了而已，即用他们所谓的比喻手法传递情意。这些诗歌虽然对当下的法律和秩序有所冒犯，但一个人纸上写的和心里想的并不一定相同，再说邮局也没有把它们视为违禁品。你就别再责怪艾达荷了，我代他向你致歉。现在，咱俩暂且把低级的诗歌放下，去探索高级的事实和想象吧！如此美好的下午，桑普森夫人，咱们的思想也该与其相称才好。尽管这里如此温暖，但赤道地区海拔一万五千英尺处却是常年飘雪。介于纬度四十至四十九度之间的那些地方，雪线高度仅为四千到九千英尺。"

"普拉特先生，"桑普森夫人评论道，"听罢那个疯女人令人不爽的歪诗，再听你说起如此美妙的事实，我真的很高兴！"

"路边有段木头，咱们去坐一会儿吧！"我说，"别再想诗人那些没有道理的话了，桑普森夫人。美妙的东西，只存在于确凿的客观事实和令人叹服的统计数字之中。以咱俩所坐的这段木头为例,它的相关数据就堪称神奇,什么诗都比不了。从木头的年轮判断,这棵树的树龄为六十年。如果把它放在两千英尺深的地下,三千年之后,它就会变成煤。要论煤矿深度,位于纽卡斯尔边上的基林沃斯可谓是天下第一。一个长、宽、高分别为四、三、二点八英尺的大箱子,就能装下一吨煤。还有,要是割伤了动脉,应该立即按住伤口的上方,这样才能止血;人腿由三十块骨头构成;泰晤士河北岸塔桥附近的伦敦塔,曾于1841年遭受过火灾。"

"接着说,普拉特先生,"桑普森夫人说,"你说的这些让我开阔了视野,我感觉很惬意。我觉得统计数字是最可爱的东西。"

直到两周以后,我才意识到《赫基默必备知识手册》带给我的真正好处。

一天夜里,人们大声喊叫"失火了"的声音,把我从梦中惊醒。我立即下床,随便穿了件衣服,就匆匆跑出了旅馆,想要一探究竟。当我发现是桑普森夫人的黄色小楼着火后,不由得大吼一声,没用两分钟就冲到了现场。

那座小楼的底层火势极大,罗萨城里的男女老少都聚在附近,就连他们的狗也来凑热闹,这可不利于消防队员通行。艾达荷想冲进火场,却被六名消防队员死死地拉住了。他们劝阻道:"楼下火势凶猛,进去就会没命的!"

"桑普森夫人在哪儿?"我着急地问。

"没看见她,"一个消防队员答道,"她的卧室在楼上。队里没有云梯,我们进不去。"

我跑到火场边上,从贴身的口袋里摸出《赫基默必备知识手册》,借着火光翻看起来。捧着这本书,我竟然想笑,看来我是过于慌张,脑子转不过来了。

"赫基默,我的老伙计,"我一边拼命翻书,一边不停地念叨,"到现在为止,你从未骗过我,从未让我失望过。快给我一个办法。我该怎么办?老伙计,我到底该怎么办?"

翻至这本书的第一百一十七页时,终于看到上面写着"意外事件的处理办法"。我赶紧用手指一行一行地向下搜寻,果然没让我失望。赫基默真是太棒了,就没有他不知道的事!

书上赫然写着:"如遇吸入烟气或煤气引发窒息,首选亚麻籽,取少许置于外眼角内。"

我把这本救命秘籍放进了口袋里,然后拦下了一个正从我身边跑过去的小孩儿。

"小家伙,"我掏出点儿钱递给他,"赶紧去药铺买一美元的亚麻籽,快点儿!剩下的一美元归你了。听着,"我冲着人群大喊起来,"我们得赶紧去救桑普森夫人!"说着,我三五下就扯掉了上衣和帽子,准备往火场里冲。

四个人拉住了我,其中既有消防队员,也有普通市民。他们劝我说,楼板眼看就要烧塌了,还是别进去送命了。

"可恶!"我大声喊叫起来,哭也不是,笑也不是,"找不到眼睛,你们叫我把亚麻籽往哪里放?"

我抬起胳膊,用肘部撞击两个消防队员的脸;又飞起一脚,让一个市民的小腿破了皮;再使了一个绊子,将另一个市民撂倒在地。接下来,我以最快的速度冲进了小楼。要是我死在你们之前,我肯定会写信跟你们说说,地狱之火是否比那座黄色小楼里的火势更为猛烈。现在,你们就权当我在胡说吧!总之,我一下子就被烤煳了,比餐厅里快速烧烤过的烤鸡还要煳。火烤烟熏之下,我两次晕倒在地。那位赫基默先生见了,也会觉得很没面子。好在消防队员用细水龙头缓解了火势,在关键时刻帮了大忙,我才得以摸进楼上桑普森夫人的卧室。她已经被浓烟熏得失去了知觉,我只好用床单将她裹住,扛着她下楼。他们此前劝我说楼板就要烧塌了,其实没那么严重,否则我就白费劲了,这是明摆着的事。

我扛着桑普森夫人,一口气跑到离小楼五十码开外的地方才停了下来。我把她平放在草坪上。接下来,这位夫人的另外二十二位追求者手持大大小小的铁皮水勺出场了，准备用水施救。这会儿，去药铺买亚麻籽的那个小孩儿也一路小跑着赶来了。

我轻轻打开裹在这位夫人身上的床单。她慢慢地睁开眼睛，说："真的是你吗，普拉特先生？"

"嘘——"我示意道，"先别说话，我来给你上药。"

我用一只胳膊小心地托住她的脖子，缓缓地扶起她的头，用另一只手撕开装着亚麻籽的小袋子，慢慢地俯下身来，将三四颗亚麻籽放在她的外眼角内。

这会儿，城里的医师也赶到了。那个医师气喘吁吁地抓着桑普森夫人的手腕试脉搏，并质问我为什么要这样瞎折腾。

"嗯，陈年的药喇叭根可用作泻药，耶路撒冷橡树子有收敛效果。"我理由充分地说，"尽管我不是正规医生，但我自有依据，我可以让你瞧瞧。"

有人给我取来上衣，我从里面掏出了那本《赫基默必备知识手册》。

"瞧，这本书第一百一十七页，"我说，"就写着怎样处理因吸入烟气或煤气而引发的窒息。书上写得很明白，取亚麻籽放在外眼角内。我弄不清楚为什么要用亚麻籽，也许是用来解烟毒的，也许是用来促进复合胃神经机能的，不管这东西起什么作用,既然赫基默这么说,那在你没来之前我按他的法子试试就准没错。如果你坚持会诊,那就照你的意思来吧!"

老医师接过那本书,戴上花镜,借着消防队员的提灯看了起来。

"哎呀,普拉特先生,"他说,"非常明显,你在找诊断方法的过程中看错行了。窒息的处理办法为:'立即把患者转移到空气清新处,让其平躺。'至于亚麻籽嘛,是用来处理'灰尘入眼'的,它在上一行。尽管如此,毕竟——"

"我得说句话,"桑普森夫人发话了,"此次会诊,我是有发言权的。那几颗亚麻籽的疗效,比什么都好。"她抬起头,又枕在我的胳膊上,接着说,"在我的另一只眼睛里也放几颗吧,亲爱的桑德森。"

要是你明天或随便哪天来罗萨城小住,你就可以看到一座崭新、精致的黄色小楼——以前的桑普森夫人,如今的普拉特夫人,正在打理它。如果你走进这座小楼,你还可以看到《赫基默必备知识手册》就放在客厅中间的大理石桌面上。这本书被重新装订过了,上覆红色摩洛哥皮面。这本书里书写了关乎人类幸福和智慧的所有事项,人们随时可以过来查考。

皮明塔薄饼

在弗里奥河谷,当我们策马把烙有圆圈三角记号的牛群赶在一起时,我的木制马镫被一棵牧豆树①的枯枝绊了一下,我的脚踝伤势严重,不得不在营地里休养一周。

挨到第三天,我一瘸一拐地走到餐车附近,百无聊赖地斜靠在树下,听营地里的厨子贾德森·奥多姆没完没了的唠叨。这家伙天生是个话痨,一打开话匣子就关不上,却意外地成了一个厨子,使得他在大部分时间里都苦于听众难觅。

见我来了,贾德森自然是万分高兴,终于有人能把他从无声的沙漠里解救出来了。

听了一会儿,我突然馋虫大动,想吃点儿常规伙食之外的东西。我回忆起妈妈的食品柜子,诚如英国诗人丁尼

---

① 牧豆树:为落叶乔木,原产墨西哥、南美洲和加勒比地区,它的树根能够长到较深的地下寻找水源。

生在《公主》中所言的:"情深如同初恋,忧伤兼且沮丧。"①于是我问贾德森:"你知道怎么做薄饼吗?"

他扔下了正准备用来捶打羚羊排骨的六响左轮手枪,面露愠色地向我走来。他用一双浅蓝色眼睛紧盯着我,那种多疑的目光使我确信,我激怒他了。

"你说清楚,"他努力控制着自己的怒火,"你到底是问我会不会做薄饼,还是存心让我难堪?是不是哪个家伙对你说了我和薄饼的丑事?"

"你多心了,老伙计,"我诚恳地答道,"我是真的在问你会不会做薄饼。要是能吃上几张用黄油烙得焦黄的,浇着新奥尔良②糖浆的薄饼,我宁可用我的小马再搭上马鞍来换。关于薄饼,莫非这里头有什么故事?"

贾德森见我并无恶意,态度立刻缓和下来,从餐车里取出几个我不知道装了什么的袋子和铁罐,一一摆放在我斜靠着的那棵树底下,然后慢条斯理地解开了袋子上的绳子。

"还谈不上有什么故事,"贾德森嘴里说着话,手里却一直在忙活着,"说到薄饼,总要扯到我和来自陷骡谷的红

---

① 本句选自英国诗人丁尼生的叙事诗《公主》中的歌曲,本文中有改动。
② 新奥尔良:既是美国路易斯安那州南部的一座海港城市,也是此州最大的城市。

眼睛羊倌以及威丽勒·利赖特小姐之间的那桩往事。跟你说说也没关系。

"那段时间,我在圣米格尔牧场给老比尔·图米干活儿,到处都是牛、羊、猪、鸡和鸭的叫声。每天都吃这些家伙的肉,已经把我给吃腻烦了。有一天,我嘴痒难耐,特别想吃罐头换换口味,便骑马赶往纽埃西斯河①皮明塔渡口,艾穆斯利·特尔费尔大叔的商店就坐落在那儿。

"下午三点前后,我把马拴到一棵牧豆树上,再走上二十码,就到了艾穆斯利大叔的商店。我来到柜台边,跟艾穆斯利大叔开玩笑地说,我这一来,普天下的水果可就要遭殃了。不一会儿,杏子、菠萝、樱桃和青梅罐头,外加一袋饼干、一把长柄汤匙,被一股脑儿地摆到了我的面前。罐头已经全部打开了,艾穆斯利大叔又抄起斧头继续开箱。我挥舞起长达二十四英寸的汤匙,并不时地用靴子上的马刺踢蹬柜台板壁,吃得那叫一个痛快。就在我不经意间朝窗外一瞥时,我看到了商店隔壁艾穆斯利大叔家的院子。

"只见院子里站着个漂亮姑娘,看样子不像是本地人。

---

① 纽埃西斯河:美国得克萨斯州境内的一条河,向东南注入墨西哥湾。

这个姑娘手里拿着一支槌球①棍,她一边摆弄它,一边看着我大口吞咽水果罐头,并暗暗发笑。

"我赶紧离开柜台,凑到艾穆斯利大叔身边,把汤匙还给他,并问那个姑娘是谁。

"'她叫威丽勒·利赖特,是我的外甥女,'他答道,'从帕勒斯坦②来走亲戚。需要我介绍你俩认识吗?'

"'原来她是从圣地来的,为什么不认识认识呢?巴勒斯坦天使多。'我自语道,心里已是小鹿乱撞,脑子也不听使唤,把得克萨斯州③东部的帕勒斯坦,听成了《圣经》中的迦南古国、基督教圣地巴勒斯坦。'太好了,艾穆斯利大叔,'我大声说,'能认识这位利赖特小姐,是我的荣幸呢。'

"于是,我随艾穆斯利大叔来到院子里,他给我俩做了介绍。

"跟女人打交道,我从不发怵。我一直想不通,有的男人即使不吃早饭就能驯服野马,甚至摸黑儿也能刮胡须;可是一见了穿裙子的姑娘,就浑身冒汗,手脚不知道往哪儿放,前言不搭后语。我则不然,八分钟不到,我就与利赖特小姐混熟了,我俩一起玩槌球,边玩边聊,亲热得像

---
① 槌球:又称门球。一种在草坪或地面上用长柄木槌击球,使之穿过一连串铁环门的室外游戏。
② 帕勒斯坦:位于美国得克萨斯州东部,是安德森县的县治所在。
③ 得克萨斯州:简称得州,美国南方最大的州,全美第二大州。

一对表兄妹。她笑话我水果罐头吃得太多,我则毫不客气地回敬道,有位夏娃小姐,就因为偷吃苹果,在那个名为'伊甸园'的世上首个天然牧场里闹出过不少乱子。'这事儿就发生在巴勒斯坦,我说得对吧?'我根据情况灵活地应对,就像用套马杆套住一头一岁的小马那样自如。

"这样一来,我与威丽勒·利赖特小姐的关系就渐入佳境了。她来到皮明塔渡口小住,是因为这里的气温比帕勒斯坦高出四成,有利于她的健康,实际上她的身体相当不错。起初,我每周骑马去那儿看她一次。后来,我改变了主意,何不每周多跑一次呢?这样我俩见面的机会就翻倍啦。

"有那么一周,我往那儿跑了三次。正因为跑了第三次,才有了薄饼和红眼睛羊倌那档子事。

"那天晚上,我在柜台边上坐定,嘴里塞着一个李子,向艾穆斯利大叔问起威丽勒小姐。

"'你问她呀,'艾穆斯利大叔答道,'她骑马出去了,跟来自陷骡谷的杰克逊·伯德一起走的,那人是个放羊的。'

"我赶紧把嘴里的一个李子带核吞下,并快速离开柜台,慌乱中差点儿把柜台撞翻,好在有人及时扶住了它。出门后,我两眼直勾勾地跑出去,一头撞到了拴马的牧豆树上。

"'那个姑娘骑马走了,'我凑近马儿的耳朵喃喃道,'跟

一个我忘了什么狗屁名字的羊倌一起走的。你知道是怎么回事儿吗,老伙计?'

"我的马儿通人性,它以其特有的方式陪我哭了一通。这家伙从小接触的都是牛仔,故此不喜欢羊倌。

"我返回艾穆斯利大叔的店里,问道:'你说那人是个放羊的?'

"'是个放羊的。'大叔确认道,'大名鼎鼎的杰克逊·伯德,你该听说过吧? 他的牧场多达八个,有四千只纯种西班牙美利奴绵羊①呢。'

"我走出店门,在铺子的背阴处,靠着一棵带刺的霸王树②坐了下来,嘴里不停地叨咕,这个姓伯德(Bird)的家伙绝对不是什么好鸟儿(bird)。与此同时,我的两只手也没闲着,一个劲儿地往靴子里灌沙子。

"我此前对放羊的并无恶意。有一回,我见到一个羊倌骑在马上看拉丁语语法书,我连一根指头都没碰他! 大多数牛仔一看见羊倌就气不打一处来,我却和他们不一样。羊倌们总是围着桌子吃饭,穿小号鞋子,跟你说说笑笑,你干吗非得去教训他们,跟他们大打出手,害得他们头破血

---

① 美利奴绵羊:西班牙美利奴绵羊,以澳大利亚的最为著名。原产西班牙,18世纪后陆续输入世界各地,是优秀的绵羊品种。
② 霸王树:原产非洲,适应热带干温性气候,主干可高达六至八米,为多肉植物中的珍贵品种。

流的呢？我总是放过他们，就像你愿意放过长耳大野兔一样，有时礼节性地问候一下，有时简单地聊聊天气状况，但是从不跟他们一起吃吃喝喝。在我看来，实在没必要跟一个放羊的过不去。就因为我宅心仁厚，不和放羊的一般见识，如今居然有个放羊的欺负到我头上来，把威丽勒·利赖特小姐给拐走，跟他骑马去了！

"再过一个钟头天就黑了，直到此时，他俩才慢悠悠地回到艾穆斯利大叔的家。羊倌扶她下马，两人站在那儿，又笑逐颜开地聊了一阵。然后，那个叫杰克逊的鸟人跨上马背，挥了挥炖锅似的小帽，便朝他的羊圈飞奔而去。这时，我赶紧把马靴里的沙子倒出来，挣脱了那棵带刺的霸王树，并快马加鞭，在跑出皮明塔半英里后，我追上了他。

"我刚才提到，羊倌的眼睛是红的，实际上并不是。他用来瞧东西的家伙灰不拉唧的，但睫毛发红、头发发黄，让人误以为他的眼睛红通通的。他是羊倌？我看他充其量只能管几只小羊羔吧。他个子矮小，脖子上围一条黄色丝巾，鞋带打的是蝴蝶结。

"'下午好啊。'我对他说，'算你倒霉，遇上威名远播、一枪毙命的骑手贾德森啦。在同一个生疏的对手开战之前，我总是自报家门，让他死个明白。'

"'啊哈，'他当时就是这副腔调，'很高兴见到你，贾

德森先生。我叫杰克逊·伯德,陷骡谷那儿有我的牧场。'

"这会儿,我一只眼睛看到有只走鹃①嘴里叼着个毒蜘蛛从山上跳了下来,另一只眼睛看到有只猎兔的鹰落在了一棵水榆树的枯枝上。为了给羊倌一个下马威,我掏出随身携带的四五口径手枪,啪啪两枪,两只倒霉的鸟儿应声坠地。'无论走到哪儿,'我说,'只要遇上鸟儿、鸟人什么的,三回当中倒有两回我会让它们吃枪子儿。'

"'好枪法。'羊倌面无表情地说,'不过,你第三回是不是有可能打不准呢?上周的那场雨下得可真好,嫩草正缺水呢。你觉得呢,贾德森先生?'

"'小子,'我凑近他的马说,'宠爱你的爹娘给你起名为杰克逊,可你翅膀硬了,却成了个油嘴滑舌的鸟人。你可别再说风啊雨啊之类的鸟语了,我们还是快点儿进入正题吧。你窜到皮明塔,拐带人家姑娘跟你骑马瞎溜达,此风不可长。据我所知,有些鸟儿、鸟人还没坏到你这份儿上,就把小命丢了。至于威丽勒小姐嘛,'我接着说,'人家根本就没想惹一身羊骚味,也不想跟一个鸟人有什么瓜葛。你就给个痛快话,是打算就此滚蛋呢,还是要尝尝吃我一枪的滋味?'

---

① 走鹃:亦称灌丛鸡,鹃形目杜鹃科鸟类。英文名意为"路上的赛跑者"。飞行能力很差,擅长快速奔跑。

"羊倌的脸有些发红,但随即他就哈哈大笑起来。

"'哎呀,贾德森先生,'他说,'你多心啦。我找过利赖特小姐几回不假,但绝对没有你说的那种心思。我的心思呀,都放在好吃的东西上了。'

"我气得要掏枪。

"'你这个鸟人,'我骂道,'竟敢——'

"'你先别急,'这家伙赶紧说,'听我把话说完。我讨老婆有什么用呢?你到我的牧场看看就懂我的意思了。我这个人是"一人吃饱,全家不饿",我养羊不图别的,就图吃个痛快。贾德森先生,你吃过威丽勒小姐做的薄饼吗?'

"'我吗?没吃过。'我答道,'我还从未听说,她下厨有两下子。'

"'她做的薄饼,金灿灿、甜丝丝的,'羊倌说,'简直就是天堂里的美味佳肴。要是能弄到它的配方,就算少活两年我也愿意。我去找威丽勒小姐,就是为了这事儿,'他接着说,'然而直到现在,我也还没得手。听说那是她家的家传秘方,一代传一代,已经传了七十五年啦,并一直对外人守口如瓶。要是能弄到那个配方,我可就有口福了,我在自家的牧场上就能想吃就吃了。'

"'你来这儿当真是为了薄饼,'我问道,'而不是为了那个做薄饼的姑娘?'

"'那当然。'羊倌说,'威丽勒小姐非常不错,不过我也可以明确地告诉你,我去找她,只是为了一张嘴——'他见我又要掏枪,便赶紧改了口——'只是为了弄到她家的家传秘方。'

"'这么说,你小子还没到无法挽救的地步。'我装出一副很讲情理的样子,'我本想让你的那些羊儿变成孤儿,然而这一回我姑且饶你不死。不过,你想吃薄饼可以,但切不可打别的主意。否则,不管是谁在你的牧场上唱起歌来,你也永远听不见了。'

"'为了证明我说的都是实话,'羊倌说,'我想麻烦你帮个忙。威丽勒小姐与你交情不错,她不肯对我说的事,也许愿意对你说。要是你能帮我弄到薄饼配方,我保证再也不去找她,说话算话。'

"'这样也好。'我跟羊倌之间的矛盾解除了,'我会尽我所能,帮你弄到那个配方,很高兴能为你做点儿什么。'随后,羊倌掉头直奔他的陷骡谷,我则策马朝西北方向而去,回到了老比尔·图米的牧场。

"过了五天,我才找到机会再去皮明塔。在艾穆斯利大叔那里,我与威丽勒小姐度过了一个惬意的傍晚。她先是为我唱了几首歌,又在钢琴上为我倾情弹奏了若干歌剧选曲。我给她模仿响尾蛇的样子,跟她讲'长虫'麦克菲的剥牛皮绝技，还跟她说起有一回去圣路易斯的见闻。我俩相处得非常融洽。我暗自思忖，要是那个叫杰克逊·伯德的羊倌也在场，看到我和威丽勒小姐的那个热乎劲儿，他一打退堂鼓，我就赢定了。对了，那家伙不是说弄到薄饼配方就滚蛋吗？我得赶快从威丽勒小姐那儿弄来交给他。以后他胆敢迈出陷骡谷一步，让我瞧见了，我非要了他的小命不可。

"于是，到了晚上十来点钟，我满脸堆笑地对威丽勒小姐说：'我一看见青草地上的枣红马就开心，但是，要说比这更开心的，就是香喷喷的涂着糖浆的薄饼了。'

"威丽勒小姐的身躯似乎震动了一下，继而吃惊地瞧着我。

"'的确，'她说，'薄饼的确好吃。哦，对了，奥多姆先生，你刚才提到在圣路易斯弄丢了帽子，那么，你的帽子到底是在哪条街丢的？'

"'薄饼大街啊。'我冲她眨了眨眼，让她明白我的用意在于她家的家传秘方，她休想岔开话题。'对了，威丽勒小姐，'我说，'还是说说你家的薄饼吧。我现在满脑子都是薄饼。说说看，你家的薄饼是怎样做出来的，比如，一磅面粉、八打鸡蛋等。你家薄饼的配料，到底有什么讲究呢？'

"'不好意思，请稍候。'威丽勒小姐说。她飞快地瞟了我一眼，就起身离开琴凳，缓缓地走进了隔壁房间。不一会儿，艾穆斯利大叔进来了，他只穿了件衬衣，还拎着一壶水。就在他回身去取桌上的玻璃杯时，我瞧见他身后的裤兜里竟然插着一支四五口径的手枪。'我的天哪！'我心中暗想，'这家人的食谱配方难道是无法估量价格的宝贝吗？至于动枪动刀的吗？就算是跟某些人有什么极深极大的仇恨，也不至于一言不合就开枪吧。'

"'喝点儿水吧。'艾穆斯利大叔倒了一杯水，端到我面前，'你今天骑马赶到这儿，一定累坏了。你冷静冷静，贾德森，别再想什么薄饼啦。'

"'艾穆斯利大叔，那种薄饼，你也会做吧？'我问道。

"'这个嘛，我不太在行。'艾穆斯利大叔答道，'不过，话说回来，做薄饼，无非就是放一些石膏粉、生面团、小苏打、玉米粉，再加上鸡蛋、全脂牛奶一搅拌不就行了吗？对了，贾德森，春天一到，你的比尔老板又要把牛肉送到堪萨斯城去了吧？'

"这天晚上，关于薄饼的话题还是被岔开了。我什么东西都没有获得，难怪那个羊倌会犯愁。我只好换个话题，跟艾穆斯利大叔信口聊起了羊角风、旋风什么的。不一会儿，威丽勒小姐来道晚安，我只好灰溜溜地返回牧场。

"大约过了一周，我又去了皮明塔，途中遇见从那儿返回来的羊倌杰克逊·伯德，我俩勒住马，聊了几句。

"'你弄到那个薄饼秘方了吗？'我问他。

"'没戏。'羊倌说，'看来我是没指望了。你试过了吗？'

"'当然啦，'我说，'不过，没有用的，人家就是不松口，看来那个秘方价值连城啊。'

"'我还是死了这条心吧，'羊倌失望地说，我不由得对他产生了同情，'可我就是想弄清楚，那种薄饼里面到底有什么配料，这样我就可以在自己的牧场里做点儿好吃的，就算是一个人，也不会觉得孤单了。'他说，'我一到晚上就睡不着觉，满脑子想的都是那种薄饼的味道。'

"'你别灰心，办法总会有的。'我对他说，'咱俩同时下手，不用太长时间，肯定会有一个人得手的。那下次再聊吧，杰克逊老弟。'

"你能看得出来，这时候我俩已经相安无事了。只要那个黄毛羊倌不是在追求威丽勒小姐，我不但不记恨他，还下定决心帮他把薄饼秘方弄到手，让这个孤零零的家伙在牧场里吃点儿好的。可是，我一提到薄饼，威丽勒小姐的眼神就一下子生分起来，随即她就会把话题岔开。要是我抓住这个话题不放，她就会借故溜走，搬来艾穆斯利大叔当救兵。这位救兵大叔总是手里拎个水壶，在裤兜里面插把枪。

"有一天,我在恶犬坪的野花丛中采了一束漂亮的蓝马鞭草,再次骑马行至艾穆斯利大叔的商店。大叔眯缝着一只眼,瞧着我手里的蓝马鞭草说:

"'有个消息你还不知道吧?'

"'是牛涨价了?'我问。

"'威丽勒小姐和那个杰克逊·伯德昨天在帕勒斯坦结婚啦。'大叔说,'我今天上午才接到信。'

"我把手里的蓝马鞭草扔进一只饼干桶,简直不敢相信自己的耳朵。

"'求你再说一遍好吗,艾穆斯利大叔?'我说,'我的耳朵可能不中用了,你刚才只是说,头等小母牛活畜每头四块八,或者这类行情的吧?'

"'那两人昨天就结婚了,'艾穆斯利大叔说,'这会儿去度蜜月了,去的是韦科①和尼亚加拉大瀑布②。怎么,你什么也不知道吗?从一起骑马出去那天开始,杰克逊就一直在追求威丽勒。'

"'那你跟我说清楚,'我几乎大吼道,'那家伙一再叫我打听薄饼秘方,到底是怎么回事儿?'

---

① 韦科:位于美国得克萨斯州中部,夏季炎热,冬季温和。著名的贝勒大学就坐落在韦科。
② 尼亚加拉大瀑布:位于加拿大安大略省和美国纽约州的交界处,其源头为尼亚加拉河,主瀑布位于加拿大境内,是瀑布的最佳观景地。

"听到'薄饼'的字眼儿,艾穆斯利大叔选择了回避,并向后退去。

"'有人用这破饼把我给耍啦,'我说,'我必须弄清楚咋回事儿。我相信你什么都知道,快说呀!不说实话,咱俩就没完。'

"我翻过柜台去抓这个知情不报者。他想去拿放在抽屉里的枪,却因差两英寸没得逞。我抢先一步揪住他衬衫的前襟,把他困在了一个角落里。

"'快说清楚薄饼的事儿,'我说,'否则我就把你拍成薄饼!是威丽勒小姐做的薄饼吗?'

"'她从小到大从未做过薄饼,我连一张都没见过。'艾穆斯利大叔安慰我说,'你冷静点儿,贾德森,别做傻事。你太冲动,头上还有老伤,让你的脑子不好使了。还是别再想什么薄饼啦。'

"'艾穆斯利大叔,'我辩解道,'我头上压根儿就没受过伤,充其量是脑子天生不太灵光。杰克逊·伯德那家伙一再对我说,他来找威丽勒小姐,不过是为了跟她打听怎么做薄饼,还拜托我帮他探问配方。我轻信了他,结果呢?你都瞧见了,我被那个红眼睛羊倌耍得团团转,我招谁惹谁啦?'

"'你先把我的衣服松开,'艾穆斯利大叔说,'我再跟你说到底是怎么回事。唉,看来那个杰克逊·伯德确实把你要得够呛,自己却溜之大吉了。他跟威丽勒小姐一起骑马出去的第二天,他就来叮嘱我和威丽勒说,只要你一提到薄饼,我们就得小心提防。他说,有一回你在营地里做薄饼,有人用煎锅砸破了你的头。所以你一旦情绪激动,头上的老伤就会复发,弄得你像个疯子似的,三句话不离薄饼。他说,这时候我们得赶紧岔开话题,让你逐渐恢复平静,才不至于闹出大乱子。因此,只要你一说起薄饼,我和威丽勒就尽我们所能让你冷静下来。唉,唉,'艾穆斯利大叔说,'那个杰克逊·伯德虽说是个放羊的,心眼儿倒是不少。'"

贾德森一边讲述往事,一边不紧不慢、娴熟地把那几个袋子、罐子里的东西按一定比例混合起来。讲述接近尾声时,他给我端来了成品——两张热腾腾、金灿灿、装在一只铁皮盘子里的薄饼。接着,又不知道他从哪里变出来一块上等黄油和一瓶金色糖浆。

"这事儿过去多久了?"我问道。

"三年了。"贾德森说,"他俩现在生活在陷骡谷牧场,事后我再也没看到他俩的人影。据说,我被那个羊倌的破饼要得团团转的时候,他却整天在自己的牧场里,又是置办摇椅又是挂窗帘什么的,把牧场拾掇得漂漂亮亮的。哼,过去的事儿就让它过去吧,可我的那帮老伙计却还总是借此说事。"

"你这两张薄饼,是用那个家传秘方做的吗?"我问道。

"我刚才不是跟你说了吗,哪有什么家传秘方。"贾德森说,"那帮老伙计老是拿这事儿开玩笑,玩笑开够了也想吃薄饼解馋,我就从报纸上剪下了这饼的配方。这东西好吃吗?"

"太好吃啦。"我说,"咦,你自己怎么不吃点儿,贾德森?"

一声叹息清清楚楚地传到我的耳朵里。

"我吗?我从来不吃薄饼。"贾德森答道。

索利托牧场的医学奇迹[1]

如果你对拳击界有所关注,一定会对19世纪90年代初的一档子事儿还留有印象:在一条国际水道的对岸,某拳击冠军与其挑战者的对决只持续了一分钟零几秒。如此草草结束,让原以为会有一场恶战的看客们非常失望。就算记者们使出全身的力气,关于这事儿的报道也依然没什么好称道的。这位冠军在一身轻松地撂倒挑战者后,转身来了一句:"只需一拳,就让那个家伙知道了我的厉害。"然后他便抬起船桅般的胳膊,叫助手给他取下拳击手套。

正是因为这档子事儿,翌日一大早,一列普尔曼卧铺车[2],满载情绪不佳、身着五颜六色坎肩、打着漂亮领结的

---

[1] 索利托牧场的医学奇迹:本篇英文标题为 *Hygeia at the Solito*。海吉娅(Hygeia),为希腊神话中的健康女神,是预防医学的化身,被刻画成手捧食钵、饲喂蛇虫的形象,蛇虫象征着医学知识。

[2] 普尔曼卧铺车:这种火车车厢以舒适著称,设计者为19世纪美国发明家、企业家乔治·普尔曼。

看客，行至圣安东尼奥①火车站。也正是因为这档子事儿，绰号"蟋蟀"的麦克奎尔磕磕绊绊地挤出车厢，在月台上坐下，一声接一声地使劲干咳起来，圣安东尼奥人对此早已见怪不怪。这会儿，天刚蒙蒙亮，柯蒂斯·雷德勒恰巧从这儿路过，他从努埃塞斯县②来，拥有一座牧场，身高达六英尺二英寸。

牧场主这么早赶到这里，准备搭乘南下的列车返回自己的牧场。他注意到了这个病恹恹的拳击爱好者，于是停下脚步，用带着长腔的当地口音关切地问："你病得很重吗？年轻人。"

"蟋蟀"麦克奎尔听见有人叫他"年轻人"，感觉自己受到了冒犯，立即抬起头，摆出一副不好惹的架势。麦克奎尔此前做过不少行当，如轻量级拳击手、票贩子、驯马师、赌马爱好者等，对各种赌术和骗术了然于心。

"不关你的事，"他哑着嗓子说，"别像一根电线杆子似的戳在这儿。我没叫你来。"

他又大声咳嗽了一会儿，然后软绵绵地靠在身边的一辆小行李车上。雷德勒颇有耐心地等待着，目光掠过月台上那些头戴白礼帽、身着短大衣、嘴里叼着粗雪茄的乘客。

---

① 圣安东尼奥：位于美国得克萨斯州的中南部。
② 努埃塞斯县：美国得克萨斯州的一个县，位于墨西哥湾岸。

"你是北方人吧,年轻人?"见对方的咳嗽有所缓解,他询问道,"你是来看拳赛的?"

"什么拳赛!"麦克奎尔气呼呼地说,"简直是太小儿科了。那家伙才被揍了一拳,就跟被打了麻醉药一样,倒在地下起不来了,连墓碑都省下了。世上哪儿有这种拳赛!"他又干咳了一会儿,继而开始抱怨起来。这番抱怨未必与牧场主有什么关联,他只是想说出自己的心里话而已。"本来嘛,这事儿对我来说是很有把握的。这种机会,就连股票大亨拉塞·塞奇①也不会放过的。我本以为那个老家在爱尔兰科克②的笨蛋能挺住三个回合呢。我按五比一的赌注,把全部家底都给押上了。我本以为这事儿十拿九稳,赢了钱就可以把三十七街吉米·德莱尼开的通宵咖啡馆买到手,我都快要闻到酒瓶箱里碎木屑的味道了。然而——你说,电线杆,哪个傻子会把自己的钱全都押上?"

"你说得没错,"大块头牧场主回应道,"愿赌服输,更没错。年轻人,赶紧去找家旅店吧。你老是这么咳嗽,病得不轻啊。"

"都是肺病给闹的。"麦克奎尔一副心中有数的样子,"医生说我还有半年寿命,要是悠着点儿,或许能活上一年。

---

① 拉塞·塞奇:指拉塞尔·塞奇,为美国金融家、股票大王。
② 科克:位于爱尔兰南部。

我需要静心休养，这或许就是我把手里的钱全都押上的原因。当时我手头儿有一千美元。要是赌赢了，德莱尼开的那家咖啡馆就该归我了。结果人算不如天算，那个笨蛋第一个回合就睡过去了——对了，这事儿你是怎么看的？"

"不太走运罢了。"雷德勒说，看着麦克奎尔靠在小行李车上的瘦削身体，"你得找家旅店好好歇歇。这附近有蒙格尔旅店、独行侠旅店，此外——"

"此外还有第五大道旅店、华尔道夫·阿斯托里亚①旅店，一家比一家豪华。"麦克奎尔不无嘲弄地接了话，"我不是跟你说过吗？我现在是个穷光蛋，跟乞丐没什么两样，我手头儿上只剩下十美分啦。我也想对自己的身体好点儿，比如，来次欧洲之旅，或在私人游艇上潇洒一番——喂，卖报的！"

他从报童那儿买了份《快报》，花了五美分。他倚靠着小行李车，聚精会神地看起报来，那上面还有他遭遇滑铁卢的相关报道，那些记者最善于夸大事实了。

雷德勒看看腕上的大金表，伸手按住了麦克奎尔的肩头。

"跟我来，年轻人。"他说，"火车快开了，只剩三分

---

① 华尔道夫·阿斯托里亚：位于纽约曼哈顿的豪华旅馆，于1893年由威廉·沃尔多夫·阿斯特建造。

钟了。"

麦克奎尔一说话就带刺儿，天性使然。

"我是个穷光蛋，这话我一分钟前刚说过吧？这一分钟里，你看见我赌赢了吗？发财了吗？我哪有那个运气，你说对吗？这位朋友，你别管我了，快点儿上车吧。"

"你跟我一起回牧场吧，"雷德勒说，"好好养养身体。用不了半年，我保证让你像换了一个人似的。"他一把拽起麦克奎尔，把他朝火车的方向拉去。

"花销怎么算啊——"麦克奎尔喊道，他想挣脱牧场主的大手，结果却是白费力气。

"什么花销？"雷德勒被弄糊涂了。两人大眼瞪小眼，谁也不知道对方的葫芦里究竟卖的是什么药。因为他俩的相遇实属偶然，而他们压根儿就不是一类人，他们各有各的活法。

南下列车上的那些乘客，看到两个反差巨大的人结伴同行，不由得暗自吃惊。麦克奎尔是个五英尺一英寸的小个子，面孔与日本横滨人、爱尔兰都柏林人存在很大的差异，他的双眼既圆又亮，面颊和下巴特别瘦，脸上布满受伤后缝针的痕迹，这使得他像只逞凶斗狠的大黄蜂，让人畏惧。这种人哪儿都有，人们早就习惯了。而雷德勒却不然，他是在不同土壤上生长起来的。这位牧场主的个子高达六英尺二英寸，肩宽背阔，给人以踏实之感，犹如清澈见底的溪流。这样的人，堪称西部与南部地区的完美结合体。如实描绘此君的画像很罕见，因为画廊的容量实在有限，而此时的得克萨斯州还没有一座电影院。总而言之，给雷德勒这样的人画像，非用壁画不可——这种画面给人以高尚、质朴、冷静之感，连镜框都不用镶了。

他们乘坐的这趟列车属于国际铁路公司。列车一路向南，在一眼看不到尽头的大草原上驰骋。绿草如茵，远处青葱茂密的小树林若隐若现。这里到处都是牧场，牧场主乃一方诸侯。

麦克奎尔瘫坐在座位的一角，狐疑地跟牧场主聊了起来。这个大块头把他弄到火车上，到底想干什么？麦克奎尔无论如何也不会想到无私奉献之类的优秀品质。"他并非农夫，"这个"俘虏"暗自思忖，"肯定也不是什么骗子。那么他到底想耍什么花招呢？管他呢，"蟋蟀"，静观其变吧。反正你已经是个穷光蛋了，浑身上下只有五美分，还患有"百日痨"，他还能把你怎么样？"

在距圣安东尼奥有一百英里的里肯，他俩走下了火车，牧场主的四轮马车早已在此恭候。从火车站到此次旅行的终点尚有三十英里，需要换乘马车。坐在马车里的麦克奎尔，感到自己真的被绑架了。两匹西班牙种小马儿，时而小跑，时而飞奔，拉着他们轻快地穿过一片大草原。草原上花香四溢，使这里的空气像美酒和矿泉水一样，令人神清气爽。不知过了多久，道路不见了，大草原成了神秘莫测的无名海域，经验老到的雷德勒亲自掌起了舵。在雷德勒的眼中，远处的每片小树林皆为路标，每座起伏的小山都在为他指明方向，通报里程。可在仰面靠在车上的麦克奎尔眼中，周边唯有一片荒野而已。麦克奎尔坐着牧场主的马车深入草原之中，他心里并不开心，反而充满了疑问。"这个大块头到底想干什么？"这种疑虑在麦克奎尔的脑海中挥之不去，他只好借用自己熟悉的城市里的标准，来衡量这片牧场。

一周之前，雷德勒在草原上策马扬鞭之际，发现了一头病恹恹、哞哞惨叫的牛犊，主人不要它了。他从马上俯身抓起可怜的牛犊，把它搭在鞍头上带到了牧场，并吩咐伙计们细心照料。麦克奎尔当然无从知晓、理解这位牧场主的心思——在雷德勒看来，这个病人的情形跟那头牛犊没有多大区别，急需有人伸出援手。牲畜生了病，无人照管，而这位牧场主又乐于提供力所能及的帮助。于是，上述条件决定了雷德勒的思考方式和行动准则，使他时常愿意帮助别人。麦克奎尔是雷德勒从圣安东尼奥带回来的第七名得肺病的人了，那儿街道狭窄，但据说臭氧浓度奇高，于是害肺病的人便到此地疗养。来索利托牧场疗养的五个人，先后康复或身体状况明显改善，全都千恩万谢地离开了这里。还有一个人到这儿时已经太晚了，最终，他在园子里一棵枝繁叶茂的树下找到了安息之所。

马车一路疾驰行至院落门口，那个虚弱的救助对象像团破布似的被牧场主拎了起来，放到了回廊处。这里的人们对这种情形并没有大惊小怪。

麦克奎尔环顾着这个陌生的地方。雷德勒的院落在当地所有的牧场中位列第一，房子是用一百英里开外运来的砖砌成的。只不过，房子只有一层，仅有的四间房也被一道泥地回廊给围了起来。看着那些乱七八糟的大车、车马用具、狗具、枪支和牛仔装备，城里来的穷困而失意的运动家觉得很别扭。

"就是这里，咱们到家啦。"牧场主看起来心情不错。

"什么鬼地方！"麦克奎尔不假思索地说道。却不想，突如其来的一阵咳嗽，让他在回廊的泥地上打起滚来。

"我们会设法让你住得舒适些的，年轻人。"牧场主心平气和地说，"房间里没有什么像样的东西，但一走出房间你就会发现，对你身体有好处的东西太多啦。你住里间吧，有什么需要尽管吱声。"

麦克奎尔跟着雷德勒走进东面的房间。地上干干净净，没铺地毯。窗子开着，从室外吹来了丝丝海风，白色的窗帘随风飘动。在房间中央，放着一张柳木大摇椅、两把硬木椅和一张长桌，长桌上堆着报纸、烟斗、烟草、马刺和弹夹。墙壁上安着几只剥制手法颇佳的鹿头和一只大得惊人的黑野猪头。在房间的角落里，放着一张既宽大又凉爽的折叠床。在纽西斯郡的居民看来，这个房间可供王子下榻。麦克奎尔却不屑地瞧着，摸出仅剩的五美分镍币，抛向了顶棚。

"我说过我是个穷光蛋，你怎么不相信？要是你愿意，你可以翻翻我的口袋。我浑身上下只剩这一个硬币啦。这儿的花销怎么算啊？"

雷德勒那明净透亮的灰色眼睛，从灰色的眉毛下面凝视着来客黑珍珠似的眼睛。过了片刻，他坦诚且礼貌地说："年轻人，只要你别再提钱的事儿，我就感激不尽了。这种事儿说一次都嫌多。接受我的邀请来牧场做客的人，不必付钱，这些客人也很少提钱的事儿。半个钟头之后晚饭就好了。渴了可以喝壶里的水，回廊那儿挂着一只红瓦罐，那里的水更凉快。"

"有铃儿吗？"麦克奎尔四下张望着。

"什么铃儿？"

"喊用人的铃儿。我绝不——瞧啊,"他忽然动了怒,实际上却很无力地说,"我压根儿也没求你把我弄到这儿来,是你硬把我拽来的,我拦也拦不住,我也没跟你讨过一美分。我压根儿没想把我的遭遇告诉你,可是你问个没完,我只好说给你听。如今我落到这步田地,侍者和鸡尾酒离我五十英里开外。我是个病人,干不了活啦。唉!我身上一个子儿都没有!"麦克奎尔一下子倒在床上,浑身颤抖着哭了起来。

牧场主走到房门处喊了一声。一个墨西哥小伙儿随即赶来,他二十岁左右,身形细长,皮肤白亮。两人对话用的是西班牙语。

"伊拉里奥,我记得我以前跟你打过包票,等到秋季赶牛时,就派你到圣卡洛斯牧场里放牛。"

"是的,先生,多谢你的抬举。"

"听我说,这位少爷跟我是好朋友,眼下病得不轻。你要耐心细致地照顾他,随叫随到。等他身体恢复,或——嗯,等他身体恢复,我就派你到皮德拉斯牧场当总管,怎么样?这差事可要比当牛仔好得多!"

"那简直再好不过了——太谢谢你了,先生。"伊拉里奥激动得要下跪。雷德勒亲切地踹了他一脚,吼了一声:"少跟我来这一套。"

十分钟过去了，伊拉里奥走出麦克奎尔的房间，来到了牧场主的面前。

"新来的少爷，"伊拉里奥说，"对你表达了美好的祝愿（这种措辞是牧场主以前教给这个墨西哥小伙儿的），他想要冰块、洗热水澡、喝兑柠檬汁的杜松子酒，并让我把全部窗子都关严，他还想吃吐司面包、刮胡子、看《纽约先驱报》、抽烟和拍电报。"

牧场主走向药品柜，从里面拿出一瓶威士忌酒，容量为一夸脱①。"让他喝这个吧。"他说。

索利托牧场对麦克奎尔的"独裁统治"由此开始。刚开始的几周，周边数英里外的牛仔们都纷纷骑马赶来，只为瞧瞧雷德勒牧场里的这位新客人。在这伙人面前，麦克奎尔气势骄横，吆五喝六，言辞浮夸。在他们看来，他是一个非常独特的人。他给他们讲拳击的复杂要领，给他们讲职业运动家们有失体统的生活状态。他的讲述中有不少行业暗语和俚语，强烈地吸引了他们的注意。他像个天外来客，那独特的行为、毫不掩饰的粗鄙段子，让他们乐在其中。

令人吃惊的是，置身于这个完全不同于以往的新环境，

---

① 夸脱：亦译夸特，英美制容量单位。在英国和加拿大等于 2 品脱或 1.14 升，在美国等于 0.94 升。

周边的一切竟然没有对麦克奎尔产生任何影响。他自私自利的本性没有丝毫变化。在他看来，他只是暂时屈居此地，这里只有一群乐于听他缅怀往事的家伙。白天的草原，一望无际，自由自在；夜晚的草原，星河璀璨，庄严肃穆。然而，这些丝毫没有触动他的内心。红彤彤的朝阳不足以吸引他，他只对粉红色的运动类报刊感兴趣。他的人生信条是"不劳而获"，他的最终奋斗目标是三十七街的那家咖啡馆。

在牧场待了将近两个月之后，麦克奎尔开始大发牢骚，说自己的身体一天比一天糟糕。从此，他就成了这里的累赘和噩梦。他像一个恶魔或泼妇，从早到晚把自己关在房间里，唉声叹气，骂骂咧咧，埋怨别人。他说，他是被骗子强拉硬拽到这儿来的，这儿简直就是地狱。在这里，没有人关心他，生活条件也太差，他活不了几天啦。无论他怎样渲染自己的身体状况越来越差，在其他人看来，他还是老样子。他那小葡萄干似的双眼依然明亮，依然让人畏惧；他的嗓门儿依然像从前一样刺耳；他的皮肤依然紧致，看上去像绷紧的鼓面；他的脸虽然有些粗糙，但却没怎么掉肉。每到下午，他高高的颧骨就会泛起红晕，测测体温或许就能知道症结所在。或许胸部叩诊能够确认，他的肺仅有半边处于工作状态，但人们从他的外表上根本看不出个所以然来。

伊拉里奥负责贴身照顾麦克奎尔。牧场主答应让伊拉里奥在不久的将来当上总管，这个许诺一定深深地打动了伊拉里奥，因为照顾麦克奎尔的工作实在是令人崩溃。麦克奎尔不仅叫伊拉里奥把窗子关得紧紧的，还叫他把窗帘拉得严严实实的，不让一丝新鲜空气进入屋内，殊不知这正是麦克奎尔绝无仅有的灵丹妙药。麦克奎尔的住处从早到晚弥漫着污浊不堪的蓝色烟雾，不管是谁走进这个令人窒息的房间，都得坐下来听这个小魔头没完没了地吹嘘他那见不得人的职业生涯。

最令人奇怪的是麦克奎尔与其恩人雷德勒之间的微妙关系。这个人对于牧场主的态度，与一个性格倔强、行事乖张的孩子对待溺爱他的父母一样。牧场主外出时，麦克奎尔就憋着一肚子坏水闷头不语，还一个劲儿地乱发脾气。牧场主一回到家，麦克奎尔就一下子来了精神，不仅对他大喊大叫，还对他展开恶毒的咒骂。牧场主对这位客人的态度也让人摸不着头脑。面对麦克奎尔的大声叫骂，雷德勒好像觉得是自己理亏，觉得自己真的是对方口中十恶不赦的独裁者和压迫者。仿佛雷德勒认为，对方的不幸遭遇是由他一手造成的，故此无论对方骂他的语言有多么苛刻，他也总是平心静气，甚至为此感到抱歉。

这一天，牧场主对客人说："新鲜的空气对你有好处，哥们儿，你得多呼吸一些。要是你打算出去转转，我的马车随时供你使用，我还可以专门给你配个车夫，你想什么时候出去就什么时候出去。你不妨到哪个营地待一两周试试，我会把一切都安排妥当，包你满意。只有土地和新鲜的空气才能治好你的病。据我所知，有个费城人，病情比你还严重，在瓜达卢佩不小心迷路了，只好跟着羊倌们在草原上待了两周。信不信由你，先生，此后他的病情逐渐好转，最后竟然彻底康复了。到土地上走走吧，大自然会给你起死回生的药方的。眼下你还可以试试骑马。有匹小马很听话——"

"我做过什么对不起你的事吗？"麦克奎尔嚷嚷起来，"我什么时候坑过你？我什么时候求你把我带到这儿来？要是你愿意，你干脆把我扔到你的营地里算啦。你也可以给我一刀，让我死了得了，这样大家都省心。让我骑马，亏你想得出来！我连腿都抬不起来啦。就算一个五岁的小孩儿来揍我，我都打不过。这个鬼地方，可把我给害苦啦。这儿要啥没啥，不仅没啥吃的，没啥瞧的，而且连个聊天的人都没有。这儿只有一群没见过世面的乡巴佬，连拳击沙袋和龙虾沙拉都分不清。"

"的确，这里太荒芜了。"牧场主抱歉道，"这一带好东西确实不少,就是太粗糙了。你需要什么东西,我让伙计们骑马跑一趟帮你弄来。"

圈杠分队①的牛仔查德·默奇森率先指出,麦克奎尔是在装病。查德从三十英里外赶来,因为迷路多绕了四英里,只是为了把一篮葡萄呈到麦克奎尔面前。查德在那个烟气缭绕的房间里待了片刻,一出来就直接对牧场主说出了自己的疑虑。

"这家伙的胳膊比金刚石还硬呢。"查德说,"他刚才教我怎样打对方的要害,他的一拳,如同被野马连踢了两下似的。你被他骗了,老兄。他身体没啥大毛病,就跟我一样。这话我本可以不说,但这家伙住在你这儿混吃混喝,我不得不说。"

雷德勒心眼儿实,并不相信查德的说法。后来他请医生给麦克奎尔检查身体,也不是出于怀疑。

有一天午间,牧场来了两个人,拴好马后就进院吃饭,这里一向好客。来客之一是圣安东尼奥收费不菲的名医,他刚给一个富有的牧场主看完枪伤(走火误伤),被护送着赶往火车站搭车回城。吃罢午饭,雷德勒把这位名医拉到旁边,拿出一张二十美元的钞票塞到他手里,说:

"医生,那个房间里有个年轻人,很可能有严重的肺病。

---

① 圈杠分队:指均以 θ 形烙印为标识的牛群。

我想请你给他检查一下，看看他的病情怎么样了，有没有什么法子能让他好起来。"

"我那顿午餐要收费吗，雷德勒先生？"医生坦率地说，并从眼镜上方瞧着好客的牧场主。雷德勒收回钞票放进了衣兜。医生随即走进麦克奎尔的屋子，雷德勒则在堆有马鞍的回廊处坐了下来，要是医生说情况不妙，他就更得自责了。

十分钟不到，医生就大步流星地走出了房间。"你说的那个患者，"他立刻说，"身体一点儿问题都没有。他的肺功能比我还好，呼吸、体温、脉搏都没有任何异常，胸部扩张度为四英寸，浑身上下没有任何衰弱的迹象。虽然我没给他查验结核杆菌，但这种情况不可能有。对他的诊断，我有百分之百的把握。就算他整天不停吸烟，门窗紧闭，房间里空气污浊得不行，这些对他也没有任何影响。不时咳嗽，对吗？你跟他说，不必担心。你刚才问我，有没有什么法子能让他好起来。你听我说，叫他去打木桩、驯野马。我们这就走啦。幸会，先生。"医生如同一缕清爽的劲风，飞快地离开了牧场。

牧场主把手伸向栏杆边上的牧豆树，摘下一片叶子，放进嘴里咀嚼，陷入了沉思。

给牛群打烙印的时节即将来临。翌日清晨，二十五个牛仔在牧场集结，准备在分队长罗斯·哈吉斯的带领下，赶往将要开始此项工作的圣卡洛斯牧场。早上六点，马匹、粮车已全部备好，牛仔们纷纷上马准备起程。就在这时，牧场主让他们稍等一会儿。一个小伙计牵着一匹鞍辔齐备的小马出现在门口。与此同时，牧场主也走到了麦克奎尔的屋子前，他一把推开房门，只见麦克奎尔正躺在床上抽烟，尚未穿好衣服。

"快起床。"雷德勒大声地说。

"你想干什么？"麦克奎尔有些惊讶。

"快起床，把衣服穿好。我可以不在乎一条响尾蛇，但我烦透了骗子。你还不明白吗？"他一把揪住麦克奎尔的脖子，把他从床上拖了下来。

"我说，这位朋友，"麦克奎尔狂叫道，"你难道疯了不成？我病了——听懂了吗？我不能乱动，不然就会没命。我究竟哪里得罪过你？"——他又故技重施，发起了牢骚——"我压根儿也没求过你——"

"快点儿穿衣服！"牧场主的嗓门儿更大了。

看到牧场主凶神恶煞般的样子，麦克奎尔乌溜溜的黑眼珠露出一丝惊慌，继而信口谩骂，又蹒跚、颤抖着、慢慢地把衣服穿好。牧场主抓住他的衣领，揪着他走出屋子，穿过院子，把他推到了那匹拴在门口、鞍辔齐备的小马前，弄得那些懒洋洋地坐在马鞍上的牛仔目瞪口呆。

"你把他带着，"牧场主对分队长罗斯·哈吉斯说，"让他多干活儿，多睡觉，多吃饭。你们都明白，我是真心实意地对他好，这些日子以来，我一直在尽我最大的能力照顾他。就在昨天，从圣安东尼奥来的顶尖医生给他做了诊断，说他的肺功能好得像头驴，体格壮得像公牛。对于这个家伙，你看着办吧，罗斯。"

罗斯·哈吉斯没说什么，只是冷笑了几声。

"哎呀，"麦克奎尔盯着牧场主，神情有些异样，"那个医生说我什么病都没有，对吗？他说我没病装病，对吗？是你把他找来的，是你认为我什么病都没有，是你说我在骗你，对吗？唉，这位朋友，我这人说话粗鲁，我心里很清楚，但我大抵不是故意的。要是你也病到我这种程度——哎呀，我的记性真不好——那个医生说我什么病都没有。既然这样，朋友，从今天起，我就去给你干活儿。你想要的公平，不过如此。"

他如小鸟般轻盈地跃上马背，扬鞭催马向前方奔去。绰号"蟋蟀"的麦克奎尔，曾在加州西南部的霍桑市骑着名曰"乖小孩儿"的马儿取得第一名的好成绩（赌注为十比一），这会儿他又骑马飞奔起来。

小分队马不停蹄地赶往圣卡洛斯，麦克奎尔冲锋在前，被甩在后面的牛仔们禁不住大声地为他喝彩。

不过,他跑了还不到一英里,就渐渐地慢了下来。当小分队行至马场下方的灌木丛时,他成了倒数第一。他在这里勒住小马,用手帕捂住嘴。当他取下手帕时,他发现手帕上面满是鲜血。他小心翼翼地把手帕扔进一簇仙人掌属植物里。然后,他又举起鞭子,用沙哑的声音对那匹惊呆的马儿说"走啊",就抓紧时间去追赶队伍。

一天晚上,牧场主收到阿拉巴马①老家的来信——家中有人去世,有遗产需要分配,让他赶紧回去。翌日,他乘坐四轮马车离开草原奔向了火车站。这一去就是两个月。等他从老家回到庄院,只见到了伊拉里奥一个人。牧场主不在的这两个月里,这个墨西哥小伙儿暂任总管,他把此间的所有事情一一向牧场主做了汇报。小伙子告诉他,给牛群打烙印的工作还在进行当中。受一系列强风暴的影响,牛群跑向了四面八方,所以烙印工作进展有限。目前营地位于瓜达卢佩山谷,离这儿有二十英里。

"对了,"牧场主突然想起了什么,"那个麦克奎尔,我叫他们带到营地干活儿的那个家伙,他现在怎么样了?"

"我也不知道。"伊拉里奥说,"那儿的人很少有空儿来牧场,那些牛犊把他们忙得够呛,也没人说起过那个麦克

---

① 阿拉巴马:指阿拉巴马州,位于美国东南部,首府为蒙哥马利。

奎尔。依我看,那家伙早就死了。"

"死了?"牧场主喊了起来,"你在说什么?"

"麦克奎尔病得不轻,"小伙子耸耸肩说,"他出发时,我就觉得他至多还能活一两个月。"

"你在胡说什么!"牧场主说,"你也被他骗了,是不是?医生给他诊断过,说他的身体结实得很,就像个牧豆树疙瘩。"

"那个医生,"小伙子微微一笑,"是这样对你说的?他没给麦克奎尔看过病。"

"你把话说明白!"牧场主命令道,"你究竟想说什么?"

"那个医生进屋时,"伊拉里奥平静地说,"麦克奎尔碰巧不在,他去屋外取水喝了。那个医生一把抓住我,伸出手指在我这儿瞎拍一通,"——他把手放到胸口处——"他把我给弄蒙了。还有这儿,这儿,这儿,他把耳朵贴过来听了一通——我弄不清他到底想干啥。然后,他拿出一支小玻璃棒塞进我的嘴巴。他把我手臂的这个地方按住,让我小声数——二十、三十、四十。天知道,"小伙子两手一摊,无奈地说,"那个医生为啥要这样胡乱折腾一气?"

"庄院里还有马吗?"牧场主的问话很简短。

"'乡下人'①就在外面,正在小围栏里吃草,先生。"

---

① 乡下人:马的名字。

"马上给我备鞍。"

没过几分钟,雷德勒就策马离开了庄院。别看"乡下人"长得不好看,但却跑得飞快,倒是很贴合它的名字。它大步地奔跑着,脚下的路像根意大利通心粉似的在不断延伸,并不断被吞掉。两个钟头零一刻钟过后,牧场主行至一个小丘,到瓜达卢佩给牛群打烙印的那伙人的营帐映入了他的眼帘。他走到干河床里一个水坑边上的营帐前面,飞身下马,甩开"乡下人"的缰绳。他心急如焚,迫切需要打探他一路担心的消息。他天生一副好心肠,当时甚至会承认,如果麦克奎尔真的死在自己手里,自己得有多么懊悔。

营帐里只有厨子一个人,他正在为晚饭忙碌着,他一会儿端来大块烤牛肉,一会儿又摆放起铁皮咖啡杯。牧场主不想直接问及那个他最想弄清楚的事情。

"这儿一切还好吧,彼得?"他寒暄道。

"还凑合吧,"彼得有些拘谨地说,"有两回,粮食没供应上。风太大,把牛群都给吹散了,伙计们只好四处寻找,方圆四十英里呢,不太好找。我的咖啡壶得换了。这儿的蚊子比一般的厉害得多。"

"那些伙计——都还好吧?"彼得并非乐天派,向他打听牛仔们的身体状况不仅多此一举,而且近乎碎碎念。作为牧场主，提这种问题很明显没有必要。

"剩下的伙计们都会回来吃饭的。"厨子说。

"剩下的伙计们。"牧场主哑着嗓子重复道。他下意识地望向四周，寻觅麦克奎尔的坟墓。他本以为，这儿也会有一块白色的墓碑，就像他在阿拉巴马老家的墓地看到的那样。但他马上意识到，这种想法实在是荒唐。

"是的，"彼得说，"剩下的伙计们。这两个月里，营地不时变动。有的伙计不在这儿了。"

牧场主鼓足勇气，问起他最关心的那个问题：

"有个叫麦克奎尔的——是我叫他来这里干活儿的——他是不是——"

"我说，"彼得打断了他，两手各抓着一大块玉米面包站了起来，"真是丢脸啊，竟然把那个病恹恹的小可怜弄到了牛仔营地里。他活不了几天了，那个医生连这都看不出来，真该拿马肚带的扣子把医生的皮给剥下来。那个年轻人命够硬的——说起来实在是太丢脸了——我来跟你说说他在这儿经历了什么。刚到营地的那天晚上，伙计们就打算让他见识一下牛仔的规矩。

"罗斯·哈吉斯队长抡起马裤打了他一下，你猜怎么着？那个小可怜站了起来，把罗斯给打了一顿，就是说，把名声赫赫的罗斯·哈吉斯暴打了一顿，打得罗斯满地找牙。

有好几回，罗斯都爬了起来，但随即又被打趴下了，就像是换个地方又躺了下去。

"随后，麦克奎尔自己也倒下了，他的脸贴在草地上，开始大口咯血。人家说那叫内出血。这一倒下就是十八个钟头，他躺在那儿一动不动，大家毫无办法。罗斯·哈吉斯队长喜欢这个能够把自己打趴下的年轻人，就继续想辙救他，同时把从格陵兰到波兰的医生全部大骂一顿。罗斯和绰号'绿枝'的约翰逊一起把他抬进了帐篷，并取来剁碎的生牛肉和威士忌，轮流喂他。

"不过，那个年轻人好像自己活腻歪了。有一天晚上下着小雨，他从帐篷里溜了出来，往草地上一躺。'走开，'他说，'让我死吧！有人说我扯谎，说我骗人，说我没病装病。你们谁也别管我。'"

"他这一躺就是整整两个星期，"厨子说，"他是谁都认不出来了，只好——"

这时，一阵巨响如惊雷般传来，大概有二十个牛仔策马疾驰而来，他们穿过了灌木丛，行至营帐前。

"哎呀呀！"彼得惊叫一声，就赶紧忙活起来，"伙计们回来啦，三分钟之内不开晚饭，他们非要了我的命不可。"

牧场主的注意力，此时全部集中在一个身材矮小、棕色脸盘、满脸笑容的骑手身上。他跃下马背，在火光前站定。这人看起来不像是麦克奎尔，但——

刹那间，雷德勒抓住了这个人的手和肩膀。"年轻人，年轻人，怎么会这样？"他仅仅问出了这一句话。

"你让我靠近土地，"麦克奎尔声音洪亮，钢钳似的手简直要把牧场主的指头给捏碎了，"我在土地上果然找到了健康和力量，并意识到此前的生活是多么可耻。非常感谢你把我轰走，老兄。另外——话说回来，是那个大夫闹笑话了，对吗？他在那个拉丁小子的心口处乱敲一气，我从窗外都瞧见了。"

"你这个熊孩子，"雷德勒嚷道，"那个大夫压根儿没给你诊断过，那会儿你为什么不说？"

"啊哈——无所谓啦！"此前那个粗鲁的麦克奎尔似乎又回来了，并一闪而过，"谁也别想蒙我。这事儿你从来没有问过我。不过，既然你发话赶我走，我只好认栽。对了，朋友，赶牛这活儿太有意思啦。从小到大，我的好朋友当中，营地的这帮哥们儿得排第一。你不会让我离开他们，对吧，老兄？"

牧场主瞧瞧罗斯·哈吉斯，似乎在征求他的意见。

"那个愣头青，"罗斯队长亲切地评论道，"在所有的牛仔营地里，胆子最大，干活儿最卖力。当然，打架时出手也最狠。"

美味情缘

"女人的心思,"听罢众人就这个话题所做的各种议论,杰夫·彼得斯表示他有话要说,"你怎么也弄不明白。她想要的东西,恰好是你所没有的,她是什么罕见要什么。女人总是痴迷于那些她从未听过、见过的东西。就性格而言,女人看待事物的这种心理,其实也没有什么可指责的。

"基于天性和阅历,我这人有个毛病,"杰夫从架高的双脚中间看着杂货店里的火炉,若有所思地说,"就是对一些问题的看法比大多数人更为深刻。我差不多走遍了美国所有的城镇,我经常是一边吸着汽车尾气,一边跟街头的人们聊天。我用音乐、戏法和三寸不烂之舌把他们唬得晕头转向,并借机向他们兜售珠宝、药物、肥皂、护发素和其他各种东西。四处闯荡之际,我出于消磨时间和自我安慰的目的,对女人的性格特点有所研究。要想真正了解一个女人,一个男人得花费一生的时间。不过,话说回来,要是你肯花上十年时间,勤奋好学,不耻下问,你对女人的性格特点也会有个大致的了解。对此,我深有体会。有一回,我在西部地区推销巴西钻石和专利助燃剂,当时我刚从佐治亚州①东南部的棉花集散地萨凡纳市②,途经产棉区兜售达尔比灯油防爆粉回来。那会儿,俄克拉何马州③这一带初具规模,中间的加斯里小镇像块自发酵面团似的在不断发展。在这里,想洗脸都得先排队;就餐时间不得超过十分钟,否则就得加收住宿费;就算你在木板上躺了一晚,第二天一早也得支付伙食费。

"基于天性和做人的原则,我这人有个爱好,专爱寻觅哪儿有好吃的。我到处寻找,终于找到了一个不错的地方,与我的要求完全相符。那是一家新开张的大排档,经营者是随着小镇的发展壮大而来此发财的一户人家。这家人草草地搭建了一座小木屋,作为住处和厨房;又在房子边上弄了个帐篷,供食客们在里面吃喝。那儿贴着五颜六色的标语,意在将疲惫的游子从寄宿所和提供烈酒的旅舍中解脱出来。'试试妈妈做的家常饼干''你喜欢这里的苹果布丁和甜黄油汁吗?''新烤的蛋糕配枫糖汁,你儿时的味道''没人听过这儿的炸鸡打鸣'——这些绝妙的文字,真

---

① 佐治亚州:又译乔治亚州,美国东南部7个州之一。
② 萨凡纳市:美国佐治亚州大西洋岸港口及旅游城市。位于佐治亚州东南部,萨凡纳河口。
③ 俄克拉何马州:又称俄克拉荷马州,美国中南部一州。

是令人胃口大开！我心里想，妈妈的游子今天的晚餐总算是有着落啦。于是就去了那儿，并由此邂逅了马默·杜甘姑娘。

"杜甘姑娘的老爸来自印第安纳州①，他高六英尺、宽一英尺，他整天什么事情都不做，总是躺在简陋的小木屋里的摇椅上，沉浸在1896年玉米大歉收的思绪中。杜甘大妈负责掌勺，马默则跑前跑后负责招待。

"看到马默的一刹那，我觉得人口普查报告搞错了，美国上下分明只有这一个姑娘。具体形容她是个怎样的姑娘并非易事。她那天使般的身段、眼神和风韵，有一种很难用语言表达的美。要是你对她这样的姑娘感到好奇，不妨从布鲁克林大桥②一路向西行至爱荷华州③康瑟尔布拉夫斯④的县政府大楼，像她这样的人不在少数。在商店里，在饭馆里，在工厂里，在办公室里，到处都有她们辛勤劳作的身影。这些姑娘乃夏娃的嫡系后裔，绕过她们谈论女权毫无意义。要是哪个男人敢对此不服，难免要挨一记耳光。

---

① 印第安纳州：美国中北部偏东的一个州。
② 布鲁克林大桥：美国纽约的标志性建筑物，横跨纽约东河，连接着布鲁克林区和曼哈顿岛。
③ 爱荷华州：位于美国中西部，此地居民的平均受教育程度全美领先。
④ 康瑟尔布拉夫斯：位于美国爱荷华州西南部密苏里河畔，为波特瓦特米县的县治所在。

她们既善解人意、温柔坦诚，又大胆泼辣、敢说敢做。她们没少见识男人的嘴脸，都觉得男人是可怜的物种。她们在海滨图书馆里读到'男人乃神话中的王子'等文字，都会觉得那是没有根据的说法。

"马默正是这种姑娘。她活泼幽默，态度欢快，应对食客游刃有余，并且见不得你嬉皮笑脸。我不喜欢深入探究个人情感问题。我一直认为，所谓爱情的波折，只关乎个人的情感，这和每个人都只愿意使用自己的牙刷是一个道理。我还认为，爱情小说只能与药品广告一起出现在杂志的广告栏里。因此，关于我对马默这姑娘是如何一往情深的，就不在此一一列出了，诸君请谅解。

"没过多久，我这人就养成了一个习惯——在不固定的时段，只要帐篷里没有食客，我就溜达到那儿吃东西。穿着黑衣服、系着白围裙的马默，这时总会笑盈盈地走过来，说：'哎呀，杰夫，你怎么总是错过开饭时间才来，非要给人家添麻烦。这会儿有炸鸡、牛排、猪排、火腿蛋、菜肉馅饼。'——每次的话都大致相同。她叫我杰夫，这种貌似亲昵的称呼在她口中并无他意，只是为了便于称呼罢了。为了方便，她总是直接称呼食客的名字。我通常要吃过两份饭菜才肯走，总像是在参加社交宴会似的尽量拖延时间。在那种场合，各界人士不断地更换盘子，一边吃喝一边兴致高昂地彼此逗趣。马默耐心地笑呵呵地在一旁伺候着,既然开了这家大排档,哪有过了饭点就拒绝接待食客的道理。

"很快我就发现,有个名叫艾德·柯里尔的家伙也犯了跟我一样的毛病,总是过了开饭时间才溜进帐篷。我们俩成了衔接早餐与午餐、午餐与晚餐的纽带,大排档成了连轴转的马戏团,马默则成了频频出场的演员。柯里尔那家伙一肚子坏水儿。我忘了他是做哪一行的了,或是钻井,或是保险,或是强夺他人采矿权,诸如此类。他为人圆滑,但言谈举止却一副文雅而有礼貌的样子,一字一句叫你听了也会真心地服气。柯里尔和我各怀心事,在那个大排档较起了劲儿。马默对我俩一碗水端平,从不厚此薄彼。她的示好就像在赌场发牌似的,一张发给柯里尔,一张发给我,一张留在赌桌上,绝对不会抽老千。

"我和柯里尔渐渐熟络起来,在帐篷之外也会时常一起聚聚。这人虽然狡猾,但还算讨人喜欢;虽然他对我不无敌意,但却总是给人一种容易接近的感觉。

"'我发现,总是要等到大排档里没有什么人的时候,你才进去吃饭。'有一天我这样开口了,想探探这家伙的口风。

"'嗯,你说得对。'柯里尔若有所思地说,'开饭那会

儿人太多太吵啦,我这个人神经敏感,受不了这个。'

"'没错,我也是这样。'我说,'那个小妞儿还不错,对吗?'

"'我明白啦。'柯里尔笑道,'嗯,经你这么一说,倒叫我想起来,她长得的确是挺养眼的。'

"'我就欢喜她这样的。'我说,'我准备追她啦,特此声明。'

"'我也对你说句实话,'柯里尔也直接地说,'我也准备跟你比试比试。但愿药店里的胃蛋白酶一直有货,到头来你十有八九会消化不良。'

"柯里尔和我的比试开始了,导致大排档不得不加大供应量。马默愉快而耐心地招待着我们,我们两人之间一时难分胜负,这下可害苦了爱神丘比特和厨子,让他们整天在大排档里忙来忙去。

"时间来到了九月,有一天晚饭后,待到马默把店堂收拾停当,我就邀请她一同出去散步。我俩走了一会儿,就在小镇边上的一堆木料上坐了下来。'机不可失,时不再来',我把自己的想法对她说了出来,并向她解释巴西钻石和助燃剂所创造的财富,可以让两个人的幸福生活毫无后顾之忧。我接着说,即使把这两样东西的光亮加在一起,也无法与某人的两只眼睛相媲美。我还说,杜甘这个姓氏应该改为彼得斯了,要是她不同意,也请告诉我原因。

"马默并没有立即答复。过了一会儿,她好像打了个冷战,我感到这事儿有点儿悬。

"'杰夫,'她说,'你所说的这些话,真让我为难。我喜欢你,也喜欢别人,但我不会嫁给世界上的任何一个男人,永远不会。你知道我是怎么看待男人的吗?男人是一座坟墓,里面装的无非是牛排、猪排、炸肝、咸肉、火腿蛋什么的。真的是这样。这两年里,我亲眼瞧见,男人们吃这吃那吃个没完,后来他们在我的心目中都成了只知道吃东西的两脚动物。他们只知道在饭桌上摆弄刀叉盘碟等餐具,除此之外便什么事都不干。我的这种想法已经在我心里扎下了根,我也知道它并不好,但却挥之不去。有些姑娘把她们的心上人吹得不着边际,这事传到了我的耳朵里,我也是怎么想也想不明白。男人只会让我联想到绞肉机和食品柜。有一回去剧院看午后场,我本想瞧瞧那个迷倒众多姑娘的男演员。结果呢,我当时只顾着琢磨他喜欢几分熟的牛排,喜欢老一点儿还是嫩一点儿的鸡蛋。仅此而已。杰夫,我压根儿就不想嫁给任何男人,不想天天看着他吃完早饭,过会儿再回来吃午饭,没过多久又回来吃晚饭。他们简直就是在整天地吃吃吃,无休无止地吃。'

"'话虽这么说,马默,'我说,'从长远来看,你会慢

慢放弃这种想法的。你之所以这么想,是因为你在大排档里看腻了。你早晚是要嫁人的,而男人也不是整天都在吃吃吃。'

"'在我看来,男人就是整天都在吃、吃、吃。还是别争这个了,我跟你讲讲我的打算吧。'马默突然来了精神,两眼放光地说,'我在印第安纳州西部的特雷霍特市有个闺密,她叫苏茜·福斯特,在铁路的饭铺里当服务员。我曾在那儿的一家餐馆里工作过两年。比起我来,苏茜对男人更是烦得要命,因为火车站里的那些家伙,吃相更为难看。他们时间有限,一边狼吞虎咽,一边忙着调情。真是的!苏茜和我已经考虑好了,先攒点儿钱。等钱攒够了,就把我俩看中的一座农家小屋和五英亩地买到手,我俩会一起在那儿生活,并种上一些紫罗兰,然后再把它们卖到东部市场去。那个地方,绝不让那些吃货男人沾边儿。'

"'这么说女人从不——'我刚要提出异议,马默立即打断了我。

"'对,女人从不这样。她们有时会象征性地吃一点儿,仅此而已。'

"'难道糖果——'

"'看在上帝的分儿上,还是别聊这个了。'马默说。

"我前面提到过,此番经历让我意识到,女人天生就是个梦想家。就英国而言,拿得出手的只有牛排,德国的光荣也只能属于香肠,而美国的伟大更离不开炸鸡和馅饼。不过,那些主观的姑娘,无论如何也不会接受此类观点。在她们看来,这三个国家之所以声名远扬,一定是莎士比亚、鲁宾斯坦①和莽骑兵②的功劳。

"这种情况,不管是谁遇上都会郁闷不已。但我不愿就此放弃,那种让我从此放弃各种美味的念头,仅是想一想就够我痛苦的了,更何况付诸实施。我对吃东西这事儿,已经形成了一种习惯,二十七年来我没少折腾,但无非是为了填饱肚子。食物就像个可怕的怪物,我实在无法拒绝它的诱惑。让我从此放弃这个乐趣,已经太晚了。我今生今世只能做个整天吃个没完的两脚动物了。从每顿饭的开始到结束,从龙虾色拉到炸面饼圈,此生我会一直被口腹之欲左右。

"我还是像往常一样到杜甘家的大排档吃饭,期待马默哪天能够改变原来的想法和态度。我笃信真爱的力量,既然爱情能够战胜饥饿,那么它肯定也能慢慢克服饱餐带来的不利影响。我的坏习惯没有丝毫改变,尽管每次我当着

---

① 鲁宾斯坦:Rubinstein,俄罗斯籍犹太裔音乐家。由于 Rubinstein 这一姓氏在德语中很常见,此处"我"将其误作德国人。
② 莽骑兵:又译"义勇骑兵团",是 1898 年美西战争中西奥多·罗斯福领导的赴古巴作战的志愿骑兵团,以骁勇善战著称。

马默的面把一块土豆塞进嘴里时都会自责，都会觉得那个美好的希望已经破灭了。

"我觉得柯里尔肯定也跟马默表白过，但他也像我一样碰了一鼻子灰。原因是，有一天他一反常态，仅仅点了一杯咖啡和一块饼干，坐在那儿慢慢地吃着喝着，就像一个姑娘在厨房里大吃大嚼一顿之后，再移步客厅故作文静似的。我灵光一闪，见样学样，我俩都觉得自己很聪明呢！第二天，我俩又打算如法炮制，结果，马默的老爸端着天上才有的各种美味走了过来。

"'二位没胃口吧？'他的声音里既有长辈的关心，又不无挖苦的意味，'我替马默跑会儿堂，这活儿也不怎么重，我的风湿病还能对付得了。'

"接下来，我和柯里尔对饮食又不知节制起来。那段时间，我觉得自己的胃口出奇地好，那种又猛又急的样子，一定会让马默一见我来到大排档就头疼不已。后来我总算弄明白了，我是中了艾德·柯里尔的圈套，这是他首次对我耍花招，用心何其险恶！此前，我俩在馋虫上脑时，常去镇上的酒吧喝几杯。那个坏蛋收买了十来个酒保，在我入口的每杯酒里都下了大剂量的"苹果树蟒蛇"开胃药。这次仅仅是个开始，而他最后那次对我耍的花招，最让我难以忘记。

"有一天,柯里尔没有出现在大排档。有人对我说,他那天一早就离开了小镇。这样一来,我就只剩下了一个情敌——菜单。就在几天之前,柯里尔还送给我一桶上好的威士忌,容量达两加仑[①],他声称这酒是其肯塔基[②]的表亲送给他的。如今想来,这酒里差不多都是"苹果树蟒蛇"开胃药。我每天继续大吃大喝,在马默眼中,我还是那个两脚动物,贪吃程度比此前更甚。

"柯里尔离开后,大约过了一周,有个杂耍戏班来到镇上,在铁路附近安营扎寨了。我觉得那伙人无非是弄些唬人的展览,借机推销五花八门的古玩等东西。有一天晚上,我去找马默,杜甘大妈说她领着小弟弟托马斯去看展会了。那一周,我一连三次都扑了空,都是那个展会给闹得。周六晚间,我在她回家的途中拦住了她,并和她坐在台阶上聊了一会儿。我看得出来,她的表情跟以往不太一样,眼神也柔和了不少,她的眼睛在熠熠生辉。这会儿,她一点儿都不像那个一心逃避吃货男人,梦想着去种紫罗兰的马默·杜甘,而是更像上帝用心创造出来的亲切可人的马默·杜甘,与巴西钻石和助燃剂的光亮相得益彰。

[①] 加仑:液量单位。在英国、加拿大及其他一些国家约等于4.5升,在美国约等于3.8升。一加仑为四夸脱。
[②] 肯塔基:肯塔基州,是美国中东部的一个州。

"'那个"史上绝无仅有的奇葩展",好像把你的魂儿给勾走啦。'我说。

"'我不过是想换个环境而已。'马默说。

"'要是你每天晚上都去那儿,'我说,'那你还得再换个环境。'

"'没什么大不了的,杰夫,'她说,'我只是想换个地方待一会儿,不然就总得操心大排档里的生意。'

"'那些奇葩吃东西吗?'我问。

"'有些不吃东西,有些是蜡像。'

"'那你得多加小心,叫它们粘住可就麻烦啦。'我不知轻重地说。

"马默的脸涨得通红。我不知道她这会儿在想什么,我自以为我还有希望,以为我的执着可能有助于减轻男人们大吃大嚼的罪过。她说起天上的星星,言语中不无敬意和客气。我却满嘴疯话,说了一大堆情投意合以及助燃剂助力真爱家庭的话。马默安静地听着,并没有流露出嘲弄的神情。我心中暗想:'杰夫,你这老家伙眼看着就要时来运转了,就要摆脱狂吃猛喝的罪过了。'

"周一晚间,我又去找马默,结果她又领着托马斯去看'史上绝无仅有的奇葩展'了。

"'赶快让这个狗屁展会下地狱吧,'我诅咒道,'让它万劫不复。明天晚上我干脆自己走一遭,去看看它究竟有什么该死的魅力。我堂堂一个男子汉,岂能因为吃喝问题和一个草台班子而痛失所爱?'

"第二天晚上去展会前,我打探到马默又没在家。这回她也没带托马斯一起去看展览,因为这个小家伙在大排档外面的草坪上截住了我,不让我进去吃饭——他打起了自己的小算盘。

"'要是我给你个情报,杰夫,'他说,'你能出多少钱?'

"'按质论价,小滑头。'我说。

"'我姐姐喜欢上了一个怪物,'小家伙说,'就在展会那儿。我不喜欢那个家伙,可是她偏偏喜欢,他俩说的话都让我给听到了。这事儿你可能会感兴趣。我说,杰夫,这消息是不是值两美元?镇上有支打靶用的步枪——'

"我掏光了口袋,把数个五十美分、二十五美分的硬币叮叮当当地扔进了小家伙的帽子里。这消息就像一记闷棍,把我打得晕头转向。我心里直打鼓,一边把硬币扔进帽子,一边像个白痴似的笑嘻嘻地说:

"'多亏了你,托马斯——多亏了你——嗯——你说那家伙是个怪物,请问你还记得那个怪物的名字吗?托马斯。'

"'就是这个怪物。'小家伙从口袋里摸出一张黄颜色的小广告,'这家伙是世界绝食冠军。我姐姐喜欢他,我想就

是因为这个。他准备绝食四十九天呢,在此期间,他什么也不吃。今天是他绝食的第六天。就是这个家伙。'

"托马斯指着那个家伙的名字,我一瞧——'艾德华多·柯里利教授'。'哎呀!'我叹服地说,'真有你的,艾德·柯里尔,竟然弄了这么一招,让我吃了亏。尽管如此,只要那姑娘一天没有嫁给你这个怪物,我就跟你死磕一天。'

"我径直跑向展会的所在地。刚跑到帆布帐篷后面,我就跟一个家伙撞了个满怀,他像一条蛇似的从帐篷底下钻了出来,跌跌撞撞好不容易才站稳,就像一匹中毒后神经错乱的小马。我一把揪住这个家伙的脖子,借助星光仔细一看,正是那个所谓的艾德华多·柯里利教授。这个怪物披着人皮,目露凶光,急不可耐。

"'你这个怪物,'我说,'你先别乱动,让我好好地瞧瞧你。展会上人家怎么称呼你?是威洛普斯-瓦卢普斯,还是来自婆罗洲的比姆-比姆,或者别的什么东西,不知你的感觉如何?'

"'杰夫·彼得斯,'柯里尔无精打采地说,'快松手,别等我揍你。我就要火烧眉毛啦。放开我!''别急,别急,艾德,'我回答道,却把他抓得更紧了,'让老伙计欣赏一下你的奇葩表演。你小子竟然跟我来这套。别再提什么揍人的话,你这会儿身子骨太虚啦,充其量只有一股虚火和一个瘪肚子。'我没说假话,这个虚弱的怪物,此时与吃素的猫无异。

"'哪怕只给我半个钟头,让我恢复一下体能,吃上一块两英尺见方的牛排,'他沮丧地说,'我就能跟你比试比试,随便几个回合都成。我要诅咒那个发明绝食的人,但愿那家伙的灵魂生生世世都被锁起来,而两英尺外就有个装满热气腾腾的肉丁土豆的无底洞。我不想再折腾下去了,杰夫,我准备叛变投敌啦。杜甘小姐就在里面,在欣赏世上唯一的活木乃伊和聪明绝顶的公猪。你去找她吧,杰夫,她人不错。要是我能再绝食一段时间,你就输给我了。你无法否认,从眼下看,绝食这招绝对高明。我想本该如此,杰夫,人们不是常说,爱情乃世界的推手嘛。可实际上,根本不是这么回事儿。推动世界发展的,其实是开饭的号角声。我爱马默·杜甘,我连续六天什么都不吃,只为讨她欢喜。说实话,这段时间我只吃过一口东西。那时我抄起大棒把一个浑身刺青的家伙打翻在地,抢了他正在吃的三明治,结果经理把我的报酬给扣了个精光。但我不在乎报酬,我在乎的是马默·杜甘。为了她,哪怕献出自己的生命,我也在所不惜,可是为了一份炖牛肉,我甘愿出卖自己不灭的灵魂。饥饿很可怕了,杰夫。一个人饿得要死时,爱情、事业、家庭、宗教、艺术、爱国等字眼,对他

来说根本没有任何价值！'

"艾德·柯里尔可怜兮兮地向我倾诉着。我意识到，他的爱情和消化系统产生了矛盾，最终粮食供应所胜出了。对这个艾德·柯里尔，我向来没有恶意。出于礼节，我搜肠刮肚地想说点儿什么安慰他，却不知道从何说起。

"'这会儿你赶紧放我走，'艾德说，'我就万分感谢啦。我饿坏了，正打算去找粮食供应所报仇。我打算把镇上的每家饭馆都吃个精光，我打算在齐腰深的牛里脊肉里蹚过去，在火腿蛋里游个痛快。只是为了点儿吃的就要放弃他深爱的姑娘，一个人落到这般田地，杰夫，实在是太惨了，实在是得不偿失啊。话虽如此，但饥饿实在是太可怕了。恕我失礼，杰夫，远处煎火腿的香味让我受不了啦，我的两条腿要急着往那儿跑。'

"就在这时，煎火腿的一缕浓香随风而至，号称绝食冠军的怪物打了个响鼻儿，在夜色中急切地向美食进发了。

"那些学养深厚的人经常宣称'精诚所至，金石为开'，我真希望他们那会儿也在场。艾德·柯里尔这个颇有心计、会讨女人喜欢的奇男子，竟然为了庸俗的对食物的欲望而放弃了自己的意中人。这对诗人来说无疑是个讽刺，也让最畅销的小说题材蒙了羞。空空如也的胃，对充满爱的心来说，永远是极其可靠的解药。

"对我来说,当前最重要的事,自然是要弄清楚柯里尔和他的阴谋诡计到底对马默产生了怎样的影响。我走进了'史上绝无仅有的奇葩展',马默还在看展。见我来了她有点儿惊讶,但并没露出不好意思的神情。

"'外边的夜色真美。'我说,'天气凉爽,让人倍感舒适,星星也各就各位了。你能否暂时离开这些动物王国里的副产品,跟一个从未在节目表上出现过的普通人出去走走?'

"马默偷偷地看了看四周,我立刻猜到了她的想法。

"'嗯,'我说,'有句话我不得不说:那个不吃不喝的怪物越狱啦,他刚从帐篷底下爬了出去。这会儿,镇上的熟食车已有一半正在为他一个人忙碌着。'

"'你说的是艾德·柯里尔?'马默问。

"'当然,'我答道,'可惜他又走向了罪恶的深渊。我刚才在帐篷外边遇到他,他说正准备把全世界的粮食都塞进肚皮。这家伙放弃了理想,甘愿做一只十七岁的蝗虫,实在是可悲啊。'

"马默盯着我,看穿了我的小九九。

"'杰夫,'她说,'没想到你竟然会说出这种话来。艾德·柯里尔闹出了笑话,我并不会放在心上。一个男人闹出笑话没什么稀奇的。可是,如果闹笑话的初衷是为了一个女人，那么在这个女人眼中，这事儿就没有什么好笑的。这种男人打着灯笼都难找。艾德·柯里尔之所以要绝食，只是为了讨好我。我要是对他没有一点触动，就显得太不近人情了。他所做的事，你能做到吗？'

"'我知道自己错了，'我弄懂了她的心思后说，'可我实在是无能为力。我的额头早就盖上了"吃货"的印章。伊甸园里夏娃遇到那条蛇时，我就命该如此了——作为一个人，怎么也绕不过吃这个问题。艾德·柯里尔想做世界绝食冠军，这个我实在是来不了；要是有什么世界吃食冠军，恐怕非我莫属。'

"见我低声下气，马默略微平和了一些。'艾德·柯里尔跟我是好朋友，'她说，'咱俩也一样。我对你和他的答复是一样的——我并不想嫁人。跟艾德一起聊聊还挺开心的。竟然有一个男人心甘情愿地为我绝食，仅是想想就令人高兴。'

"'你到底爱上他没有？'我不知深浅地问，'你到底想不想成为怪物太太？'

"咱们都会有不能正确用词的时候，结果是使自己更为难堪。马默神秘莫测地笑了笑，故作轻松愉快地说：'你没有资格这么问，彼得斯先生。要我回答你的问题，你起码也得绝食四十九天哦。'

"显然,就算柯里尔由于胃口造反不得不退出竞争,我还是无法获得马默的青睐。另外,我在加斯里的生意也一天不如一天了。

"我在这个地方待的时间过长了。此前卖出的巴西钻石开始出现磨损的迹象,助燃剂在潮湿的早上也很难派上用场了。做我们这一行的,理应掌握分寸,并不时地换个码头。那会儿,我出门做生意时,总是赶着一辆四轮马车,不放过沿途的每个小镇。过了几天,我套好车,去马默那儿道别。我对她一直没死心,准备去俄克拉何马市做一两个星期的生意后就立刻返回,再继续对马默死缠烂打。

"行至杜甘家,只见马默身着蓝色旅行套装,正准备出去,一只小行李箱则放在了门口。原来,马默有一个叫洛蒂·贝尔的闺密,在特雷霍特市当打字员,下周四结婚,马默要去那儿做客一周,并帮忙张罗婚礼。她本来想搭乘到俄克拉何马市去的货车,我当即鄙夷地指出货车不妥,并说我愿意送她前往。杜甘大妈觉得我的提议还不错,毕竟货车还得付钱。就这样,半个钟头过后,马默和我乘坐那辆配备白帆布篷的轻便马车出发了,一路向南。

"那个早晨,我过得十分惬意。微风徐徐吹来,花草清香四溢,兔子在路的两边跑来跑去。我的两匹肯塔基栗色马奋蹄疾驰,地平线像根晾衣绳似的飞快地扑到面前,弄得你抑制不住地想要躲闪。一路上,马默有说有笑,像个孩子似的说个没完,她从她的印第安纳州老家,说到学校里的各种恶作剧,再说到她喜欢的东西和街对面约翰逊家姑娘们的讨厌之处。她压根儿就没提艾德·柯里尔、食物或类似的重要事项。到了中午,马默一检查才发现,我们竟然没有带装午餐的篮子。虽然我很想吃些零食,可忘带食物好像并没有影响马默的好心情,我也就不便多说。这让我很痛心,便在交谈中努力避免吃喝的字眼。

"关于我为什么会迷路,这事儿我不想多说。道路本身就模糊不清,杂草丛生,加上马默就坐在我身旁,弄得我的心安静不下来。理由就是这些,信不信由你。总而言之,我迷路了,我俩本应在当天傍晚赶到俄克拉何马市,却在一条无名河流的岸边来来回回地兜起了圈子。天公也不作美,下起了瓢泼大雨,把我俩都淋成了落汤鸡。在沼泽地那边,我们看到地势较高的小山丘上有座小木屋,其周边遍布野草、荆棘,以及几棵孤零零的树。我提议,眼下只能在这个凄凉得令人心疼的小木屋里过夜了,马默说她没意见,叫我自己做决定。她没有像大多数女人那样因着急而埋怨,只是说'没关系的'。她心里很清楚,我不是故意这样的。

"小木屋里空无一人,倒是有两个房间。院子里还有一个小棚子，过去曾用来圈牲口。棚子里有一个干草仓，留有不少陈年的干草。我把两匹马牵进棚子，取了一些干草给它们吃，它俩哀怨地瞧着我，以为我会略表歉意。剩下的干草，我分几次搬进了屋内，准备打地铺。我将专利助燃剂和巴西钻石也搬了进来，这两样东西都得离水远点儿。

"马车坐垫也给搬了进来，马默和我在垫子上落座。夜里很冷，我在火炉里烧了不少助燃剂。要是我没猜错，这姑娘很开心。看来换个环境，确实能让她换个心情。她连说带笑，双目放光，把助燃剂的火苗都给比了下去。我带了满满一口袋雪茄烟，我甚至觉得，《圣经》中亚当和夏娃偷食禁果而被上帝逐出伊甸园的事儿是假的，我和马默眼下不正置身于快乐的伊甸园中吗？屋外大雨如注，一片漆黑，天堂的河流正在某处奔涌，挥舞火剑的天使尚未竖起'请勿践踏草坪'的标牌。我取出一二百件巴西钻石首饰，项链、吊坠、耳坠、胸针、手镯、戒指、腰带等全都有，我让马默一一试戴。她浑身上下珠光宝气，光彩照人，她的脸颊出现了两抹红霞，她恨不得马上找面镜子来照照自己。

"天色已晚，我铺好干草和马车里的毯子，给马默打了一个舒舒服服的地铺，叫她躺下休息。我坐在另一个房间里，伴着滂沱的雨声，一边抽烟，一边思考一个人从生到死，这七十来年里会经历多少难以揣测的事儿。

"黎明到来之前，我准是闭上眼睛打了一会儿盹，等我睁开眼睛，天已大亮。只见马默站在我面前，她的头发梳得纹丝不乱，眼睛里充满了生命的活力。

"'啊哈，杰夫！'她大声叫道，'我好饿呀，恨不得吃下——'

"我抬起头，与她的目光相遇了。她的笑容竟慢慢地消失了，她冷淡地警惕地瞪了我一眼。紧接着，我就哈哈大笑起来，为了让自己笑得更加舒服一些，我竟躺在了地上。我觉得这事儿太有意思了。我天生与人为善，喜欢放声大笑，这会儿便放肆地笑了。等我意识到此举的不当，马默早已扭过身去，背对着我坐了下来，看来我伤到她的自尊了。

"'别生气，马默，'我说，'刚才我实在没忍住。你的发型太可乐啦。我真想让你自己瞧瞧！'

"'别再瞎扯了，先生。'马默冷静地说，'我的发型没什么可乐的。我很清楚你在笑什么。哎，杰夫，你看看外边——'她突然岔开话头，从木板的缝隙向外望去。我打开小木窗向外一看，只见河流两岸一片泽国，小木屋所在的小山丘成了一座孤独的小岛，伫立在足有一百码宽湍急的黄色水流中。倾盆大雨一直在下，我俩没有办法，只好老老实实地待在那儿，等待洪水退去。

"说实在的，那天我俩的对话和消遣都枯燥无味。我知道马默又在坚持自己的意见了，可我实在拿她没辙。至于我自己呢，当时只想大吃一顿。我仿佛看见了一大堆肉丁、土豆和火腿，于是不停地自言自语：'想来点儿什么，杰夫——服务生马上就来，你想点什么菜，老伙计？'在想象中，我尽情地在菜单上挑选各种美食，继而痛快地饱餐一顿。我想，每个饿得发慌的人都会出现这样的幻觉，食物是饿汉们唯一的精神寄托。由此不难得出结论，关于吃的问题，甭管吃什么，在哪儿吃，始终是人的第一要务，而灵魂不灭或者国际和平问题均在其次。

"我坐在那儿尽情地思索和想象，并跟自己争论不休：我到底想要什么样的牛排呢？是配蘑菇还是按照克里奥尔人①的做法来？马默坐在另一个坐垫上，用手托着脑袋，也陷入了沉思。'家常油炸的土豆不错，'我暗自思忖着，'肉丁土豆要煎得金黄，边上再来九个水煮蛋。'我的手在衣袋里仔细摸索着，但愿能找到一两颗落在里面的花生米或爆米花。

"夜幕再次降临，河水仍在猛涨，雨依然下个不停。我

---

① 克里奥尔人：原指16—18世纪出生于美洲而双亲是西班牙人或葡萄牙人的白种人，区别于生于西班牙而迁往美洲的移民。

望向马默,她的脸上浮现出一丝绝望,犹如姑娘们走过冰激凌店时想大吃一顿又害怕发胖的神情。不难看出,这个可怜的姑娘也饿坏了——她长这么大,也许是头一回尝到饥饿的滋味。她的眼神看上去有些焦虑。一个女人只有在错过一顿饭,或是觉得裙子没系好,快要掉下来的时候,才会有这样的眼神。

"第二天晚上,大约十一点钟,我俩依然闷坐在那座宛如失事船只的小木屋内。我尽力不去想食物,可它也从不给我片刻喘息的机会,它时时疯狂地向我反扑。所有我听到过的各种美食,一一浮现在我的脑海里。我想起了孩提时我最喜欢的热松饼蘸玉米咸肉汁。接下来,我逐年向后推想,回味着用盐腌制的青苹果、枫糖燕麦甜饼、玉米糊、弗吉尼亚①传统炸鸡、老玉米、小排骨和红薯饼,最后出场的是佐治亚式什锦炖菜,这东西顶呱呱的,因为它能集各种美味于一锅。

"据说一个人快要淹死的时候,这辈子的经历会在他眼前一一重演。而一个人快要饿死的时候,这辈子吃过的每样东西都会如幽灵般地浮现出来,并且还能不受拘束地创造出让厨子发大财的新菜。要是谁能把饿死者的遗言一一收集起来,择其要点汇编成册,便可弄出一部畅销数百万

---

① 弗吉尼亚:位于美国东部大西洋沿岸,是美国最初的十三州之一。

册的食谱。

"现在想来,那会儿我肯定是饿得神志不清了,因为我突然鬼使神差般地对幻想中的服务生大喊起来:'肉排切厚些,煎得嫩一点儿,加法式炸土豆,再来份烤面包片,上面放六个炒蛋。'

"马默立即转过头来,两眼熠熠发光,扑哧一笑。

"'我的肉排要火候适中,'她连珠炮似的开口了,'外加什锦菜丝汤、三只嫩煎蛋、一杯咖啡、一张煎得金黄的小麦饼,这些都要来双份。哎呀,杰夫,这些东西可真不赖啊!我还想再来半只炸鸡、少量咖喱鸡饭、蛋挞加冰激凌,我还想再来——'

"'等等,'我赶紧截住她的话头,'必须点上鸡肝饼、嫩煎腰子配烤面包片、烤羊肉和——'

"'嗯,'马默激动地插话道,'还有薄荷酱、火鸡沙拉、酿水榄、树莓饼——'

"'接着点啊,'我催促她,'还得点上炸南瓜、热玉米饼配甜牛奶,切记点上苹果布丁和甜奶油汁,还有十字花露浆果饼——'

"就这样,我俩不停地点菜,点了有十分钟,我们把能想到的菜名全部复习了一遍。马默主导着这场游戏,由于她对饭店的情况很熟悉,她所点出的菜名引得我馋虫大动。

从那会儿的气氛来看，马默跟食物的战争似乎要结束了，看上去她也不太反感那门可恶的饮食学了。

"到了第三天早晨，洪水终于退去了。我俩坐上了马车，在泥泞中艰难跋涉，终于找对了路。好在此前我俩只是多绕了几英里，两个钟头过后，我俩就抵达了俄克拉何马市。到那儿后我们一眼就看见了一家餐馆的大招牌，便狂奔过去。我和马默面对面坐着，桌子中间刀叉盘碟都很齐全。她的脸上毫无嘲弄之色，反倒堆满了饥饿和甜蜜的笑容。那家餐馆不久前才开张，各种食材非常齐备。我拿起菜单点了一大堆好吃的，弄得那个服务生不停地瞄着店外的马车，他以为还有不少人没下车呢。

"我俩坐在那儿，各种美食一一呈现在眼前。这些东西就算十几个人吃也绰绰有余，可我俩觉得自己的胃口完全抵得上十几个人。我瞧瞧桌子对面的马默，忍不住笑了，想起了往事。马默注视着面前的桌子，好像一个孩子在注视着自己的第一只机械发条手表。然后，她目不转睛地注视着我，眼里涌出了两颗硕大的泪珠。服务生已经退了下去，他正在为我俩端来更多的菜。

"'杰夫，'她饱含温情说，'过去我可真傻，看待问题一直存在偏差，却从未意识到这一点。男人们天天都会饿得难受，对吗？他们长得高大结实，再苦再累也要自己承担；

他们吃这吃那,并非为了捉弄餐馆里那些不懂事的女招待,对吗?你以前跟我提过——就是,你想——你让我——嗯,杰夫,要是你还这么想——我感到特别开心,我喜欢一直跟你面对面地坐在同一张桌子旁。这会儿,快点儿给我弄口吃的吧。'

"因此,就像我前面所说的,女人需要不时地换换看待问题的角度。日复一日、永不改变的东西,像餐桌、洗衣盆、缝纫机等,都会让她感到厌烦。不妨给她们来点儿变化,比如,进行一次简单的旅行;稍做休息;在让人讨厌的家务之余,胡闹一会儿;一番争吵过后,适当安抚一下;来点儿恶作剧和激将法。如此这般,置身其中的人就都会欢天喜地了。"

神秘的苹果

　　马车离开天堂城，驶出了二十英里，距朝霞城尚有十五英里，这时车夫比勒达·罗斯让车子停了下来。大雪纷纷扬扬，从早到晚一直没停过，地面积雪已经厚达八英寸。再往前走，全是狭窄不平的山路，就算在大白天也无法避免危险的出现。比勒达·罗斯说，这会儿路上全都是雪，加上天色已晚，行车更容易发生危险，确实不能再往前走了。于是，他勒住那四匹高大的马，把自己理智的判断传达给车上的五名乘客。

　　首先跳下马车的是梅尼菲法官，大家都把他视为主心骨。在他的带动下，另有三名乘客也下了车，随时准备跟在主子后面或探路，或抱怨，或屈服，或接着赶路。第五名乘客是个年轻女子，她仍旧待在马车里，没有下车的意思。

　　比勒达停车的地方位于首道山脊的山肩处，道路两侧是高高低低的黑色木栅栏。距那道稍高一点儿的栅栏五十码处有座小屋,它就像一块黑斑,落在了白皑皑的积雪中。梅尼菲法官及其随从被大雪困在路上,内心深处十分不安,这会儿却像一群孩子一样大呼小叫着冲向了那座小屋。这伙人敲打着门窗喊了一阵,屋内一直没有回应,他们感到受了冷落,于是失去了耐心,便向那脆弱的屏障发起进攻,硬闯到了里面。

不速之客闯入了小屋,各种碰撞声和叫喊声也相继传到了马车上留守者的耳朵里。不一会儿,屋内便有火光闪动,并且越来越旺,越来越亮。随后,这些探险家冒着大雪,欢快地从小屋里跑了回来。梅尼菲法官声如洪钟地告诉大家可以摆脱眼下的困境了,其声音之大堪比一支管弦乐队。他告诉众人,那是一个没人住的屋子,也没什么家具,不过倒是有个大壁炉,屋后的柴房里还备有不少劈好的木柴。有了这个小屋,住宿和取暖的问题就解决了,就能熬过这个天寒地冻的晚上。令比勒达感到欣慰的一个消息是,他们在小屋附近发现了一个马厩,尽管年久失修,但还可以将就着用,而且干草仓里也剩下了不少干草。

"各位先生,"在车把式的座位上,把自己浑身上下用大衣和毯子裹得紧紧的比勒达大声叫道,"帮帮忙,从栅栏上扯下两块板子,不然马车进不去。那间屋子是雷德拉斯的。我那会儿就想过，我们肯定是来到他的小屋周围啦。今年八月，雷德拉斯被关进了疯人院。"

四名乘客兴高采烈地向积雪覆盖的栅栏走去。伴着车夫的声声吆喝，四匹马把车子拖上了斜坡，行至那个夏天就发了疯的家伙的小屋门前。车夫在两个乘客的协助下把马匹从车上卸了下来，梅尼菲法官则打开车门，对车上的小姐脱帽致意。

"嘉兰小姐，我不得不告诉你，"他说，"这场旅行将暂时停止。车夫声称，由于山路崎岖，连夜赶路过于危险，这个问题不容忽视。迫于这种情形，我们不得不在此留宿一晚。只是暂时有些不便而已，但愿你没有其他的顾虑。我亲自对那座房屋进行了检查，发现此地尚可抵挡天气的严寒。我等会尽力把你照顾好，让你感到舒适的。现在，请让我扶你下车。"

这会儿，又有一名乘客出现在法官身旁。他叫邓伍迪，就职于小巨人风车公司。他姓甚名谁并不重要，在从天堂城到朝霞城的短途旅行期间，乘客们不必十分清楚同行者的姓名，即便什么都不知道也无所谓。然而，此君却试图挑战法官麦迪逊勒·梅尼菲一家独大的地位，此处有必要提及他的名号，以期博得名誉之神的垂青。只听这个靠风谋生的人快活地大声说：

"看样子你不得不下车啦,麦克法兰夫人。这间小屋肯定跟帕尔默大酒店没法比,但眼下用来避避风雪也不错。况且临走时,也不会有人搜查你的手提包,生怕你把他们的勺子顺走留念。火都已经生好,我们会把你照顾得舒舒服服的,不让你的脚受潮,还会把老鼠赶跑。一句话,你尽管放心好啦。"

那两个协助比勒达·罗斯卸车的义务劳动者,被马匹、马具、大雪和比勒达没好气的指令弄得头昏脑涨,其中一个乘客在忙乱中大叫起来:"我说,你俩甭管是谁,赶紧送所罗门小姐进屋吧,成不?哎呀,喂!讨厌的畜生!"

此处有必要再解释一下,从天堂城到朝霞城这短短的旅途中,弄清同行者姓甚名谁纯属多余。当梅尼菲法官基于自己的年纪和声望向同车的女士自报家门时,作为回应,女乘客甜甜地、轻轻地报出一个姓氏,其发音传到另几位男乘客的耳朵里,就有了各自的解读。出于嫉妒,当时几位男士都在暗暗较劲,必然导致人人顽固地坚持自己的意见,且觉得只有自己认定的那个姓氏才是正确的。就那位女士而言,如果对自己的姓氏来个重新声明或更正某人对自己的称呼,那么就算不会让众人觉得她想与某某深交,也会显得不够大度。出于这种考虑,不管人家叫她嘉兰、麦克法兰还是所罗门,她都欣然接受,且从未流露出任何不满。从天堂城到朝霞城全程只有三十五英里，旅途如此之短，叫声"旅友"就可以了。

不一会儿，大家就围着熊熊燃烧的炉火坐了下来，并形成了一道弧线。长袍、垫子以及马车上可以搬动的物件都被一股脑地搬进屋内，派上了用场。那个女士选择了壁炉旁边的位置，在弧线的一端落座。她无比优雅地坐在垫子上，那垫子像她的子民们为她准备的王座。她倚靠着用袍子盖住的空木箱和空木桶，它们可以挡住从门窗缝隙里钻进来的寒风。她伸展着穿有鞋袜的双脚，并将它们靠近暖洋洋的炉火。她已经把手套摘掉了，但依然将脖子裹在长款毛皮围脖里。长围脖里那张半隐半现的脸，在跳跃的炉火的映衬下，显得格外生动——那是一张散发着女性青春魅力的脸，眉宇清秀，安静恬适，透着对自己天生丽质的自信。炉火旁的各位男士，用他们的骑士精神和男子汉的魅力争着向她献殷勤，生怕她哪里感到不适。她好像也乐于接受他们的好意——她的言语和举止恰到好处，像百合花汲取注定会使它清新的露珠一样自然，而不是像一个受到追求和呵护的女人那样不太稳重，也不像许多被宠坏的女人那样孤芳自赏，更不像面对干草的牛那样一点也不动心。

屋外狂风呼啸，雪屑从门窗的缝隙里钻了进来，寒气袭击了六个受难者的后背。即便是这样，这个风雪之夜也没有获得应有的差评。梅尼菲法官担任起狂风暴雪的辩护律师——受天气的委托，他竭尽全力为之辩护，意在使那几位被冻得够呛的陪审团伙伴意识到，他们正置身于一个玫瑰花香弥漫、微风缓缓吹来的凉亭。他的话风趣而幽默，有些奇闻逸事尽管难登大雅之堂，却受到了众人的欢迎。他的劲头感染了在场的每一个听众，大家赶紧见样学样，各展其长，来渲染欢乐的氛围。就连那位女士也禁不住发表了自己的感想。

"我觉得大家讲得好有趣啊。"她的声调舒缓，却清亮悦耳。

每隔一段时间，就会有一名男士站起身，较有兴致地研究起这间小屋来。但雷德拉斯在此生活过的痕迹已无从查找。

大家嚷嚷着要比勒达·罗斯说说这个曾在此隐居的老头的事儿。这会儿，车夫见马匹已安置妥当，乘客们的心情好像也还不错，他自己又变得和蔼可亲起来。

"这个老东西，"他颇为不屑地开口道，"雷德拉斯在这儿折腾了差不多二十年，他从不让任何人接近他。一见有马车路过，他就会把脑袋缩回去，然后"砰"的一声关上房门。他在干草仓里存放了好几辆纺车，过去常常到小泥口山姆·蒂利的店里买些吃食和烟草。八月的时候，他披着一床红被子跑去告诉山姆，说自己是所罗门国王，还说希巴女王①马上要来拜访他。他把随身携带的满满一袋子银币——那是他的全部家底——扔进了山姆家的水井，并跟山姆说，要是女王知道他有那么多钱，就不会来看他了。大家一听他对女人和钱财持有那样的看法，就明白他是发了疯，就把他关进了疯人院。"

"是此前有什么罗曼史导致他在这儿隐居的吗？"一个做经销商的年轻人插了嘴。

"不可能，"比勒达说，"我压根儿没听说过这样的事儿，仅有些小挫折而已。听人家说，他年轻那会儿，跟一个年轻姑娘有过感情纠葛的不幸。不过，在他披红被子，往井里扔钱之前，我从未听说过他有什么罗曼史。"

"这个嘛，"梅尼菲法官颇有感触地判断道，"可以肯定的是，与单相思有关。"

"不对，先生，"比勒达接茬道，"根本不是这么回事儿。她压根儿就没跟雷德拉斯结婚。天堂城的马默杜克·穆里根有一回遇见雷德拉斯的一个老乡，老乡说这个年轻人其实还不错，只是穷得叮当响。他跟一个叫艾莉丝的姑娘订

---

① 希巴女王：据《圣经·旧约·列王纪》，希巴女王曾朝觐所罗门王，测其智慧。

了婚,那姑娘好像是这个名字,我吃不准了。他的老乡说,乘车时那姑娘要是坐在你对面,你会主动地为她付车钱。嗯,不久镇上来了一个阔少,拥有轻便马车、矿山股票和大把的时间。艾莉丝小姐虽已名花有主,却跟那个阔少打得火热——在外人看来是这样的。他俩频频互访,还在去邮局的路上巧遇,这样一来,出现姑娘退还订婚戒指和其他礼物之类的事儿,也就在所难免了。

"有一天,有人看见雷德拉斯站在门口跟艾莉丝小姐说了些什么,随后他就提了提帽子,礼貌地走开了。这位老乡说,这是人们最后一次在镇上见到他。"

"那个姑娘后来怎么样了?"年轻的代理商又问。

"后来就没消息了。"比勒达答道,"人家只告诉我这么多。就像一匹瘸了腿的老马,无论你拿鞭子怎样吓唬它,它也没办法前进了。"

"多么惨痛的——"梅尼菲法官刚要点评,一个更权威的声音响了起来,打断了他的话。

"好有趣的故事啊!"听众中唯一的女士说,她的声调像笛子一样动听。

屋子里突然安静下来,外面的风声和柴火燃烧的噼啪声在人们耳边不断响起。

为了能更舒服地坐在冰冷坚硬的地板上,男士们席地而坐，身下只垫了外套和几块零碎的木板。就职于小巨人风车公司的乘客站了起来，在屋里走来走去，想活动一下酸痛的筋骨。

突然，他兴奋地喊了起来。只见他从一个昏暗的角落里跑了出来，手举得高高的，里面仿佛紧握着什么东西。那是一个苹果，一个又红又大、带着斑点、沉甸甸且漂亮的苹果。他是在墙角处高木架上的纸袋里发现这个宝贝的。它依然新鲜，肯定不是那个为爱痴狂的雷德拉斯的遗物。如果真是他留下的，那么从八月到现在，肯定早就腐烂得不成样子了。看来近期曾有露营者光顾过这里，在吃东西时落下了这个苹果。

邓伍迪的重大发现，赋予了他再次成名的重大机遇——他在陷入困境的难友面前尽情地炫耀那个苹果。"快看看我发现的好东西，麦克法兰夫人！"他得意地嚷嚷着。他走到炉火前高高地举起那个苹果。在火光的映照下，它看起来更加红润了。夫人恬静地笑了，她一直那么平和安宁。

"好可爱的苹果啊！"她清楚地低声说道。

梅尼菲法官感觉自己在一瞬间就被打垮了，颜面尽失，不由得恼羞成怒。命运之神为什么偏偏要眷顾这个大大咧咧、粗俗鲁莽的风车佬，而不选择自己去做这个重大事件的发现者？不然的话，他会把这件事化作一场绘声绘色的即兴表演，从而确保自己令人瞩目的地位。可是这会儿，那个女士的注意力全被傻乎乎的邓博迪或伍德邦迪（管他叫什么名字）吸引住了，她的脸上挂着赞许的微笑，好像他刚刚做过什么惊天动地的大事似的！这个做风车生意的家伙显得既轻松又爽快，竟像他自己售卖的风车一样开始旋转起来。

正当高兴到了极点的邓伍迪高举着那个宝贝苹果，沉浸在伙伴们违背本心的逢迎中时，精明老练的法官大人已经有了反败为胜的好主意。

梅尼菲法官有张胖乎乎的脸，但也不失风度。只见他面带笑容地走到邓伍迪面前，从其手里拿过苹果端详着，那样子简直就像是在履行审查的职责。苹果到了他手上，就变成了物证。

"多好的苹果！"他赞叹道，"真的，亲爱的邓伍迪先生，你这个粮草官太棒了，我等自愧不如。我提议，不妨将这个苹果作为徽章、奖章、象征物或纪念品，授予我们中间心灵最美的那个人。"

听众都在拍手叫好，唯有一个人例外。"嘴皮子可真溜啊，真是的。"有个乘客嘀咕了一句。跟那个年轻的代理商相比，他的意见根本不影响大局。

没有表态的正是那位从事风车买卖的先生。他做梦也没想到，他的宝贝苹果竟会被充公，导致自己的江湖地位急剧下降。他本想把这个苹果分给大家尝鲜，再来个即兴表演，在额头粘上几粒苹果子，每一粒苹果子代表他所认识的一个姑娘，他还想把其中之一作为麦克法兰夫人的代表。哪一个苹果子先掉落，那就意味着……可惜一切都来不及了。

"说起苹果，"梅尼菲法官继续对其陪审团说，"这种水果在现代社会受到了不公正的待遇，其用途仅限于烹饪和买卖，很少有人将其视为高档水果。不过，在古代，这种水果可不简单呢。《圣经》、各种史籍和神话传说中的大量描述都表明，苹果堪称水果中的贵族。当我们想形容某件东西无比珍贵时，仍然会用'眼里的苹果'这个比喻。在俗语中，也有'银苹果'这个说法。就其广为流传的寓意而言，没有任何植物的果实可与苹果相提并论。说起希腊神话中仙女赫斯珀里得斯[①]守护的金苹果树，有谁不知道？有谁不心生向往？在苹果悠久的历史中，还有个至关重要、意义非凡的例子，这个应该不用我多说了。咱们的祖先就是因为吃了苹果，才被逐出伊甸园，来到人间的。"

---

① 赫斯珀里得斯：古希腊神话中的仙女，共有姐妹三人。她们在阿特拉斯附近居住，或在西方大洋中的一处孤岛、赫拉的花园中看守金苹果树。

"这种苹果,芝加哥市场上就有,"从事风车买卖的人习惯于就事论事,"只要花上三美元五十美分,就可以买到一桶。"

"下面说说我的提议。"梅尼菲法官对插话者宽厚地笑了笑,继续他的讲述,"今晚我们不得不在此过夜,明早才能继续赶路。这儿有不少柴火,取暖是不成问题的。下一步,为了打发这漫长的夜晚,咱们不能什么事都不做,得找点儿乐子才好。现在我提议,这个苹果将暂由嘉兰小姐保管。从此刻起,它不再是什么水果,而是如我此前所述,它是一个尚未确定归属的奖品,是人类伟大思想的化身。至于嘉兰小姐,她也不再属于她个人——只是暂时如此,容我特此说明,"他深深地鞠了一躬,颇有古代绅士的风度,然后他继续说道,"她将成为全体女性的代言人,是全体女性心灵和智慧的象征和化身——换言之,她代表的是上帝的杰作。基于这一身份,她有权对以下问题做出裁决:

"几分钟前,承蒙罗斯先生跟大家分享了原屋主的罗曼史,我们获悉了一个很有趣的故事,但遗憾的是这个故事不够完整。依我看,罗斯先生告诉我们的那一小部分情况,可以引发我们无数美妙的联想,让我们尽可以展开想象的翅膀——一句话,就是编故事。我们应该充分利用这个机会,从罗斯先生未完待续的地方接着往下讲,尽情想象一下隐士雷德拉斯与其情人分手后发生的事,让这个故事有一个完整的结局。这里需要明确一个原则,即不能认为雷德拉斯的悲剧是由那个姑娘一手造成的。我们每个人讲完以后,再请嘉兰小姐根据女性的心理和原则斟酌一番,最终确定谁的故事最好,最生动地揭示了人类爱情的本质,最准确地评判了雷德拉斯未婚妻的性格和行为。嘉兰小姐觉得谁的故事讲得最好,这个苹果就归谁所有。要是大家没意见,那就有请丁威迪[①]先生率先发言,我们这就洗耳恭听!"

最后这句话,无疑给那个从事风车买卖的人出了个难题。但他绝非轻易认输之辈。

"这主意可真不赖,法官大人。"他兴头很足地说,"这是一个非常美妙的故事会,对不对?我曾经在斯普林菲尔德[②]做过小报记者,有时新闻不凑手,我就编造一些。这种事儿我最在行啦。"

"我也认为这主意相当不错,"女士爽朗地说,"简直和做游戏一样好玩儿。"

梅尼菲法官走到女士面前,煞有介事地将苹果放到了

---

① 丁威迪:梅尼菲法官一直没有弄清对方究竟叫什么名字,故此每次的称呼都有所不同。
② 斯普林菲尔德:又称春田市,它既是美国伊利诺伊州的首府,又是桑加蒙郡的郡治。

她的手里。

"在古代，"他耐人寻味地来了这么一句，"帕里斯曾经把金苹果判给了最美丽的女神。"①

"这事儿我怎么从未听说？巴黎我去过，"从事风车买卖的人贸然插嘴道，他这会儿心情好起来了，"但到那儿参加博览会的时候，我并不总是待在机械展厅里，而是经常开小差去别的地方找点儿乐子。"

"现在，"梅尼菲法官没有理睬他，继续说道，"这个苹果会向我们揭示女性内心深处的奥秘和智慧。请拿好苹果，嘉兰小姐。听听我们讲的肤浅的爱情故事吧，然后按照你的想法，决定谁最有资格获奖。"

女士甜甜地笑了笑，把苹果放在膝盖上，然后用毯子盖住了。她慵懒地靠在为她挡住寒风的防御工事上，一副快乐而又舒适的样子。要不是这嘈杂的人声和呼呼的风声，或许能够听见她竟然像只小猫一样打起了呼噜。有乘客往壁炉里又添了一些柴火。梅尼菲法官温和且礼貌地向从事风车买卖的伙伴点头示意道："请问你可以开始了吗？"

后者像个土耳其人似的盘腿坐在地上，把帽子戴在了

---

① 帕里斯曾经把金苹果判给了最美丽的女神：在古代希腊神话中，赫拉、雅典娜和阿弗洛狄忒三个女神曾经争夺金苹果，特洛伊王子帕里斯把写有"给最美的女神"的金苹果判给了爱神阿弗洛狄忒。帕里斯的原文与法国首都巴黎的拼法相同，故此，下文中"从事风车买卖的人"才会误把人名当作地名。

后脑勺上用以挡风。

"嗯,"他爽快地说起自己编造的故事结局,"我觉得这道难题接下来可能是这样的:眼看那个公子哥儿要把自己心仪的姑娘抢跑了,雷德拉斯肯定会着急上火,肯定会去找艾莉丝问清楚,问她这么做对他是否公平。嗯,任何男人,只要有了心仪的姑娘,都无法容忍一个拥有马车和矿山股票的公子哥儿横插一杠子。嗯,他就去找那个姑娘理论。嗯,他可能正在气头上,以为自己就是她的丈夫,他的口气或许强硬了些,还忘了自己只是她的未婚夫。事实上,他们只是订过婚而已,而这根本就靠不住。嗯,我猜,他的那种态度也让艾莉丝小姐觉得很不爽,嗯,她一赌气就回敬了他几句。嗯,他就——"

"我说,"那个说话没什么分量的乘客插嘴道,"这么多'嗯''嗯',要是能在你的每个口头禅上边架台风车,你就能发笔横财退休了,对吗?"

从事风车买卖的讲述者淡淡地笑了笑。

"嗯,反正我也学不来大文豪莫泊桑,"他欢快地说,"正宗的美国话就是这个样子的。嗯,那姑娘说:'股票大亨跟我只不过是普通朋友而已,但他可以带我坐马车兜风,带我上剧院,你能做到吗?这些令我开心的事儿,难道你想让我一辈子都做不成吗?'那个雷德拉斯会说:'少废话,

你给我想清楚，要是不赶快跟那个家伙断绝关系，以后就休想再进我家的门！'

"我想，那个雷德拉斯不应该用那种傲慢的态度对待这个有个性的姑娘。信不信由你们，那姑娘一直在爱着她的未婚夫。她可能也像好多姑娘那样，在嫁作人妇，一心一意给老公缝补袜子之前，想抓紧时间找找乐子，寻寻开心。话虽如此，雷德拉斯却觉得很没面子。嗯，她索性把订婚戒指还给了他。他失恋以后，就开始酗酒。嗯，就是这么回事儿。信不信由你们，在他离开后的第三天，那姑娘就和那个穿着花哨背心的阔少一刀两断啦。雷德拉斯却带上行囊，搭上了一辆货车，天知道他跑到哪儿去了！此后这家伙一直借酒浇愁，劣质酒精把他的脑子给烧坏了。'还是隐居生活适合我，'这家伙说，'我得蓄须，还得守好那个深埋在地下，实际上并不存在的钱罐子。'

"那个艾莉丝，我想，她的处境也不怎么样。她一直没有嫁人，一把年纪了只得去做打字员，陪伴她的只有一只猫，只要有人对它'喵喵'地叫，它就会颠颠儿地跑过去。我坚信，好女人绝不会见钱眼开而抛弃自己的爱人。"从事风车买卖的乘客就此结束了他的讲述。

"依我看，"女士在低矮的王座上稍稍挪动了一下，"他讲的故事真是——"

"等等，嘉兰小姐！"梅尼菲法官举起手，不让她说下去，"请你等一会儿再发表评论，否则对其他选手有失公平。下一位——噢——轮到你了，先生。"法官对那个年轻的代理商说。

"我认为这个爱情故事接下来应该是这样的，"年轻的代理商有点儿羞怯地搓着手说，"他俩分手那会儿根本没有吵架。雷德拉斯先生是特意来跟她道别的——他要出去闯荡了。他坚信那个姑娘对自己有深厚的感情，除他以外谁也不能打动她那颗纯洁善良的心，所以压根儿不屑去想什么情敌的事儿。在我的这个故事里，雷德拉斯先生出去闯荡，是到怀俄明州的落基山脉淘金去了。有一天他正在干活儿，一伙海盗上了岸，把他给抓住了，后来——"

"咳！真的吗？"那个说话没什么分量的乘客大呼小叫起来，"一伙海盗竟然在落基山脉上了岸！请你说说，这群海盗是怎样漂洋过海——"

"他们是坐火车到那儿的。"讲述者不慌不忙地答道，对此他似乎早有准备，"他们先是把他关在一个山洞里，几个月后又把他扔进几百英里开外的阿拉斯加大森林中。那儿有个美丽的印第安姑娘，她深深地爱上了他，但他并没有背弃艾莉丝。一年后，他结束了森林里的流浪生活，带着不少钻石离开了那儿——"

"哪儿来的钻石啊？"那个说话没什么分量的乘客又提问道，明显带着嘲讽的口吻。

"在秘鲁神庙①，有个马鞍匠给他看了一些钻石。"年轻的代理商模糊地答道，"他刚一回到老家，艾莉丝的老妈就泣不成声地把他带到一棵柳树下，那儿有座新坟。'你离开后，她的心情很不好。'她的妈妈说。'我当年的情敌，那个叫切斯特·麦金托什的家伙，后来怎么样了？'雷德拉斯先生问道，他跪在艾莉丝的墓前，不禁悲从中来。'等他知道艾莉丝的心里只有你，'她的妈妈说，'他的脸色一天比一天憔悴。后来，他在密歇根州的大急流城开了一家木器店。再后来，据说他为了逃避文明世界，去了印第安纳州，谁能想到，在离南本德市不远的地方，他竟然被一头发怒的麋鹿给咬死了。'打那以后，正如我们所知道的，雷德拉斯先生就远离了人类社会，开始了隐居生活。"

"我讲的这个故事，"年轻的代理商总结道，"或许缺乏文学色彩，但我只是为了表明那个姑娘对爱情的忠贞。在她看来，与真爱相比，钱财是无足轻重的。我对女性一向信任仰慕，只能如此看待那个姑娘。"

说完这些，他瞄了一眼那个女士所待的角落。

---

① 秘鲁神庙：位于安第斯山脉高处的一个狭窄山谷中，大约公元前1000年为古秘鲁的文化中心。

紧接着，车夫比勒达·罗斯接受法官梅尼菲的邀请，参与苹果争夺大赛中来，开始分享他所编的故事——一个很简短的故事。

"有人一遇到不幸就怪罪女人，我可不是这种人。"他说，"关于这个故事，法官大人，我觉得，雷德拉斯闹到这步田地，只有一个原因——懒惰。当那个阔少想赶他出局，想用花言巧语蒙蔽艾莉丝的时候，他就应该狠狠地揍那个家伙一顿，那样就什么事都没有了。想得到一个女人，不花点儿力气可不成啊。

"'要是你还需要我，就来找我吧。'雷德拉斯提了提他那顶斯特森呢帽，扬长而去。他以为这叫自尊，其实呢，说来说去还是懒惰。世上哪有女人上赶着去追求男人的道理？'到时候他自己就回来啦。'那姑娘肯定是这么想的。最终，她一定是离开了那个阔少，每天坐在窗前，痴痴地等待那个留着小胡子的穷小子回来。

"我估计雷德拉斯一等就是九年，以为她会派人给他捎个信，求得他的原谅。可惜一直没有动静。'既然她不想理我，'雷德拉斯心想，'那我也别再傻等啦。'于是他开始蓄须，过上了隐居的生活。可不是嘛，都是懒惰和胡须惹的祸，它们之间的关系非常密切。你见过哪个幸运儿留长头发、蓄大胡子的？肯定没有吧。再瞧瞧英军统帅马尔伯勒公爵①和美孚石油公司里那些讨厌的老板,他们有没有留长头发、蓄大胡子?

"我敢肯定,那姑娘再也没有嫁人,我敢用一匹马来打赌。要是雷德拉斯跟别的姑娘结了婚,她或许也会结婚的。可是他一去不回头,那姑娘就一直珍藏着他俩的爱情信物,或许是心上人的一缕头发,或许是叫他弄坏的胸衣上的钢丝。在某些女人看来,有了这些东西,就跟丈夫陪在自己身边没什么两样。我想说的是,那姑娘孤独地等了他一辈子。雷德拉斯那个老家伙不理发,不换洗衬衫,并不关任何女人的事。"

下面轮到那个说话没什么分量的乘客发言了。他只是一名从天堂城到朝霞城的乘客,姓甚名谁没人在乎。

借着炉火的光亮和他回应法官的当儿,诸位不妨看看他长什么样儿。

他身形瘦小,穿着深褐色的衣服,胳臂抱着脚,下巴触膝,坐姿活像一只青蛙。他那头麻絮色的头发很光滑,鼻子长长的,嘴巴像希腊神话中半人半羊的森林神萨蒂尔②,上翘

---

① 马尔伯勒公爵:即约翰·丘吉尔,英国历史上最著名的军事统帅之一,英国首相温斯顿·丘吉尔的祖先。
② 萨蒂尔:又译萨堤尔、萨堤洛斯、萨梯。半人半兽的森林之神,是长有公羊角、腿和尾巴的怪物。他好色并耽于玩乐,是一个无赖式的神话形象,众女神避之唯恐不及。

的嘴角则被烟叶污染过。他眼似鱼目，红领带上卡着一根马蹄形别针。他先是"嘿嘿"地干笑了几声，然后才慢吞吞地打开了话匣子。

"截至目前，几位都没有说到点子上。真是的，爱情故事里怎能少得了香橙花呢！呵呵，我看好那个脖子上打着蝴蝶结，口袋里揣着支票的年轻人。

"从他俩在门口分手那会儿说起，对吧？'你根本没真心爱过我，'雷德拉斯轻率地说，'否则你就不会搭理那个给你买冰激凌的家伙啦。''我讨厌他。'那姑娘说，'我讨厌他的破马车，讨厌他送我的上等奶糖，装在系着花边丝带的金色盒子里的那种。有一回他送给我一只用蓝宝石和珍珠镶边的实心圆形盒式足金吊坠，当时我恨不得杀了他。让他滚蛋，我的心里只有你！''别唬我啦！'雷德拉斯说，'你以为我那么容易上当吗？实在不好意思，我没那么傻。收起你这一套，随你怎么讨厌那个家伙吧，不关我的事。我现在要去 B 大道找尼克森家的姑娘，我们要一起嚼口香糖，坐着电车去兜风啦。'

"当天晚上，那个叫约翰·伍·克里萨斯的公子哥儿来了。'咦！你怎么哭啦？'他边问边整理领带上的珍珠别针。'我的心上人被你赶跑啦，'小艾莉丝抽泣着说，'我讨厌你。''那你就嫁给我好啦。'公子哥儿点燃一支亨利·克莱牌的古巴雪茄说。'你说什么？'她气呼呼地大叫起来，'嫁给你？别做梦了。除非我气消了，可以逛逛街、购购物。刚好隔壁有电话，你现在就可以打给县政官员，让他给你办结婚证！'"

故事讲到这里，又停了下来，讲故事的人又干笑了几声，一脸的嘲讽。

"他俩会结婚吗？"他自问自答，"这个不用多说，哪有鸭子不吃六月虫的？这里我还想说说雷德拉斯那个老家伙。依我看，你们的说法还是不对。是什么导致他过上隐居生活的呢？有人说是懒惰，有人说是伤心，还有人说是酗酒。要我说，都是女人惹的祸。那个老家伙现在有多大年纪了？"他转过身去，问比勒达·罗斯。

"我觉得应该在六十五岁上下吧。"

"那好吧。他来这儿隐居，一待就是二十年。他在门口跟那姑娘分手时，我们姑且算他是二十五岁。于是问题来了，另外那二十年，他到底在干什么？我想是这样的：这家伙犯了重婚罪，在牢里待了二十年。不妨假设一下，他有好几个相好的，在圣乔那儿有个黄头发的胖娘们儿，在煎锅山那儿有个黑头发的瘦娘们儿，在食人鸟山谷那儿还有个镶金牙的娘们儿。不久事情败露，雷德拉斯坐了牢。出狱后，他说：'以后做点儿什么都好，反正再也不能扎在女人堆里混日子啦。隐士这一行还算冷门，连速记员都不会去他们那里找工作。那我就做个快活的隐士吧。以后，梳子里再也不会出现女人的长头发，烟灰缸里再也不会出现腌黄瓜了。'你们跟我说，雷德拉斯那个老家伙说自己是所罗门王，大家就觉得他是发了疯，把他关进了疯人院，是不是？胡扯！他就是所罗门本尊。我想说的就这么多。我想我肯定拿不到这个苹果了。我心里有数，这种故事得不了奖。"

梅尼菲法官有言在先，不得对刚讲完的故事发表任何感想，等那个可有可无的乘客讲述完毕，会场里没有一点声音，因为谁也不想招惹这位法官大人。接下来，故事会这一非凡创意的发起者清了清喉咙，开始了他的讲述。尽管坐在地上很不舒服，但你从这个最后出场的参赛者身上，却看不出任何有失风度的迹象。炉火渐渐暗淡下去，柔和的光影笼罩着他那张轮廓生动、足以媲美古钱币上罗马帝王浮雕般的脸，以及他那一头浓密得足以令人产生敬佩之情的银发。

"女性的心思，到底谁能参透？"他用平和的口吻动情地说，"男人的处世之道和欲望是各有各的存在价值。但是，在我看来，所有女性心脏跳动的节奏都是一样的，都与爱情的旋律步调一致。对女性来说，爱情就意味着牺牲。对一个真正的、纯粹的女性来说，任何财富和地位都不能与真诚的奉献混在一起谈论。

"各位陪审团成员——嗯——我应该换个称呼，各位朋友，雷德拉斯的情事一案现已接近尾声。这里面有一个问题，到底谁是被告？当然不是雷德拉斯，他已经为此付出了惨痛的代价，也不是人间和天堂里的神圣情感。那么到底谁是被告呢？是我们自己。今天晚上，我们逐一出现在被告席上，从每个人讲述的故事里，就能看出其心灵的高尚抑或阴暗。女性最优秀的代表就坐在这里，她是今晚的法官，将对我们做出判决。她手里的那个奖品，尽管价值有限，但却值得大家努力争取，它是这位最具代表性的女性评委经过仔细斟酌后投出的饱含赞许的一票。

"在讲述我想象中的雷德拉斯与其心上人的故事之前，我郑重声明，我很反感那种把雷德拉斯的遁世行为归咎于女人的自私、背叛或爱慕虚荣的卑鄙想法。我想，女人决不会如此势利、如此贪财。我们需要在其他地方寻找原因，从男人的劣根性和险恶用心中推测原因。

"那是个令人难忘的日子，一对情侣站在门口，十有八九是吵了起来，这种事在情侣之间时常发生。年轻的雷德拉斯因嫉妒而异常激动，于是离开了自己的故乡，到外地谋生。此举合乎情理吗？正反两方都缺乏有力证据。不过，有比证据更具说服力的东西，那就是对女人天性善良、拒绝诱惑、淡泊名利等美好品质抱有强大而持久的信心。

"我能想象得出，那个冲动的男人怀揣悔恨之心四处漂泊，会是怎样一番光景。他的意志逐渐消沉，恨自己没有好好珍惜上天赐给他的最珍贵的礼物。接下来，他弃绝尘世，陷入疯癫，皆在情理之中。

"我对故事的另一位主人公有何看法呢？一个孤苦伶仃的女人，随着时光的无情流逝而憔悴，但她仍然没有忘记她的心上人，仍在痴痴地等待着，徒劳地等待着那熟悉的身影再次出现。现在，她容颜已老，头发一片雪白，却整齐地扎在一起。她仍天天坐在门口，满怀希望地凝视着尘土飞扬的马路。她满心以为，只要她一直在门口——他俩当初分手的地方——等待，她就一直属于他。不管相隔多远，他们的心也永远在一起。看，这就是女人，我对她们充满信心，于是便有了上述看法。此生已无望重逢，却仍在痴痴地等待！她殷切地盼望着在极乐世界里与自己的心上人再次相会，殊不知他却在绝望的深渊里等待着她。"

"我还以为他被关进疯人院啦。"那个可有可无的乘客又来打岔了。

梅尼菲法官挪了挪身子，对那个家伙有点儿不耐烦了。男人们都失望且沮丧地坐在那儿，神情很不自然。屋外的风势有所减小，风时断时续地吹着。屋内的炉火渐渐熄灭，只剩下一堆红炭，闪着暗淡的光。那位备受推崇的女士如一团黑影般坐在角落里，看上去还算舒适，柔顺的秀发盘绕在头上，长款毛皮围脖中间仅露出一小块雪白的额头。

梅尼菲法官有些僵直地站了起来。

"现在，嘉兰小姐，"他说，"我们的故事会已告结束。你觉得谁的故事——特别是在对真正意义上的女性的看法方面——最能引起你的共鸣，有劳你给他颁奖。"

那位女士没有吱声。梅尼菲法官体贴地俯身察看。那个可有可无的乘客，突然发出了"哧哧"的笑声，让人颇感不快。原来，那个女士已经进入了梦乡，此刻，她正睡得香甜。梅尼菲法官刚要拉她的手以唤醒她，他的手却在她的膝盖处意外碰掉了一个微小的、冰凉且不规则的圆形物。

"这个苹果被她吃掉了。"梅尼菲法官简直不敢相信自己的眼睛，边说边捡起苹果核，向大家展示证物。

红发酋长的赎金

这笔买卖乍看起来还是相当划算的。且听我从头说起。我俩——比尔·德理斯卡尔和我——一路南下,行至阿拉巴马州时,突然动了绑票的念头。恰如后来比尔所说,这件事纯属是犯了"一时糊涂",可我俩当时谁也没有意识到这有什么不妥。

那里有个高峰镇,地势平坦得像张大饼。小镇居民大多以务农为生,过着安分守己、自得其乐的生活。

我俩打算在伊利诺伊州的西部地区合伙炒地皮,但手头大约只有六百美元,还差两千美元。我俩坐在旅店门口的台阶上想办法,最后一致认为,乡镇居民普遍把孩子当作掌上明珠,再结合其他因素综合考虑,在这里绑票十拿九稳。因为这里不像那些有看报习惯的地区,有点儿大事小情,就会让嗅觉灵敏的记者弄得满城风雨。而高峰镇却拿我俩没办法,顶多让几个警察或几条懒洋洋的警犬搜索一番,《农夫预算周报》也可能会刊发一两篇骂骂咧咧的文章，仅此而已。如此看来，这笔买卖还是相当划算的。

我俩的下手目标是镇上杰出人物埃比尼泽·多塞特的独生子。父亲地位甚高，对金钱锱铢必较，热衷于经营抵押贷款业务，对募捐盘视而不见，一毛不拔。儿子十岁，一脸雀斑，头发颜色跟火车站报摊上的杂志封面没什么两样。我俩一致认为，两千美元赎金对埃比尼泽来说简直是小菜一碟。不过，且听我细细道来。

距离高峰镇两英里左右有座小山，山上长满了雪松。山后较高的地方有个岩洞，我俩吃的用的都藏在那里。

有天日落后，我俩赶着一辆轻便马车从老多塞特家门前走过，看见那个小家伙就在街上，正朝对面篱笆墙上的一只小猫扔石子。

"喂，小家伙！"比尔说，"上车吃袋糖果吧，再去兜兜风？"

小家伙一扬手，一个小砖块精准无比地打中了比尔的眼睛。

"这回好了，你老爸得多掏五百美元。"比尔边说边下了车。

那孩子像一头次重量级的棕熊似的跟我俩扭打在一起，我俩好不容易才制服他，把他扔进车厢里，然后驶离了高峰镇。我俩带着他回到那个山洞，我把马拴在一棵雪松上。

等到天黑，我又赶着马车跑到三英里之外的小村庄，把租来的车马还给人家，然后走路回到山上。

此时，比尔正往伤痕累累的脸上贴膏药。洞口那儿有块大石头，后面生着火，小家伙正盯着一壶沸腾的咖啡，不知什么时候在红色的头发上插了两根秃鹰尾巴上的羽毛。见我走过来，他抬起手里的木棍，指着我说："嘿！你这可恶的白人，竟敢闯入平原煞星红发酋长的营寨！"

"小家伙这会儿没什么问题了，"比尔一边说着，一边卷起裤腿查看伤痕，"我和他扮印第安人玩儿来着。跟我俩相比，'水牛'比尔①的表演太差劲了，演得跟市政厅里播放的风景幻灯片似的。我扮的是猎人汉克老头儿，不小心让红发酋长逮住，他明天一早就要剥掉我的头皮。我的天！臭小子踢得我生疼。"

没错，先生，那小子从小到大，好像从来没有这么开心过。山洞里的露营生活让他乐在其中，把自己是个肉票的事情早已抛到了九霄云外。他还给我起了个绰号——蛇眼密探，宣称待到他的勇士们凯旋，就要在日出时分把我绑在火刑柱上活活烧死。

---

① "水牛"比尔：原名威廉·科迪（1846—1917），美国陆军侦察兵，善于猎杀水牛。他堪称蛮荒西部的代表人物，由其发起的名为"水牛比尔的荒蛮西部及世界驯马师大会"系列表演，享誉全球。

接下来，我们三个一起吃晚饭，熏肉、面包和肉酱把他的小嘴塞得满满当当，但这并不影响他发表即兴演讲，内容大致如下："这里太好玩了。我以前从没去过露营地，但我有只小负鼠。我九岁的生日过完了。我最讨厌上学。吉米·塔伯特的姊姊家的花斑鸡下的蛋，被老鼠偷吃了十六个。这片树林里到底有没有正宗的印第安人啊？再来点儿肉酱。树动了才会刮风吗？我们家有五只狗崽。你的鼻子通红，怎么会这样，老汉克？我老爸很有钱。星星是热乎乎的吗？礼拜六那天我一连揍了艾德·沃克两次。我讨厌女孩子。我想抓蛤蟆，没有绳子可不成。公牛也会叫吗？橙子为什么是圆的？山洞里有没有床，能让我睡一觉？亚摩斯·默里长了六个脚指头。鹦鹉会说话，可猴子和鱼就不会。几乘几得十二？"

每隔几分钟，他就会想起自己的身份乃是凶恶的红发酋长，随即便会拿起刚才拿过的那根木棍来冒充来复枪，然后蹑手蹑脚地走到洞口去侦察，以防可恶的白人探子潜入他的营寨。他不时发出喊杀声，让猎人汉克老头儿心惊胆战。小家伙一来就把比尔吓得不轻。

"红发酋长，"我问小家伙，"你愿意回家吗？"

"为什么要回家？"他说，"家里太没意思了。我最讨厌上学。还是露营好玩儿。你该不会是想把我送回去吧？蛇眼密探。"

"暂时不会，"我说，"咱们还得在这儿住上一段时间。"

"好啊！"他说，"那再好不过了。我长这么大，头一回玩得这么开心。"

夜里十一点钟左右，我们铺开几条宽大的毯子和被子，让小家伙躺在我俩中间。我们用不着担心红发酋长会逃走，可是，在接下来的三个钟头里，我和比尔谁也无法入睡。只要林子里的枝叶稍微有点儿响动，红发酋长就天真地以为是一伙歹徒来偷袭他的营寨。他一次次地跳起来，抓起那根木棍当作来复枪，并在我俩的耳边大叫："嘘！伙计。"后来，我好不容易才睡着，却梦见自己被绑架了，被一个凶神恶煞的红头发海盗绑在了一棵树上。

第二天一大早，我就被比尔撕心裂肺的尖叫声惊醒了。你很难想象，那种声音竟然是男人发出来的。它既不是叫嚷，也不是呼号，而是女人在见到毛毛虫时发出的那种丢人现眼、令人心悸的尖叫。一大早，就听到一个大男人在山洞里歇斯底里的叫唤，实在是令人扫兴。

我一跃而起，想弄清楚是怎么回事。却见那位红发酋长跨坐在比尔的胸口处，一手把比尔的头发揪起来，一手拎着切肉用的快刀，正在煞费苦心地研究如何执行昨晚对比尔的判决，把他的头皮完整地剥下来。

我赶紧夺过红发酋长手里的刀,逼着他继续躺下睡觉。从这以后,比尔总是提心吊胆。他躺在自己的铺位上,一想到那个小魔头近在咫尺,就再也不敢合眼了。我打了个盹儿,临近日出时,想起了红发酋长曾说要对我处以火刑。我虽不至于紧张害怕,但还是坐了起来,倚在一块岩石上点着了烟斗。

"怎么起得这么早,山姆?"比尔问道。

"我吗?"我说,"我的肩膀有点儿疼。我觉得坐起来会好受些。"

"瞎说!"比尔说,"你被判处火刑,你吓得够呛,生怕太阳一出来这个熊孩子真的把你烧死。他要是能找到一根火柴,就会对你用刑。这件事挺麻烦,对不对,山姆?你想一想,谁会掏钱把这样一个小魔头赎回去呢?"

"你放心吧,"我说,"在父母眼中,调皮捣蛋的孩子更可爱。现在,你和酋长起床准备早饭,我去山顶侦察一下。"

我爬上小山顶,向四周望去。望向高峰镇时,我本以为会有一群壮汉手持镰刀、草叉四处搜寻绑匪,可实际上,映入眼帘的却是一派安宁祥和的景象,只见一人一骡在耕田。没有人在河塘里打捞,也没有人来回奔走,向痛不欲生的父母报告说孩子依然下落不明。我眼前的阿拉巴马地区仍处于蒙眬的睡意之中。我心想:"他们可能还没注意到圈里的小羊被两只狼弄走了。老天保佑那两只狼!"说着,我往山下走,准备去吃早饭。

我刚进洞口,就发现比尔正喘着粗气紧贴洞壁站着。那小家伙正举着一块足有半个椰子那么大的石头,威胁说要把他砸个稀巴烂。

"这小子竟然把一个烫死人的熟土豆塞进了我的后脖领子,"比尔向我告状,"接着他又上脚把它踩烂。我给了他一巴掌。你身上有枪吗,山姆?"

我赶紧把小家伙手里的石头夺过来,好不容易才让他俩停止争吵。"有你好看的,"这个熊孩子气呼呼地对比尔说,"敢打红发酋长,叫你吃不了兜着走。走着瞧!"

吃过早饭,红发酋长从衣袋里掏出一小块上面缠着绳子的皮革。然后,他向洞外走去,边走边解绳子。

"他又要使坏吧?"比尔不安起来,"你觉得他会不会逃跑,山姆?"

"应该不会的,"我说,"这种孩子在家里可待不住。现在,咱俩得赶紧拿出一个索要赎金的方案。他的失踪好像并没有在高峰镇上闹出什么动静,也许,他们还没有意识到他被绑票了。他家里的人也许以为他在简姑妈或者哪个邻居家住了一晚呢!无论如何,今天他们会想起他的。今天晚上,咱俩得给他老爸捎个信儿,让他赶紧掏两千美元来赎人。"

就在这时,喊杀声骤起。我想大卫可能就是在这样一声呼喝之后,奋力甩出石块,要了歌利亚①的命的。原来,那块皮革是一个投石器,此时正在红发酋长的头顶上挥舞着寻找目标。

我赶紧闪到一旁,砰的一声巨响过后,传来了比尔的哀号,活像马匹卸鞍后的叹息。一个鸡蛋大小的黑色石子击中了比尔的左耳后面。他好像浑身散了架,一下子瘫倒在一锅烧得滚烫的洗碗水里。我赶紧把他从锅里拖拽出来,并往他头上不停地浇凉水,忙活了足有半个钟头。

过了好半天,比尔才坐起来,摸索着耳后说:"山姆,你知道我最喜欢《圣经》中的哪个人物吗?"

"放松点儿,"我说,"你很快就会清醒的。"

"是希律王②。"他说,"你不会就这么走了,把我扔在这儿不管吧,山姆?"

我走出山洞,抓住那小子的肩膀使劲地摇晃,晃得他

---

① 歌利亚:《圣经·旧约·撒母耳记》第十七章记载,歌利亚是非利士族的巨人战士,力大无穷。他带兵进攻以色列军队,所有人看到他都退避三舍,不敢应战。最后,牧童大卫用投石弹弓打中歌利亚的头部,并割下了他的首级。
② 希律王:《圣经·新约·马太福音》第二章记载,在犹太王希律执政期间,东方(美索不达米亚)三博士来到耶路撒冷,询问犹太新诞生的犹太王在何处。希律听后极为不安,于是派人暗中查找。东方三博士朝拜后,改道不辞而别。希律得知后勃然大怒,下令将伯利恒境内两岁以内的男孩全部杀死。

的一脸雀斑咔咔作响。

"你小子要是再不听话,"我说,"我就立刻把你送回家。说吧,你还胡闹吗?"

"我和汉克老头儿闹着玩儿呢,"他没好气地说,"我不是存心害他。可他凭什么揍我啊?我答应你,蛇眼密探,我不胡闹了,你别赶我走,今天还得陪我玩'黑人侦察兵'呢!"

"我对这个游戏一窍不通,"我说,"你得跟比尔先生好好商量一下,看他今天愿不愿意跟你玩儿。我得出去一会儿,有正事要办。你赶紧进来跟他说点儿好听的,你把人家伤成那样,得先认个错,不然你就滚蛋回家,这会儿就走。"

我逼着他跟比尔握手,然后把比尔拉到旁边,对他说我得去趟三英里之外的杨树湾,打探一下绑票的事情有没有在高峰镇上闹出什么动静。我还打算趁机给老多塞特送封信去,开门见山地让他掏钱赎人,并指明付款方式。

"你懂的,山姆,"比尔说,"我跟你一起闯荡江湖,一起打扑克、弄炸药、躲警察、抢火车、抵御飓风,我一直跟你同甘共苦,管他上刀山、下火海,我都面不改色心不跳。可自从咱们绑架了这个小魔头,我开始整天提心吊胆,眼看着就要被他逼疯了。你该不会出去很久,把他扔给我一个人吧,山姆?"

"我今天下午就会回来的。"我说,"我不在的这段时间,你得好好哄哄这个小家伙,千万别把他惹毛了。现在咱俩给老多塞特写封信吧!"

我俩找来纸笔,开始构思信的内容。此时的红发酋长则身披毛毯,雄赳赳气昂昂地在洞口巡逻。

比尔哭哭啼啼地恳求我,赎金别写两千美元了,一千五百美元就可以了。他说:"父母对孩子爱得深沉,这一点我并不否认。但按照人之常情,我想谁也不愿意为这个四十磅重、一脸雀斑的小野猫破费两千美元。我觉得一千五百美元就已经不少了,差额就记在我的账上吧!"

为了缓解比尔的焦虑,我同意了他的说法,少要五百美元。我俩通力合作,一封勒索信就此形成:

埃比尼泽·多塞特阁下:

贵公子在我们手里,藏匿地点远离高峰镇。无论是你还是最有本事的侦探,要想找到他都纯属痴心妄想。想让我们放他回去,你必须履行下列条件:

赎金一千五百美元,须为大额钞票;这笔钱务必按照下文所述回信方式,于今日午夜放至同一地点的同一盒子里。

你若同意上述条件，便委派一人于今晚八点半送信答复。往杨树湾方向走，过了猫头鹰河，右侧麦田的篱笆附近有三棵大树，彼此距离约一百码。就在第三棵大树对面的篱笆桩底下，有个小纸盒。

送信者将回信放至此盒内，不得停留，马上返回高峰镇。

要是你胆敢耍花招，或拒不接受上述条件，你将再也见不到你的宝贝儿子。要是你按上述条件及时付款，贵公子将于三个钟头之内平安回到府上。上述条件不得讨价还价，如拒不接受，永不联系。

——两个走投无路的人

我在信封上写好多塞特家的地址，然后把信放进了口袋里。刚要出发，小家伙跑来对我说："蛇眼密探，你离开后我就可以玩'黑人侦察兵'了吧？你刚才说过的，对不对？"

"可以的，玩吧！"我说，"比尔先生会跟你一起玩儿。怎么个玩法？"

"我扮的是黑人侦察兵，"小家伙说，"任务是骑马赶到寨子，提醒大伙印第安人杀过来了。我老扮印第安人，烦透了。这回我想当黑人侦察兵。"

"可以的,"我说,"我觉得没什么问题。比尔先生会助你一臂之力,击退那些印第安人。"

"我做什么?"比尔满腹狐疑地盯着小家伙问。

"你扮我的马,"黑人侦察兵说,"你要四蹄着地爬着走。要是没有马,我怎么去那个寨子呢?"

"你还是听他的吧,"我说,"咱们的计划还没有实现呢!这没什么大不了的。"

比尔趴在地上,眼神像掉进陷阱里的兔子般无助。

"那寨子离这儿有多远,小家伙?"他声音沙哑地问道。

"九十英里,"黑人侦察兵说,"你得马不停蹄地赶路才行,晚了拿你是问。驾,出发!"

黑人侦察兵跳到比尔背上,用脚后跟踢他的腰。

"行行好,山姆,"比尔说,"早点儿回来。早知道这样,咱俩就不该让赎金超过一千美元。哎呀,你别踢我了,再踢,我就站起来好好教训你一下。"

我一路走到杨树湾,在兼营邮政和杂货的铺子里坐了下来,并跟前来买东西的村民聊了几句。一个长着络腮胡子的老乡告诉我,他听说高峰镇上埃比尼泽·多塞特的儿子不见了,是自己走丢了,还是被人拐跑了,一时还没弄清楚,镇上已经乱成了一锅粥。这正是我要打探的消息。我买了点儿烟丝,又随口问了问黑眼豌豆的行情,趁人不注意时，把信投入了邮筒，然后我就离开了这里。听邮局管事的说，邮递员一个钟头内就会来到这里，把邮件送往高峰镇。

我返回山洞，没看见比尔和那个小家伙。我在山洞周边找了找，还壮着胆子喊了一两声，但一直没人回应。

我无计可施，只好点上烟斗，在长满青苔的斜坡上坐下来，准备静观其变。

大约半小时过后，树丛里一阵沙沙作响，比尔钻了出来。他一瘸一拐地走到山洞前面那一小块空地上。那个小家伙像个探子似的轻手轻脚地尾随其后，眉开眼笑的。比尔站定后，摘掉帽子，掏出一块红手绢擦汗。小家伙也停下脚步，悄悄地站在他背后约八英尺远的地方。

"山姆，"比尔说，"我知道，你可能会觉得我不够意思，可我实在没办法啊！身为男人，我有男子汉的气概，保护好自己绝对没有问题，但我的自尊心和优越感也有崩溃的时候。那小子走了，我打发他回家了。一切都结束了。历史上不少殉道者，宁愿一死，不改初心，可他们谁也没像我这样受尽非人的折磨。为了咱俩约定好的事，我打碎牙往肚里咽，但一个人的忍耐总是有限度的。"

"遇上什么麻烦了吗？比尔。"我问。

"我驮着那小子，"比尔说，"狂奔九十英里，赶到了那个寨子,他一步都没自己走。后来,那儿的住户得救了,才给我吃了些燕麦片。这一路都是沙子,代替不了饲料。再后来,我又被他缠住了,花了整整一个钟头,跟他解释为什么有些洞穴里什么都没有,为什么一条路会有两头,为什么草是绿的。真的,山姆,不管是谁,都受不了这种折磨。我揪住他的衣领,连拖带拽地把他弄下山。一路上他又是踢又是踹,把我的小腿伤得青一块紫一块;我的大拇指也让他咬了两三口,整只手都得找大夫止血消毒。"

"好在他总算走了,"比尔继续说道,"他回家去了。我指着去高峰镇的路,告诉他怎么走,然后飞起一脚,把他送出八英尺远。赎金泡汤了,实在对不住你。要是不把他送走,就把我比尔·德理斯卡尔送进疯人院吧!"

比尔说得上气不接下气,红通通的脸上却露出了一种难以言表的舒坦神情,说到最后竟然有些得意起来。

"比尔,"我问,"你家里人有没有得过心脏病?"

"没有,"比尔说,"有人得过疟疾,有人死于意外,心脏病倒是没有人得过。你问这个干什么?"

"既然这样,你回头瞧瞧吧,"我说,"看看那是谁?"

比尔转过头,看到那个小家伙,顿时面如土灰,一下跌坐在地上。他呆呆地拔着手边的青草和小枝条。他一坐就是一个钟头,我也担心了一个钟头,生怕他被吓傻了。

我安慰他说，我有主意了，这件事很快就有眉目了。要是一切顺利，今天午夜小家伙的老爸就会派人送来赎金，钱一到手，咱们立即远走高飞。听我这么一说，比尔勉强打起精神，冲小家伙苦笑了一下，并许诺说一旦自己的身体好转，就会跟他玩"俄罗斯人大战日本人"的游戏。

我有个万无一失的收取赎金的办法，理应与专事绑架的同道中人分享。交易地点的那棵树与路边的篱笆墙距离很近（勒索信里说得很清楚，先在那儿放下回信，几个钟头后再放赎金），四面是空旷的原野。要是派些警察蹲守取信人，一旦取信人出现在路上或原野上，他们打老远就会看见。不过，先生，最危险的地方反而是最安全的！晚上八点半，我会像只树蛙似的爬到树上躲好，坐等送信人前来。

到了约定时间，有个半大男孩骑着自行车来了。他从篱笆桩下面找到纸盒，飞快地往里放了一张折好的纸，然后骑上车，回高峰镇去了。

我又等了一个钟头，确信周围没什么异样后，便从树上溜下来，从盒子里取出那张纸，然后沿着篱笆钻进树林，半个钟头之后，回到了山洞里。我打开那张纸，凑到灯前读给比尔听。回信是用钢笔写的，字如蟹爬，不易辨认，大致内容如下：

致两位走投无路的先生：

敬启者：来信今日收悉。关于吾儿赎金一事，尔等要求偏高。鉴于此，敝人重拟下述条款，望尔等接受。若能将吾儿送至敝府，并补偿敝人美元两百又五十元整，敝人方可考虑从尔等手里接回吾儿。尔等夜间悄然来此为宜，邻人皆谓吾儿不慎走失。若见尔等携其归来，群情激愤，后果不堪设想，敝人实难应对。

——埃比尼泽·多塞特 上

"他这是明抢啊，"我骂道，"简直是无耻至极！"

比尔可怜兮兮地看着我，这让我迟疑起来，不忍心再骂下去。他那种苦苦哀求的神情，在所有会说话和不会说话的动物脸上，从未出现过。

"山姆，"他说，"区区两百五十美元，有什么大不了的？咱们能拿出这个钱。再跟这小子待一晚，我就得进疯人院了。他老爸提出的条件还不错，我觉得这位多塞特先生既有君子之风，又慷慨仗义。这种机会不容错过，对吧？"

"说实在的，比尔，"我说，"这个小家伙也把我给烦得够呛。咱俩把他送回去，交完赎金赶紧跑路。"

我俩当天夜里便要送他回家，骗他说他老爸给他买了支嵌银来复枪和一双鹿皮软鞋，还说第二天就带他去捕熊。我们好说歹说总算让他离开了这里。

夜里十二点整，我俩敲响了老多塞特家的大门。按照当初的方案，这会儿，我本应该从那棵树下的盒子里取走一千五百美元，结果呢，眼下比尔得拿出二百五十美元，交给那小子的老爸。

那小子发觉我俩企图把他丢在家里，立刻像汽笛风琴[①]似的放声大哭起来。他抱住比尔的腿不放，像只蚂蟥似的叮在上面。他老爸则像揭膏药似的，一点一点地把他拉开。

"就这样拉住他，你能坚持多久？"比尔问。

"力气肯定跟以前没法比了，"他老爸说，"不过，我应该可以坚持十分钟。"

"足够了，"比尔说，"有这十分钟，我就能穿过中部、南部和中西部各州，直奔加拿大边境。"

虽然天黑漆漆的，虽然比尔胖乎乎的，虽然我跑起来脚下生风，但等我追上比尔时，他早已把高峰镇甩在身后，足有一点五英里之遥。

[①] 汽笛风琴：一种用水蒸气驱动发音的气鸣乐器，通常用于马戏团招揽顾客，其声音可以传出数公里。

女巫的面包

玛莎·米查姆小姐在街道拐角处有家规模不大的面包店。这个面包店的门口有三级台阶,你一推开门,上面挂着的小铃铛就会叮当作响。

玛莎小姐已经四十岁了,有两千美元存款,镶了两颗假牙,极富同情心。结过婚的女人有很多,但她们同玛莎小姐一比,条件就差得远了。

有位顾客每周都要来店里两三回,玛莎小姐不由得对他产生了兴趣。这是一个戴眼镜的中年人,蓄着精心修剪的棕色胡子。

他说英语时带有明显的德语口音。他身上的衣服有好几处都磨破了,经过缝补,有的地方看上去皱巴巴的,但他的外表十分干净整洁,举手投足也很有风度。

他每次来店里,只买两个不新鲜的面包,别的什么都不买。新鲜的面包五美分一个,而不新鲜的,五美分可以买两个。

有回玛莎小姐发现,这人的手指上沾了点儿红褐色颜料,她便由此认定他是位画家,一位穷困潦倒的画家。毋庸置疑,他住在一间小阁楼里,在那儿作画,吃着不新鲜的面包;玛莎小姐店里那些好吃的,他应该是舍不得买,当然也有可能是他买不起。

玛莎小姐享用排骨、面包卷、果酱和红茶的时候,会不由自主地慨叹一番,要是那个文质彬彬的画家能来分享她的佳肴该有多好。可惜他只能窝在漏风的斗室里,一个人啃着不那么新鲜的面包。玛莎小姐极富同情心,这一点我在前面说过的。

一天,为了检验自己对他身份的猜测是否正确,她从房间里搬出来一幅大减价时买来的画,搁在了柜台后面的货架上。

这是一幅威尼斯风景画。有一座宏伟的大理石宫殿屹立在画面的前景。更准确地说,是屹立在靠前的水中。水面上荡着几叶轻舟,有位女子正在用手轻轻拨水,带起了一道道涟漪。画面上还有云彩、天空以及多处采用明暗对比技法的笔触。那个顾客如果是个画家,自然就会注意到这幅画。

两天后,他来了。

"请拿两个不那么新鲜的面包。"

"这幅画真漂亮,夫人。"玛莎小姐拿面包时,他又说了一句。

"真的?"玛莎小姐说,对自己那个效果不错的小花招暗暗窃喜,"我的确喜欢美术,喜欢——嗯——绘画,"她停顿了一下,意识到这会儿说喜欢"画家"有些突兀,便问道,"你觉得这幅画怎么样?"

"那个宫殿,"他说,"没怎么画好。透视画法没用好。再见,夫人。"

他拿了面包,欠身告辞,匆匆离开了。

没错,他真的是一位画家。玛莎小姐把那幅画搬回了自己房里。

他眼镜后面的双眸多温柔和善啊!他的前额多宽阔啊!一眼就能看出透视画法没用好,却只能靠硬邦邦的面包过日子!话说回来,吃得苦中苦,方为人上人,天才都是这么走过来的。

要是这位天才有两千美元积蓄、一家面包店和一个真心疼爱他的人,他将在艺术和透视画法上取得何等伟大的成就啊!可怜的玛莎小姐,你想得太多了。

自那次以后,他到店里来时,常常隔着柜台跟她聊聊天。他好像很爱听玛莎小姐说话,很享受这一过程。

他还是只买那种不新鲜的面包。对蛋糕、馅饼和其余各式美味点心从不问津。

玛莎小姐发现他日益消瘦，精气神不足。她很想在他购买的便宜货之外送些好吃的，却没有勇气去实施。她不敢贸然这样做。艺术家的尊严不容伤害，这一点她还是明白的。

站柜台时，玛莎小姐换了件带有蓝色圆点的缎子背心；在后房里，她把榅桲子和硼砂放在一起熬煮，不少人用这种神奇的汁水来美容养颜。

这天，那位顾客又出现在店里，掏出一个五美分的镍币放到柜台上，像往常一样，买了两个面包。就在玛莎小姐伸手拿面包时，街上突然响起了喇叭声和铃声，一辆消防车隆隆驶过。

这位顾客急忙跑到门口看个究竟，不管谁遇上这种事，都会好奇地瞧一瞧。玛莎小姐灵光一闪，这是一个机会。

在柜台里边的底层货架上，放着一磅新鲜黄油。这是刚刚到的货，还不到十分钟。玛莎小姐拿起面包刀，在每个陈面包上深深地划了一刀，慷慨地塞进大量黄油，再把面包紧紧捏拢。

顾客转身回到柜台时，玛莎小姐已把面包用纸包好了。

他又聊了几句，看上去心情很好。他离开后，玛莎小姐忍俊不禁，但心里仍不免有些忐忑。

自己是不是太冒昧了？他会不会生气呢？当然不会的。

毕竟,她什么也没说。在他的面包里加点儿黄油,不至于损害自己的淑女形象。

那天,玛莎小姐心里一直惦记着这件事。她浮想联翩,想象着等那位画家发现她的小把戏时,会是怎样的一番情景。

他放下手里的画笔和调色板。画架上放着他的最新作品,透视画法堪称完美。

该吃午饭了,还是硬面包配清水。当他切开面包时,天哪!

玛莎小姐的脸一下子红了。他在享用不同以往的面包时,会想起那只专为他放黄油的手吗?他会——

店门上的铃铛一阵乱响,有人吵吵嚷嚷地闯了进来。

玛莎小姐快步走到店堂,只见两个男人站在那里。一个小伙子,叼着烟斗,面生得很;另一个,正是她心心念念的那位画家。

他面红耳赤,帽子罩在脑后,头发像一团乱麻。他攥紧两只拳头,凶巴巴地朝玛莎小姐挥动着。这家伙竟然朝玛莎小姐挥起了拳头!

"蠢货!"他扯着嗓子骂道,然后又加了一句"该死的"之类的话,貌似德语。

那个小伙子使劲拉住他,想把他弄走。

"我才不走哩,"他气呼呼地说,"我得跟她好好算算账!"

他把玛莎小姐的柜台当成了大鼓,使劲地敲着。

"你把我坑得好苦啊!"他大喊道,镜片后面的蓝色眸子直冒火,"你给我听好了,谁叫你多事的?你这个讨厌的老巫婆!"

玛莎小姐虚弱无力地斜靠在货架上,一只手按着那件带有蓝色圆点的缎子背心。小伙子抓住了发飙者的衣领。

"走吧,"小伙子说,"别骂个没完了。"他把那个大动肝火的家伙拖出店门,又一个人回来了。

"夫人,我觉得有必要告诉你,他为什么那么生气。"他说,"他叫布卢姆伯格,是个建筑制图员。我俩在同一个事务所工作。他在给新市政大楼画图纸,三个月来忙得不可开交,准备参赛拿奖。昨天,那张图刚上完墨。我一说你就明白了,这种工作得先拿铅笔打草稿。上墨定稿之后,再用陈面包屑擦掉铅笔痕迹,这样做的效果会比用橡皮好得多。布卢姆伯格总来你的店里买陈面包。可今天——嗯——你懂的,夫人,那黄油——嗯,现在他的图纸成了废纸,只能剪开用来包三明治了。"

玛莎小姐回到房间,脱下带有蓝色圆点的缎子背心,换上平常穿的棕色哔叽旧衣。然后,她把榅桲子和硼砂一起熬煮过的神奇汁水倒入了窗外的垃圾桶。

公主与美洲狮

此类故事里肯定得有国王与王后。这里的国王是个让人胆战心惊的老头子,腰里别着数把各装有六发子弹的手枪,靴子后跟上装有踢马刺,一声大吼惊天动地,连草原上的响尾蛇都唯恐避之不及。在他拥有如此显赫的地位之前,人们称其"嘀嘀咕咕的本恩"。当其疆土达到五万英亩,牛群数不胜数的时候,人们就改口尊称他为"牛大王"奥唐奈了。

王后是个墨西哥姑娘,来自得克萨斯州南部格朗德河畔的拉雷多城。这位典型的科罗拉多主妇,温婉贤淑,持家有方,她甚至成功说服本恩,在家里说话切勿大喊大叫,以免震坏碗碟。本恩尚未成为"牛大王"时,她时常坐在埃斯皮诺萨牧场大屋的回廊上编织草垫。待到本恩富可敌国,用数辆马车从圣安东尼运来若干软垫座椅和一张大圆桌后,她不得不垂下乌发亮泽的头,默默地接受被打入冷宫的命运。

为摆脱"欺君"之嫌，本人有必要先向诸位交代国王和王后的情况。其实这篇故事里并没有他们的戏份儿，题目称为"公主、美梦和大煞风景的狮子"亦无不可。

　　约瑟芬·奥唐奈公主是国王夫妇唯一的孩子。她遗传了母后温婉的性情和亚热带地区特有的微黑皮肤之美，还承袭了父王本恩·奥唐奈胆大心细的优点和令人惊叹的管理才能。能见识到这样一个才貌双全的奇女子，即便跑上千里万里都值得。约瑟芬策马飞奔时，可以瞄准一盒悬在绳子上摇摆不定的西红柿罐头，六枪下来五枪打中不在话下。她有只小白猫，常跟它一起玩耍。她给它穿上各种滑稽的衣服，一玩就是好几个小时。她从来不用铅笔算账，脑袋一转，立刻就能算出1545头两岁的小牛，每头8.5美元，一共可以卖多少钱。埃斯皮诺萨牧场大概有四十英里长、三十英里宽，大多土地是付了租金的。约瑟芬常常策马巡视牧场，足迹遍布自家管理的每一寸土地。这里的每一个牛仔都对她忠心耿耿，其中包括瑞普利·吉文斯。他是埃斯皮诺萨牧场一支牛仔队的队长，有天瞧见这位公主，便立刻下定决心要跟王室联姻。难道是癞蛤蟆想吃天鹅肉？其实不然。那会儿，得克萨斯州墨西哥湾努埃塞斯河畔的男人，个个都是条汉子。再者，这位"牛大王"也不是什么王室正宗。这一称号无非表明了此君在偷牛方面是把好手。

这天,瑞普利·吉文斯骑马赶往双榆牧场,有群小牛走失了,他得去那儿找找。返程时,他动身稍晚,行至努埃塞斯河的白马渡口时,已是黄昏。此地距其营地十六英里,距埃斯皮诺萨牧场十二英里。鉴于人困马乏,吉文斯决定在渡口停留一晚。

河床上方有个清澈的水潭,两岸林木郁郁葱葱。距水潭五十码处,有片草地,触目皆是藤蔓卷曲的豆科植物,既可为他的马儿提供晚餐,也可以为他提供睡觉的地方。吉文斯把马匹拴好,然后又把马鞍垫子摊开,想要去去湿气。之后,他坐下来,靠在一棵树上,卷起一支纸烟。突然,河边密林里传来一声令人心惊胆战的怒吼。拴在树边的马一下子跳了起来,惶恐不安地打着响鼻。吉文斯吸了口烟,镇定自若地拿起草地上的枪套皮带,拔出枪,并转了转弹膛。一条硕大的长嘴硬鳞鱼扑通一声跃出水潭。一只棕色小兔蹦蹦跳跳地绕过一丛猫爪草,坐下时胡子一动一动的,样子十分滑稽地看着吉文斯。他的马儿则低下头,继续吃草。

夕阳落山之际,当你听见一头墨西哥雄狮在干涸的溪谷旁飙高音时,千万要提高警惕。其歌词大意或许是这样的:嫩牛肥羊实难觅,食肉动物选定你。

吉文斯发现，草地上有个空的水果罐头盒子，这大概是哪位过路人的"馈赠"，便心满意足地咕哝了一声。他绑在马鞍后面的外套口袋里，有些碎咖啡豆。原味咖啡加纸烟！牛仔有了这两样宝贝，夫复何求？

两分钟不到，吉文斯生起一小堆篝火，火苗欢快地跳动着。他拿起罐头盒子，朝水潭走去。走到离水潭不足十五码的地方，透过灌木枝叶的空隙，他发现左边不远处有匹正在啃草的小马，缰绳耷拉着，马背上有副女用横座马鞍。而趴在水潭边上喝水的，正是约瑟芬·奥唐奈公主。她喝完了水，开始擦掌心里的泥沙。他还发现就在公主右侧不到十码距离的草丛里，埋伏着一头墨西哥狮子。这头猛兽的眼睛呈琥珀色，里面闪烁着饥饿的光芒；尾巴像即将发起进攻的猎狗似的笔直地挺立着，从其双眼到尾巴梢，足有六英尺的距离。它的后腿不停地挪来挪去，此乃猫科动物跳跃前的准备动作。

吉文斯当时的表现可圈可点。尽管他那装有六发子弹的手枪远在三十五码之外的草地上，但他还是大吼一声，一个箭步跳到狮子和公主中间。

吉文斯后来回忆，这场"英雄救美"的戏码简短而混乱。当他冲至前线，却见空中倏地划过一团黑影，随即模模糊糊地听到了两声枪响。说时迟，那时快，上百磅重的墨西哥狮子"扑通"一声砸在他的脑袋上，把他一下子压倒在地。他回忆说，自己当时大叫了一声："别压着我，你耍赖！"随后，他像一条毛毛虫似的，扭动着身子从狮子底下爬了出来。此时的他嘴里塞满了烂草污泥，后脑勺还鼓起一个大包——刚才倒地时，他让水榆树根磕了一下。看到那头狮子纹丝不动地趴在那里，吉文斯很生气，觉得对方不讲武德。他在狮子面前挥舞着拳头，冲它吼道："有种跟我大战二十回合。"随即，他明白了这到底是怎么回事。

约瑟芬站在原地，泰然自若地给手里的嵌银三八口径手枪填充子弹。对她来说，刚才的射击没什么难度。比起悬在绳子上的西红柿罐头盒子，狮子脑袋这个目标可要大多了。她的嘴角和眼睛略带笑意，挑逗、嘲弄的意味尽在其中，这让这位救美未遂的英雄又气又恼，觉得自己丢人丢到家了。本以为英雄救美、俘获芳心的大好时机就在眼前，谁料促成这次机会的不是爱神丘比特，而是嘲弄之神莫墨斯。毋庸置疑，森林里目睹这一切的精灵们，会捂着嘴巴笑得肚子疼。这简直是一出滑稽戏，由小丑吉文斯先生与那头墨西哥狮子联袂主演。

"是吉文斯先生吗？"约瑟芬柔声问道，声音像蜜糖一样甜，"你刚才那声大吼，差点儿让我打偏哩。你摔得重不重，伤着头没有？"

"啊，没事的，"吉文斯故作镇定地说，"没怎么伤着。"他有点儿难为情地弯下腰，从狮子肚皮底下把自己那顶斯特森牛仔帽拽了出来。那是他最引以为豪的帽子，眼下被压得皱巴巴的，戴上去别有一番喜剧效果。随后，他双膝跪地，小心翼翼地抚摸着狮子的脑袋。它张着血盆大口，简直吓死个人。

"苦命的老比尔！"他悲痛地哭喊道。

"你怎么了？"约瑟芬敏锐地注意到了他情绪上的变化。

"你肯定不知道这是怎么回事，约瑟芬小姐，"吉文斯说，并装出了一副在努力控制住内心伤痛的样子，"真的不怪你。我本想救它一命，刚才没来得及告诉你。"

"救谁一命？"

"我的老比尔啊！我这一整天都在找它。你知道吗，它是我们营地养了两年的宠物。这个苦命的老家伙，从不杀生，连只白尾灰兔都不曾伤害。营地里的伙计们要是知道它死了，一定会很难过。当然，没人会怪你，你也不知道老比尔刚才是在逗你玩儿哩。"

约瑟芬目不转睛地望着他，瑞普利·吉文斯知道自己随口编出的谎话起作用了。他若有所思地站在那儿，将自己的黄褐色头发揉得乱糟糟的；眼神里满是悔恨，还夹杂着一丝幽怨。约瑟芬望着他那张清秀的、悲痛欲绝的脸，将信将疑。

"你们营地的宠物是怎么跑到这儿来的?"她问道,"白马渡口周边也没有什么营地啊!"

"这个老东西是昨天逃出营地的。"吉文斯面不改色地说,"不可思议的是,丛林狼竟然没把它吓死。我们营地里有个叫吉姆·韦伯斯特的人,你知道的,他负责管马,上周弄来了一只小猎狗。那个小家伙可把老比尔害苦了,它一连好几个钟头追着比尔跑,并咬住它的后腿不放。每天晚上睡觉的时候,比尔为了躲开那只小猎狗,不得不藏在一个伙计的毯子下面。我估计它是迫不得已才逃跑的,以前它一离开营地就怕得要命。"

约瑟芬瞧了眼那头一命呜呼的狮子。吉文斯轻柔地拍着它那可怕的爪子,这爪子一下子就能拍死一头小牛。公主橄榄形的脸蛋上微微泛红,她是不是感到有些不好意思,就像一个出色的猎人错打了无辜的猎物那样?她的目光渐趋柔和,此前明晃晃的嘲弄神色一扫而光。

"实在对不起,"她低声说,"可它块头那么大,一蹦起来那么高,我就——"

"苦命的老家伙饿坏了。"吉文斯赶紧替一命呜呼的狮子叫屈,"在营地那会儿,我们总是先让它蹦一蹦,然后才会给它喂食。为了吃上一块肉,它还会躺在地上表演打滚儿哩。它刚才瞧见你,是指望能从你这里要点儿东西吃呢!"

约瑟芬不由自主地瞪大了眼睛。

"可我刚才险些伤到你!"她大声说,"你跑到我和狮子的中间,为了救自己的宠物,你竟然连性命都不要了!你真是个好人,吉文斯先生。我喜欢善待动物的人。"

没错,此刻她的眼神里,甚至还流露出些许爱慕之意。不管怎样,在一段不靠谱的救美故事中,总算出现了一位英雄。仅凭吉文斯当时的那副表情,就足以让他在"动物保护协会"里身居要职。

"每种动物都是我的心头好,"他说,"比如,马、狗、墨西哥狮子、牛、鳄鱼——"

"我不喜欢鳄鱼,"约瑟芬立即提出异议,"脏兮兮的,看上去好恶心!"

"我提到鳄鱼了吗?"吉文斯说,"我说的肯定是羚羊。"

善良的约瑟芬试图弥补自己刚才的失误。她懊悔地向吉文斯伸出手,双眼噙泪。

"吉文斯先生,请原谅我,好不好?我不过是个小女孩,一开始我被吓得够呛。老比尔死在我手里,我心里很不好受。你想象不出我此时有多么后悔。早知道是这么回事,我肯定不会伤它一根毫毛的。"

吉文斯握了一会儿约瑟芬的手,借以平复比尔之死给他带来的悲伤。最后，很明显，他原谅了这位闯祸的公主。

"这件事就让它过去吧，约瑟芬小姐。比尔凶巴巴的样子，哪个姑娘不害怕？我会跟营地里的伙计们好好解释的。"

"你真的原谅我了？"约瑟芬情不自禁地靠近他一些。她含情脉脉地看着他，甜蜜的眼神中带有一丝优雅的忏悔，"要是我的小猫咪让人害死了，我肯定恨他入骨。你冒着生命危险去救你的宠物，实在是太勇敢、太善良了！像你这样的人，现在实在是少之又少！"终于反败为胜！滑稽戏渐入佳境！你真不赖，瑞普利·吉文斯！

暮色正浓，吉文斯实在不放心让约瑟芬公主自己骑马回家，所以，虽说他的马很不情愿，但它还是被重新披挂整齐，陪公主一起踏上归途。公主和善待动物的吉文斯策马扬鞭，并肩在柔软的草地上尽情驰骋。四周弥漫着泥土的气味和野花的芳香，远处小山上传来丛林狼的阵阵嚎叫！不用担心，你看——

公主策马向吉文斯靠近了一些，伸出一只小手好像要抓住什么。吉文斯一把抓住了那只小手。两个人的马并肩前行，两只手紧紧地握在一起，一只手的主人说："过去我什么都不怕，不过你想想，要是遇到一头真正的野狮子，该有多可怕！苦命的老比尔！幸好有你陪着我！"

此时，"牛大王"奥唐奈正坐在牧场大屋的回廊上。

"嘿，瑞普利！你怎么来了？"他的嗓门儿真不小。

"他送我回来的。"约瑟芬说，"我迷路了，所以回来晚了。"

"辛苦你了。""牛大王"大声说道，"今晚别走了，瑞普利，等天亮了再走。"

但吉文斯坚持当晚回营地，因为明天清晨有群肉牛要转场。他道声晚安，骑着马离开了。

一个钟头过后，所有的灯都熄灭了。约瑟芬穿好睡衣，踱到卧室门口，隔着用砖铺成的过道，向对面房间里的"牛大王"汇报说："嘿，老爸，你还记得'残耳魔王'吗？那头墨西哥老狮子真是个祸害，马丁先生手下的牧羊人冈萨勒斯，还有萨拉达牧场的五十来头小牛，都是被它弄死的。不过，就在今天下午，在白马渡口那儿，我把它干掉了。那家伙正要扑过来，我就抄起那把三八口径手枪，对着它的脑袋'砰砰'来了两枪。它的左耳曾被老冈萨勒斯砍掉一块，我一眼就认出这个害人精了。你要是碰上它，不一定有我打得准，老爸。"

"还是你牛！""嘀嘀咕咕的本恩"在黑漆漆的寝宫里回了一句，声若洪钟。

并非特写

我首先声明，本文并非新闻报道，以免读者觉得文不对题，一气之下将书本丢到角落里。本文不涉及足不出户却无所不知的本地新闻编辑，不涉及崭露头角的记者，不涉及独家新闻，不涉及……总之，与诸位的此类预想一概无涉。

不过，要是诸位容许我将第一幕的背景放在《灯塔晨报》的记者部，那我一定投桃报李、知恩图报。

那会儿，我在《灯塔晨报》做实习记者，按发稿数量领取薪水，做梦都想成为一名收入稳定的正式员工。在一张堆满同行报章、国会大事记和旧档案的长桌上，有人抄起耙子或铲子帮我弄出一小片桌面，我的试用期就此开始。我马不停蹄地在大街小巷逛来逛去，将我听到的街谈巷议、嬉笑怒骂一一变成写作素材，我的收入时好时坏。

这天，特里普来了，斜靠在我的桌上。特里普效力于印刷车间，大概整天跟图片什么的打交道，因为这人身上带有制版药水的味道，两只手上总有被酸性溶液灼伤的痕迹。他大概二十五岁，可看上去足有四十岁。他的半张脸是短而虬曲的红胡子的天下，看上去像一张没有"欢迎"两个字，放在家门口踏脚的棕垫。他脸色惨白，病恹恹的，整天赔着笑脸，可怜兮兮地跟人家借钱，数额从二十五美分到一美元不等。每次借款的上限为一美元。他对自身的信用额度了如指掌，就像国家化工银行对抵押品的水分一清二楚一样。他坐在我的桌子上时，两只手紧紧地抓在一起，以免发抖，显然他刚喝过威士忌。他故作轻松，虽然表演痕迹过重，虽然谁都知道他的用意，但这个伎俩依然管用，因为他看起来实在是太可怜了。

就在这天，我费了不少口舌才从出纳员那儿领到五枚铮亮的银币，这是我一篇特写的稿酬。周末版编辑尽管不大情愿，但最终还是同意发稿，否则这五美元就泡汤了。有了这笔钱，我虽不至于与世无争，却也可以暂告休战。我开足马力，准备好好写写布鲁克林桥的月夜。

"喂，特里普，"我有点儿不耐烦地看着他说，"又出什么事了？"他看起来比以前更可怜，更憔悴，更战战兢兢，让你不由自主地对他的遭遇深感同情。又来这一套！真想踢他一脚。

"你手头有一美元吗？"特里普用他最擅长的讨好语气

问道。他像一只摇尾乞怜的狗似的看着我,眼睛在长得过高的、乱糟糟的胡子和长得过长的、乱糟糟的头发之间的狭小空间里眨个不停。

"我有,"我答道,"我有。"紧接着,我又重复道,并且声音更大,更不客气,"我另外还有四美元哩。实不相瞒,我好说歹说才从老阿特金森老头儿手里抠出这几个钱。这钱我有急用,不多不少,五美元正好。"

我不得不重申这一点,要不然搞不好我会当场损失一美元。

"我不是来跟你借钱的,"听特里普这么一说,我才如释重负,"我有个不错的新闻特写线索,包你满意。"他继续说道,"这个事件足够抓人眼球,可以写成一个通栏。由你执笔,效果肯定特别棒。不过,你可能得为这个线索破费一两美元。我本人不想从你这儿捞取任何好处。"

这我就放心了。特里普的提议表明,他没有忘记以前我对他的诸多帮助。他懂得感恩就好,我从未指望他会给我什么回报。他那会儿要是放聪明点儿,只跟我索要二十五美分,我早就痛痛快快地给他了。

"是个什么样的线索?"我像个气定神闲的老编辑似的,拿起一支铅笔问他。

"且听我说,"特里普说,"这个线索与一个姑娘有关。

她天生丽质，貌美如花，像带着露珠的玫瑰花苞，像开在布满青苔的花坛上的紫罗兰，反正你怎么形容都不为过。她是长岛①人，在那儿生活了二十年，以前从未来过纽约城。我是在三十四街碰见她的，那会儿她刚从东河②轮渡下来。信不信由你，那姑娘绝对是个美人儿。她在街上拦住我，跟我打听在哪儿可以找到乔治·布朗。她想在偌大的纽约城里找一个名叫乔治·布朗的人，这件事你怎么看？

"我和她聊了几句，得知她将在下周跟一个名叫海拉姆·多德的年轻农场主结婚。不过，她心里一直对乔治·布朗念念不忘。乔治几年前穿着擦得锃亮的牛皮靴到纽约闯荡，从此杳无音信，一直未回老家格林堡，于是海拉姆就成了替补。眼看就要嫁人了，这姑娘——对了，她叫艾达·洛厄里——把鞍具放到一匹小马的背上，一口气骑了八英里，赶到当地火车站，坐早晨六点三刻的火车来到纽约城，一心想找到乔治。女人就是这样——你懂的——乔治没有回老家，她就非要找到他不可。

"嗯，你懂的，哈德孙河③的河畔到处都是色鬼，让她一个人在偌大的纽约城里四处乱跑，我实在于心不忍。我

---

① 长岛：美国纽约市东南部的一个岛屿。
② 东河：美国纽约市的一条重要河流。
③ 哈德孙河：又称哈德逊河、哈德森河、赫德森河，自北向南流经纽约州东部，下游为纽约州和新泽西州的边界。

觉得她太天真了，以为来城里随便问问哪个路人，人家就会说：'乔治·布朗？啊，对了，让我想想，他个子不高，眼睛浅蓝色，对不对？那就是了。你可以在一百二十五街那家杂货铺的隔壁找到他。他在马具店上班，在那儿开票收款。'她就是那么单纯而美丽。像格林堡那样的长岛水边小村，你懂的，除了一两个养鸭场，没有什么可供散心的去处；除了蛤蜊和夏季来玩儿的八九个游客，没有别的收入。眼下，她从那种地方来纽约了。可是——对了，你得去见见她！

"接下来我该怎么办呢？我自己的钱一到手就没影了，我连钱的模样都想不起来了。她那点儿私房钱用来买火车票了，剩下的二十五美分花在了口香糖上。她打开纸袋，津津有味地嚼着口香糖。我把她领到三十二街的一家寄住宿舍——我以前就住在那儿——把她抵押在那儿。得用一美元，才能把她赎出来。这是付给麦金尼斯太太的一天的房费。我这就带你去那儿。"

"你扯到哪儿去了，特里普？"我说，"说好的特写线索呢？东河的每条渡轮上，来往长岛的姑娘可不在少数。"

特里普过早沧桑的脸上，皱纹深如沟壑。他眉头紧锁，心事重重，头发愈加显得凌乱不堪。他两手一摊，伸出颤抖的食指，以表示对他的回答加以强调。

"你真的不明白吗?"他说,"这件事稍微加工一下,就能弄出一篇非常精彩的特写!你本来就擅长这个。除了描写这个爱情故事,你还可以针对爱情的真谛发表一下感想,然后再插进几行逸闻趣事,借此讽刺一下孤陋寡闻的长岛人。嗯,你会写得非常好的,拿这篇特写换十五美元应该没有问题吧!而你的花费不过是四美元,净赚十一美元。"

"咦,我为什么得花四美元啊?"我疑惑地问。

"一美元是麦金尼斯太太一天的房费,"特里普脱口而出,"两美元用作这姑娘回家的路费。"

"那剩下的一美元呢?"我脑筋转得飞快。

"那一美元给我喝杯威士忌,"特里普说,"你看行吗?"

我不置可否地笑笑,张开两只胳臂,摆出了一副准备赶稿的架势。可这个可怜兮兮、貌似忠厚的倒霉蛋岂肯轻易作罢。他的脑门儿呼呼冒汗,汗水亮晶晶的。

"你真的不明白吗?"他的声音里有一种绝望的平静,"今天,无论如何也得送这个姑娘回家。她今天白天得赶回去,今晚或明天都不成。我想帮她,可我实在没有办法啊!你是了解我的,我身无长物,倒霉透顶。我觉得,只要你把这件事写上几笔,就能捞到一笔外快,何乐而不为呢?可无论如何,你得明白,天黑之前,她必须得赶回家里。"

一种沉重的、令人气馁的感觉——所谓的责任感——向我袭来。我不明白的是，这种感觉为何总以累赘和负担的形式出现呢？现在想来，那天我注定得慷慨解囊，从自己那点儿可怜的积蓄中拿出一大部分，去接济那个艾达·洛厄里。不过，我那会儿暗暗发誓，特里普甭想从我手里弄到喝威士忌的钱。他可以拿我的钱冒充骑士去行侠仗义，但我决不允许他在事后拿我的钱一边举杯痛饮，一边在心里嘲笑我是多么软弱可欺。我面露愠色，披上外套，戴上了帽子。

特里普赔着笑脸，对我百般讨好。他殷勤地领我坐上电车，赶往麦金尼斯太太的寄住宿舍兼当铺去赎人。车费是我付的，这位一身硝化棉气味的堂吉诃德早已身无分文了。

在一座发霉的红砖建筑前面，特里普拉响了门铃。听见沉闷的铃声，他的脸一下子变得刷白，像一只听见猎犬声音的兔子似的蹲下来，随时准备逃跑。我能想象他以前过的是什么日子，一看见房东太太来了就吓得魂飞魄散。

"给我一美元，快点儿！"他说。

门只开了一个小缝。麦金尼斯太太站在六英寸宽的缝隙处，翻着白眼打量着我们——没错，是翻着白眼。她是个黄脸婆，用一只手抓着身上脏兮兮的粉红色法兰绒睡衣的领子，使它不至于脱落。特里普默默地把一个银币塞进门缝,她这才让我们进了门。

"她在休息室呢!"房东太太说完,便把身体转过去,背对着我们。

在昏暗的休息室里,有个漂亮的姑娘坐在屋子中央那张带有裂纹的大理石桌前,一边伤心地哭泣,一边嚼着口香糖。这是一个美人儿,梨花带雨的样子使她的双眸愈加光彩照人。她津津有味地嚼口香糖时,这一动作似乎被赋予了无限美好的寓意,你会情不自禁地羡慕那块毫无知觉的口香糖。夏娃刚出世那会儿是什么模样?看看眼前这位正值妙龄的艾达·洛厄里小姐就知道了。特里普将我介绍给她,她停下了咀嚼的动作,对我表现出了一种天真无邪的兴趣,就像一只(评选得奖的)小狗会对爬行的甲虫或青蛙表现出某种兴趣一样。

特里普站在桌子旁,一只手叉开五指撑在桌上,那架势就像个辩护律师或司仪。这么说太抬举他了,那副尊容可什么都不像。他的外套早已褪色,领口往下扣得严严实实,估计是因为他的衬衫和领带实在是见不得人。他的眼睛介于乱糟糟的头发和胡子之间,从不敢正眼看人,那神情让我联想到一条苏格兰小猎犬。有那么一会儿,我感到很难为情——在一个流落到此的漂亮小姐面前,特里普竟然介绍说我是他的朋友。看来特里普早已打定主意担任司仪一职，不管自己是不是这块料。他的一举一动都在提醒着我，这家伙贼心不死，企图赶鸭子上架，只要我肯按他说的做，他的酒钱就到手了。

"洛厄里小姐，你知道，这位查尔默斯先生是我的朋友，"特里普说到"朋友"时，我不由得抖了一下，"他对此事的看法与我不谋而合。不过，作为一名记者，他说话的方式更为得体，于是我就把他带到这儿来了。"咦，这个特里普，莫非你想找个巧舌如簧的演讲家充充门面？"他对此类事情很在行，听他的准没错。"

我坐在一把快要散架的椅子上，用自己的一条腿支撑着。

"这个嘛，洛厄里小姐，"我开口说话，心里对特里普糟糕的开场白气愤不已，"我很愿意为你做点儿什么，可是……嗯……目前我尚不清楚相关情况，我实在——"

"嗯，"洛厄里小姐破涕为笑，说道，"其实没什么大不了的，真的。除了五岁那年我来过一次纽约，这么多年我从没来过这儿。这回我万万没想到，纽约城竟然这么大。在街上我碰见斯——斯尼普先生，问他知不知道我一个朋友的下落，然后他就带我来这里了，并叫我等他消息。"

"听我说，洛厄里小姐，"特里普说，"你得把事情原原本本地告诉查尔默斯先生，他是我的朋友，"唉——随他说吧——"他会给你出主意的。"

"那太好了。"艾达·洛厄里小姐说完,便又嚼起了口香糖,"其实真的不是什么大事。对了,我下周四晚上就要嫁给海拉姆·多德了,婚礼早就安排好了。那个海拉姆·多德有两百英亩地,还有一个在岛上数一数二的蔬菜农场。就在今天早上,我把鞍子放到小马的背上——对了,它叫'舞者'——一口气骑到火车站。我告诉家里人,我去找苏西·亚当斯了,玩一天就回来。我当然是在扯谎,但我不在乎。我买张火车票来到纽约,在街上碰到特——特里普先生,就跟他打听乔——乔——"

"洛厄里小姐,"看她支支吾吾起来,特里普粗鲁地打断了她,十分鄙夷地嘲讽道,"你喜欢那个叫海拉姆·多德的年轻人吗?他是个好人,对你相当不错,对不对?"

"我喜欢他,"洛厄里小姐说,"他的确是个好人,对我非常好,大家都对我很好。"

此言不虚。我觉得像艾达·洛厄里这样的佳人,一辈子都会有人对她呵护备至的。每位男士都会抢着给她撑伞,为她存取行李箱,拾起她掉落的手帕,在喷泉边上给她买汽水。

"不过,"洛厄里小姐继续说道,"就在昨天夜里,我想起了乔——乔治。于是,我就——"

这位金发女郎把头伏在桌上紧握着的两只胖乎乎的小手上，嘤嘤哭泣起来，梨花带雨，我见犹怜。可我毕竟不是乔治，还好，我也不是海拉姆。话虽如此，但我的心里还是感到很不好受。

哭声渐渐减弱，她直起身子，露出了一丝倔强的笑容。她具备贤妻的潜质，哭泣过后，两眼愈加明亮，目光愈加柔和。她又拿起一块口香糖，然后继续讲述她的经历。

"我觉得自己真傻，"她哽咽着说，"可我实在没有办法。小时候，乔——乔治·布朗八岁，我五岁，从那会儿起，我俩就好上了。他十九岁时，也就是四年前，他离开格林堡跑到纽约城去讨生活。临走时他说，等他当上警察或铁路总经理什么的，就回老家娶我。可是，他这一走就没了音信，而我……我一直喜欢着他。"

眼看她又要痛哭，特里普及时来救场，让她把眼泪憋了回去。这个卑鄙的家伙，一直在我面前耍花招，无非是想引我上钩，让我把这个场景当成特写材料，这样他的酒钱就有了着落。

"查尔默斯先生，你说说看，"特里普插话道，"这位小姐接下来该怎么办。我事先跟她交代过，你有话直说，不碍事的。"

我清清嗓子，尽量克制愤怒的情绪。我意识到自己肩上的责任。狡猾的特里普骗我上了当,现在,我无法对这个棘手的情况置之不理。这家伙一开始的那个提议还算靠谱——今天无论如何,也得把这个姑娘送回格林堡,并且越早越好。我必须跟她摆事实,讲道理,让她别再胡思乱想,然后说服她趁早回去,火车票钱由我承担。我恨那个富甲一方的海拉姆,鄙视那个不知在哪儿的乔治,但该尽的责任不容推卸。这种崇高的责任感与我手头的五个银币虽不无矛盾,但责任不论大小,奉献不论多少嘛。眼下,我得首先充当预言家,然后奉上车费。于是,我拿出大智大慧的所罗门王和长岛铁路客票总代理的架势,煞有介事地演讲起来。

"洛厄里小姐,"我动之以情,晓之以理,"毕竟,人生是个匪夷所思的命题。"话一出口,就有似曾相识的感觉,但愿这个姑娘对科汉先生创作的歌词一无所知,"两小无猜的恋人,最终结婚的少之又少。我们早年的浪漫经历,被赋予了青春年华的瑰丽色彩,与现实生活其实相去甚远。"最后这句话有点儿陈词滥调的味道,"此前的那些美好回忆,不管多么浪漫,不管多么刻骨铭心,"我继续说道,"终究不过是一场游戏、一场梦而已。而在生活中,还有许许多多现实的东西。一个人总不能靠回忆过一辈子。敢问洛厄里小姐,假如除了浪漫的回忆之外,多德先生在别的方面还不错的话，你是否愿意跟他共度一生——幸福美满地共度一生？"

"嗯，他这个人还是相当不错的，"洛厄里小姐答道，"我愿意跟他好好过日子。他准备给我买辆汽车，外加一艘摩托艇。尽管如此，一想到自己马上就要跟他结婚了，我还是希望——还是会惦记乔治。他肯定是被什么事缠住了，不然的话，他总会给我写封信的。我们分别时，用铁锤和凿子将一枚十美分的银角子凿成了两半，我们各拿了一半。我们曾一起发誓，要永远记着对方，永远保存好那半块银角子，直到我们重逢。我的银角子一直藏在家里，就在梳妆台最上面抽屉的戒指盒里。现在想来，我来纽约找他，实在是犯傻，纽约城太大了。"

洛厄里小姐话音未落，特里普就发出了一阵刺耳的笑声。这家伙为了那可怜的一美元酒钱，继续胡说：

"依我看，不少乡下来的穷小子进城闯荡，总是刚有点儿起色就忘记自己姓什么了。我想那个乔治现在要么在四处流浪，要么被别的女人把魂儿勾走了，要么整天喝威士忌或赌马，把自己弄得人不像人鬼不像鬼的。查尔默斯先生说得多好啊，你乖乖听话回家，好日子还在后头哩。"

此时，时针已经指向中午十二点，必须马上付诸行动了。我抛给特里普一个白眼，继续用带有哲学意味的话语和风细雨地劝导洛厄里小姐,想让她认识到马上回家的重要性。我还特意叮嘱她,不必把此次进城寻找倒霉蛋乔治的经历告诉海拉姆,要切记多说无益。

她说来时把马(其遭遇不由得让人联想到堂吉诃德骑的那匹瘦马)拴在火车站旁边的树上了,特里普同我一起叮嘱她,火车一到站,就赶紧骑上那匹小马回家;要跟家里人好好说说,一天里跟苏西·亚当斯经历了哪些好玩的事情。当然,她得事先跟苏西打个招呼——对此我不必多虑——那就万事大吉了。

在美丽的洛厄里小姐面前,我怦然心动,对眼下的冒险乐在其中。我们仨匆匆赶往轮渡码头,一问去格林堡的票价,只需一美元八十美分。我给洛厄里小姐买好票,又拿余下的二十美分买了一朵红红的玫瑰①送给她。特里普同我站在码头上,看着她登上渡轮,朝我们挥舞着手帕,直至变成一个小小的、模糊不清的白点。接下来,我俩大眼瞪小眼,仿佛从天外回到了凄苦人间。

美好、浪漫的氛围渐渐淡去,我瞧着特里普,几乎冷笑出声。这会儿,他那副尊容比此前更萎靡不振,更令人不齿。我把玩着口袋里余下的两个银币,眯着眼睛鄙夷地看着他。他强打精神,对我说:"凭这件事你能弄出一篇特

---

① 一朵红红的玫瑰:出自苏格兰诗人罗伯特·彭斯创作的抒情诗歌。

写吗?"他的声音有些嘶哑,继续说道:"就算是瞎编,也能编出一篇吧?""一行都不成。"我说,"要是我胡乱拼凑一篇交差,能把格兰姆斯的鼻子气歪了。好在我们及时帮助了那个姑娘,也算值了。"

"都怪我,"特里普小声嘀咕着,几乎听不清,"害你把钱花光了。这会儿,我倒像是发现了一个重大新闻,你懂的,我的意思是这儿有现成的猛料,写出来一定精彩极了。"

"这件事就到此为止吧!"我大度地挤出一丝笑容,"咱们这就坐电车回去。"

我下定决心,不管他说得如何天花乱坠,也休想从我手里弄到喝威士忌的一美元。我再也不做冤大头了。

特里普有气无力地解开那件早已看不出原来颜色、线缝已被磨得溜光的外套,把手艰难地伸进里层一个窟窿似的口袋里摸索着,试图掏出一条不成样子的手帕。他掏口袋时,我瞥见他坎肩上有什么东西在闪闪发光,原来是一根不值钱的镀银表链,表链上挂着一个貌似吊坠的玩意儿。我好奇地伸手抓住了它,竟然是半块带有凿子痕迹的面值十美分的银币。

"竟有这种事!"说完,我死死地盯着他。

"嗯,就是这样。"他没精打采地说,"乔治·布朗也好,特里普也罢,有用吗?"

我想立刻掏出那个一美元银币，毅然决然地放到特里普的手里，好让他去喝威士忌。对于我的做法，除了基督教妇女禁酒联合会①，还有谁会反对吗？

---

① 基督教妇女禁酒联合会：是美国全国性妇女组织，它起源于纽约州和俄亥俄州的妇女禁酒运动。

最后一片叶子

华盛顿广场的西面,有片小小的街区,狭长的街道纵横交错,形成若干"胡同"。这些"胡同"互相穿插,扭拐出了匪夷所思的角度和弧线,有时一条"胡同"会跟自己"不期而遇"一两回。有位画家偶然发现,这里的街区自有其奇妙之处。比方说,一个商人拿着账单,来这儿收取颜料、纸张和画布钱。他转来转去,不时会转回老地方,结果当然是他分文未得,空手而归!这可太有意思了。

于是,没过多久,这个古韵十足的格林威治村①便迎来了许多搞艺术的人。他们四处打听,专找窗户朝北的房间、18世纪的山墙屋和荷兰式的小阁楼,房租很便宜。接下来,他们又从第六大道运来若干锡蜡杯和一两只烘锅,把这里弄成了一个艺术"根据地"。

在一座矮矮的三层砖房的顶层,苏和琼西组建了自己的画室。"琼西"乃乔安娜之昵称。她俩一个来自缅因州,

---

① 格林威治村:亦称西村,位于美国纽约市西区。那里住着很多艺术家。

一个来自加利福尼亚州。两个人是在第八街的"德尔莫尼克之家"就餐时相识的。她们发现彼此在艺术、饮食和服饰方面口味相投，便一起租房组建了画室。

这些事发生在五月间。转眼就到了十一月，这时，一个冷酷无情、不请自到的家伙——医生称之为肺炎——潜入了艺术家们的"根据地"。它伸出冷冰冰的手指，碰碰这个，戳戳那个。而在广场的东面，这个瘟神开始明目张胆起来，简直可以说是为所欲为，它的每次行动受害者都数以十计。不过，在那些长满青苔、迷宫一般的"胡同"里，"肺炎先生"的脚步却慢了下来。

"肺炎先生"绝非什么良善之辈。一个让加利福尼亚的西风吹得脸色惨白的弱女子，焉能经得起这家伙歇斯底里的老拳？不幸中招的琼西，此刻正一动不动地躺在漆过的铁床上，两眼呆呆地望着荷兰式小窗对面的砖墙。

这天一早，一直忙个不停的医生皱着灰色浓眉，把苏叫到了走廊里。

"情况不妙啊，她还有……我想，十分之一的机会，"他边说边把体温计里的水银甩下去，"这个机会取决于她自己的求生欲望。一个人不想活了，一心想去殡仪馆排队，纵有灵丹妙药那也无济于事。你的那位小姐觉得自己死定了。她心里可有什么特别挂念的事情？"

"这个嘛——她一直想去那不勒斯海湾写生。"苏答道。

"写生？开什么玩笑！我的意思是，她心里有没有特别留恋的人，比如，男朋友？"

"男朋友？"苏像吹口琴似的哼了一声，"男人哪里值得她——你扯远了，医生，压根没这回事。"

"唉，那就不太好办了，"医生说，"但我一定尽力而为，基于现有医学条件好好给她治疗。不过，一旦病人开始盘算会有多少车马给自己送葬，药物的疗效就会大打折扣，起码降低百分之五十。如果你能让她对今冬大衣袖子的新款式提些意见，我敢说，她活下去的机会就会有五分之一，而不是十分之一。"

医生离开后，苏走进画室，哭了起来，泪水把一张日本餐巾纸弄得湿漉漉的，眼看就要变成纸浆。哭罢，她拿起画板，吹着爵士乐口哨，若无其事地大步走进琼西的房间。

琼西依然一动不动地躺在床上，脸朝着窗口。苏以为她已入睡，便停了哨声。

她摆放好画板，准备为杂志上的一篇小说设计钢笔插图。青年画家的艺术人生始于杂志小说插图，而青年作家的文学生涯则始于此类小说的写作。

小说的主人公是爱达荷州的牛仔，苏正在画他在马匹展览会上穿戴的帅气马裤和单眼镜。这时,耳边响起了一个微弱的声音。她急忙来到床边。

只见琼西瞪大眼睛看着窗外,嘴里正数着什么,是倒着数的。

"十二,"她数着,片刻后,说,"十一。"又过了一会儿,她接着说"十"和"九";之后,是"八"和"七"。这最后两个数字,几乎是从她嘴里一起蹦了出来。

苏顺着她的视线看向窗外。她在数什么呢?目光所及之处,不外乎是一个空空荡荡、冷冷清清的院落,以及二十英尺外的一座砖房的墙壁。一株有些年头的常春藤爬在半墙处,根部已经枯萎。秋风瑟瑟,藤叶几乎全被吹落,所剩无几,几条光秃秃的残枝紧紧贴在破败的砖墙上。

"怎么了,亲爱的?"苏好奇地问。

"六。"琼西还在数,声音低得像在说悄悄话,"它们这会儿落得更快了。三天前还有将近一百片,数起来叫我头疼。这会儿就简单多了。瞧,又落下一片。就剩五片了。"

"五片什么?赶快跟我说说。"

"五片叶子啊,那根藤上的。等到最后一片叶子落下来,我也就活到头了。三天以前我就知道了。那个医生没对你说吗?"

"哎呀,你这想法太荒唐了!"苏责怪道,脸上露出一副满不在乎的神情,"一根老藤上的叶子,跟你的病能不能治好有什么关系?我知道你以前很喜欢常春藤,别胡思乱想、吓唬自己了,傻丫头!信不信由你,那个医生今天早上还对我说,你很快就会好起来的——他原话是怎么说的来着,我想想——他说你康复的希望有十分之一呢!你想想,这个概率就跟我们在纽约总会坐电车,总会遇上一座新大楼一样。来,喝点儿汤,让我好好画图,达到编辑满意的程度。等画卖给编辑,钱一到手,我就可以给你买瓶红酒,再买些猪排了。"

"你不必买酒了。"琼西说着,眼睛依然盯着窗外,"又落下一片。不,我什么汤也不想喝。就剩下四片了,但愿在天黑前,我能看到最后一片叶子落下来。等到那会儿,我也该走了。"

"琼西,亲爱的,"苏弯下身子看着她,"你听我的,闭上眼睛,别看窗外了。耐心等我画完,好吗?我明天就得交稿。要不是画图需要光线,我早就把窗帘放下来了。"

"你为什么非得在这里画呢?"琼西没好气地问道。

"我得留在这里陪你啊!"苏说,"另外,我不想让你整天盯着那些无聊的藤叶胡思乱想。"

"那你画完了,赶紧叫我。"说完,琼西就闭上了眼睛。她脸色苍白,一动不动地躺在那儿,好似倒塌下来的塑像,

"因为我想亲眼看到最后一片叶子落下来。我不想再等下去了,整天想这想那,我受够了。一切都可以放下了,我只想像一片可怜的枯叶一样,随风飘落,飘落……"

"你好好睡会儿吧!"苏劝道,"我得去把贝尔曼老头儿叫到楼上来。画隐居老矿工,没个模特可不成。我去去就来,你好好待着,等我回来。"

贝尔曼老头儿也是画画的,就住在一楼。他已年过六旬,身形瘦小,脑袋很像希腊神话中半人半羊的森林之神萨蒂尔,胡子与米开朗琪罗的摩西雕像上的胡子很相似,都是顺着身体弯弯曲曲地垂落下来。贝尔曼在艺术上一直不得志,挥舞画笔四十年,一直未得到艺术女神的垂青,连她的裙边都没摸到。他口口声声说要画一幅旷世佳作,但至今尚未动笔。几年来,他除了有时涂抹几笔商业画或广告画,再无其他作品。为了糊口,他给"根据地"里请不起职业模特的年轻画家充当模特,虽然钱不多,但也聊胜于无。他酷爱杜松子酒,一喝就过量,总是絮絮叨叨地说他那尚未动笔的旷世佳作。除此之外,这个小老头儿性情暴躁,对其他人的温情很是不屑,却如看门狗一样兢兢业业地守护着楼上顶层的两位年轻画家。

苏来到楼下,在那间灯光昏暗的小屋子里找到了酒气熏天的贝尔曼。屋角的画架上绷着块空白画布,二十五年来，它一直在静静地等待那幅旷世佳作的落笔。苏把琼西的荒唐想法告诉了贝尔曼，并表示自己很担心，生怕那姑娘心灰意冷，真的像片枯叶似的随风飘落。

贝尔曼老头儿两眼充血，流下了眼泪。他对琼西的荒唐想法很是不屑，大加指责。

"胡闹！"他嚷道，"世上怎么会有这种傻瓜，看到该死的藤上掉下几片叶子，就以为自己要死了？我这辈子头一回听说这种傻事。不行，我眼下可没心情当什么愚蠢隐士的模特。你怎么会让她的脑袋里有这种荒唐的想法呢？唉，可怜的琼西。"

"她病得不轻，身子虚弱得很。"苏说，"高烧把她的脑子烧糊涂了，整天胡思乱想。好吧，贝尔曼先生，你要是不愿意当这个模特，我也就不为难你了，没关系的。不过，我觉得你这老头儿也够讨厌的，说了那么多不中听的话。"

"真是婆婆妈妈！"贝尔曼又嚷嚷起来，"谁说我不愿意当模特了？这就走，我这就跟你走。我跟你说过多少遍了，愿意为你效劳。天可怜见！像琼西小姐这样的好人，怎么能病倒在这种地方。等着瞧吧，早晚有一天我会画出一幅杰作，然后我们就可以一起搬走。天可怜见！是吧！"

两个人来到楼上，此时的琼西已然入睡。苏把窗帘拉上，示意贝尔曼老头儿进入另一个房间。他俩瞧着窗外的常春藤，不由自主地担心起来。随后，两个人对视了一会儿，好半天谁也没说话。外面寒气逼人，雨夹雪下得正起劲儿。身着蓝色旧衬衫的老贝尔曼，坐在一口倒扣过来当作岩石的铁锅上，进入了隐居矿工的角色。

这天晚上，苏只睡了个把钟头。第二天早上醒来时，只见琼西正瞪着无神的眼睛，凝视着被拉得严严实实的绿色窗帘。

"把窗帘拉起来，我想看看。"她轻声说道。

苏又困又乏，但还是乖乖照办了。

看啊！太匪夷所思了。经过整整一夜的疾风骤雨，居然仍有一片藤叶附着在砖墙上。这是藤上的最后一片叶子了。叶柄附近仍呈墨绿色，但锯齿形的边缘已变得枯黄。这片叶子不屈不挠地挂在枝条上，距离地面大约二十英尺。

"那是最后一片叶子了。"琼西说，"昨天夜里，我还以为它肯定得落下来。风太大了，我听得很清楚。今天它肯定会落下来的，那会儿我也该离开人世了。"

"天哪，天哪！"苏将充满疲惫神情的脸靠近她的枕边，说，"就算你不为自己考虑，看在我的分儿上，你也得想开点儿啊！你要是有个三长两短，叫我怎么办呢？"

琼西没回答。这个世上最孤寂的事，莫过于一个灵魂准备赴死。在她与人间和朋友渐离渐远之际，那个荒唐想法似乎把她抓得更紧了。

白天慢慢过去了。黄昏时分,她们俩瞧见那片孤零零的叶子依然趴在墙上。夜色茫茫,北风骤起,雨滴不断地敲打着窗户,雨水从低矮的荷兰式屋檐上滴落下来。

天刚蒙蒙亮,狠心的琼西便吩咐苏拉开窗帘。

最后一片叶子仍趴在墙上。

琼西躺在床上望着那片叶子,望了许久。接着,她把忙着在煤气炉上为其煲鸡汤的苏唤到了身边。

"都是我的错,苏。"琼西说,"最后一片叶子迟迟没有落下来,看来是天意。想想这些日子,我真是大错特错了。不想好好活下去,就是罪过。这会儿请你给我盛些鸡汤,再来些牛奶,掺点儿红酒,再——等一等,先取一面小镜子来,然后帮我垫几个枕头,我想坐起来看你做好吃的。"

一个钟头过去,她又说:"苏,我想哪天去画那不勒斯海湾。"

下午,那位医生前来察看琼西的病情。他离开时,苏借故跟到走廊里。

"机会有五成了。"医生紧握着苏纤细颤抖的手说,"如果护理得法,你会成功让她康复的。这会儿楼下还有个患者——名叫贝尔曼——在等我哩。他也是患了肺炎,听说也是个画画的。他岁数大了,身体一直不好,这次发病又急,恐怕没什么指望了，但今天还得让他住院，这样他能好受点儿。"

第二天，医生对苏说："她度过危险期了，你赢了。接下来要注意的是护理和营养，别的没什么了。"

当天下午，琼西靠在床头，自得其乐地编织着一条根本派不上用场的深蓝色羊毛披肩。苏来到床前，伸出胳膊，将琼西连同枕头一把抱住。

"跟你说件事，小乖乖。"她说，"贝尔曼先生今天在医院里去世了。他得了肺炎，才发病两天。头一天早晨，门房在楼下房间里发现他疼痛难忍，鞋子、衣服全被淋得湿漉漉的，浑身上下冷冰冰的。谁也不清楚，在那样一个风雨交加的夜晚，他到底上哪儿去了。随后有人找到一盏还亮着的灯笼，一把搬动过的梯子，一些散乱的画笔，一块调了绿颜料和黄颜料的调色板——瞧瞧窗外吧，亲爱的，瞧瞧墙上的最后一片叶子吧！你不是奇怪它为什么在风中纹丝不动吗？唉，亲爱的，那片叶子是贝尔曼先生的杰作——就在最后一片叶子掉落的那天夜里，他把它画在了那面墙上。"

绿　门

不妨假设一下：晚饭过后，你信步走上百老汇大道，用十分钟时间才抽完一支雪茄。在这段时间里，你一直拿不定主意，接下来该去看一场消愁解闷的悲剧呢，还是去看一场一本正经的杂耍表演？突然，有只手搭在你的胳膊上。你转过身，眼前站着一个漂亮的女人。她明眸善睐、珠光宝气，穿着一件俄罗斯貂皮大衣。她忙不迭地把一个热腾腾的奶油面包卷塞到你手里，随即亮出一把小剪刀，一下就剪下了你外套上的第二颗纽扣，并似有所指地冒出一句："平行四边形！"说罢，她飞快地拐进一条巷子，一边跑，一边惊恐地回头张望。

这种事无疑关乎冒险。你会以身犯险，去追赶那个女人吗？不会的。你会尴尬得面红耳赤，然后窘迫地扔掉面包卷，沿着百老汇大道继续溜达，并难为情地摸索着第二颗纽扣的扣眼。你能做的，仅此而已，除非你是极少数保持着纯粹冒险精神的幸运儿之一。

纯粹的冒险家少之又少。书籍报纸上记载的那些所谓的冒险家，大多是目标明确、手段不凡的商人。吸引他们付诸行动的，要么是金羊毛，要么是圣杯，要么是女人的爱，要么是宝藏，要么是王位，要么是美名。而纯粹的冒险家却不是这样，他们做事毫无功利目的，一切随缘，从不计较个人得失，乐于迎接不可知的命运。

历史和小说中数不胜数的勇士和杰出人物，充其量只是半吊子冒险家。从往日的十字军东征到今天的帕利塞兹陡崖探险，他们使历史和小说的内容更加丰富多彩，也让从事历史小说写作这一行的人赚得盆满钵满。不过，他们个个目标明确，有人为名，有人为利，有人为磨砺，有人为赌气，所以，他们并不是纯粹意义上的冒险家。

在这座大都市的大街小巷，一对形影不离的孪生精灵姐妹——浪漫和冒险——正马不停蹄地寻找着值得托付的意中人。当我们漫步街头时，她们俩就会在暗中观察我们，并变换出不同的样貌前来进行试探。比如，我们偶一抬头，蓦地发现某扇窗里闪过一张不知在哪里见过的脸；在一条静悄悄的大街上，我们冷不防听到从门窗紧闭的空房子里传来的一声撕心裂肺的惨叫；马车夫没有在我们熟悉的路边停车，却把我们送到一个陌生的门口，门一开有人笑脸相迎请我们入内；我们走到一座高楼下面，不知从谁家的窗户里飘下来一张纸条，正好落在我们面前，纸上还写有文字；街上人来人往，我们同擦肩而过的陌生人不经意地对视了一下，彼此的目光中立刻流露出了或厌恶或喜爱或畏惧的情绪；一场倾盆大雨从天而降，与我们共用一把伞的，可能是我们的至亲骨肉，也可能是素昧平生的天外来客；不论何时何地，我们都有可能遇到这些情形——有人手帕掉了，有人打手势叫我们过去，有人死死地盯着我们，各种有意无意的、危险刺激的、神秘莫测的、变化多端的冒险线索向我们袭来。然而，我们中没有几个人愿意抓住这些线索去一探究竟。我们都是俗人，早已习惯了循规蹈矩的生活。我们对这些线索视而不见，得过且过。直到某一天，我们枯燥乏味的一生即将结束，蓦然回首，才发现自己的浪漫史苍白得很，不过是结过一两次婚，在保险柜里藏了一个缎子玫瑰花结，跟一个脾气火暴的家伙吵吵闹闹地过了一辈子。

鲁道夫·斯坦纳却是个纯粹意义上的冒险家。几乎每天晚上，他都要从自己那间在过道上隔出来的小屋子里出来，到街上去寻找奇遇。在他看来，奇遇也许就在下一个路口等着他哩。这种撞大运的想法，曾给他带来了不少麻烦。有那么两回，他不得不在警署里过夜；他是骗子理想的下手目标，上当受骗过很多次，有一次就连手表和钱包也被别人骗走了。但他依然乐此不疲,在冒险之路上高歌猛进,从不放过任何考验自己的机会。

这天晚上,鲁道夫在老城区沿着一条穿城街道溜达。人行道上熙熙攘攘,有步履匆匆着急回家的,也有在家里实在待不住,出来下馆子的。那些餐馆外观华丽,灯火通明,似乎是在对食客表示欢迎光临。

年轻的冒险家信步而行,东张西望。他衣冠楚楚,风度翩翩。白天,他在一家钢琴行里当售货员。他不用领带夹,只用一个黄宝石圆环来束住领带。他曾经给一家杂志的编辑去信,声称利比小姐所著的《朱尼的爱情测试》是对他的生活影响最大的作品。

这时,人行道旁的一个玻璃柜子里传来了一阵猛烈的牙齿磕碰声。他定睛一看,原来是放在柜子里的假牙在咔咔作响。往周围一看,那柜子后面有家餐馆,餐馆隔壁的楼上悬挂着牙科诊所的霓虹灯招牌。一个身材魁梧、穿得花里胡哨的黑人——上身穿着绣花红衣,下身穿着黄色裤子,头上戴着一顶军帽——正在向过往的行人分发卡片。只要你愿意接受,他就递上一张。

对这种牙医小广告,鲁道夫早已习以为常。往常他会径直走过去,对这种人不理不睬,但今晚是个例外。那个非洲后裔极其灵巧地朝他手里塞了一张卡片,他下意识地接了过来，还对黑人老练的手法报以一笑。

他往前迈了几步，心不在焉地瞟了一眼手里的卡片，没想到竟是空白的。他有些纳闷，把卡片翻过来一看，上面只有两个字："绿门。"这两个字是用墨水写的。他还发现，在他前面三步开外的地方，有个行人把黑人发给他的卡片扔了。他拾起那张卡片一看，上面印着某某牙医的姓名和住址，还有"假牙托""（假牙）齿桥""牙冠"等常规诊疗项目，以及未必可靠的"无痛"的手术保证。

对冒险事业情有独钟的钢琴售货员在十字街头停了下来，他思索了片刻。随后，他横穿街道，向前行至一个路口，再横穿街道，掉头加入了上行的人流。再次路过那个黑人的身旁时，鲁道夫故意不去看他，只是顺手接过对方递给他的卡片。走到十步开外处，他仔细看着这张卡片，发现上面写的还是"绿门"二字，笔迹跟刚才那张一模一样。地上还散落着三四张卡片，都是空白的那一面朝上。不用说，都是过往的行人随手扔在那儿的。鲁道夫把它们翻过来一看，每一张卡片上都印着牙科诊所的小广告。

对热衷冒险事业的鲁道夫来说，一般无须两次邀请。眼下，那个淘气的小精灵一连两次向他招手，一场新的探险之旅势在必行。

鲁道夫转过身来，慢慢地走回到黑人壮汉所在的咔咔作响的玻璃柜子那里。不过，这一次从黑人身边走过时，鲁道夫却没有收到任何卡片。那个埃塞俄比亚人的衣着虽然花里胡哨不成体统，神态上却是粗犷而不失庄重。他彬彬有礼地向一些路人递上卡片，对另一些人却并不贸然打扰。每隔半分钟，他就会扯着嗓子吆喝一段谁也听不懂的话，那架势活像公交车上的售票员或舞台上的大歌剧演员。鲁道夫这回不仅没有收到卡片，还从他那黑得发亮的脸上看到了一种冷淡的，近乎鄙夷的神情。

这种神情深深地刺痛了我们的冒险家。鲁道夫觉得，那黑人尽管什么都没说，但指责的意味非常明显。不管卡片上那两个神秘的字眼究竟有何玄机，反正这个黑人已经两次从人群中选择了他作为测试对象。这会儿，那家伙似乎在指责他天性愚钝，精气神不足，无法破解眼下的谜团。

年轻的冒险家避开人流，从一旁打量着他认定值得探险的那幢楼房。楼房共有五层。一家小餐馆占据了楼房的地下室。

一楼大门紧闭，似乎是一家经营女帽或裘皮的铺子。二楼的霓虹灯招牌闪烁不停，那里是牙医诊所。三楼的招牌五花八门，用巴别塔里的多种文字争先恐后地表明，这一层有看手相的，有做裁缝的，有玩音乐的，有治病救人的。再往上，窗帘低垂，窗台上放着几个白色的奶瓶，显然四楼是普通住宅。

鲁道夫观察完毕,快步跃上门前高高的石阶,走进了这幢楼房。他飞快地向上爬了两层铺着地毯的楼梯,在楼梯口停下了脚步。走廊里点着两盏煤气灯,发出了昏黄的光。一盏在他右边,距离较远;一盏在他左边,距离较近。他朝左边那盏灯所在的方向望过去,影影绰绰地瞧见了一扇绿门。他踌躇了一会儿,眼前似乎浮现出那个黑人鄙夷的神情,随即径直走向那扇绿门,敲了几下。

在等待开门的那一刻,这位纯粹意义上的冒险家心跳加快,倍感煎熬。绿门里面,一切皆有可能!可能是赌徒在玩牌,可能是狡猾的骗子在布置圈套,也可能是哪个美人儿突发奇想在用这种方式寻觅意中人……总之,到了这种地方,危险、死亡、艳遇、失望、嘲弄——只要你冒冒失失地敲门,就有可能引发各种各样的事件。

屋内隐隐传来一阵窸窸窣窣的声响,接着门慢慢地开了一条缝。一个脸色煞白、摇摇晃晃,不到二十岁的姑娘出现在他的眼前。她松开门把手,身子摇晃了一下,伸出一只手想要抓住什么。鲁道夫连忙扶住她,把她抱到靠墙的一张褪了色的长沙发上。他把门关上,借助屋内忽明忽暗的煤气灯环顾四周。屋里十分整洁,不过能够看出很是贫穷。

姑娘躺在那儿，纹丝不动，好像陷入了昏迷。鲁道夫焦急地四处张望，想找个圆桶，好让病人伏在上面，来回推动。又一想，这法子不对，这是抢救溺水的人用的方法。他摘下头上的圆顶礼帽为她扇风，这招真管用——他的帽檐不小心碰着了她的鼻子，她慢慢地睁开了眼睛。年轻的冒险家这才注意到，这个姑娘的长相与自己朝思暮想的容颜完全吻合。她有一双天真无邪的灰色眼睛，小巧的鼻子微微上翘，一头栗色的秀发像豌豆藤上的细须一般卷曲着垂下来。眼前的一切让他感到不虚此行，一次次的冒险之旅终于在这一次有了回报。可惜的是，那张脸过于瘦削苍白，令人感到痛心。

姑娘一脸平静地看着他，随即嫣然一笑。

"我晕过去了，对吗？"她有气无力地问道，"唉，其实谁都会晕过去的。不信的话，叫你也饿上三天试试。"

"我的天哪！"鲁道夫一跃而起，喊道，"稍等，我去去就来。"

说完，他就冲出绿门，下楼了。不到二十分钟，他赶了回来。他用鞋尖踢了踢门，叫那姑娘开门。他双手抱着一大堆从食杂店和餐馆买来的好吃的，有奶油面包、冷切肉、蛋糕、馅饼、腌菜、牡蛎，还有一只烤鸡、一瓶牛奶以及一杯热气腾腾的红茶。他把这些东西一一放在了桌上。

"简直是胡闹!"鲁道夫大吼道,"人不吃饭怎么行?你以后千万别跟人家这样赌气了。现在吃饭吧!"

他把姑娘扶到桌边坐下,问道:"家里有茶杯吗?"

她答道:"窗前的架子上就有。"

等他取了茶杯转过身时,瞧见她凭着女人敏锐的直觉,惊喜地从纸袋里翻出了一大罐莳萝泡菜,正准备大快朵颐。他笑着抢走泡菜,给她倒了满满一杯牛奶。"还是先喝这个吧,"他用命令的口吻说,"然后来点儿茶,再吃个鸡翅。要是你的身体恢复得不错,明天就可以吃泡菜了。要是你不介意我来做客的话,那现在咱们共进晚餐吧!"

他拉过另一把椅子,坐了下来。那姑娘喝过热茶,眼睛变得明亮起来,脸色也不那么苍白了。她狼吞虎咽地吃起来,似乎认为这个年轻的冒险家不请自来,向她伸出援手是再自然不过的事——这倒不是因为她不懂人情世故,而是因为眼下她饥肠辘辘,所以不得不抛开虚礼俗套,更注重口腹之欲。等到她的体力渐渐恢复,精神状态越来越好之际,她就会注意到应有的社交礼仪,然后开始向他道出事情的原委。其实,在这座大都市里,这种事每天都会发生上千起,人们早已见怪不怪——女店员工资微薄,各种"扣款"苦了店员,肥了老板;体弱多病无法上班,请病假要扣工资,接下来丢了饭碗,陷入绝境,没吃没喝;

再后来，年轻的冒险家敲响了她家的绿门。

但是对鲁道夫来说，她的遭遇就像《伊利亚特》或者《朱尼的爱情测试》里的情节一样感人肺腑。

"真没想到，你吃了这么多苦。"他感叹道。

"的确，挺难熬的。"姑娘语气沉重地说。

"你在城里可有什么亲戚朋友？"

"一个熟人都没有。"

"在这世上，我也是孤孤单单的一个人。"鲁道夫停顿了一下，说出了这句话。

"很高兴听到你这么说。"姑娘脱口而出。

年轻的冒险家听到她这么说，心里不由得一阵暗喜。

就在这时，姑娘的眼皮垂了下来，她深深地叹了一口气。

"我太困了，"她说，"实在是太舒服了。"

鲁道夫起身去拿礼帽。

"那我该说晚安了。好好睡一觉，你的身体会好起来的。"

姑娘握着他伸出的手，也说了声"晚安"。她望着他，眼神满怀期待，将她内心深处的思绪展露无遗。他不由得心生爱怜，说道："对了，明天我可以再来看你吗？你的身体需要调理，这段时间没有我恐怕不成。"

他要出门时,姑娘才想起问他:"你怎么会来这里敲我的门呢?"在她看来,他来过这儿的事似乎远比他为什么来这儿更加重要。

他凝视着她,想起那些卡片,一种满怀妒意的痛苦袭上心头。要是那些卡片落到别人手里,要是那些人也和他一样热衷探险,天知道会闹出什么乱子来。他当即打定主意,这事就一直让她蒙在鼓里吧!他永远也不会告诉她,他对她的极端困境感同身受,不得不编个理由让她安心。

"我们琴行有个调音师就住在这座楼里,"他答道,"我弄错房间了,不小心敲了你的门。"

绿门关上了。临别前她的微笑好美。

行至楼梯口,他停下脚步,好奇地四处张望。随后,他顺着走廊走到尽头,又返回来,再爬上一层楼梯,继续进行令他大伤脑筋的探险之旅。然后,他发现楼里的每扇房门都是绿色的。

他一脸茫然地下了楼,来到人行道上。那个穿得花里胡哨的非洲黑人还在那儿。鲁道夫拿着那两张卡片走了过去。

"请你跟我说说,刚才给我的这些卡片,到底是怎么回事?"

笑容可掬的黑人露出满口白牙,给他的雇主做了一个极佳的广告。

"看那边,老板,"他指着街道那头说,"但这会儿第一幕恐怕快要结束了。"

鲁道夫顺着他手指的方向望去,只见一家剧院上方的霓虹灯广告牌上赫然写着新剧名称:绿门。

"据说那个剧很好看,老板。"黑人说,"剧院经理给了我一美元,叫我在分发牙医诊所的广告时,捎带帮他发几张剧名卡片。我再给你一张牙医的广告卡片吧,好吗,老板?"

鲁道夫回到住处附近,在街角小店里喝了一杯啤酒,点了一支雪茄。他叼着雪茄走出店门,扣好外套的扣子,把帽子往脑后推了推,满不在乎地对路口的灯柱说:"不碍事的,命中注定,我和那姑娘有缘。"

阴错阳差的姻缘——这种结局,无疑能在鲁道夫·斯坦纳的浪漫史和冒险史上占有一席之地。

精确的婚姻学

"我曾经告诉过你，"杰夫·彼得斯说，"我觉得女人做不了骗子这一行。跟她们合伙，哪怕是最简单的骗局，她们也是靠不住的。"

"言之有理。"我说，"我觉得，女人这一性别堪称'诚实的性别'。"

"可不是吗？"杰夫说，"女人活在世上，自有男人替她们坑蒙拐骗，或是累死累活为她们做事。她们做事其实还不错，可一旦感情用事，或者死要面子，就彻底完蛋啦。等到那会儿，你还得找个男人接替她们的工作，哪怕这个男人不尽如人意，是个笨手笨脚、胡子拉碴、拖家带口、债务缠身的家伙。不妨给你说说那个寡妇太太的事儿，有一回我跟安迪·塔克略施小计，在凯罗那儿弄了个小小的婚介所，就是请她来帮忙实施骗局的。

"你要是财大气粗，有钱做广告——有马车辕杆小头儿粗细的一卷钞票就成——就能开一个婚介所了。那时我们有六千美元左右，指望在接下来的两个月里翻一番。因为我们没有弄到新泽西州的营业执照，所以这买卖至多能维持两个月。

"我们策划了一条广告，内容如下：

迷人寡妇有意再婚。年方三十有二，貌美顾家，拥有现金三千美元，另有乡间产业若干，现有意再嫁。唯求觅得一位有情有义的男儿，不论其贫富，因她深知美德常见诸寒门。若有为人忠厚、善理家产、精于投资者，年龄、相貌均不苛求。有意者来函详述。

一位寂寞佳人　谨启

来函请寄：伊利诺伊州凯罗市

彼得斯-塔克事务所代转

"'写得真够坑人的，'精心创作完毕，我说，'问题是，这个寡妇在哪儿呢？'

"安迪没好气地给了我一个白眼。

"'杰夫，'他说，'干咱们这行的，还搞什么现实主义。为什么非得有个寡妇呢？华尔街抛售了那么多掺水的股票，你还真指望它里面会有美人鱼吗？谁说征婚广告背后非得有个女人呢？'

"'你听我说,安迪,'我说,'你知道,我有我的规矩。在我干的所有的违法勾当里,有一条雷打不动的规矩——不管倒卖什么,必须确有其物,看得见,摸得着,拿得出。就是因为有这个规矩,再加上我对市政法规和列车时刻表的精心研究,警察才没有来找我的麻烦。那帮警察可不是吃素的,要知道,一旦出事,可不是塞张五美元钞票或是递上一支雪茄就能解决的。要想做好眼下这桩生意,没个货真价实的迷人寡妇,或者差不多的女人,那是万万行不通的。至于迷人不迷人,有没有广告上所列的产业和其余家当,这些都可以糊弄,但要是没个女人,治安官恐怕不会放过我们。'

"'是这个道理,'安迪思忖片刻后说道,'万一邮局或者治安部门来咱们婚介所调查,有个真寡妇更为保险。可眼下你打算去哪儿找一位货真价实的寡妇来呢?谁愿意浪费时间陪咱们搞这种虚假的征婚活动啊?'

"我对安迪说,我还真有一个理想人选。我有个叫齐克·特罗特的老朋友,过去在杂耍场卖汽水,还兼职拔牙,他嗜酒如命,整天喝得醉醺醺的。去年,他到一个老医生那儿开了治消化不良的药水,喝完就一命呜呼了,害得他老婆从此守了寡。过去我没少去他们家,眼下可以找他老婆来帮个忙。

"特罗特太太所住的小镇离我们仅仅六十英里,于是我跳上一列火车赶了过去。她依然生活在原来那间简陋的小屋子里,院子里依然长着几株向日葵,洗衣盆上依然挺立着几只大公鸡。除了在相貌、年纪和家产上与我和安迪精心策划的那份广告上的寡妇形象略有出入,这位太太堪称绝佳人选。何况,给她一份有报酬的工作,我也算对得起已故的老友齐克啦。

"听我说罢来意后,她问道:'彼得斯先生,你们干的是正经生意吗?'

"'特罗特太太,'我答道,'安迪·塔克跟我已经估算过,在我们这个地域辽阔但毫无公道可言的国家里,看了我们的广告后,少说也得有三千个男人想和你结婚,继而将我们谎称的钱财据为己有。要是这三千人里面有人侥幸获得了你的芳心,你得有个心理准备,你遇上了一个好吃懒做、见财起意的臭皮囊,或是一个倒霉鬼、一个骗子、一个卑鄙的投机分子。'

"'我和安迪打算好好教训一下这些社会败类。'我继续道,'我俩恨不得把公司名字叫成"惩恶扬善婚姻介绍所"呢,考虑了好久才没这么干。你懂我的意思吧?'

"'懂啦,彼得斯先生,'她说,'其实我心里有数,你肯定不会干什么缺德的勾当。可我能做些什么呢?你刚才

说的那三千个混账男人,我得逐个拒绝吗,还是要把他们成批撵走?'

"'特罗特太太,'我答道,'这事儿你挂个名即可,别的什么都不用你操心。我们给你找家清静的旅馆,你只管舒舒服服地住在里面就行。至于信件和一应大小事务,统统交给我和安迪来做。'

"'不过呢,'我继续道,'有些性急的应征者,可能会凑钱买张火车票,亲自赶到凯罗,死皮赖脸地跟你当面求婚或是打探其他情况。若真是这样,你可能得费些口舌,让这些家伙断了念想,打哪儿来回哪儿去。你在旅馆的开销由我们支付,每星期还会再给你二十五美元的报酬。'

"'五分钟后就可以开始计算我的报酬啦,'特罗特太太说,'这五分钟内我要拿上粉扑,再把大门的钥匙存放到邻居那儿。'

"就这样,我带着特罗特太太返回凯罗,将其安置在一个家庭旅馆里。那家旅馆与我和安迪的住处距离适中,因为离得太近容易引人起疑,离得太远又不好联络。办完这些,我把事情的经过告诉了安迪。

"'干得不错。'安迪说,'眼下有了货真价实的鱼饵,你也没什么可以担心的了。事不宜迟,咱俩赶紧钓鱼吧。'

"于是,我们把那则征婚广告刊登在了全国各地的报纸上。这广告只登一次足矣。要是登多了，工作量势必增大，我们就得雇用若干职员和女秘书，那这些人办事时嚼口香糖的声音没准儿会惊动邮政总长。

"我们把两千美元存入特罗特太太的账户，并让她保管好这张存折，要是有好事者对本事务所的资质和诚信说三道四，可以当众展示。我很清楚特罗特太太的为人，她一贯老实本分，把钱存到她的名下，绝对不会出什么差错。

"尽管只登了一次广告，安迪和我每天都得花上十二个钟头来一一回复应征者的信件。

"应征信件纷至沓来，几乎每天都有上百封。我此前从未想到，本国竟有那么多宅心仁厚而又穷困潦倒的汉子，他们愿意追求这位迷人的寡妇，也甘愿不辞辛苦地代她管理产业，代她投资。

"他们中的大多数人坦言，自己上了年纪，丢了饭碗，怀才不遇，世人对其多有误解。不过，他们都信誓旦旦地说，自己有情有义有担当，颇富男子汉气概，要是那寡妇肯以身相许，好日子还在后头呢。

"彼得斯-塔克事务所坚持来函必复，告诉对方，其坦诚幽默的来信给那位寡妇留下了非常深刻的印象，希望对方能继续来信详谈，如不介意，请随信附上本人照片一张。本事务所同时通知各位应征者，将其第二封信转交给女委托人需要一定的费用,请随信附寄两美元。

"你瞧,这招儿还真灵。远近各地那些想入非非的假绅士,大概有百分之九十的人筹集了这笔费用,把钱寄到事务所。这钱来得简直不费吹灰之力。只是苦了我和安迪,不停地拆信取钱,这活儿让我俩没少抱怨。

"也有些应征者会亲自找上门来,但为数不多。我们就安排他们去特罗特太太那儿,她很有分寸地打发了他们。只有三四个人又回来找我们,索要返程路费。后来,免费邮递地区的信件像雪片般飞来,安迪和我的收入也变得非常可观,我们每日的进账大约有两百美元。

"有天下午,我俩正在忙,我把一美元两美元的纸币塞进雪茄盒子里,安迪则吹着《让她结婚可没门儿》的曲子。就在这时,一个瘦小精干的人走进事务所,他一双眼睛滴溜溜地乱转,不停地在墙上扫来扫去,那架势像在寻找被盗的庚斯博罗①油画。一见到他,我便暗自得意,我们做的这买卖合理合法,谁也挑不出什么错来。

"'你们今天的信件真多呀。'这人说。

"我伸手取下帽子。

"'来了,'我说,'我们心里有数,早晚得把你招来。

---

① 庚斯博罗:18世纪英国著名的肖像画家和风景画家,代表作品有《蓝衣少年》《西登斯夫人》《夏洛特女王肖像》等。

我这就带你去瞧瞧当事人。你离开华盛顿时，泰迪[①]可好啊？'

"我把他领到河景旅馆，让他跟特罗特太太见了面。随后，我向他出示了那张写着特罗特太太名字的两千美元的银行存折。

"'看来一切正常。'这位侦探说。

"'那是自然，'我说，'要是你还没有成家，我倒可以安排你跟这位太太单独聊聊。那两美元的费我就不收了。'

"'多谢好意，'他说，'要是我还没有成家，这事儿我或许会求之不得。告辞啦，彼得斯先生。'

"在三个月的时间，我和安迪收入了五千多美元，我们决定见好就收。毕竟，不少人已经对我们的服务心怀不满了，而且特罗特太太似乎也厌倦了这份工作。很多求婚者上门见她，她都有点不愿意应付他们了。

"我俩打定主意，就此不干了。我来到特罗特太太的旅馆，将最后一个星期的报酬交给她，跟她道别，并取回那张两千美元的银行存折。

"刚一进门，我就瞧见她哭哭啼啼的，像个不愿上学的孩子。

"'咦，你这是怎么啦？'我赶紧问道，"是谁欺负你了，

---

① 泰迪：对时任美国总统西奥多·罗斯福的戏称。

还是你想家啦?'

"'不是这样的,彼得斯先生,'她说,'我跟你说实话吧。你跟齐克是多年好友,跟你说说也不碍事。彼得斯先生,我恋爱啦。我死心塌地地爱上了那个人,要是没有他,我的日子简直没法过。我理想中的男人,就应该是他那样的。'

"'那有何难,你就嫁给他呗,'我说,'我的意思是,你们两情相悦就好。他也死心塌地地爱着你吗?'

"'没错,他也非常爱我,'她说,'他看到广告就跑到这儿来找我,说只要我把那两千美元交给他,他就马上跟我结婚。他的名字是威廉·威尔金森。'说到这里,她又失声痛哭起来。

"'特罗特太太,'我劝慰道,'世上没有男人比我更懂女人的一片痴情了,更何况,你曾是我的挚友的妻子。要是这事儿我一个人说了算,我肯定二话不说,让你尽管把那两千美元拿去,然后高高兴兴地嫁给你的意中人。'

"'不是我说大话,这两千美元我们出得起,这几个月我们从那些想要娶你的冤大头身上赚了五千多美元呢。问题是,'我说,'这事儿我一个人说了不算,我得跟安迪·塔克商量商量。'

"'安迪这人还不错,'我继续道,'但在生意方面精明

得很。我俩毕竟是合伙人,这事儿我得跟他好好说说,看看到底该怎么办。'

"我返回住处,把这事儿告诉了安迪。

"'我就知道,这种事儿早晚会发生,'安迪说,'女人一旦感情用事,你就不能相信她会为你考虑,帮你完成计划。'

"'安迪,'我说,'不管怎么说,由于我们的原因,让一个女人伤心难过,那可不好。'

"'没错,'安迪说,'你听我把话说完,杰夫。你这人向来心慈手软、慷慨大方;而我呢,或许是心肠太硬、太圆滑、太多疑了。这回,我就听你一次。你一会儿就去找特罗特太太,告诉她把存折上的两千美元取出来,交给她的意中人,高高兴兴地过小日子去吧。'

"我激动地一跃而起,紧紧握住安迪的手,过了五分钟才撒开。接着,我赶到特罗特太太那儿,把这个好消息告诉了她。她喜极而泣,高兴的泪珠掉得跟伤心那会儿不相上下。

"过了两天,我和安迪整理好行装,准备离开。

"'咱们就要走了,你不打算去看看特罗特太太吗?'我问安迪,'她好想见你,当面致谢。'

"'这个嘛,我看就不用啦,'安迪说,'眼下,还是赶

火车要紧。'

"我像往常一样,把我们赚的钱装进挂在腰带处的包里。这时安迪从口袋里摸出一卷钞票,让我把它们放在一块儿。

"'哪来的钱?'我问。

"'特罗特太太给的,两千整。'安迪说。

"'这钱怎么会在你手里?'我问。

"'是她给我的,'安迪说,'我每周有三个晚上要去她那里,最近一个多月,一直是这样。'

"'难道你就是那个威廉·威尔金森?'我问。

"'当然。'安迪说。"

菜单上的春天

三月里的某天。

写小说时这种开头方式绝对是大忌。没有比这更差劲的开头了。这样的开头毫无想象力,枯燥乏味,让读者觉得这简直是一句废话。不过,本文如此开篇,倒也未尝不可。因为本文真正的开头——下面这个独立成段的短句,看上去更加离奇荒诞,若不在前面略加铺垫,会让读者摸不着头脑。

莎拉盯着一份菜单哭了起来。

你能想象吗?一个纽约姑娘竟然对着一份菜单哭哭啼啼!

你尽可以展开想象的翅膀,对这姑娘哭泣的原因猜测一番:或许是龙虾已经售罄;或许是她曾经发誓在大斋节①期间不吃冰激凌,眼下想吃又不能吃;或许是她已经点了

---

① 大斋节:亦称"封斋节",是基督教的斋戒节期,为纪念耶稣在旷野禁食祈祷四十昼夜而设立。

洋葱；或许是她刚刚从哈吉特剧院看完日场戏回来。但是，你的这些猜测都不对，且听我细细道来。

有位先生声称，这世界是个大牡蛎，只要他手起刀落，就能把它劈成两半。此话一出，他博得了不少喝彩声，其实人们对他的称赞过誉了。毕竟，刀劈牡蛎的难度实在有限。不过，你见过有人试图用打字机撬开人世间的牡蛎吗？你是否愿意耐心等待一下，看看人家是怎样用这种方式撬开一打生牡蛎的？

莎拉曾借助笨拙的工具，成功地把牡蛎的两片外壳撬开了，由此尝到了一点儿壳内世界冷冰冰、滑腻腻的滋味。她会一点儿速记，不过她的水平不如那些商学院科班出身的应届毕业生，因此也就进不了职场精英的办公室，成不了白领。于是，她成了一个靠打零工为生的打字员，招揽些抄抄写写的活儿。

莎拉在人世间摸爬滚打的最辉煌业绩，就是跟舒伦伯格家庭餐馆谈成了一笔生意。这家餐馆就在她租住的老旧红砖房的隔壁。有一天晚上，她在那里吃了一顿价值四十美分、包括五道菜的快餐（该餐馆的餐上得很快，跟你朝那黑人先生的头上连扔五个棒球的速度差不多），她随手带走了餐馆的一份菜单。那上面的字既不像英语，又不像德语，写得十分潦草，难以辨认，而且排序颠三倒四，毫无章法可言。如果你不细看，会一不小心把牙签和米饭布丁当成开胃菜，而最后登场的会是餐汤和星期几。

第二天，莎拉递给舒伦伯格一份赏心悦目的菜单。菜单上，各种菜肴整齐有序地排列着，从正餐前的"开胃小菜"到"衣帽雨伞，自行看管"之类的提示语，都安排得很合理，而且一目了然。

舒伦伯格心悦诚服，当场跟莎拉达成了一份协议。这家餐馆共有二十一张桌子，莎拉负责给每桌提供一份打字的菜单——每天晚餐都需要一份新菜单；早餐和午餐如果供应品类有所变动，就打一份新的；要是菜单不够整洁，也得另打一份。

作为回报，舒伦伯格为莎拉免费供应一日三餐，由一名伙计——餐馆老板通常会找个乖巧懂事的伙计——送至她租住的地方。每日下午，伙计会带来一份用铅笔写的菜单草稿，这便是光顾舒伦伯格家庭餐馆的第二天会吃到的饭菜。

这份协议双方都很满意。时常光顾舒伦伯格家庭餐馆的人现在总算知道菜名了，尽管有时对某道菜的食材不了解。对莎拉而言，在寒冷沉闷的冬日里吃喝不愁，解决了她生活上的一大难题。

日历说春天来了，但日历撒谎了，春天可不是说来就来的。城里的街道上，一月的积雪依然冻得像石头一样坚硬；手摇风琴依然用十二月那轻快的情调演奏着《往昔的欢乐夏日》；人们提前一个月开始筹划，准备给自己置办复活节的新行头；门房关掉了暖气。当这些事情发生时，你会发现，整个城市依然处于冬季。

一天下午，莎拉在她"雅致"的过道尽头的卧室里冻得瑟瑟发抖——此屋的招租广告上赫然写道："暖意融融，一尘不染，设施齐备，让你一见倾心。"为舒伦伯格家庭餐馆打菜单是莎拉唯一的活计。她坐在吱呀作响的柳条摇椅上，朝窗外看去。墙壁上的日历一直在提醒她："春天来了，莎拉——春天来了，真的来了。你好好瞧瞧我，莎拉，我的数字清清楚楚说明春天已经来了。你身材匀称，相貌出众，正值青春年华，可你却心事重重地望着窗外，到底是为什么，莎拉？"

莎拉的小屋位于这座楼房的背面。朝窗外看去，映入她眼帘的是邻街一家纸盒厂的后墙，墙由砖块砌成，上面没有窗户。但在莎拉看来，这墙晶莹剔透，她能看见一条绿草如茵、掩映在樱桃树和榆树之下的小路，路的两旁长着一簇簇树莓和金樱子。

春天的气息不好捕捉，眼睛很难看到，耳朵很难听到。要不是看到番红花绽开，要不是看到山茱萸星星点点缀满枝头,要不是听到蓝知更鸟放声歌唱,人们才不会意识到春天来了——有时甚至需要更明确地提醒,例如,告别吃了一冬的荞麦和牡蛎,看到春姑娘给萧索的大地披上了绿装。春姑娘带来了一个好消息,她直截了当地告诉那些生活在这片大地上的人,他们将不会受到冷落,除非他们自愿如此。

去年夏天,莎拉曾在乡间小住,爱上了那里的一个农夫。①

莎拉在一家名为"阳光小河"的农场待了两周,在那里,她与富兰克林老头之子沃尔特坠入爱河。农夫们总是按部就班地结婚生子,直到寿终正寝。但小沃尔特·富兰克林却是个例外。他是个现代农艺师,他的牛栏里装了电话,他能准确地计算出来年加拿大的小麦收成对他趁着夜色种植的土豆产生多大的影响。

就是在这样一条长着一簇簇树莓的林荫小路上,沃尔特向她求婚,并且俘获了她的芳心。他们俩依偎在一起,他编了一只蒲公英花冠戴在她的头上。黄色的花朵衬得她栗色的秀发更加美丽,这让他赞不绝口。于是她戴着花冠,手里挥舞着宽檐草帽走回住处。

沃尔特跟她约好,第二年春天就结婚,而且是春天一

---

① 小说中的这种追叙简直大煞风景,这会使故事索然无味。好小说要一往直前。

到就结婚。莎拉随即返回城里,继续做打字的营生。

一阵敲门声把莎拉从对幸福日子的憧憬中拉回到现实。伙计给她送来了舒伦伯格家庭餐馆的次日菜单草稿,那是老板用骨瘦如柴的手抓着铅笔写的。

莎拉在打字机前坐下,往滚筒里塞进一张卡片。她做这工作驾轻就熟,用不了一个半钟头,她就可以把二十一张菜单卡片全部打完。

但这天菜单上的变化很大。汤比平时清淡,主菜中没了猪肉的踪影,只有烤肉加俄罗斯萝卜。看着这份菜单,莎拉感到春天的迷人气息扑面而来。前不久还在冒出新绿的山坡上蹦蹦跳跳的羊羔,现在却被抹上各种酱汁搬上餐桌,以纪念它们度过的那些欢快的日子;牡蛎之歌虽未停歇,但食客们早已兴趣寥寥;煎锅风光不再,被置于烤焙架之后;馅饼的种类则变多了;比较油腻的布丁不见了;香肠还在,但已被荞麦面糊和槭糖汁包裹了起来,前景堪忧。

莎拉的手指在按键上轻盈地起起落落,像夏日小溪中欢快舞动的小虫一样灵活。她打出一道又一道菜肴,根据各种菜名的长短给它们安排在合适的位置。

在甜点的上方是各种蔬菜。胡萝卜和青豆、配烤面包的芦笋、长年不断的土豆、豆煮玉米、白扁豆、卷心菜——

还有——

望着眼前的菜单,莎拉悲从中来,不由自主地哭了起来,满腔的失望化作无数泪水,涌出她的眼眶。她的头抵在打字机小小的底座上,键盘发出枯燥的嗒嗒声,仿佛在为她的哭泣声伴奏。

整整两个星期了,莎拉没有收到沃尔特一封信。然而,菜单接下来的那道菜正好是蒲公英——蒲公英烧什么蛋——真见鬼,管他什么蛋呢!莎拉只在乎蒲公英。沃尔特曾用它金黄色的花朵做成王冠,为他挚爱的女王和未来的新娘加冕。蒲公英——春天的使者,让她心碎的王冠——让她不由自主地回想起昔日甜蜜无比的时光。

女士,读到这里,你一定会发笑。但要是你也有过类似的经历,你恐怕就笑不出来了。试想,在你与珀西的定情之夜,他送给你一束名贵的黄玫瑰,要是有人当着你的面,把这些玫瑰花加入法国调料做成一份色拉,在舒伦伯格家庭餐馆上桌,你还能笑得出来吗?要是朱丽叶看到她的爱情信物遭到亵渎,她会立即向好心肠的药剂师求助,要来一剂能让人遗忘一切的灵药。

话说回来,春天真是个讨厌的女巫!她应该让人给这个用石块和钢筋筑成的冷冰冰的大都市带个消息的。那谁能担此重任呢?唯有蒲公英——一个身着粗布绿色外套、低调谦和、吃苦耐劳的田野小信使。他是命运的忠诚卫士,他被法国厨师称作"狮子的牙齿"①。花开时节,蒲公英可以被编成花冠,戴在女士们栗色的秀发上,成全男女的恋情;而含苞待放之际,他会跳进烧开的锅里,为他高贵的女主人传情达意。

莎拉好不容易才控制住了眼泪,手头的菜单需要打好。但是,她依然沉浸在由蒲公英引发的思绪里,往事历历在目,一切恍然如梦。她的手指敲击着打字机的键盘,心却早已飞向那条芳草萋萋的小路,飞到了她的青年农夫身边。不过,她很快回过神来,重新回到曼哈顿石砌的街巷里。打字机上的按键嗒嗒地跳动起来,活像破坏罢工者的汽车发出的动静。

傍晚六点钟,餐馆的伙计给莎拉送来晚饭,并拿走了她打好的菜单。吃饭时,她叹了口气,把那盘覆盖着调味料的蒲公英推到一旁。鲜艳的定情之花变成了俗不可耐的吃食,变成了眼前这黑乎乎的东西。此情此景,让她感到始于夏天的美好憧憬就此破灭了。莎士比亚说过,爱情可以从自身得到滋养,但面对这份蒲公英菜肴,莎拉实在吃不下。毕竟,蒲公英是她坠入爱河之后首次精神盛宴的装

---

① 狮子的牙齿:蒲公英的英文为 dandelion,源自法语 dent de lion,意为狮子的牙齿。

饰物啊!

晚上七点半,隔壁房间的那对夫妻吵起嘴来;楼上房间的男人吹起长笛寻找着 A 调;煤气供应有点儿不足;三辆煤车开始卸煤——留声机就怕这声音;后院栅栏上的几只猫慢吞吞地撤往沈阳①。当这些迹象出现时,莎拉就知道阅读时间到了。她拿出本月最佳非卖品图书——《寺院与家庭》,然后把双脚搁在衣箱上,开始与书中主人公杰勒德一起漫游。

前门响起了铃声,女房东去开门。莎拉赶紧撇下被一只熊撵到树上的杰勒德和丹尼斯,侧耳倾听外面的动静。嗨,没错,要是换成你,当时的反应肯定跟莎拉一模一样!

不一会儿,楼下大厅里传来一个铿锵有力的声音。莎拉一跃而起,朝房门扑去,那本书掉在了地板上,人熊大战的第一回合也随之被丢到了一边。

让你猜着了。莎拉刚奔到楼梯口,她的那位农夫已经冲上楼梯向她奔来,一跳就是三个台阶。他把她紧紧地搂在怀里,让那些在收割后于田间地头拾落穗的人一无所获。

"你怎么不给我写信——哎呀,到底是怎么回事儿?"莎拉嚷道。

---

① 沈阳:本文创作于日俄战争期间,战场在中国东北,因此作者借用了这一地名。

"纽约城可真大啊！"沃尔特·富兰克林答道，"一周之前，我去你原来的住处找你，到那儿才知道，你星期四就搬走了。但我觉得还算不错，要是赶上黑色星期五①，那可就不吉利了。那之后，我就四处找你，还向警察求助过，反正什么法子都用上了。"

"可我写过信啊！"莎拉的情绪愈加激动。

"但我一封信也没收到过啊！"

"那你是怎么找到这儿来的？"

年轻的农夫微微一笑，满面春风。

"说来也巧，今晚我误打误撞走进了隔壁的家庭餐馆，"他说，"我不在乎这家餐馆的名气大小，每年一到这时节，我就喜欢吃些绿叶蔬菜。我顺着那份打印得很漂亮的菜单往下瞧，想找点儿可口的绿叶蔬菜。当看到卷心菜下面那一行，我差点儿从椅子上摔下来，大喊着要见餐馆老板。他对我说，你住在这儿。"

"我想起来了，"莎拉愉快地叹了口气，"卷心菜下面紧接着的就是蒲公英。"

"我早就注意到，你打字机上的大写字母 W 与众不同，

---

① 黑色星期五：源于西方宗教信仰，指既是 13 号又是星期五的日子。星期五是耶稣殉难日，而 13 被认为是不吉利的数字，两者结合让人觉得这天会发生不吉利的事。

总是高出同一行字一大截。"富兰克林继续说道。

"可是，蒲公英这个单词里，哪来的大写字母 W 啊？"莎拉不可思议地问。

年轻的农夫从口袋里掏出那张菜单，指着其中的一行让她看。

莎拉一眼就看出来了，这是她当天下午打出来的首张菜单，右上角亮晶晶的泪痕仍在。在本该出现这种蔬菜名字的地方，出现了一行匪夷所思的文字。这是那金黄色花朵挥之不去的回忆，让她的手指鬼使神差地按在了另一些按键上，敲出了错别字。

于是，在红卷心菜（紫甘蓝）和肉馅青椒之间，赫然出现了一道新菜：

"DEAREST WALTER, WITH HARD-BOILED EGG."①（最亲爱的沃尔特及水煮蛋。）

---

① DEAREST WALTER, WITH HARD-BOILED EGG：此处人名 Walter（沃尔特）和介词 With 中均有大写字母 W。

催眠大师杰夫·彼得斯

为了捞钱,杰夫·彼得斯无所不用其极,想了不少鬼点子,那数量多得要比上南卡罗来纳州查尔斯顿①一带做白米饭的花样了。

我最喜欢听他聊早年闯荡江湖的经历,那会儿他走街串巷,兜售膏药和止咳药水,日子过得紧紧巴巴。他没少跟三教九流的人打交道,时常孤注一掷,哪怕身上只剩下最后一个子儿,也敢放手一搏。

"到阿肯色州的渔夫山镇讨生活时,"他打开了话匣子,"我披着一头长发,身上穿了件鹿皮衣,脚上蹬一双鹿皮靴②,手上戴着一枚三十克拉的钻戒——那是我用一把小刀从得克萨斯州特克萨卡纳一个演员手里换来的,天知道他为什么要用钻戒换我的小刀。

---

① 查尔斯顿:美国南卡罗来纳州港口城市,位于大西洋岸库珀和阿什利两河口三角湾内。
② 这身装扮使他看上去像个印第安人。

"那会儿我的身份是沃胡大夫、印第安神医。我最好的赌本是'起死回生口服液'——由一种能够延年益寿的植物和其他一些草药熬制而成的神奇的药酒。这种植物的发现,应归功于乔克托族①酋长的漂亮老婆塔奎拉。她在为一年一度的玉米节舞会②煮狗肉时,想找一些配菜,无意中发现了这种植物。

"在上一个镇子时,我的生意很不景气,所以手头只剩下了五美元。到了渔夫山镇之后,我在药剂师那儿赊来六打八盎司的药瓶和瓶塞。我的手提箱里还有不少在上个镇子做生意时剩下的标签和配料。我住进一家旅馆后,立即拧开自来水龙头,开始勾兑'起死回生口服液'。然后把勾兑好的药酒整整齐齐地摆到桌子上,我感到美好的生活又在向我招手。

"你说我是卖假药的?此言差矣。那六打'起死回生口服液'里,有价值两美元的金鸡纳提取液,还有价值十美分的阿尼林(苯胺)。而且多年后我路过那个小镇,还有人跟我打听这种药酒,想要买一些呢。

"当天晚上,我租了一辆运货马车,开始在大街上推销'起死回生口服液'。在我看来,渔夫山小镇地势低洼,疟

---

① 乔克托族:北美印第安部落之一,主要分布于今密西西比州东南部。
② 玉米节舞会:印第安人在播种或收获玉米时跳的舞蹈。

疾多发，此地居民正需要一种养肝润肺、活血化瘀的补药。果然不出我所料，我这买卖一开张，人们就争相购买，他们看见这补药，就像长期不见荤腥的人突然见到了大鱼大肉一样。我以一美元两瓶的价格很快卖出两打，这时，我突然觉得有人拉了拉我衣服的下摆。我立马知道是怎么回事儿了，便忙不迭地从车上下来，摸出一张五美元的钞票，悄悄地塞进一个胸前佩戴着德国银①星形徽章的人手里。

"'警官，'我说，'今天晚上的天气还不错。'

"'你兜售的所谓药酒，其实是不合法的假货。你有市里颁发的许可证吗？'他问道。

"'眼下没有，'我答道，'我没想到这儿是市级城市。如果真是这样的话，我明天就去办一张。'

"'那你得马上停业，等办好许可证再说。'警察指示道。

"我只好收摊返回住处，把刚才的情形一五一十地告诉了旅馆老板。

"'哦，你干的这一行，在渔夫山镇可不好混。'他说，'本地认可的执业医师只有一位，那就是霍斯金斯大夫，他是镇长的小舅子。他们肯定不会让一个冒牌医生在这儿行医。'

---

① 德国银：警徽的材质，但它并不是真正的银，而是一种由铜、镍、锌组成的合金。

"'我不是来这儿行医的,'我说,'我有州里发的商贩许可证。如有必要,我再去办一张本市的许可证吧。'

"第二天上午我去了镇长的办公室,那儿的人说镇长还没来,什么时间来也不好说。无奈之下,号称印第安神医的沃胡大夫只得再次回到旅馆,窝在一把椅子上,点了一支雪茄,耐心地等待着。

"不一会儿,一个系着蓝色领带的年轻人凑了过来,他在我旁边的椅子上坐下,问我现在是几点。

"'十点半了,'我对他说,'咦,你是安迪·塔克吧?你做生意有一套,我亲眼见过的。你在南方各州卖过什么"爱神大礼包",对不对?要是我没记错,那里面有一枚订婚钻戒、一枚婚戒、一个土豆捣碎器、一瓶镇静糖浆和一张与多萝西·弗农有关的剧照,总共才卖五十美分。'

"听我如此详细地说出了他的事儿,安迪很高兴。他是一位优秀的街头推销员,他的生意做得有声有色;此外,他很诚实,也很尊重自己的职业,能有百分之三百的利润他就心满意足了。有人多次拉他入伙贩卖假药或劣质的种子,都被他拒绝了,他始终坚守正道,对那些非法的勾当不屑一顾。

"我正要找个搭档,跟安迪一说,他立刻同意一起干。我给他分析了我所了解到的渔夫山镇的相关状况,告诉他我现在的生意不好做,皆因医政勾结。安迪当天早晨才下火车,初来乍到,手头也没几个钱。他打算在镇上募集一笔资金,然后到尤里卡温泉①去打造一艘战列舰②。于是,我俩走出旅馆,坐在门廊处开始商量。

"次日上午十一点,我独自一人在旅馆坐着,有位黑人慢吞吞地走了进来,他说请大夫去给班克斯法官看病。班克斯法官好像就是本镇镇长,听说他眼下病得不轻。

"'我可不是什么大夫,'我说,'你们这儿不是有现成的大夫吗?'

"'老板,'他说,'霍斯金斯大夫到乡下出诊去了,那地方离这儿足有二十英里。他是镇上唯一的大夫,而班克斯先生这会儿病得很重,这才派我来请你。'

"'人心都是肉长的,'我说,'我不能见死不救啊。'于是,我往口袋里揣了一瓶'起死回生口服液',然后跟着这位黑人爬上一道山坡,赶到了镇长的府邸。这座府邸是全镇最好的房子,双重斜坡屋顶,草坪上摆放着两只铁铸的狗。

"除了两撇胡子和两只脚尖,这位班克斯法官兼镇长的整个身子都瘫在床上。他的肚子轰隆直响,声音之大,若

---

① 尤里卡温泉:美国阿肯色州西北部的旅游胜地。
② 打造一艘战列舰:在一汪泉水里打造一艘战列舰。这里的讽刺意味不言而喻。

是在旧金山，会让人误以为又发生了地震①，然后都狂奔到空旷处。他的床边站着一个年轻人，手里端着一杯水。

"'大夫，'镇长说，'我病得不轻，恐怕活不了多久啦。你能不能救我一命啊？'

"'镇长先生，'我说，'我没有得到过医药之神的真传，也没有上过什么医学院。我来府上看你，不过是作为同胞，不想见死不救，过来看看我能帮上点儿什么忙。'

"'那就多谢了。'他说，'沃胡大夫，这位先生是我的侄子，他叫比德尔。他想让我好受一些，但怎么也办不到。哎哟，我的天哪！哎哟！哎哟！哎哟！'他痛苦地呻吟起来。

"我朝比德尔先生点头致意，在床边坐下，为镇长把脉。'我先来看一下你的肝脏——我的意思是看看你的舌头。'我说。随后，我翻开他的眼皮，仔细地检查了他的瞳孔。

"'你病了多长时间？'我问。

"'我是——哎哟——昨晚——哎哟哟——发的病。'镇长说，'你有药吗，大夫？'

"'菲德尔先生，'我说，'能麻烦你把窗帘拉开一点儿吗？'

---

① 会让人误以为又发生了地震：美国西海岸的圣弗朗西斯科（旧金山，旧称三藩市）位于加州主要地震区。

"'我叫比德尔,'年轻人纠正道,'想来点儿火腿蛋吗,詹姆斯叔叔?'

"'镇长先生,'我将耳朵紧贴在其右肩胛骨处听了片刻,'你的病极其严重,是右锁骨肌腱急性发炎!'

"'我的天哪!'他哼哼唧唧地说,'可不可以在上面涂点儿什么东西,或者正正骨,或者用别的什么法子治一治?'

"我拿起帽子,走向门口。

"'你该不会想走吧,大夫?'镇长带着哭腔说,'难道你真的忍心不管我,让什么锁骨炎折磨死我吗?'

"'恻隐之心,人皆有之,'那个比德尔帮腔道,'你可不能见死不救,就这么走了,哇哈大夫。'

"'叫我沃胡大夫,别哇哈哇哈的,又不是吆喝牲口耕田。'说罢,我又走到镇长床前,把长发向后一甩。

"'镇长先生,'我说,'你这种情况,恐怕只有一种解决办法。虽说药物有药物的用途,但眼下,各种药物对你无济于事。据我所知,有样东西比药物都管用。'

"'什么东西?'他问。

"'科学原理,'我答道,'意念胜过药物。你得坚信,世上根本没有什么病痛;所谓的病痛,不过是我们感觉不舒服时自己臆想出来的。心诚则灵。你不妨试试看。'

"'你说什么啊,大夫,'镇长说,'你是一个社会主义

者吗?'

"'我说,'我解释道,'这是一种心理学的伟大学说——是通过远距离、潜意识的心理调节手段来治疗妄想症和脑膜炎的启蒙学派的理论——是一种神奇的室内运动,也有人称之为催眠术。'

"'这种催眠术你在行吗,大夫?'镇长问道。

"'作为犹太教最高级的长老院的大祭司和内殿法师之一,'我说,'只要我一发功,瘸子能轻松走路,盲人能重见光明。我是被神灵附体的伟大的催眠师,可以让人的灵魂都乖乖听话。不久前,在密歇根州安娜堡市举行的降神会上,多亏了我,那位酒醋公司董事长的灵魂才得以重返人间,跟他的妹妹简对话。你们瞧见我在街上把药卖给穷人,'我继续说,'但我绝不会在他们身上施展催眠术。他们不值得我发功,原因很简单,他们手里没钱。'

"'那你能不能帮帮我呢?'镇长问。

"'说实在的,'我说,'不管我走到哪儿,医药学会那伙人总跟我过不去。尽管我不行医治病,但眼下救命要紧,我就破例一回,给你做心理治疗。我只有一个条件,你镇长大人发句话,以后不再追究我没有本地执照的事儿了。'

"'没问题。'他说,'那就赶紧开始吧,大夫,我又疼得受不了啦。'

"'诊疗费为二百五十美元,我保证治疗两次,你就能痊愈。'我说。

"'全听你的,'镇长说,'我照付。拿二百五十美元买条老命,还是够划算的。'

"我在他床边坐下,紧盯着他的眼睛。

"'此时此刻,'我说,'把你的疼痛抛到脑后去——你压根儿没有生病;你压根儿没有心脏,没有锁骨,没有尺骨端,没有大脑,总之你浑身上下什么都没有;你身上一点儿都不疼,一切都是自己的错觉。现在,你感到疼痛渐渐消失了,那疼痛本来就没有,对不对?'

"'我的确感到好多了,大夫,'镇长说,'你说得没错。这会儿,你不妨再说几句谎话,说我肚子左边压根儿没有肿胀,这样你们就可以扶我起来,吃上几口香肠和荞麦饼了。'

"我又用手来回比画了一番。

"'这会儿,'我说,'你的炎症已经消失了;近日点①的右叶消肿了;你迷迷糊糊想睡觉,眼皮已经撑不开了;现在,你的病情已经得到了有效控制。好,你这就睡着了。'

"镇长慢慢地合上眼,开始打起呼噜来。

---

① 近日点:指行星或彗星等天体在运行轨道中最接近太阳的点。此处彼得斯想说的是肺部的(pulmonary),与近日点(perihelion)这个词给搞混淆了。

"'蒂德尔先生,'我说,'此时此刻,你见证了现代科学的神奇之处。'

"'我叫比德尔,'他又纠正我一次,'我叔叔的下次治疗,你打算安排在什么时候啊,波波大夫?'

"'是沃胡大夫,'我声明道,'明天上午十一点,我还会来这儿。等你叔叔睡醒,给他服八滴松节油,再吃上三磅牛排。回头见。'

"次日上午,我准时来到镇长府上。'嘿,比德尔先生,'那个年轻人打开卧室房门时,我对他说道,'你叔叔可好?'

"'他看起来好多了。'镇长的侄子答道。

"镇长气色不错,脉搏正常。我又给他来了一次精神疗法。完事后,他说身上一点儿都不疼了。

"'接下来,'我说,'你再卧床休息一两天,就能痊愈啦。你运气不错,镇长先生,正好赶上我来渔夫山,'我继续道,'否则,无论什么正规医师,无论用什么药物,都没办法救你一命。既然你的病已经好了,哪儿都不疼了,咱们不妨换个较为轻松的话题,说说那二百五十美元诊疗费的事儿。别给我开支票——说来有点儿不好意思——我不太愿意在支票背面签字拿人家的钱,也不太愿意在支票正面签字给人家钱。'

"'那我就付你现钞吧。'镇长说着,从枕头底下摸出一个钱包,数了五张面额五十美元的票子拿在手里。

"'拿收据来。'他吩咐比德尔。

"我在收据上签了字,镇长把钞票交给了我。我小心地把这笔钱放进贴身的口袋里。

"'到你执行公务的时间了,警官。'镇长龇牙咧嘴地笑着说,根本不像一个大病初愈的人。

"比德尔先生一把抓住我的胳膊。

"'你违反本州法律,无证行医,现将你逮捕归案,沃胡大夫,别名彼得斯。'他宣布道。

"'你到底是什么人?'我问。

"'我来跟你说说,他到底是什么人。'镇长从床上坐了起来说,'他是本州医药学会聘请的侦探。他已经跟着你跑了五个县了。昨天他来找我,我俩一商量,决定用这招儿请君入瓮。我看你再也没法儿在这一带行医了,骗子先生。按照你的诊断,我得了什么病来着,大夫?'镇长大笑起来,'是什么急性并发症——我想,反正不会是脑子不好使吧?'

"'这家伙竟然是个侦探。'我说。

"'如假包换,'比德尔说,'我会把你交给治安官。'

"'那就来试试吧!'我边说边一把卡住比德尔的脖子,想把这个家伙扔到窗外去。说时迟,那时快,他拔出一把手枪顶住我的下巴,我只好乖乖就范。接着,他给我戴上手铐，并把那几张钞票从我口袋里掏了出来。

"'我可以做证，班克斯法官，'他说，'你我事先在每张钞票上做过记号的，而这正是那些钱。等到了治安官办公室，我会把这笔钱交给治安官，他会给你出具一张收条。等到审理此案时，会把这些钞票用作物证。'

"'悉听尊便，比德尔先生。'镇长说，'还有，沃胡大夫，'他继续道，'你不是什么催眠大师吗？我倒真想好好瞧瞧，你能不能用你的催眠大法，把这副手铐打开呀？'

"'走吧，警官，'我不失风度地说，'我会尽力而为的。'说罢，我转过头来瞧了瞧老班克斯，并冲他把手铐晃得叮当直响。

"'走着瞧，镇长先生，'我说，'你很快就会发现，催眠术是成功的，而且这一次也成功了。'

"我想是这样的。

"我俩行至镇长家大门口时，我说：'现在我们说不定会碰到什么人，安迪。我觉得，你得赶紧把这手铐打开收好，更何况——'哈哈，你猜到了吗？原来，比德尔就是安迪·塔克。他的主意真不赖——就这样，我们弄到了做生意的本钱，可以合起伙来大干一场了。"

命运之路

> 我踏上一条又一条道路，
> 去寻找自己命运的奥义。
> 我有一颗真诚坚强的心，
> 还有爱情为我指点迷津。
> 它们能否助我一臂之力，
> 让我掌控人生不再游移？
> ——戴维·米尼奥作品。此诗尚未发表

一首歌曲演唱完毕。歌词出自戴维之手，曲调颇具乡土气息。小酒馆里，众人聚在桌子周围，热烈地鼓掌叫好，因为这位年轻诗人已经替大家付了酒钱。只有一个人听罢歌曲后微微摇了摇头，那就是公证人帕比诺先生，因为他平日里博览群书，而且刚才没跟大伙一起喝酒。

戴维带着醉意走出小酒馆，踏在村里的小路上。夜里凉风习习，让他一下子清醒了不少。他这才想起来，白天自己跟伊冯娜发生了口角,一气之下他决定当晚就离开家,到外面闯闯。外面的世界很精彩,他一定要闯出一番名堂来,赢得荣誉和地位。

"等到全世界都在传颂我的诗歌的那一天,"想到这里,他一下子兴奋起来,"她一定会为自己今天对我说了那么刻薄的话而自责。"

除了小酒馆里那些在喝酒狂欢的人外,村里的人都已经进入了梦乡。戴维蹑手蹑脚地走进父亲农舍边上自己的棚屋,把仅有的几件衣服打成一个小包裹,再用根木棍挑着,往肩上一扛,然后转身出门,踏上了离开韦诺瓦村的那条路。

夜色中,他走过父亲的羊群,它们在围栏里蜷缩成一团。以前,他每天都要去放羊,可他只顾在纸条上写诗,根本无暇顾及这些四处乱跑的家伙。再往前走,他发现伊冯娜的窗子还亮着灯,顿时犹豫起来,想改变主意了。他觉得这会儿还亮着灯,就表明她辗转反侧,后悔白天不该冲动发火,或许到了明天早晨——可是,不行!他主意已定。他不能一辈子待在韦诺瓦村,这儿没有一个人懂他。只有那条出村的路,才会赋予他好运和远大前程。

月色茫茫,笼罩在村外的原野上。眼前这条三里格[①]道

[①] 里格:欧洲和拉丁美洲一个古老的长度单位。在英语世界通常定义为3英里(约4.827千米,仅适用于陆地上),或定义为3海里(约5.556千米,仅适用于海上)。

路穿过原野向前延伸,直得像用犁耕出来似的。村里的人都说,这条路起码通到巴黎。戴维一边走,一边在心里念叨着"巴黎",以此来给自己打气。从小到大,这位诗人从没离开过韦诺瓦村,巴黎对他来说是很遥远的地方。

左岔路

那条路穿过原野向前延伸了三里格,与另一条更宽的路成直角相交。戴维站在岔路口,不知道往哪边去,他犹豫了一会儿,选择了左边那条路。

看来这是一条较为繁忙的大路,刚过去不久的车辆留下了清晰的车轮印。朝前走了大约半个钟头,他的推测得到了证实。他看到在一座陡峭小山的山脚处,有辆大马车深陷在一条小溪的泥潭里。车夫和副手正大声吆喝着,不停地拉扯马笼头。路边站着一男一女,男的膀大腰圆,穿着一身黑衣;女的身材苗条,身上裹着浅色长斗篷。

戴维看得出他们已经很卖力了,但是因为方法不对,所以没有任何效果。于是,戴维二话不说,走上前去冷静地指挥起来。他告诉副手,不要对着马儿大喊大叫,要把全部力气都用在车轮上,车夫一个人吆喝就够了,因为马儿熟悉他的声音。戴维也加入其中,他用自己强壮的肩膀抵在车子后面使劲推车。他们齐心协力,一下子就把大马车推到了坚硬的路面。车夫和副手随即上车,坐在原来的位置上。

戴维单腿站了片刻。"你也上车。"那位膀大腰圆、声如洪钟的绅士冲他招了招手。那人的嗓门儿虽然很大,但由于他的修养和习惯,听起来并不觉得粗鲁。而且他这样的声音让人不由自主地想要服从。戴维还有点犹豫,但相同的命令再次传来,于是他不再迟疑。戴维登上马车的踏板,在黑暗中,他看到那个女人坐在后座。他正犹豫要不要在她对面落座,那个声音又响了起来:"你坐到这位小姐旁边。"他只好听话照做。

那位膀大腰圆的绅士坐在了前排的座位上。马车继续前行。那位小姐蜷缩在后座的一角,一声不吭。戴维无法判断她的年龄大小,但她的衣服里透出一缕幽香,让年轻的诗人浮想联翩,他深信,身边这个神秘的女子一定很有魅力。此情此景就是他时常幻想的奇遇,只是目前尚不知道对方的身份。因为他身边的两个旅伴在马车行进的过程中始终一言不发。

大约一个钟头过后,戴维透过车窗向外望去,发现马车已经穿行在一个小镇的街上了。随后,车子在一座大门紧闭、一片漆黑的房子前停了下来。车夫先下了车,他急促地捶打着大门。楼上一扇格子窗突然打开,一个戴着睡帽的脑袋从里面探了出来。

"这么晚了,是谁在乱敲门?还让不让人睡觉了?本店早就打烊了。有钱的旅客哪有到了大半夜还在外面乱窜的?别乱敲门了,快点儿走吧!"

"快点儿开门!"车夫气急败坏地叫道,"快点儿给博普杜伊侯爵大人开门!"

"我的天哪!"楼上的人惊叫道,"请大人恕罪。小的实在不知道——这大半夜的——我这就给您开门,愿意为您效劳。"

没一会儿,门内便传来打开铁链和放下门闩的声音,接着大门打开了。大银壶旅馆的老板端着一支蜡烛站在门口,他因为慌乱而衣冠不整,所以现在又冷又恐惧,不停地打着哆嗦。

侯爵下了车,戴维紧随其后。"扶小姐一把。"侯爵命令道。诗人遵命而行,扶那位小姐下车时,他感觉到她的小手在颤抖。"进去。"又是一道命令。

一行人走进旅馆的长餐厅,里面顺着长边摆放着一张橡木长餐桌。那位膀大腰圆的绅士在桌子近头的椅子上落座,那位小姐无精打采地倒在靠墙的一把椅子上。戴维站在一旁，心里琢磨着找个什么理由告辞，好继续赶路。

"大人——"旅馆老板深鞠一躬，脑袋都快磕到地上了，"不知——不知大人驾到，小店实在准备不周。这会儿只有酒、冷盘鸡，也——也许——"

"蜡烛。"侯爵说，他以独特的姿势挥了挥白白胖胖的手。

"遵——遵命，大人。"旅馆老板取来半打（六支）蜡烛，一一点着了置于桌上。

"要是大人肯屈尊品尝一下勃艮第葡萄酒[①]——本店碰巧有一桶——"

"蜡烛。"侯爵说，他再次挥了挥自己的手。

"遵命，遵命——我这就去拿——马上就来，大人。"

餐厅里又点燃了一打（十二支）蜡烛，顿时明亮起来。侯爵胖墩墩的身躯把椅子都塞满了。他穿着一身黑衣，只有袖口和领口的褶饰是雪白的，连佩剑和剑鞘也是黑色的。他表情傲慢，一副高高在上的样子，他的两撇胡子高高翘起，末端几乎要触到那充满嘲弄神色的眼睛了。

那位小姐一动不动地坐在那儿，戴维这时才发现，她年纪不大，容貌出众，带有一种迷人的楚楚动人的美。他

[①] 勃艮第葡萄酒：产于法国勃艮第地区的葡萄酒统称。勃艮第地区位于法国东北部，是法国古老的葡萄酒产区。

只顾想着她美丽的模样，侯爵的大嗓门儿又响起来时，竟然把他吓了一跳。

"你叫什么名字？做哪行的？"

"我叫戴维·米尼奥，是个诗人。"

侯爵的两撇胡子翘得离眼睛更近了。

"那你靠什么谋生？"

"我还是个羊倌，给我父亲放羊。"戴维答道。他虽然高昂着头，脸却不由自主地红了。

"这位羊倌兼诗人先生，你听好喽，今天晚上，你误打误撞交了好运。这位是露西·瓦雷纳小姐，是我的亲侄女。她出身高贵，每年有一万法郎的收入。至于她的美貌，你已亲眼看见。这些条件如果能让你这个羊倌满意，只要你一发话，她马上就可以做你的妻子。你先别插嘴，且听我把话说完。今天晚上，我送她去维尔莫尔伯爵的城堡，此前她和那位伯爵订了婚。那里高朋满座，牧师也在等着，他们双方门当户对，眼看就要完婚。谁能想到，到了圣坛那儿，这个平日里温婉可人的淑女，突然像一头母豹子似的向我扑来，骂我冷酷无情，然后她当着牧师的面，把我为她订下的婚事彻底毁了。我当场对天发誓，一定要把她嫁给我们离开城堡后遇到的第一个男人，管他是王子、烧炭工还是小偷。而你，羊倌，就是我们在返程途中遇到的第一个男人。这位小姐今天晚上必须嫁人。你要是不愿意，我还会另找他人。你只有十分钟的考虑时间，不要问这问那惹我生气。只给你十分钟，羊倌，时间不等人。"

侯爵白白嫩嫩的手指像擂鼓似的敲着桌子，"咚咚"的声音不绝于耳。他不动声色地等待着，好像一座大房子，紧闭门窗，拒绝与外界产生联系。戴维刚想说点儿什么，那个膀大腰圆的人立刻露出不悦之色，让他不敢开口。接下来，他走到那位小姐的椅子旁边，向她鞠了一躬。

"小姐，"他开口道，他压根儿没想到自己在如此优雅美丽的女人面前也能谈吐自如，"你知道，我就是个羊倌而已。不过，我也有一个梦想，梦想自己是个名副其实的诗人。如果诗人的衡量标准是是否有爱美之心，那我更有理由相信，我是个真正的诗人。我能为你效劳吗，小姐？"

那位小姐抬起头来望着他，她的双眼充满哀怨，让人心生怜惜。在这严肃的氛围下，他脸上的神色显得格外严肃，他的身躯强壮挺拔，他的蓝眼睛里噙着同情的泪水，或许还有她长期以来想要得到的善意，这一切瞬间让她热泪盈眶。

"先生，"她低声说，"不难看出，你是个真诚善良的人。那人是我的叔叔，我父亲的兄弟，眼下我只有他这么一个亲人。他过去很爱我的母亲，如今却对我恨之入骨，只因我长得像母亲。他把我的生活变成了日复一日的噩梦。我一见他就怕得要命,此前从来不敢在他面前说半个'不'字。但在今天晚上,他强迫我嫁给一个年龄是我三倍大的男人,我不能再听之任之了。很抱歉给你带来了烦恼,先生。对于这种强加在你身上的疯狂的行为,你完全可以严词拒绝。尽管如此,我还得感谢你刚才的一番话,感谢你的同情和大度。这么多年以来,从没有人跟我好好说句话。"

此时此刻,诗人的眼里不只有同情和大度。他一定是个诗人,因为他已经把伊冯娜忘得一干二净,对眼前这个清新美丽的人一见倾心。她身上散发的清香使他产生了一种莫名的情愫,他温柔的目光暖暖地落在她身上,而她,正贪婪地感受着这个男儿的一腔柔情,如久旱逢甘霖。

"我原本可能需要数年时间才能做到的事情,"戴维说,"那人却让我在十分钟内就能完成。我不想说我同情你,小姐;那不是我的心里话——我想说的是,我爱你。现在,我还无法奢求你也爱我,且让我先把你从这水深火热的生活中解救出来,到时候爱情自然会来。我对自己的未来充满信心,我不会做一辈子羊倌的。眼下,我会全心全意地呵护你,让你的日子过得舒心些。小姐,你愿意把自己的命运托付给我吗?"

"啊,你会因为同情而毁了你自己!"

"是因为爱情。时间不多了，小姐。"

"你会后悔的，会看不起我的。"

"我活下去的目的只有一个，让你幸福，让我配得上你。"

她把自己纤细的小手从斗篷底下伸出，悄悄放进他的手心里。

"我愿意把自己托付给你，一生一世，"她喘了口气，"其实爱情或许并不像你想得那么遥不可及。你这就去告诉他吧。只要能离开他的视线，我或许会把以前的不快忘得一干二净。"

戴维走到侯爵面前。一身黑衣的家伙动了动身子，用嘲讽的眼神瞥了一眼餐厅里的大钟。

"还剩两分钟。一个羊倌，居然用了八分钟，来决定是否娶一位"财"貌双全的小姐为妻！说吧，羊倌，你是否愿意做这位小姐的丈夫？"

"这位小姐，"戴维站在侯爵面前，自豪地说，"她接受了我的请求，愿意下嫁给我。"

"说得不错！"侯爵说，"在阿谀奉承方面你倒还有点本领，羊倌先生。看来小姐的运气还不算糟糕。现在只要教会和魔鬼点头，你们就赶快结婚吧，能多快就多快！"

侯爵用剑柄敲了几下桌子，旅馆老板闻声赶来，他站在一旁，两腿不停地发抖。他手里还拿着不少蜡烛，以为自己猜中了这位大人的心思。"去把牧师叫来，"侯爵吩咐道，"去叫牧师，明白吗？十分钟之内，找个牧师来，否则——"

旅馆老板丢下蜡烛，一溜烟地跑了出去。

牧师到场，他睡眼惺忪，满脸的不高兴。他宣告戴维·米尼奥和露西·瓦雷纳正式结为夫妻，然后把侯爵大人丢给他的一枚金币揣进口袋，拖着脚步走出旅馆，消失在暗夜里。

"酒。"侯爵继续吩咐道，并向旅馆老板张开他那不祥的手指。

"斟满。"酒上桌后，他又命令道。他站在桌子的一头，在烛光下犹如一座恶毒而自负的黑乎乎的大山。他的目光落在侄女身上，回想起那已变成仇恨的爱情，他的眼中充满了恨意。

"米尼奥先生，"他一边说着，一边举起酒杯，"在喝酒之前，我有话要说。你已经娶了这个不祥的女人为妻，她会让你倒霉一辈子的。因为她身上流淌着黑色的血液，拥有让你粉身碎骨的邪恶力量。除了耻辱和忧伤，她什么都不会带给你。这个被恶魔附体的女人，她的眼睛、肌肤和嘴巴都透着邪气。她会自甘堕落，去勾引一个农民。诗人先生，你所向往的幸福生活，不过如此。可以喝酒啦。最后，我想说，小姐，我总算摆脱你啦。"

侯爵一饮而尽。这时，小姐嘴里发出一阵微弱的哭声，仿佛她突然受到了深深的伤害。戴维端起酒杯，往前迈了三步，与侯爵面对面站着。他的这一举动，完全不像个卑微的羊倌了。

"刚才你称我为'先生'，"他镇定自若地说，"让我倍感荣幸。我与小姐既已成婚，那我的地位也就能更接近你一些——让我们交谈时，可以地位平等——所以我斗胆问问，可否在某件小事上，让我平等地面对你？"

"批准你了，羊倌。"侯爵不屑地说。

"那就好。"戴维说完后，突然把手里那杯酒泼向那双盛气凌人的眼睛，"麻烦你屈尊跟我来场决斗。"

侯爵大人怒不可遏，他歇斯底里地咒骂了一声，像突然吹响的号角那般让人心惊肉跳。他从黑色的剑鞘里抽出剑来，冲一直在旁边待命的旅店老板喝道："拿把剑来，给这个乡下人！"他又转过头来，看着那位小姐，发出一声令她毛骨悚然的冷笑，说："瞧，你给我惹来多大的麻烦，夫人。一夜之间，我既得给你找个丈夫，还得让你变成寡妇。"

"我不会用剑。"戴维说。当着新婚妻子的面承认这一点，让他很没面子，他羞得满脸通红。

"'我不会用剑'，"侯爵学他说话，"那怎么办？难道我们得像那些乡下人一样，拿根木棍打架吗？嘿，弗朗索瓦，把我的枪拿来！"

一个仆人从马车上的枪套里取出两把手枪，枪上镶着闪闪发亮的银饰。侯爵将一把枪扔到戴维手边的桌上。"站到桌子那边去！"他大声叫道，"一个羊倌总该会扣扳机吧？时至今日，有幸死在我博普杜伊枪口下的羊倌尚不多见。"

羊倌和侯爵站在长桌两头，彼此对视着。旅馆老板被这阵势吓得瑟瑟发抖，他双手胡乱地比画着，结结巴巴地哀求道："先——先生，看在上帝的分儿上，千万别在我的店里动手！别溅出血来——我以后可怎么做生意——"侯爵恶狠狠地瞪了他一眼，他吓得赶紧闭嘴。

"真是个窝囊废！"侯爵大人叫道，"别再废话了，你要是能说话，就给我们发口令吧。"

旅馆老板一下子瘫倒在地上，竟然连一点声音都发不出来了。但他依然在比画着，像是为了保护小店和店里的顾客，希望他们别在这里动武。

"我来发口令。"那位小姐干脆地说道。她走到戴维身边，给了他一个甜蜜的吻。她的眸子闪闪发亮，脸颊泛起红晕。她靠墙站定，看着两名决斗者，他们已经举起手枪，等她发令了。

"一——二——三！"

两把手枪几乎同时响起，就连烛火都仅闪动了一次。侯爵站在那儿，面露笑意，他左手的五指张开，按在桌子上。戴维也直挺挺地站着，他慢慢地转过头来，用眼睛寻找着他的妻子。随后，他像一件没有挂稳的衣服掉落到地板上一样，倒在了地上。

那位小姐瞬间成了寡妇，她又惊又怕又绝望。她惨叫了一声，然后急忙跑过去，俯身察看他的伤口。然后，她抬起头来，脸上逐渐恢复了往日那伤感的神色。"打穿了他的心脏，"她喃喃自语道，"唉，他的心脏！"

"过来，"侯爵的大嗓门儿又响了起来，"赶紧出去上车！天亮之前，我无论如何也得甩掉你这个累赘。今天晚上你得再嫁，嫁给我们接下来遇到的人，管他是个强盗还是个乡下人，能做你的丈夫就好。要是路上没遇到，就把你嫁给替我开门的下人。赶紧出去上车！"

一行人——固执己见、膀大腰圆的侯爵，被长斗篷裹得严严实实的神秘小姐，手持武器的随从——一起走出旅馆，上了等候在门口的马车。沉重的车轮滚滚向前，发出的声响在沉睡的村落里回荡。在大银壶旅馆的餐厅里，老板望着年轻诗人的尸体，心烦意乱地搓着双手。在那张餐桌上，两打（二十四支）蜡烛的火苗在跳动闪烁。

右岔路

那条路穿过原野向前延伸了三里格,与另一条更宽的路成直角相交。戴维站在岔路口,不知道往哪边去,他犹豫了一会儿,选择了右边那条路。

这条路究竟通向哪里,他并不知道。他只有一个念头,当晚必须离开韦诺瓦村,走得越远越好。他向前走了一里格,经过了一座气势恢宏的庄园。种种迹象表明,那儿刚刚招待过客人。因为庄园里的每扇窗户里都亮着灯,在庄园气派的庭院里,地上的一道道车轮印纵横交错,明显是客人们的马车留下的。

戴维又往前走了三里格,他感到很疲惫。于是,他倒在路边的一堆松枝上睡了一会儿。睡醒后,他起身继续沿着这条陌生的路向前走去。

他在这条大路上一走就是五天。要是困了,就睡在大自然带着松油香味的床上,或是睡在农民家的干草堆上;要是饿了,就吃农民们慷慨送上的黑面包;渴了的话,喝溪水,或者向牧羊人讨一杯水喝。

经过漫长的跋涉后,他又走过一座大桥,终于面带笑意地站在了一座城市的土地上。这里曾扼杀过无数诗人,也曾成就了无数诗人,这一点世界上任何地方都比不上。他听到巴黎以低沉的音调反复对他演奏着生机勃勃的迎宾曲——由人声、脚步声、车马声组成的合奏曲,他的呼吸也随之变得急促起来。

戴维在孔蒂路一座老房子的顶层租下一间房,然后坐在一把木头椅子上开始写诗。这条街上曾经住着不少名门望族,而现在住的却都是落魄潦倒之辈。

这里的房屋都很高大,虽然已经破败,但仍能看出当初的气派。其中许多房间现在都空着,里面到处是灰尘和蜘蛛网。到了晚上,总能听到铁器的撞击声和迷路的醉汉辗转于不同酒馆的叫骂声。昔日名门望族的深宅大院,如今竟成了藏污纳垢之所。但在戴维看来,自己囊中羞涩,此处房租低廉,住在这里再好不过。他夜以继日地写诗,沉浸在文字的世界里。

这天下午,戴维觅食回来,手里拿着面包、奶酪和一瓶口味寡淡的葡萄酒。在阴暗的楼梯上刚走到一半,他看见了——或者更准确地说是偶遇了,因为她正在台阶上休息——一个迷人的年轻女子。她的美丽让想象力丰富的诗人都无法用语言描述。她披着一件宽大的黑色斗篷,敞开处露出里面华丽的长裙。她的双眼随着思绪的变化而变化着，时而睁得圆圆的，像个天真无邪的孩子；时而眯缝起来，像狡黠的吉卜赛女郎。她用一只手提起裙摆，露出一只小巧的高跟鞋，已经散开的鞋带晃来晃去。她像是坠落凡间的天使，她的美丽让人觉得她不适合亲自俯身系鞋带。而她的魅力，足以让你心甘情愿地为她效劳。或许她早就瞧见戴维走上来了，便坐在那儿等他帮忙。

"啊，请先生原谅我挡住了楼梯，都怪这鞋子——讨厌的鞋子！哎呀！这鞋带怎么会松开呢？啊，但愿先生肯帮忙，您看起来是那么亲切！"

诗人的手指不停地颤抖着，他尽力帮她把纠缠在一起的鞋带理顺系好。弄完以后，他想赶快逃离，因为他隐约感受到了她可能会给自己带来的危险。可是，她那双眼睛眯缝起来了，像吉卜赛女郎细长的眼睛一样充满诱惑，让他动弹不得。他倚在楼梯扶手上，手里紧紧抓住那瓶寡淡的葡萄酒。

"你真好，"她笑盈盈地说，"看来先生也住在这座房子里？"

"是的，小姐。我——我想是这样的，小姐。"

"那么，你也许住在三楼？"

"不，小姐，还要往上。"

这位小姐晃动了一下手指，但没有一丝不耐烦的神情。

"不好意思。我这么问确实太冒昧了,请先生原谅。打听人家在哪儿住,确实不妥。"

"小姐,请别这么说。我住在——"

"不,不,不,你还是别告诉我了。我已经知道自己错了。只是,我对这座房子和这里的一切很感兴趣。这里曾是我的家,我常常回这儿看看,不过是为了重温往日的幸福时光。有了这个理由,你能原谅我吗?"

"让我告诉你吧,你根本不需要什么理由,"诗人结巴道,"我住在顶楼——楼梯拐弯处的那个小房间。"

"是前面那间吗?"小姐侧过头问道。

"后面那间,小姐。"

小姐叹了口气,如释重负一般。

"那我就不耽误你的时间了,先生,"她说,眼睛睁得圆圆的,像个天真无邪的孩子,"请照管好我的房子。唉!我回忆里现在也只剩下这房子了。再见,你真是个谦谦君子,多谢你的热心帮忙。"

她走了,仅仅留下一个微笑和一丝香甜的气息。戴维一时恍惚起来,他跌跌撞撞地爬上楼梯。等到他清醒过来,那微笑和香气还萦绕在他身边,好像再也不会消散。他不知道这位小姐姓甚名谁,但此次邂逅使他文思泉涌,诗兴大发,他写诗歌颂一见钟情,歌颂她的一头鬈发,歌颂她纤纤玉足上的鞋子。

他一定是个诗人,因为他已经把伊冯娜忘得一干二净,对这个清新美丽的人一见倾心。她身上散发的清香使他产生了一种莫名的情愫。

一天晚上,在这座房子三楼的一个房间里,有三个人围坐在一张桌子旁边。房间里除了那张桌子、三把椅子和桌子上燃着的蜡烛之外,再无其他东西。其中一人膀大腰圆,穿着一身黑衣。他表情傲慢,一副高高在上的样子,他的两撇胡子高高翘起,末端几乎要触到那充满嘲弄神色的眼睛了。另外一个是位年轻女子,她长得美丽动人,她的眼睛时而睁得圆圆的,像孩子的眼睛般天真无邪;时而眯缝起来,像吉卜赛女郎的眼睛一样狡黠。而现在,她的眼睛中却流露出阴谋家的野心和恶毒。第三个人是个脾气火暴的行动派,他勇猛、刚毅,不惧怕任何困难,别人称他为"德罗勒斯上尉"。

这个家伙用拳头捶着桌子,强忍着自己火暴的脾气说道:"今晚就动手。今晚趁他去做弥撒时就动手。那些只说不行动的密谋我早就烦透了。什么暗号啊、密码啊、秘密集会啊,这些乱七八糟的名堂也让人厌烦。既然要造反,那就光明正大些。如果法兰西要除掉他,我们就直接把他干掉,根本用不着设计什么陷阱和圈套。我刚才说了,今晚就动手。就这么定了,我亲自动手,趁他去做弥撒时就动手。"

那女子看着他,露出赞赏的神色。不论一个女人如何工于心计,总会对勇气可嘉的斗士投去仰慕的目光。那个膀大腰圆的人则捋着上翘的小胡子。

"亲爱的上尉,"那人的嗓门儿虽然很大,但由于他的修养和习惯,听起来并不觉得粗鲁,"对于你的这一提议我深表赞同。一味等待只会错失良机。现在不少宫廷侍卫是我们的人,有他们做内应,足以保证这次行动万无一失了。"

"今晚的行动,"德罗勒斯上尉捶着桌子强调道,"我刚才说了,我要亲自动手,侯爵。"

"但是,"那个膀大腰圆的人轻声说,"眼下还有一个问题需要解决。咱们得马上给宫廷里的自己人送信,再跟他们定好暗号。安排咱们最信得过的人去护卫国王的马车。但是现在派谁去把信送到王宫南门口呢?里博正在南门执勤,只要把信送到他手上,这事儿就十拿九稳了。"

"我去送信。"那女子说。

"你,伯爵夫人?"侯爵皱起眉头说,"你勇于奉献,我等有目共睹,但——"

"且听我说!"那女子大喊一声,她随即站了起来,双手撑在桌子上,"这座房子顶层的小阁楼里,住着一个乡下来的年轻人,他没见过什么世面,单纯得就跟他自己看管的羔羊一样。我在楼梯上遇到过他两三回。我特意问过他住在哪儿,生怕他住的地方离咱们每次碰头的房间太近。不管我说什么,他都会乖乖照做的。他整天窝在那个小阁楼里写诗,可能连做梦都在想我呢。只要我开口,他会照办的。就派他去王宫送信吧。"

侯爵从椅子上站起来,欠身施礼。"刚才你打断了我,伯爵夫人,请让我把话说完,"他说,"我刚才想说的是,你勇于奉献,我等有目共睹,你的机智和美貌更是无与伦比。"

在三个阴谋家密谋策划时,小阁楼里的戴维正忙着润色他的新作《有情楼梯来相会》。突然,他听到了有点怯生生的敲门声,他开门一看,竟然是朝思暮想的她,他的心顿时怦怦直跳。她气喘吁吁地站在门口,好像遇到了天大的难事,她的眼睛睁得圆圆的,像孩子般天真无邪。

"先生,"她喘了口气说,"我有件事要麻烦你。我知道你是个真诚善良的好人,我实在没有办法了,只好来找你帮忙。我跑过好几条街道,穿过那些傲气十足的男人,才来到这儿的。先生,我母亲眼看就要死了,我的舅舅是王宫里的侍卫长,现在得赶紧给他捎个信儿。我能不能请你——"

"小姐，"戴维打断她的话，他的双眼闪烁着急切的光芒，恨不得立即为她效劳，"你的期待为我插上了一双翅膀。快告诉我，怎样才能找到他。"

这位小姐把一封事先封好的信塞到他手里。

"你去王宫南门——切记，是南门——对门口的卫兵说，'猎鹰现已离巢'，他们就会放你过去。然后你就直奔宫廷的南侧入口，重复这句话。要是有人回答'该出手时就出手'，你就把这封信交给他。先生，这是接头暗语，是我舅舅教给我的。现在国家动荡不安，还有人想置国王于死地。所以，天黑之后，说不出暗语的人是无法进入王宫的。先生，拜托你把这封信交给我舅舅，让我母亲在闭眼前再见他一面。"

"把信给我吧，"戴维迫不及待地说，"但天色这么晚了，让你一个人穿过好几条街道回家，我怎能放心得下呢？让我——"

"不用，不用——你赶紧走吧。时间不等人啊。早晚有一天，"这位小姐说，她的眼睛眯成一条缝，像吉卜赛女郎那样狡黠，"我会好好谢谢你这个大好人的。"

诗人把信揣进贴身的口袋里，三步并作两步跑下楼去。等他走后，这位小姐返回到楼下的房间。

侯爵冲她扬了扬眉毛，显然是在问她事情办得怎么样了。

"他去送信了,"她说,"腿脚快,脑子笨,跟他自己看管的羊一个样。"

德罗勒斯上尉的拳头又一次捶在桌子上,桌子剧烈地抖动起来。

"真见鬼!"他气急败坏地叫道,"我竟然忘带手枪了!别的枪我可信不过。"

"用我的吧,"侯爵说着,从斗篷底下掏出一把大手枪,枪上镶着闪闪发亮的银饰,"这把枪你可以信得过。你务必保管好它,千万别丢了,这枪上有我的徽章,我早就被人怀疑了。为了避嫌,今晚我得远离巴黎,确保天亮前赶回自己的城堡。你先请,尊敬的伯爵夫人。"

侯爵吹灭了蜡烛。伯爵夫人拿起斗篷把自己裹得严严实实,随后与两个男人一道走下了楼,融入孔蒂路狭窄人行道上来来往往的人群中。

戴维一路飞奔。赶到王宫南门,一名卫兵挥起战戟拦在他胸前。但他只说了一句"猎鹰现已离巢",那人就把战戟拿开了。

"进去吧,兄弟,"卫兵说,"快点儿。"

在宫廷南侧入口的台阶上,又有几名卫兵拦住了他,但戴维的这句暗语使他们很快又放过了他。其中一个人走到他面前说:"该出手时——"还没等他说完,卫兵中间出现了一阵骚动,看来是发生了什么新状况。一个目光如炬、模样威武的人大步流星地走了过来,一把从戴维手里抢走了那封信。"你跟我来。"他说,并把戴维带到了大厅。接着他立即把信撕开看了一遍。随后,他叫住一个从身旁走过的穿着军官制服的人,说道:"泰特罗上尉,你立刻逮捕王宫南门和宫廷南侧入口处的所有卫兵,换上绝对忠诚可靠的人。"他又对戴维说:"你跟我来。"

他领着戴维穿过走廊和前厅,来到一个宽敞的房间。房间里有个人坐在宽大的皮椅上,像是在思考着什么,他身着灰暗衣服,看上去忧心忡忡。他对那人说:

"陛下,我曾跟你说过,王宫里的叛贼数不胜数,如同暗沟里的老鼠一样多。陛下对此不以为然,觉得是我在胡思乱想。而你眼前这个人就是由那些叛贼派遣入宫,得到卫兵的默许,畅通无阻地来到陛下的宫殿门前。他身上还有一封密信,已经被我查获。我特地把他带到陛下面前,这样你就不会再说是我在胡思乱想了。"

"让我来问问他。"国王说着,在椅子上坐直了一些。然后用呆滞的目光看着戴维,眼睛里像是蒙上了一层能挡住视线的薄雾。诗人单膝下跪。

"你来自哪里?"国王问。

"厄尔-卢瓦尔省,韦诺瓦村,陛下。"

"为什么来巴黎?"

"我——我想当诗人,陛下。"

"你在韦诺瓦村做什么营生?"

"我给父亲放羊。"

国王再次直了直身子,眼里的薄雾也消散了。

"哦,在田野里放羊?"

"正是,陛下。"

"你生活在田野里,你在凉爽的早晨出门,躺在围有篱笆的草地上,羊群则在山坡上自由奔跑。渴了,你就喝溪水;饿了,你就在树荫下吃香喷喷的黑面包,边吃边听鸟儿在树丛中歌唱。肯定是这样的,对不对,牧羊人?"

"正是,陛下,"戴维叹了口气,答道,"我还可以听见蜜蜂在花间采蜜的声音,有时候还可以听见采葡萄的人在山上歌唱。"

"好啦,好啦,"国王不耐烦地说,"你可能听见了这些,但你听得最多的肯定是鸟儿的声音。它们常常在树丛中歌唱,对不对?"

"是的,陛下,只有厄尔-卢瓦尔省的鸟儿的歌声动听。我在一些诗里描写过它们的歌声。"

"这些诗你还能背诵出来吗?"国王迫不及待地问道,

"我很久以前也听过鸟儿的唱歌声。要是谁能惟妙惟肖地描写出它们的歌声,岂不是比拥有一个王国更有意思。一到晚上,你就把羊群赶回栏里,然后坐下享用香喷喷的面包,是多么惬意啊!你能背诵这些诗吗,牧羊人?"

"我能背诵,陛下。"戴维饱含深情地朗诵起来:

> 慵懒的羊倌,瞧你那些小羊,
> 在草地蹦跳嬉戏,欢喜若狂。
> 瞧,枞树在微风里翩翩起舞;
> 听,牧羊神的笛声婉转悠长。

> 听,我们在树梢上唱起歌谣;
> 瞧,我们不时造访你的羊群。
> 给些羊毛,温暖我们的窝巢,
> 在枝叶间——

"启禀陛下,"一个尖锐的声音打断了诗人的朗诵,"我有一两个问题,想问问这位诗人。眼下情况紧急,我不敢对陛下的安危掉以轻心。若有冒犯之处,恳请陛下原谅。"

"欧马勒公爵忠心耿耿,怎么能说是冒犯呢。"国王说着,又坐进宽大的皮椅里,眼中再次出现了一层薄雾。

"首先,"公爵说,"我先将此人携带的密信读一遍,陛下。"

今晚是王太子忌辰。若他按照惯例,于午夜去做弥撒,为其子的亡魂祈祷,猎鹰将于游憩场路拐角处出击。若他确实有此安排,切记于王宫西南角的房间悬挂一盏红灯,猎鹰将见机行事。

"乡下人,"公爵厉声问道,"信上的内容你都听到了。说,是谁派你来送信的?"

"公爵大人,"戴维实话实说,"我可以告诉你。是一位小姐叫我来这儿送信的,她说她母亲病危,想见他舅舅最后一面,这封信就是为了叫她舅舅回去的。我不明白信上写的这些是什么意思,但我发誓,那位小姐很漂亮,待人很好。"

"你来形容一下那个女人的模样。"公爵命令道,"再说说你又是怎么上了她的当的?"

"形容她的模样!"戴维露出甜蜜的微笑,"你让我用语言来形容她的模样,简直是在强人所难。她嘛,她像灿烂的阳光一样给人以温暖,又像浓浓的树荫一样给人以清凉。她静如杨柳,亭亭玉立;动亦如杨柳,婀娜多姿。你仔细观察她的眼睛，会发现她的双眸变化莫测，一会儿是圆的，一会儿又半开半闭，像躲在两朵云彩之间的太阳。她一出现，就让你仿佛置身天堂；她离开时，天昏地暗，日月无光，仅仅留下一缕山楂花的芬芳。我住在孔蒂路二十九号，她特意到那儿找我的。"

"那正是我们严密监视的房子，"公爵转身对国王说，"这位诗人生动形象的描述，让我们仿佛亲眼看到了魁北多伯爵夫人的丑恶嘴脸。"

"陛下，公爵大人，"戴维情真意切地说，"但愿我粗浅的言语没有对那位小姐造成什么损害。我仔细观察过她的眼睛。我愿意用性命担保，她是一个天使，不论那封信上写了什么。"

公爵死死地盯着他。"这个嘛，一试便知，"他慢条斯理地说，"今天午夜，你扮作国王，乘坐陛下的马车去做弥撒，你敢接受这个测试吗？"

戴维笑了笑。"我仔细观察过她的眼睛，"他说，"那双眼睛早就给了我答案。你若不信，随你怎么测试吧。"

距午夜十二点还有半小时，欧马勒公爵亲自出马，在王宫西南角的房间里悬挂了一盏红灯。差十分钟十二点时，戴维从头到脚扮成了国王的样子，他把头埋在斗篷里，扶着公爵的胳臂，缓缓地步出王宫，走到专属马车前。公爵扶他上了车，随即把门关好。马车一路疾驰，赶往大教堂。

泰特罗上尉奉命带领二十名士兵，已经潜伏在游憩场路拐角处的一座房子里了。只要刺客露面，就给他们致命一击。

然而，不知道是什么原因，谋反者的行刺方案有所变动。国王的马车刚刚行至克里斯托弗路，离游憩场路尚有一个街区之际，德罗勒斯上尉就带领一帮弑君者一拥而出，冲向马车。马车上的侍卫虽然对提前到来的袭击感到吃惊，但仍然跳下车来奋勇还击。激战声引起了泰特罗上尉及其手下的注意，他们沿街飞奔过来增援。就在这时，杀红了眼的德罗勒斯上尉撞开国王专属马车的车门，用武器抵住车内那个黑乎乎的身影，开了一枪。

不一会儿，忠于国王的援兵赶到。一时间，街上喊杀声和刀剑声此起彼伏，受惊的马匹四处狂奔。国王专属马车里的坐垫上，那位假扮国王的可怜诗人已经被属于博普杜伊侯爵大人的手枪击毙了。

回头路

那条路穿过原野向前延伸了三里格，与另一条更宽的路成直角相交。戴维站在岔路口,不知道往哪边去,他犹豫了一会儿,索性坐在路边歇息。

这每条路究竟通向哪里,他并不知道。但每条路似乎都通向一个机遇和危险并存的大世界。他坐在路边仰望天空,目光落在了一颗明亮的星星上,他和伊冯娜曾把它当作两人的幸运星。这让他想起了伊冯娜,他开始怀疑自己的决定,就这样一走了之,是不是太草率了?他们不过是拌了几句嘴而已,仅仅因为这桩小事,就要离开她,离开家园吗?爱情真的这么脆弱吗?难道以爱之名产生的嫉妒也会将其破坏掉吗?夜里的小烦恼,到了早晨自会烟消云散。这会儿回家还来得及,整个韦诺瓦村尚在如孩子般酣睡,谁也不会发现他去而复返。他的心仍然属于伊冯娜。在生他养他的家乡,他仍然可以写诗,仍然可以找到属于自己的幸福。

戴维站了起来,不再胡思乱想,把引诱他离家出走的情绪抛到了九霄云外。他步伐坚定地沿着来时的路走了回去。重新回到韦诺瓦村时,他那想要远走高飞的念头早已消失得无影无踪。路过羊圈时,他晚归的脚步声惊醒了那些羊儿,它们急冲冲地拥了过来,发出擂鼓似的声响,这种情景让他感到温暖。他蹑手蹑脚地钻进自己的小房间,躺了下来,暗自庆幸自己不用在未知的道路上忍受疲惫之苦。

　　戴维太懂女人的心思了！第二天傍晚，伊冯娜又出现在路边的水井旁，那儿常常聚集着不少年轻人，听牧师布道。伊冯娜紧咬着嘴巴，一副不依不饶的样子，但她眼角的余光却在四处搜寻着戴维。他注意到她的神情，鼓起勇气走上前去，终于从她抿紧的嘴巴里得到一句宽恕他的话；在两人一起回家的路上，他还得到了一个吻。

　　三个月后，他俩结婚了。戴维的父亲精明能干，所以他们家的家境殷实。他为他俩举办的婚礼非常隆重，三里格之外都有所耳闻。这两个年轻人在村子里颇有人缘，前来贺喜的人络绎不绝，许多人在草地上载歌载舞，连德勒①的木偶剧团和杂耍班子也被请来助兴。

　　一年后，戴维的父亲去世，羊群和农舍均归戴维所有。除了这些，他还拥有伊冯娜这个全村最贤惠的妻子。她总是把奶桶和铜壶擦得锃亮，在阳光下晃得你都睁不开眼睛。但你总得睁眼好好瞧瞧——她家的院子更加引人注目，花坛收拾得整整齐齐，各种花儿竞相开放，一片姹紫嫣红的景象，你看到后肯定会心旷神怡。对了，你还会听到她唱歌，歌声婉转悠长，一直传到格鲁诺老头儿铁匠铺的栗子树那儿。

---

① 德勒：法国厄尔－卢瓦尔省的一个市镇。

然而，有一天，戴维从一个好长时间都没有打开过的抽屉里抽出一张纸，然后又开始咬起铅笔头，思考起他的诗来。春天又来了，触动了他的心。他一定是个诗人，因为这会儿他已经把伊冯娜忘得一干二净了。春风吹过的大地变得那么清新、那么可爱，把他彻底迷住了。树林和草地散发出的神奇香气，撩拨了他的心弦。此前，他每天早上赶着羊出门，到了晚上再把它们一只不落地赶回来。而现在，他整天躺在小树下面冥思苦想，不停地在纸片上写写涂涂。羊群走散了，狼群有了可乘之机。他越投入地去创作，对狼来说，羊就越容易到手。于是，它们冒险地窜出树林，叼走了羊羔。

戴维的作品日益增加，他能放的羊却越来越少。伊冯娜日渐消瘦，脾气也日益暴躁，说话越来越不中听。她的锅碗瓢盆渐渐失去了光泽，眼中却还闪闪发光。她对诗人抱怨，都怪他心不在焉，羊才越来越少，照此下去，家里的好日子就到头了。戴维干脆雇了一个男孩代他放羊，自己则每天躲在农舍顶层的房间里写诗。他雇用的这个男孩跟他一样，都不会照顾羊群。他不写诗，靠睡觉打发时间。那些狼很快意识到，男孩睡觉和诗人作诗一样，都对它们有利。于是，羊的数目稳步减少，伊冯娜的火气与日俱增。有时，她会站在院子中间，对着顶楼的窗子破口大骂，而且声音很大，站在格鲁诺老头儿铁匠铺的栗子树那儿都能听见。

公证人默·帕皮诺是位热心肠的老先生，他很有智慧，但是爱管闲事。他明察秋毫，戴维家里发生的一切，自然逃不过他的一双慧眼。他来到戴维家里，使劲吸了一撮鼻烟，开口说道："米尼奥，我的朋友，想当年，我在你父亲的结婚证书上盖过大印。如果我接下来不得不出具宣告他儿子破产的文书，我会感到非常难过的。眼下，你正处于破产的边缘。作为老朋友，我得跟你谈谈，你仔细听着。我知道，你现在只想写诗。我在德勒有位好友——布里尔先生，全名乔治·布里尔。他家里到处都是书。他博学多才、著述颇丰，而且每年都要去巴黎。他能告诉你，地下的那些古墓是什么时间修建的，古人是怎样给星星命名的，啄木鸟的喙为什么那么长。他对诗歌的意义及其形式都非常了解，就像你熟悉羊的叫声一样。我会给他写封信，说说你的情况，你拿着这封信去找他，请他看看你写的那些诗。他的意见会让你明白，接下来，到底是该我行我素继续写诗呢，还是跟你妻子好好过日子。"

"那你快写信吧，"戴维说，"这事你要是早点儿说就好了。"

第二天清晨，戴维离开小村赶赴德勒，胳膊下夹着一大卷自己的宝贝诗稿。中午，他来到了布里尔家门前，为表尊重，他擦了擦鞋上的尘土。这位博学多才的先生打开帕皮诺先生的信，戴上一副亮晶晶的眼镜，然后像太阳吸收水分似的认真看了信上的内容。他把戴维带进书房，给他找了一小块能坐下的空地，就像是在书海中找了个能落脚的小岛。

布里尔先生为人真诚，他没有在那么厚一沓参差不齐的稿纸面前打退堂鼓。他把诗稿摊在膝上，一行行、一页页地往下看。他一字一词都不放过，试图感悟其中奥义，就像钻进果壳里的虫子，不吃到果仁誓不罢休。

与此同时，戴维坐在一旁，像是被困在了一座孤岛上，而文学海洋的浪涛声让他瑟瑟发抖。在这片海洋里，他既没有海图，也没有指南针。但他认为，这世上有一半的人都在著书立说。

布里尔先生终于看完了诗稿的最后一页。随后，他摘下眼镜，用手帕擦拭镜片。

"我的老朋友帕皮诺身体还好吗？"他问。

"好极了。"戴维答道。

"你有多少只羊，米尼奥先生？"

"三百零九只，我昨天数过的。我的羊运气不好，原来有八百五十只呢，现在越来越少。"

"你已经成家立业,日子过得还不错。那些羊给你带来不少好处。你每天去田野放羊,呼吸着清新的空气,吃着美味的面包,那是多么惬意啊。你还能躺在大自然的怀抱里,听树丛里的鸟儿唱歌。而你只要看管好羊群就行。是这样的吧?"

"是的。"戴维说。

"你的作品我通读了一遍,"布里尔先生继续说道,但他的目光却在书海中徘徊,仿佛在寻找海平线上的船帆,"你往窗外看看,米尼奥先生,告诉我那棵树上有什么?"

"有只乌鸦。"戴维扫了一眼,说。

"正是那只鸟,"布里尔先生说,"在我试图逃避责任时提醒了我。你认识那种鸟,米尼奥先生,它是天上的哲学家,懂得知足常乐。它眼神敏锐,步子轻盈,没有哪只鸟像它那样快乐。田野里有它想要的一切,它也都能得到。它从不会因为自己的羽毛不如黄鹂那么鲜艳而忧心忡忡。想必你也领略过大自然赐予它的歌喉吧,米尼奥先生?难道你认为夜莺比它幸福吗?"

戴维站起身来。那只乌鸦声嘶力竭地叫了起来。

"谢谢你,布里尔先生,"他缓缓说道,"照你这么说,我写的这些都是乌鸦的叫声,没有一点儿夜莺的调子?"

"要是有的话,我一定会注意到的,"布里尔先生叹息道,"每个字我都看了。好好放羊,你的生活就会充满诗意。小伙子,别再写诗了。"

"谢谢你,"戴维说,"我这就回去放羊了。"

"要是你愿意留下和我一起吃午饭,"这位博学多才的先生说,"并且不介意我说些不好听的话,我可以跟你详细阐述一下理由。"

"不必了,"诗人说,"我这就回田野去,像乌鸦哇哇大叫一般,去吆喝我的羊群。"

戴维胳膊下夹着那些诗稿,步履沉重地踏上返回韦诺瓦村的路。一到村里,他就拐进一家旧货铺,铺子的主人齐格勒是个来自亚美尼亚城①的犹太人,凡是他能搞到手的东西,都会出现在货架上。

"朋友,"戴维说,"森林里出了狼,老来祸害我山上的羊,手头没把枪可不成。你这儿有什么枪?"

"看来今天不是做生意的好日子,米尼奥,我的朋友,"齐格勒两手一摊说,"因为我要卖给你的这件武器,连原价十分之一还不到。上个星期,我从一个小贩那儿进了一马车货,据他说,这些东西都是从一个王宫侍卫那儿弄来的,这件武器只是其中之一。这些东西可不简单,它们来自一座城堡,原本属于一位爵爷——具体什么爵位我不太

---

① 亚美尼亚城:哥伦比亚中西部城市,金迪奥省首府。

清楚——只知道他因为谋反被放逐了。这些东西里,有几件武器绝对是上品。就拿这把手枪来说,哎呀,恐怕只有王子才配用它!看在咱俩是朋友的分儿上,米尼奥,这把手枪我四十法郎卖给你。即使亏本十法郎,我也不在乎了。不过,你要还是想来一把火绳枪——"

"就这把手枪了,"戴维说着,把钱扔在柜台上,"上子弹了吗?"

"我这就给你装上,"齐格勒说,"一包火药加子弹还得再加十法郎。"

戴维将手枪放进上衣里,走回自家农舍。厨房的炉子里生着火,却没见到伊冯娜的人影,看来她又去邻居家串门了,最近她很喜欢串门。戴维打开炉门,把那些诗稿一股脑地塞进炭火里。一时间烈焰熊熊,烟道里发出噼啪的声响。

"简直是乌鸦的叫声!"诗人说。

之后,他走进顶楼的那间房,把门关好。当时村子里静悄悄的,足有二十个人听到了那把大手枪发出的巨响。他们一窝蜂地赶到事发地,看到楼上硝烟弥漫,便都上了楼。

几个男人把诗人的尸体平放到床上,手忙脚乱地在这只可怜的乌鸦身上擦拭着,试图将其损毁的羽毛掩盖起来。

在场的女人们议论纷纷,表达着她们的怜悯之情,还有几个人跑去把这一噩耗告诉伊冯娜。

爱管闲事的帕皮诺先生是首批到达事发现场的村民之一。他捡起那把手枪,仔细察看镶在上面的银饰,眼神中饱含对枪支的赞赏和对死者的哀悼。

"这把枪上的徽章,"他对身旁的牧师解释道,"是博普杜伊侯爵大人的。"

改邪归正

监狱鞋厂里，吉米·瓦伦丁正埋头一丝不苟地缝鞋帮，一名看守走了过来，把他带到前楼的办公室。典狱长递给他一张赦免令，州长这天早晨刚在上面签过大名。吉米接过赦免令，神情有些落寞。他被判处四年监禁，眼下已在牢里挨了差不多十个月，他本以为最多不过三个月就能出去。像吉米·瓦伦丁这种在外头结交甚广的人，蹲班房时连头发都不用剃光。

"喏，瓦伦丁，"典狱长叮嘱道，"明天上午你就可以离开这儿了。打起精神，活出个人样来。毕竟，你这个人的心地还不坏。以后别再到处撬保险柜了，安分守己过日子吧。"

"我怎么啦？"吉米诧异地说，"哎呀，我这辈子从来没有撬过什么保险柜啊。"

"哦，没有撬过，"典狱长笑道，"你当然没有。现在，让我想想看,你是怎么搞的,在斯普林菲尔德[①]一案中给送了进来?难道是因为怕牵连什么上流人物而拒绝提供不在场证明,还是仅仅因为不讲道理的陪审团故意跟你过不去?你们这些自称无辜的犯人,不外乎这些借口。"

"我怎么啦?"吉米仍是茫茫然一副无辜的样子,"我这辈子还从来没有去过斯普林菲尔德呢!"

"把他带回去,克罗宁!"典狱长吩咐道,"给他备好出狱的衣服。明天早上七点放他出去,这会儿把他关到候审室去。瓦伦丁,你还是好好考虑一下我的忠告吧。"

翌日早上七点一刻,吉米被带到典狱长办公室里。他穿着一套很不合身的现成衣裤,脚上是一双硬邦邦、吱呀作响的鞋,这身行头由州政府无偿提供,是给那些被迫来此做客的人士的临别赠礼。

监狱职员递给吉米一张火车票,外加一张五美元的钞票,法律指望他用这笔钱安身立业,重新做人。典狱长递给他一支雪茄,并且同他握手道别。吉米·瓦伦丁,大名

[①] 斯普林菲尔德:又称春田市,是美国伊利诺伊州的首府,同时也是桑加蒙郡郡治。美国叫斯普林菲尔德的地方众多,但名气最大的便是伊州首府。同时,斯普林菲尔德也是美国总统林肯长居并在政坛上崛起的地方。Springfield 这一地名由 Spring(春天、春季)和 field(田地、土地)两个字眼组成,意韵优美,因此,美国几乎每个州都会有一两个城市(镇)以此命名,斯普林菲尔德也成为美国人最容易弄错的地名。

詹姆斯①·瓦伦丁，编号9762，在档案上留下了"州长赦免"字样，走出高墙，走进了阳光里。

阳光下，鸟语花香，绿树婆娑。吉米无心理会眼前的美景，径直走进一家餐馆大快朵颐。他吃了一只烤鸡，喝了一瓶白酒，随后抽了一支雪茄（比典狱长给他的那支更高档些），由此感受到了初获自由的美妙滋味。酒足饭饱之后，他慢慢悠悠地朝火车站走去。车站门口坐着一个行乞的盲人，吉米朝那人面前翻过来的帽子里丢了一枚二十五美分的银币，然后登上了火车。三个钟头过后，他在州界附近的一个小镇下了车，走进一家咖啡馆，是个叫迈克·多兰的人开的。他跟独自守在吧台后面的迈克握了握手。

"实在抱歉，吉米，我的孩子，我们没能早点儿把你弄出来。"迈克对他说，"斯普林菲尔德那伙人不依不饶，我们忙着应付，州长都几乎拿不定主意。你还好吗？"

"还好，"吉米说，"我的钥匙呢？"

吉米接过钥匙，来到楼上，打开了后楼的房间。房间里的一切，在他离开后原封未动，本·普赖斯衬衫领子上的一粒纽扣仍留在地板上，那是那位大名鼎鼎的侦探带人

---

① 詹姆斯（James）：通常被认为是一个正式的名字，而"吉米"（Jimmy）则是"詹姆斯"的一种常见的绰号或昵称。

前来抓捕他时动了武给扯下来的。

吉米把靠墙的折叠床拖到一旁,推开一块墙板,取出一只蒙着厚厚灰尘的手提箱。他打开箱子,兴致勃勃地欣赏着东部地区最好的一套作案工具。这套工具一应俱全,由特种钢材精心打造而成,包括最新式样的钻头、打孔器、手摇钻、螺丝钻、钢撬、夹钳,以及吉米自行研发、引以为傲的两三件独门工具。制作这套工具花了他九百多美元,是在一个专门为干这种行当的人制造工具的地方定做的。

半个钟头过后,吉米下了楼,穿过咖啡馆。这会儿,他换上了一套雅致合体的衣服,手里拎着那只擦拭得干干净净的手提箱。

"又要干了吗?"迈克·多兰亲切地问。

"我吗?"吉米有些犹豫不决地答道,"我不知道。我现在的身份是纽约饼干麦片联合公司的推销员。"

听吉米这么一说,迈克十分高兴,立即请吉米喝了一杯牛奶汽水——吉米一向不碰酒精饮料。

编号9762的囚犯瓦伦丁获释一个星期之后,印第安纳州里士满[①]市的一个保险柜被撬,手法干净利落,毫无线索可寻。失窃钱财不算多,不到八百美元。此后刚刚过了两

[①] 里士满:在美国一共有三个里士满:弗吉尼亚州首府里士满、加利福尼亚州西部城市里士满,以及印第安纳州东部城市里士满。本文指后者。

个星期,洛根斯波特①市的一个新型防盗保险柜,像切奶酪似的被轻松撬开,一千五百美元现钞不翼而飞,柜子里的证券和银器丝毫未动。此案引起了警方的注意。随后,杰斐逊城②的一个老式银行保险柜被撬,就像从开始活动的火山口喷出了五千美元钞票。此案的损失相当大,不得不提交本·普赖斯之流出手侦查。他们交流情况,注意到几起盗窃案的作案手法如出一辙。本·普赖斯对作案现场进行了勘查,然后宣布道:

"此乃'浪子'吉米·瓦伦丁的典型作案手法,他又重操旧业了。诸位上眼,那个暗码旋钮,叫他不费吹灰之力地拔了出来,就像是在潮湿天里拔萝卜一样,只有他才有那种钳子;还有那些锁栓,钻得多么利落!吉米往往只钻一个孔就能搞定。对啦,我想我得抓到瓦伦丁先生。下回一定得让他在大牢里待个够,不能再有什么缩短刑期的蠢事了。"

本·普赖斯了解吉米的习惯。早在斯普林菲尔德一案中,这位神探就对此人有所了解:跑得远,逃得快,独来独往,喜欢结交上流社会人士。这些手段使他屡逃法网,

---

① 洛根斯波特:美国印第安纳州的一个城市。
② 杰斐逊城:美国密苏里州中部城市,州首府。位于密苏里河南岸。始建于19世纪初,以时任总统托马斯·杰斐逊为名。

声名远播。本·普赖斯已经着手追踪这个神出鬼没的撬锁能手的消息一传开,家里有防盗保险箱的人顿时觉得安心了些。

一天下午,吉米·瓦伦丁搭了一辆邮车,出现在一个叫阿尔莫尔的小镇,随身携带着那只手提箱。此地属于阿肯色州黑斛地区的一个小镇,离铁路五英里。吉米看上去像个刚刚返乡的精力饱满的大学高年级学生,顺着宽阔的人行道朝一家旅馆走去。

一个女郎从街道对面走了过来,在街角处与吉米·瓦伦丁擦肩而过,进了一扇大门,门上挂着一块招牌,上书"阿尔莫尔银行"。吉米目不转睛地盯着那姑娘,忘记了自己是谁,好像变成了另一个人。女郎低下头,脸上泛起了红晕。在阿尔莫尔,像吉米这样风度翩翩的英俊小伙儿少之又少。

银行门前的石阶上有一个男孩像一个股东似的在闲逛,吉米抓住他问长问短,打听镇上的情况,不时塞给他几个小角子。片刻后,那个女郎出来了,假装没看见这个拎着手提箱的年轻人,气派十足地走了过去。

"那不是波莉·辛普森小姐吗?"吉米耍了个心眼,随口编了个名字。

"你搞错啦,"那个男孩纠正道,"人家叫安娜贝尔·亚当斯,她父亲就是这家银行的老板。你到阿尔莫尔干什么来了?这不是一条金表链吗?我就要有一条巴儿狗了。能再给我几个小角子吗?"

吉米来到农场主旅馆,以拉尔夫·德·斯潘塞的姓名开了一个房间。他斜倚在接待台边上,对服务生说明来意,说自己是来阿尔莫尔找个地方做生意的,他打算做鞋类生意,但不知道镇上这种生意是否吃得开。

服务生对吉米品位不俗的衣着和谈吐肃然起敬。他本人虽然算得上小镇为数不多的时尚人物之一,可是现在从吉米身上看出了自己的差距。他一边揣摩着吉米的活结领带是怎么个打法,一边将自己所了解的相关情况和盘托出。

的确!在鞋业方面这里该会有很好的机会。镇上还没有一家专门卖鞋的店铺。绸缎店和杂货铺都卖鞋类,生意都不错。他希望斯潘塞先生打定主意在此安顿下来,当地人友善好客,他会在这个镇上住得很愉快。

斯潘塞先生决定在小镇逗留几日,好好观察一下再说。服务生想给他叫行李员,他说不必了,自己把手提箱拎上去就成,那玩意儿挺沉的。

接下来,一阵突如其来的爱情之火从天而降,昔日的吉米·瓦伦丁浴火重生,造就了如今的拉尔夫·德·斯潘塞先生。他留在了阿尔莫尔,开了一家鞋店,生意红红火火,没过多久便发迹了。

在社交界,他也混得风生水起,结交了不少新朋友。他最大的梦想也变成了现实,结识了安娜贝尔·亚当斯小姐,越来越为她的魅力所倾倒。

到一年终了时,拉尔夫·德·斯潘塞先生鸟枪换炮,今非昔比:他赢得了全镇上下的尊重,鞋店生意蒸蒸日上,还和安娜贝尔订了婚,两星期之后就要喜结良缘。亚当斯先生是个慢条斯理的典型乡间银行家,对斯潘塞这个女婿很是器重。安娜贝尔既以他为傲,又对他一往情深。不管是在亚当斯先生家还是在安娜贝尔已婚的姐姐家,他都像在自己家里一样悠然自得。

这天,吉米在房间里写了一封信,寄给圣路易斯的一位老友。当然,收信地址是安全可靠的。

亲爱的老友:

下周三晚上九点,请你在小石城①的沙利文那里等我,有几件小事麻烦你帮忙,还打算把我自己的一套工具赠送给你。你一定乐于接受它们,就算你花上一千美元,也弄不到这些好玩意儿。不瞒你说,比利,早在一年前,我就洗手不干了。如今,我开了家店,

---

① 小石城:位于美国阿肯色州中部,是该州首府和最大城市。

生意不错，每天老老实实地过日子。再过两个星期，我就结婚了，娶的是一位天下最好的姑娘。只有正直的生活才叫生活。现在即使给我一百万，我也不会去碰人家的一元钱了。结婚以后，我会卖掉全部家当去西部生活，那儿相对安全一些，不大可能有人会翻我的老账。我向你保证，比利，那个天使般的姑娘非常信任我，我无论如何也不会再走歪门邪道了。你务必及时赶到沙利文那里去，因为我必须见到你。至于那套工具，我会随身带去。

你的老友　吉米

就在吉米发出此信后的下个星期一夜里，本·普赖斯雇了一辆马车，神不知鬼不觉地到了阿尔莫尔。他不露声色地在镇上转了一圈，打听到了他所关注的一切。他站在一家药店里，仔细观察着街道对面鞋店里的大盗拉尔夫·德·斯潘塞。

"眼看就要迎娶银行老板的女儿了，是吗，吉米？"神探小声嘀咕道，"嗯，这一层我还不知道呢！"

翌日早上，吉米在亚当斯先生家里吃了早餐。接下来，他准备去趟小石城，一方面需要定制结婚礼服，另一方面打算给安娜贝尔买一些漂亮的礼物。来到阿尔莫尔后，他一直待在这里,即将开始的小石城之行,是他头一回离开小镇。金盆洗手一年有余,他觉得这次出门应无大碍。

吃罢早餐,一家人全部出动,赶往商业区,此行人员包括亚当斯先生、安娜贝尔、吉米、安娜贝尔已婚的姐姐及其两个女儿,一个五岁,一个九岁。众人路过吉米一直住着的酒店,吉米跑上楼拿了手提箱。随后,这一大帮人继续向银行前进。吉米的马车就停在银行门口,车夫多尔夫·吉布森一会儿要送吉米去火车站。

众人拥进银行营业厅高高的橡木雕花围栏里,吉米也在其中。作为银行老板亚当斯先生未来的女婿,吉米的拥趸无处不在。银行职员们都乐于结识即将同安娜贝尔小姐结婚的这位既仪表堂堂又和蔼可亲的青年。吉米将那个手提箱放在地上。安娜贝尔的内心充满幸福感和青春活泼的精神,她孩子气地戴上吉米的帽子,伸手拎起手提箱。"瞧我这派头,是不是活像一个呱呱叫的推销员呀?"她戏谑道,"我的天哪!拉尔夫,这小箱子怎么这么重?好像里面装满了金砖。"

"里面装的都是包着镍皮的鞋楦,我准备退货的。"吉米面不改色地说,"我想随身带着,就不用支付快运费了。我可真会精打细算啊。"

阿尔莫尔银行新近建了一个新式保险库,亚当斯先生甚是得意,非要让这一大帮人好好瞧瞧。保险库虽然不大,新装的库门却颇有看点。门上用的是定时锁，一转把手，三道钢栓同时锁住。亚当斯先生满面春风地向斯潘塞先生解说着此门的妙处，后者看似谦恭有礼地听着，实则似乎不很在意。而梅和阿加莎这两个小女孩对亮晶晶的金属、古怪的定时锁和把手，却十分有兴趣。

就在这一大帮人参观金库的当儿，本·普赖斯踱进银行，胳膊肘撑在柜台上，漫不经心地向栏杆里面张望着。他告诉出纳，自己不需要办理任何业务，只是在等一个熟人而已。

突然，金库那边传来一两声女人的尖叫，顿时乱作一团。原来是那个九岁的小姑娘梅捅了娄子。她趁大人们不注意，闹着玩儿，把五岁的阿加莎关进了金库里。紧接着，她模仿亚当斯先生刚才的演示，关上了钢栓，并且转动了暗码盘的把手。

老银行家扑向把手，使劲拉扯了几下。"门扭不开，"他呻吟道，"定时锁没上发条，暗码盘也没有对准。"

阿加莎的母亲歇斯底里地哭叫起来。

"安静！"亚当斯先生喝道，举起一只颤抖的手，"大家先静一静。阿加莎！"他憋足劲，扯着嗓门儿高喊，"听我说。"现场随即鸦雀无声，小女孩在黑洞洞的金库里惊恐万状地尖叫着，大家在外面只能捕捉到微弱的喊声。

"我的小可怜啊！"阿加莎的母亲号啕大哭，"她眼看就要被吓死啦！赶快把门打开吧！把它砸开！你们男人难道一点儿办法都没有吗？"

"要想打开这扇门，起码得赶到小石城请专人来。"亚当斯先生颤声说，"上帝啊！斯潘塞，眼下到底该怎么办才好？那么小的孩子——她在里面挺不了多长时间，空气不够，而且，她会被吓得抽风的。"

孩子的母亲这时候发疯地用手捶打着库门。有人乱出主意，建议干脆用炸药把门炸开。安娜贝尔转过头来望着自己的心上人，一双大眼睛里透着焦急，但并不是绝望。对一个女人来说，她所崇拜的男人似乎是无所不能的。

"你不能做点儿什么吗，拉尔夫？不妨试试，好不好？"

吉米的唇上和明亮的眼睛带着一种奇特的、柔情的微笑瞧着她，"安娜贝尔，"他回了一句，"把你戴的玫瑰花给我，好吗？"

安娜贝尔尽管不敢相信自己的耳朵，她还是取下别在衣服前襟上的那朵含苞待放的玫瑰，放在他手里。吉米把花儿插进背心口袋，脱掉上衣，卷起袖子。此时此刻，拉尔夫·德·斯潘塞销声匿迹，吉米·瓦伦丁闪亮登场。

"所有人都离开那扇门。"他的命令简短有力。

他将那个小箱子放在桌上，把箱盖打开。从这一刻开始,他好像忘记了周围任何人的存在。他迅速将那些奇形怪状、闪闪发亮的工具一一摆好,同时轻松地吹着口哨,就像他平时干这活时那副模样。周遭一片寂静,所有的人都屏住呼吸瞧着他,像被施了魔法一般。

眨眼间,吉米心爱的钻头畅通无阻地冲进那扇钢门。接下来,仅仅用了十分钟,他就拉开了钢栓,打开了库门——打破了他此前的盗窃纪录。

阿加莎几乎精疲力竭,好在救援及时,让她平安地回到了妈妈的怀抱。

吉米·瓦伦丁穿上外套,走出栅栏,走向银行前门。走着走着,他隐约听到远处有个熟悉的声音喊着"拉尔夫",但他没有回头,继续往前走。

门口闪过一个大块头,几乎挡住了他的去路。

"久违啦,本!"吉米说,脸上仍挂着他那种奇怪的笑容,"最后还是落你手里啦,可不是吗?既然这样,咱俩走吧,悉听尊便。"

本·普赖斯的举动却有点古怪。

"你认错人了吧,斯潘塞先生,"他说,"我可不认识你。外头那辆马车是等你的,对吗?"

说罢,本·普赖斯转过身去,沿着街道信步而行。

我们选择的道路

"落日号"快车行至图森①市以西二十英里处,在一座水塔旁停了下来,准备加水。除了加足水以外,这趟闻名遐迩的特快列车的机车还碰上了对它非常不利的事情。

就在司炉工放下抽水管的当儿,三个不速之客——鲍勃·蒂德博尔、"鲨鱼"多德森以及拥有四分之一克里克人②血统的名叫"大狗"约翰的印第安人——手脚麻利地爬上了机车,冲着列车司机亮出三个黑洞洞的枪口。这些枪口把那个司机吓得够呛,他举起双手,嘴里差点儿喊出:"不至于吧?"

"鲨鱼"多德森——这伙劫匪的头目——一声令下,司机乖乖下车,卸下机车连接煤水车的挂钩。接着"大狗"约翰蹲在煤堆顶上,两手各执一枪,戏谑地将两枪分别对

---

① 图森:又译杜桑或土桑,位于美国亚利桑那州南部皮马县,是该州第二大城市,仅次于州府菲尼克斯(又译凤凰城)。
② 克里克人:北美印第安人的一支。

准司机和司炉工,喝令他俩把车头开到五十码之外,等候下一步指示。

在"鲨鱼"多德森和鲍勃·蒂德博尔看来,那些旅客不过是低等矿石,价值寥寥,不必多费手脚去沙里淘金,因此他俩直奔向特快车那鼓鼓的"荷包"。一个报务员无所事事地待在那儿,对这场突袭浑然不知——他以为"落日号"快车只是在加水,而不是碰上什么更刺激、更危险的事情。鲍勃当即用其六发左轮手枪的枪柄让他认清了眼前的严峻形势,而"鲨鱼"多德森已经准备好对这列快车的保险柜实施爆破作业。

保险柜被炸开后,就得到三万元,都是金币和现钞。前边车厢里的乘客们漫不经心地从车窗探出头来,想瞧瞧哪块云彩里打了一个响雷。列车长赶紧去拉警铃,刚摸到铃绳,绳子就松松垮垮地掉了下来,原来早被割断了。"鲨鱼"多德森和鲍勃·蒂德博尔把他们的战利品塞进一个结实的帆布袋,从车厢一跃而下,踩着高筒靴跌跌撞撞地向机车奔去。

司机敢怒而不敢言,但还算识相。他遵照命令将机车迅速开走,将动弹不得的车厢留在原地。就在这时,刚才被鲍勃用枪柄击倒的报务员清醒过来,从车厢地板上迅速爬起，抓过自己的温彻斯特连发步枪①，从车上跳了下来，从而使剧情发生了反转。坐在煤水车上的"大狗"约翰先生对当前局势的变化毫无察觉，稀里糊涂地成了活靶子，被报务员一枪撂倒。一颗子弹正好从他的两片肩胛骨中间穿过，这位克里克的骗子从车顶滚落到地上，这就让他的两名同伙在分赃时各自多得六分之一。

机车行至距离水塔两英里时，两名劫匪命令司机停车。

两名强盗大摇大摆地跟司机挥手告别，跳下陡坡，飞快地跑进铁路沿线的密林中。两人在密不透风的灌木丛中狼奔豕突，五分钟后来到一片开阔的林地，低垂的树枝上拴着三匹马，其中一匹是"大狗"约翰的坐骑，他一去不返，再也不会来骑它了，不管是黑夜还是白天。两名强盗卸下它的鞍辔，放它走了。他俩跨上另外两匹马，把那个装满战利品的帆布袋搭在一匹马的前鞍头上，小心翼翼地一路疾驰，把那片树林甩在身后，爬上一片幽静的峡谷。这时，意外发生了。在一块长满青苔的石头上，鲍勃·蒂德博尔胯下的那匹马滑了一跤，摔断了一条前腿。他们随即对准它的脑袋开了一枪，然后坐下来研讨远走高飞的方

---

① 温彻斯特连发步枪：19世纪80年代开始美国温彻斯特连发武器公司研制及生产的一系列步枪。在旧西部时期，温彻斯特步枪经常出现在牛仔、枪手、执法人员和不法分子手中，与那些旧型号单动式转轮手枪并存。

案。他们一路穿山越林，走的尽是迂回曲折的小路，眼下还算安全，时间也够用。那些追兵不管行动多快，想要赶上他们绝非易事。"鲨鱼"多德森的那匹马，松开了笼头，拖着缰绳，打着响鼻儿，心满意足地享用着溪边的青草。鲍勃·蒂德博尔打开那个帆布袋，两手抓出好几摞捆得整整齐齐的钞票和一袋金币，笑得合不拢嘴，像个得偿所愿的孩子。

"嘿，你这双料强盗，"他欢天喜地地对多德森说，"你早就说过你肯定能干成这一票。你有发财的头脑，放眼整个亚利桑那州，谁也不是你的对手！"

"我们该怎样去给你弄匹马来，鲍勃？此地不宜久留。明天早上，不用等到天亮，他们就会追上来的。"

"这个嘛，我想，你那匹印第安小马还够用，驮着咱俩跑一阵子，没什么问题的。"生性乐观的鲍勃答道，"接下来，我们会夺下我们最先碰到的马。天哪！这回咱俩可真是发大财啦，你说对吗？瞧瞧这些钱袋子上的标签，整整三万哩——咱俩每人一万五！"

"比我预期的数目要少。""鲨鱼"多德森说。他抬起靴尖，轻轻地踢踢那个帆布袋，然后心事重重地看着自己那匹马汗涔涔的两胁——不用说，它累得够呛。

"我的老玻利瓦尔恐怕要累垮啦，"他缓缓开口道，"你的栗色马要是没摔伤,该有多好啊。"

"可不是嘛,"鲍勃由衷地说,"不过,事已至此,我也实在没辙了。玻利瓦尔很壮实,耐力相当不错,肯定能驮着咱俩走一阵子,直到我们得到新的坐骑。哎呀,该死的,鲨鱼,有件事儿我想起来就觉得滑稽,你这个东部人,怎么会跑到这儿干起刀尖上舔血的勾当?你那股子狠劲儿,连我们这些西部佬都自愧不如。对了,你是从东部什么地方来的?"

"纽约州。""鲨鱼"多德森答道。他在一块大圆石上落座,随手扯过一小根嫩树枝,放在嘴里咂摸着滋味,"我出生在阿尔斯特县[①]的一个农场。十七岁那年,我离家出走,能来西部讨生活纯属偶然。我把衣服打成一个包,沿路走去,目的地是纽约城,我的打算是到那里去赚一大笔钱,我总觉得自己能办得到。一天傍晚,我走到一个岔路口,弄不清该往哪边走。我站在那里研究了半个钟头,决定走左边的一条路。就在那天晚上,我走到了一个名为'大西部'戏班的宿营地,他们在小城镇巡回演出,我就跟他们一起到西部来了。我时常想,要是那时我选择的是另一

[①] 阿尔斯特县:位于纽约州东南部,哈得孙河以西。成立于1683年,是纽约州最早的十二个县之一。县名来自爱尔兰的阿尔斯特省,是当时约克公爵(后来的詹姆斯二世)的领地。

条岔路,我的情况会不会大不相同。"

"嗯,我估计,到头来你还是现在这个样子,"兴致颇高的鲍勃·蒂德博尔用颇有点儿哲学意味的口吻说,"这跟我们选择哪一条路走无关,是我们内心的什么东西使我们变成现在的样子。"

"鲨鱼"多德森站了起来,倚靠着一棵树。

"我真心希望你的那匹马没有摔伤,鲍勃。"他又说了一遍,一副悲天悯人的样子。

"可不是嘛。"鲍勃对此深有同感,"它确实是一匹头等不中用的老马。幸好还有玻利瓦尔,它会帮助咱俩渡过难关的,万无一失。我说,咱俩还是赶紧上路吧,好不好,'鲨鱼'?我把这一大堆钱装进袋子里,然后上路找一个安全的地方。"

鲍勃·蒂德博尔把这笔不义之财重新装回袋子里,拿绳子紧紧扎住袋口。等他一抬头,发现自己正对着黑洞洞的枪口——"鲨鱼"多德森那把四五口径的手枪,一动不动地瞄准了他。

"开什么玩笑,"鲍勃勉强一笑说,"我们该上路了。"

"不许动。""鲨鱼"说,"你不用上路了,鲍勃。我实在不愿意这么说,但眼下你我只有一个人有逃脱的机会。玻利瓦尔累坏了,驮不动两个人。"

"你我是三年的老搭档啦,'鲨鱼'多德森。"鲍勃平静地说,"咱俩一起出生入死,岂止一回两回。我和你一直是公平交易,而我也认为你是条好汉。我听说过一些奇谈怪论,说你不光彩地枪杀过一两个人,不过我压根儿没有相信过。如果你只是跟我开个小玩笑,鲨鱼,那就赶紧把你手里的家伙收起来,让玻利瓦尔驮着咱俩赶快上路。如果你真想干掉我——那就开枪吧,你这个毒蜘蛛养的黑心肠的子孙!"

"鲨鱼"多德森的脸上露出不胜凄惶的神情。

"你的栗色马摔断腿的时候,"他叹了口气说,"你不知道我心里多难过,鲍勃。"

多德森突然来了个大变脸,脸上的表情一下子变得冷酷无情和贪婪无比。此人的灵魂刹那间现出原形,就像一座看上去颇为体面的房子,窗口处倏地出现一张恶魔的脸。

鲍勃·蒂德博尔果真再也不用上路了。他那个黑心的朋友,用一把四五口径手枪结果了他,致命的巨响在整个峡谷久久地回荡着,而不自觉的同谋玻利瓦尔驮着"落日号"快车的最后一名劫匪疾驰而去,再无"一马双骑"的压力。

就在"鲨鱼"多德森策马狂奔之际,树林好像渐渐消失了,右手握着的手枪好像变成了桃花心木椅子的曲臂,身下的马鞍也离奇地高举起来。当他睁开眼时,发现他的两脚并不在马镫上,而是老老实实地搭在四条腿的橡木办公桌上。

读者诸君,我这里说的是,多德森——德克尔公司的多德森,即华尔街经纪人——睁开了眼睛。皮博迪——他的心腹雇员——正恭候在他的椅子旁,一副欲言又止的样子。外面是一片来往的车轮声,室内电风扇嗡嗡作响,让人昏昏欲睡。

"啊哈!皮博迪,"多德森眨了眨眼睛说,"看来我刚才睡着了,做了个非比寻常的梦。有事吗,皮博迪?"

"先生,特雷西-威廉斯公司的威廉斯先生来了,就在外头等着哩。他是来结算那笔爱克斯股票账的。他抛空失了手,您还记得这事吧,先生?"

"嗯,我记得。爱克斯股票今天的行情是多少?"

"一块八毛五,先生。"

"就照这个价结算。"

"恕我多嘴,"皮博迪局促不安地说,"可是我已经跟威廉斯谈过了。他和您是多年的朋友了,多德森先生,而您实际上已垄断了爱克斯股票。我想您可能——我是说,我以为您可能忘记了,他当初是以九毛八的行情将股票卖给您的。要是让他按照今天的行情结算,恐怕他得倾家荡产了。"

多德森突然来了个大变脸,脸上的表情一下子变得冷酷无情和贪婪无比。此人的灵魂刹那间现出原形,就像一座看上去颇为体面的房子,窗口处倏地出现一张恶魔的脸。

"他得按一块八毛五结账,"多德森说,"玻利瓦尔驮不动两个人。"

盗亦有道

"行骗这一行,也得讲究职业道德——只行骗,不犯法。这话我跟搭档安迪·塔克说了多少遍,他就是不听。"一天,杰夫·彼得斯跟我打开了话匣子。

"安迪的想象力过于丰富,所以不诚实。他坑人钱财的鬼点子数不胜数,金额又很大,连铁路回扣细则上也规定不允许。

"我呢,从来不随便拿人家的钱,除非我可以给点什么,譬如,镀金的首饰呀,花卉种子呀,腰痛药水呀,证券呀,炉子擦洗剂呀——要不砸破脑袋给人看,让其乖乖掏钱。我觉得自己一定是新英格兰①人的后裔,而且我继承了他们

---

① 新英格兰:位于美国本土的东北部地区,当地华人常称之"纽英仑",是美国大陆东北角濒临大西洋、毗邻加拿大的区域。该地区包括美国的六个州,由北至南分别为缅因州、佛蒙特州、新罕布什尔州、马萨诸塞州(简称"麻州"或"麻省")、罗得岛州、康涅狄格州。马萨诸塞州首府波士顿是该地区的最大城市以及经济与文化中心。新英格兰的早期欧洲定居者是逃避宗教迫害的英国清教徒。大多数新英格兰地区的早期历史留下了宗教不宽容和严酷法令的深深烙印。

的某些品质，对警察始终怀有畏惧之心。

"安迪的家谱却不同。我想他的血统恐怕只能追溯到一个公司。

"有年夏天，我们沿中西部俄亥俄山谷一带活动，贩卖家庭相册、头痛粉、灭蟑螂药之类的东西，安迪提出了一种可能惹上官司的大诈骗。

"'杰夫，'他说，'我一直在想，咱们应该放弃那些一元钱的小骗术，把注意力转移到油水多、获利厚的大买卖上去。要是咱们只盯着那些乡巴佬拿鸡蛋换来的小钱，人家会把咱们归入没本事的小骗子这一流。咱们应该钻进高楼大厦的要害，咬住某头大驯鹿的胸部。'

"'这个嘛，'我说，'你知道我这人的脾气秉性。我觉得咱们眼下的生意就挺好，起码光明正大，遵纪守法。拿了人家的钱，我总会给他们留下点儿看得见、摸得着的东西，也好转移他们的视线，以免让自己露出马脚，即使不过是一枚能把香水喷到朋友眼睛里的滑稽戒指。话虽如此，你要是有什么新点子，安迪，'我说，'说来听听也行。我倒不是热衷于眼下的小打小闹，要是有好办法，我也不反对。'

"'我想，'安迪说，'去打一下猎，不带猎狗，不喧不闹，目标是一大群美国富豪，也就是人们常说的"匹兹堡[①]

[①] 匹兹堡：位于美国宾夕法尼亚州西南部，是该州仅次于费城的第二大城市。匹兹堡曾是美国著名的钢铁工业城市，有"世界钢都"之称。

百万富翁"。'

"'咱们得去纽约?'我问。

"'你想错了,老兄,'安迪说,'去匹兹堡。百万富翁聚集在匹兹堡。他们不喜欢纽约,偶尔去趟纽约,也是因为要上那里办事情。

"'一个匹兹堡的大款来到纽约,就像一只苍蝇掉进热气腾腾的咖啡里,人人都注意和议论他,但他自己并不喜欢。纽约讥笑他们把那么多钱挥霍在那个城市,那里全是些偷偷摸摸、刻薄无情的势利小人。其实,他在那儿的开销并不大。有个身价一千五百万美元的匹兹堡人,十天游邦克姆镇的开销账目是这样的:

往返火车票	21.00 美元
出入旅馆车马费	2.00 美元
旅馆住宿费(5美元一天)	50.00 美元
小账	5,750.00 美元
总计	5,823.00 美元

"'纽约就是这个德行,'安迪接着说,'这个城怎么看怎么像个旅馆领班。你给的小费太多,这家伙就会跑到门口,当着衣帽服务生取笑你。就因为这个,匹兹堡人总是

在本地花钱找乐子。咱们得去他们的老窝儿把他们逮住。'

"闲言少叙,我和安迪把那些颜料、解热镇痛药和相册存放在朋友家的地下室,乘火车直奔匹兹堡。接下来如何下手,安迪并无具体方案。不过,他总是信心满满,那种不循规蹈矩的天性使得什么状况都难不住他。

"作为对我职业操守的让步,安迪答应,只要我积极参与接下来的任何非法勾当,他可以保证,拿了人家的钱,肯定会给受害者某种实实在在的东西,让他们摸得着、看得见、尝得到、闻得出,以免我良心上过不去。听他这么一说,我的情绪一下子好多了,兴致勃勃地参与了他那见不得人的勾当。

"我俩在一条名为史密斯菲尔德的街上溜达,沿着煤渣路缓缓而行,穿过扬起的尘雾。'安迪,你想过没有,咱俩怎样才能跟那些焦炭大王和生铁吝啬鬼打上交道呢?我并不是妄自菲薄,或者诋毁客厅礼数,攻击使用吃橄榄的叉子和吃馅饼的刀子,'我说,'问题是,这些吸细支雪茄的人规矩很多,你要走进他们的客厅,其难度恐怕会超出你的想象吧?'

"'这事儿就算有难度,'安迪说,'唯一的难度倒在于咱们自己——谁叫咱们缺乏教养和文化素质。匹兹堡的大款们其实是很好的一批人,他们朴实,真诚,不摆架子,十分民主。

"'他们的举止粗俗不文明,表面上高声大气,不加修饰,骨子里都很粗鲁无礼。他们几乎每个人都是在默默无闻中一举成名的,'安迪说,'而且还会这么默默无闻地生活下去,直到这个城市开始清除烟雾。只要咱俩举动朴实自然,不远离沙龙,不断吵吵嚷嚷,譬如,叫着要给进口的铁轨上税,我们可以毫不费力地在社交场合碰上一些人。'

"接下来,安迪和我在大街小巷到处溜达,意在探探门道。三四天过后,我俩见到了几个百万富翁。

"其中的一位富翁,过去常常把汽车停在我俩下榻的旅馆门口,要上一夸脱的香槟。等服务生打开盖子,他拿起酒瓶放到嘴边就喝。由此可见,此君发迹之前,从事的是吹制玻璃的工作。

"有天晚上,安迪没像往常那样回旅馆吃饭。大约十一点钟他才回来,进了我的房间。

"'有一个目标啦,杰夫。'他告诉我,'这家伙身价不菲,足有一千二百万美元哩,经营石油、轧钢厂、房地产和天然气。他是个好人,一点儿架子都没有,最近五年发了大财。眼下,他找来好几位教授帮他提升素质,学些艺术、文学、男子的服饰之类的玩意儿。

"'遇见他那会儿,他刚跟一个钢铁公司的家伙打了赌,说今天阿利根尼①轧钢厂会有四个人自杀，结果他赢了，一万美元轻松到手。在场的人纷纷凑到他面前，让他请客喝酒。他觉得我这人尤为不错，邀我共进晚餐。我们去了钻石巷的一家餐厅，我俩坐在高脚凳上，饮着起泡的摩泽尔②白葡萄酒，喝了海鲜杂烩汤，吃了油炸苹果派。

"'然后，他邀我去自由街瞧瞧他的单身公寓。那套公寓在一个鱼市场的上头，有十个房间。在另一层上，还特地设了浴室。他告诉我，装修公寓花了一万八千美元，我觉得他说的是实话。

"'在一个房间里，那些画儿值四万美元；还有一个房间专门用来收藏古董古玩，那些玩意儿值两万美元。他的名字叫斯卡德，今年四十五岁，眼下在学弹钢琴。每天，有一万五千桶油从他的油井里冒出来。'

"'不错，'我说，'开局相当不错。不过，哎呀呀，那些乱七八糟的艺术品，对咱们有什么用？还有石油，有什么用呢？'

"'别急，'安迪沉思着坐到了床上，'那人并不是你平常说的一般废物。他让我看满屋子的艺术品时，一脸兴奋，两眼放光，就像焦炭炉的炉门。他说，要是做成某笔大生

---

① 阿利根尼：指美国宾夕法尼亚州阿利根尼郡，下辖匹兹堡市。
② 摩泽尔：法国一省，名称源自穿过此省的摩泽尔河，该流域出产白葡萄酒。

意，他会让约·皮·摩根①收藏的血汗工厂②挂毯和缅因州奥古斯塔③的珠饰品相形见绌，看上去就像幻灯片上鸵鸟胃囊中的食物。

"'接下来，他让我看一件小小的雕刻，'安迪继续道，'谁见了都得说，那是个无价之宝。他说那件宝贝大约有两千年的历史。它由一整块象牙雕刻而成，上面刻的是一朵荷花，荷花当中是一个女人的脸。

"'斯卡德查了一下目录，描述了一下，大约在公元前，埃及一位名叫卡夫拉的雕刻匠制作了一对牙雕，献给国王拉美西斯二世④。其中一件在他手里，另一件下落不明，古董店和古玩迷们跑遍了整个欧洲，结果一无所获。斯卡德手里这件，是他花两千美元买来的。'

---

① 约·皮·摩根：约翰·皮尔庞特·摩根（后人称其为"老摩根"），美国近代金融史上最著名的金融巨头，被称为"华尔街拿破仑"。他创办了美国钢铁公司，亦是一位艺术品收藏家。

② 血汗工厂：该词于1867年在美国出现，最初指美国制衣厂商实行的"给料收活，在家加工"的制度，后来又指由包工头自行找人干活的包工制。由于回避了在正规工厂中集体工作的工人可能有的集体博弈行为，其单位产品工资（计件工资）可被压到最低，因而被称为"血汗制度"或"血汗工资制"。

③ 奥古斯塔：美国缅因州的州府，位于缅因州中部肯纳贝克河畔，也是肯纳贝克县的县治所在。

④ 拉美西斯二世：古埃及第十九王朝的第三位法老，在位67年（前1292—前1225），是古埃及统治时间最长的法老，其执政时期是埃及新王国最后的强盛年代。文中富翁说那对牙雕是"公元前"献给拉美西斯二世的，在时间上与史实严重不符，纯属无稽之谈。

"'嗬,行呀,'我说,'对我来说,这些话就像河水哗哗流过一样动听。我想我们上这儿是教百万富翁做生意,而不是向他们虚心求教艺术的,是不是?'

"'耐心点儿,'安迪和气地说,'说不定我们很快就能看到希望。'

"次日一早,安迪出门转悠,临近中午才回来。他一进旅馆,就把我叫到客厅另一侧他的房间。他从衣袋里摸出一个鹅蛋大小的椭圆形包裹,把它打开。里面是一件牙雕,跟他向我描绘的那个百万富翁家里的宝贝一模一样。

"'说来也巧,刚才我转悠到一家旧货典当铺,'安迪解释道,'一眼瞧见这玩意儿被压在一堆短剑和杂物下面。当铺老板说,这玩意儿在他店里放了好几年了,估计是生活在河下游的阿拉伯人、土耳其人或者什么外国佬典当的。

"'我出价两美元,让他把这玩意儿卖给我。我一定是有点儿猴急了,他便坐地起价,说价钱要是低于三百三十五美元,就无异于硬抢他孩子嘴里的面包。最后,我俩以二十五美元的价格成交。'

"'杰夫,'安迪继续道,'这玩意儿跟斯卡德的牙雕正好是一对,丝毫不差。他肯定二话不说,甩出两千美元把它买下,就像把餐巾纸塞到下巴底下一样快。说不定,这玩意儿就是那个老吉卜赛人亲手雕刻的另一件真货哩!'"

"'嗯,那倒是。'我说,'现在,咱们该怎样引他上钩,叫他乖乖地来买呢?'

"安迪早已胸有成竹。我来说说我们是如何请君入瓮的。

"我弄来一副蓝眼镜,身着黑礼服,抓乱了头发,号称皮克尔曼教授。我到另一家旅馆登记入住,给斯卡德发了一封电报,约他尽快来此处见我,有要事相商——关乎一件重要的艺术品。还不到一个钟头,旅馆的电梯就把他送到了我的房间门口。他是一个轮廓不清的人,声音洪亮,浑身上下散发着康涅狄格雪茄和粗汽油①的味。

"'你好啊,教授!'他大声说。

"我抓抓头发,弄得更乱一些,透过蓝色的镜片瞪了他一眼。

"'先生,你是科尼利厄斯·特·斯卡德吧?'我问道,'宾夕法尼亚的匹兹堡人?'

"'没错,'他说,'一起到外面喝一杯吧。'

"'我没时间,也不想喝酒,'我说,'毕竟,此类消遣有碍健康。我特意从纽约赶来,想跟你谈笔生意——艺术品生意。

"'听说你有一件埃及拉美西斯二世时期的古董——一

---

① 粗汽油:又名轻汽油、石脑油,是以原油加工生产的轻质油,主要用作化工原料。

块象牙上刻着一朵托着伊西斯皇后头像的荷花。这样的雕刻原本是一对，其中一件多年以来下落不明。不久前，我在一家当铺——维也纳一家毫不起眼的博物馆里——发现了它，随即将其买下。你手里的那件，我也打算买下。价格嘛，悉听尊便。'

"'嘿，那可不行，教授！'斯卡德说，'你竟然找到了另一件？你打算买我的？那可不行。我科尼利厄斯·特·斯卡德的藏品，概不出售。你那件雕刻带来了吗，教授？'

"我把自己那件拿出来，斯卡德仔仔细细地看了好半天。

"'果真是它。'他说，'跟我手里那件一模一样，每根线条，每根曲线都像。把我的打算告诉你吧，'他说，'我不卖，我要买。我出两千五百美元，买你的。'

"'既然你不肯卖，那我只好忍痛割爱，卖给你啦。'我说，'请付大额现钞。我这人不喜欢多费口舌。今天晚上我得赶回纽约，明天在水族馆做讲座。'

"斯卡德当即开出支票，在旅馆兑成了现金。等他拿着那件宝贝走了，我根据事先的安排，赶紧返回安迪住的旅馆。

"安迪正在房间里走来走去，不停地看表。

"'得手了吗？'他问。

"'两千五百美元，'我说，'现金。'

"'只剩下十一分钟了,'安迪说,'赶快拿好行李,别误了巴尔的摩①到俄亥俄州的西行火车。'

"'急什么啊?'我说,'这笔生意很公平。就算是赝品,他一时半会儿也发现不了。再说,他好像很肯定那玩意儿就是真货。'

"'的确是真货。'安迪说,'就是他自己家里的那件。昨天我在他房间里欣赏古玩时,他走开了一小会儿,我趁机把那玩意儿装进了口袋。别愣着啦,拿上手提箱,赶紧走人,好吗?'

"'既然是这样,'我说,'那你为什么跟我说,是在当铺里发现了另一个呢?'

"'这个嘛,'安迪说,'无非是出于对你的良心的尊重。赶紧走吧。'"

---

① 巴尔的摩:马里兰州最大的城市,美国大西洋沿岸重要海港城市。

钟　摆[①]

"第八十一街——让他们下车，快！"身着蓝制服的牧羊人高叫着。

一群羊争先恐后地爬下车厢，另一群羊争先恐后地爬上车。羊其实是人，都是公民。"叮当"一声过后，曼哈顿高架铁路上的牲口运输车"咔嗒咔嗒"地开走了，约翰·帕金斯跟随着被释放出来的一群羊，走下车站的台阶。

约翰慢慢腾腾地走回家。慢慢地，因为在他日常生活的词典里，不存在"或许"这样的词儿。对一个已经结婚两年，住在一套房子里的人来说，生活中根本不存在什么出奇的事等着他。约翰·帕金斯一边走，一边勾勒出单调的一天一成不变的生活图景，闷闷不乐中多了点玩世不恭的意味。

卡蒂会在门口迎接他回家，给他献上一个散发着冷霜和黄油硬糖气味的吻。接着，他会脱去外套，坐在一张斑

[①] 钟摆：心理学上有"钟摆效应"，这一术语意在描述人类情绪的高低摆荡现象——人们在达到一个情绪高度的时候，会形成"心理斜坡"，并且将使其情绪摆向相反的、相同程度的位置。

驳的长沙发上看报,看俄国人和日本人怎样互相残杀①(报纸的排印可够呛)。晚餐会有炖肉、色拉(其调料号称"绝对不伤皮革"②)。还有一瓶草莓果酱(标签上大言不惭地宣称用料极其纯净)。吃罢晚餐,卡蒂会给他看碎布料缝成的褥子上的新补丁,那是那个卖冰的家伙从他的活结领带的一端为她剪下来的。到了七点半,夫妻俩会在家具上铺上报纸,用来承接楼上的胖子做体操时震落下来的石灰碎屑。八点整,住在过道对面公寓里的无人聘请的杂耍队的希基和穆尼,会带着几分醉意胡言乱语,幻想哈默斯坦③会主动找上门来,同他们签下每星期五百元的演出合同,二人高兴得会把椅子都翻转过来。接下来,天井对面的那位先生会在窗前表演长笛独奏;喜欢吹牛的家伙每天夜里会偷偷摸摸地走出来,加入马路上嬉闹的人群,楼层之间的升降机会送出菜肴,门房会把俄国人赞诺维茨基的五个孩子赶过鸭绿江④;那位穿着浅绿色鞋子的太太,会牵着一条长

---

① 指1904—1905年的日俄战争。
② 此本为鞋油广告词。
③ 哈默斯坦:指奥斯卡·哈默斯坦(1847—1919),剧院经理和所有人,著名美籍犹太裔作曲家。生于德国,约于1863年移居美国。1906年建曼哈顿歌剧院。
④ 此处影射正在进行的日俄战争。鸭绿江畔曾有激烈战事,报纸多有报道,作者信手拈来。另,"赞诺维茨基"为俄罗斯姓氏,"门房"(janitor)与"日本人"(Japanese)首字母相同。

毛猎狐狗下楼，在她的门铃和信箱上贴好她在星期四这天的专用名——你瞧，弗洛格莫尔公寓每天晚上都是这一套，一切都在按部就班地进行着。

对约翰·帕金斯来说，这些都在预料之中。他还能料到，到了八点十五分，他会鼓起勇气拿起帽子，而他的妻子则会以抱怨的语气发表意见："喂，我想知道，你这是要去哪儿呀，约翰·帕金斯？"

"去麦克洛斯基家转转，"他会这样回答，"跟那帮哥们儿打一两局台球。"

这是他近来的习惯。他会打到十点或十一点钟回家。卡蒂有时候已经睡着了，有时候仍在等他，准备用她的怒火将夫妻关系的钢链在坩埚里再熔化掉一点镀层。对于这类事，一旦爱神丘比特和弗洛格莫尔公寓的受害人不得不对簿公堂，他难辞其咎。

今天晚上，当约翰·帕金斯走到家门口的时候，他碰到了一件既平常又惊人的变故。没有卡蒂那亲热的带有糖果味的吻来迎接他。三个房间乱成一团，她的衣物胡乱地散落在各处，鞋子扔在地板中央，烫发钳、带蝴蝶结的发带、晨衣、粉盒乱七八糟地堆在梳妆台和椅子上——卡蒂平日里从不这样。约翰还发现，她梳子的齿缝里残留着一团棕色的卷发。她肯定是遇上了什么火烧眉毛的事儿，才会如此慌乱和匆忙。平日里，她一向是把梳落的头发收集在壁炉架上的那只蓝瓷小瓶里，积少成多，日后做成女人特别喜爱的发垫。

煤气管的喷嘴上，一根细绳颇为显眼地吊着一张折叠的纸片。约翰一把抓住它，原来是妻子留下的便条，内容如下：

亲爱的约翰：

刚才收到电报，说我母亲病得不轻。我将乘4:30的火车，山姆哥哥会赶到车站接我。冰箱里有冻羊肉。但愿母亲这回不是扁桃体脓肿复发。别忘付给送奶工五角钱。上一个春天她情况很糟。别忘记写信给公司修煤气表。你的好袜子在最上面那个抽屉里。明天我会再给你写信。

卡蒂　匆忙中

结婚两年来，他和卡蒂连一个晚上都没分开过。他一时不知所措，把那张便条看了一遍又一遍。一潭死水的日常生活突然泛起了涟漪，一下子把他弄蒙了。

卡蒂每天做饭时穿的那件红底黑点的晨衣，此刻松松垮垮地搭在椅背上。匆忙之中，她平时穿的衣服扔得到处都是。一小包她平时爱吃的黄油硬糖丢在那里，连袋口都没有打开。一张日报摊在地板上，报上的火车时刻表给剪了下来，留下一个长方形的口子像在打哈欠。房间里每样东西都欠缺了什么，元气没了，灵魂跟生命分离了。约翰·帕金斯置身于这些死气沉沉的物件之中，一种莫可名状的凄凉和孤独袭上心头。

他开始尽其所能地整理房间。当他触碰到卡蒂衣物的时候，一种近乎恐惧的感觉迅速贯穿了他的全身。他此前从未想过，要是没有卡蒂，生活将会变成什么样子。她早已完全融入他的生命，像他呼吸的空气一样须臾不可或缺，但又简直没有觉察到。而现在，她没有事先提醒一下就走了，消失了，仿佛从来就没有过她这个人一样。当然，这种状况持续不了几天，充其量不过一两个星期而已，但对他而言，仿佛死神的手已经伸出一个指头，威胁着他那安全而平静的家。

约翰打开冰箱，取出冻羊肉，又煮了点儿咖啡，面对着那瓶大言不惭地宣称用料极其纯净的草莓果酱，独自一人坐下来吃一顿孤独的晚餐。一点点炖肉和加了棕色鞋油状调料的色拉，此刻也成为他逝去的幸福中唯一值得留恋的东西。他的家已经解体，那位不幸患上扁桃体脓肿的岳母大人将他的家财和护家神赶到了九霄云外。吃罢这顿孤独的晚餐，约翰在窗前坐了下来。

他不想吸烟。窗外的城市一片喧嚣,热情地邀他出去寻欢作乐。这个夜晚是属于他自己一个人的,他可以放心大胆地走出家门寻欢作乐,没有人会责问他想要去哪儿,像快活的单身汉一样自由。如果他愿意,他可以一醉方休,可以东游西荡,可以通宵达旦地玩个痛快,不会有卡蒂气呼呼地等着他,把持着酒杯使他不能尽兴。只要他愿意,他可以跟一帮嘻嘻哈哈的哥们儿去麦克洛斯基家打台球,直到曙光女神①驾临,让电灯泡黯然失色。当他对弗洛格莫尔公寓的生活感到腻烦的时候,一直束缚住他的婚姻的绳索松开了。卡蒂走了。

约翰·帕金斯对剖析自己感情这事儿并不在行。尽管如此,当他坐在那间不见卡蒂踪影的十二英尺长、十英尺宽的客厅里时,他准确无误地猜中了使自己烦恼的主要原因。他现在明白了,没有卡蒂,他的幸福无从谈起。他对卡蒂的感情,已被单调乏味、日复一日的家庭生活消磨殆尽,此刻却因为卡蒂不在身边而被猛然唤醒。待到歌喉婉转的鸟儿飞逝之际,我们才意识到其歌声弥足珍贵——这些在谚语、布道和寓言里,早就喋喋不休地开导过我们。有的话说得比较直爽,可不就是这个意思?

---

① 曙光女神:一般指欧若拉(也译作奥罗拉),罗马神话中掌管黎明、曙光的女神。莎士比亚在《罗密欧与朱丽叶》中提到过她的名字。

"我是个双料的糊涂蛋,"约翰·帕金斯心里想,"看我一直怎样对待卡蒂的。每天晚上都要出去打台球,跟那帮哥们儿闹酒,从来没想过待在家里好好陪陪她。这个可怜的姑娘,总是一个人留在家里,没有任何消遣,而我却是那样对待她!约翰·帕金斯,你是最坏的那种黑人。我要补偿那个小姑娘。我要带她出去,让她好好消遣娱乐。从此时此刻开始,我要跟麦克洛斯基那伙人一刀两断。"

是啊,窗外的城市一片喧嚣,热情地邀请约翰·帕金斯走出家门,与嘲弄之神莫摩斯共舞一番。在麦克洛斯基那里,那些哥们儿懒洋洋地整夜玩着把台球撞进袋子里的游戏。然而,无论是寻欢作乐的生活,还是"咔嗒咔嗒"的球杆击球声,都再不能触动遭离弃的帕金斯的灵魂了。那个属于他的,他压根儿没怎么放在心上的东西离他而去了,他要它回来。混沌初开时有一个名叫亚当的人,让天使们撵出了果园,深受良心责备的帕金斯是不是亚当的后裔?

他的右手边有把椅子,椅背上搭着妻子的蓝色衬衫,还依稀保持着她的身形轮廓。袖子中段有几条细细的褶皱,那是妻子终日挥臂操劳留下的印记,只为让他的日子过得舒适与愉快。衣服上还散发出淡淡的风铃草的气味,约翰拿起它,细细地、久久地端详着这件毫无反应的薄薄的衬衣。卡蒂从来不会毫无反应。热泪盈眶的约翰·帕金斯——是的,热泪盈眶——下定决心,等妻子回来的时候事情会变样,他会补偿过去的疏忽。没有卡蒂,还有什么生活呢?

房门突然打开了。卡蒂走进屋内,手里拎着一个小小的手提箱。约翰·帕金斯莫名其妙地瞧着她。

"天哪!回来了真高兴。"卡蒂说,"妈妈的病不碍事儿。山姆到火车站接我,说妈妈不过是一次小小的发作,电报发出之后就好了。所以我就搭下一趟火车赶了回来。快给我来一杯咖啡,我困死了。"

当弗洛格莫尔公寓三楼前楼套间的机件回复到常态时,没有人听到齿轮发出的咔嗒声。原来一道箍松动了,一根弹簧碰歪了,把齿轮一调整,轮子又沿着原来的轨道运转起来。

约翰·帕金斯瞧了瞧钟,正好是八点十五分。他伸手抓过帽子,走到门口。

"喂,你这是要去哪儿呀,我想知道,约翰·帕金斯?"卡蒂用抱怨的声调问。

"去麦克洛斯基家,"约翰答道,"跟那帮哥们儿打一两局台球。"

托妮娅的红玫瑰

国际铁路上有座高架桥被烧毁了。受此影响,由圣安东尼奥一路南行的火车停运四十八个钟头。托妮娅·韦弗的复活节①帽子,碰巧就在这趟火车上。

墨西哥人埃斯皮里提奥坐着平板车,从埃斯皮诺萨牧场出发,赶往四十英里开外的诺帕尔小站去取托妮娅的宝贝帽子。他耸了耸肩往回走,两手空空,除了一根烟。他在诺帕尔小站得知火车晚点,但主人并没有事先告诉他得一直在那儿等着,于是他就赶着马车掉头回牧场。

现在要是有人觉得,复活节上的春之女神只喜欢纽约第五大道②上的礼拜游行,并不在意得州仙人掌镇参加礼拜的忠实信徒们的盛装,那可就大错特错了。弗里奥县大农

---

① 复活节:西方的重要节日之一。时间为每年春分月圆之后第一个星期日,是基督教纪念耶稣被钉十字架受死后第三日复活的节日,天主教亦称"耶稣复活瞻礼"。由于每年的春分日都不固定,所以每年复活节的具体日期也不确定,大致在 3 月 22 日至 4 月 25 日之间。

② 第五大道:纽约市民举行庆祝活动的传统途经路线。

场主家里的太太小姐们会用复活节的鲜花装点新帽子和新礼服。她们比任何地方的人都更用心。每到这一天,这个遍地是仙人球的西南部地区让人目不暇接,仿佛置身于时尚的巴黎和欢乐的天国。今天是耶稣受难日①,托妮娅·韦弗的复活节帽子却被困在烧毁的高架桥那头儿,在停开的邮递车里默默地被阳光灼烤。星期六中午,一大帮小姐太太会如约而至,有舒茨灵农场的罗杰斯家姐妹、安克欧的埃拉·雷韦斯、绿谷的贝内特太太和艾达。她们会在埃斯皮诺萨牧场跟托妮娅会合,然后小心翼翼地把欢度复活节的帽子和连衣裙细心地卷好扎起来,免得被沙尘弄脏,继而喜气洋洋地坐上马车,赶往十英里开外的仙人掌镇。星期日,她们会把自己打扮得花枝招展,征服男性,向复活节致敬,并且在那些骄傲的当地女孩儿中激起嫉妒的波浪。

托妮娅坐在埃斯皮诺萨牧场小屋的台阶上,郁闷地拨弄着一根木豆树藤小鞭子。她眉头紧锁,小嘴傲慢地抿紧,恨不得让所有人都察觉到她浑身散发的不快和悲愤。

"我烦透了铁路,"她用不容置疑的口吻说,"还有男人!男人总假装能控制铁路,那你们能解释一下高架桥怎么会烧掉?人家艾达·贝内特的帽子上还用紫罗兰装饰。弄不到新帽子,我决不去仙人掌镇。我要是个男人,就一

---

① 耶稣受难日:复活节来临前的星期五,天主教亦称"耶稣受难瞻礼"。

定得去弄顶新的来。"

这番诋毁男人的话,让在场的两个大男人有些沉不住气了。一个是马乔卡勒养牛场的领头人威尔斯·皮尔逊,另一个是昆塔纳山谷牧羊人中的一颗新星汤普森·伯罗斯。两人一致觉得,托妮娅·韦弗是个非常可爱的姑娘,特别是在她咒骂铁路和谴责男人的时候。两人都心甘情愿奉献出自己的皮肤给她做一顶新的复活节帽子,比鸵鸟甘愿献出尾羽、白鹭甘愿献出生命还要爽快。然而,两人都不够机灵,想不出什么妙计来帮助那个伤心的人儿,在即将到来的安息日弥补她的缺憾。皮尔逊古铜色的脸庞和饱经日晒的浅黄头发,使他看上去像个陷入青春期那漫长无解的忧郁之中的学生,眼下托妮娅的苦恼让他心痛了一遍又一遍。相比之下,汤普森·伯罗斯称得上老练圆滑。他出身于东部地区,每天系着领带,穿着皮靴,在女士面前沉默寡言。

"不久前的那场大雨,"皮尔逊不抱多少希望地开口,"把沙溪里那个大水坑填得满满当当。"

"嗬!有这事儿?"托妮娅刻薄地说,"多谢你带来这个消息。依我看,你压根儿没把我的复活节新帽子当回事儿,皮尔逊先生。你是不是觉得,女人也跟你一样,随便弄顶牛仔帽,一戴就是五年不换?要是你的那个破水坑能浇灭高架桥的火,你跟我提起它还勉强算有道理。"

"你未能及时收到新帽子,我对此深表遗憾。"有了皮尔逊的前车之鉴,伯罗斯说话小心多了,"韦弗小姐,我对此深表遗憾,真的。如果有什么我能效劳的,我——"

"得了吧,"托妮娅打断了他的话,甜美的声音中不乏讽刺,"要是你真能帮上忙,就不会在这儿说风凉话了。不劳驾你了。"

托妮娅说到这里突然停住了,眼睛里迸发出希冀的光芒,紧锁的眉头也舒展开来。看来她有主意了!

"我想起一个卖帽子的铺子,"她说,"就在纽埃西斯河边的独木渡口那儿。伊娃·罗杰斯姑娘的帽子就是在那儿买的,她说是本季最新款呢,这会儿说不定还没卖完。不过,独木渡口离这儿足足有二十八英里呢。"

两个男人连忙起身,靴子上的马刺叮当作响,托妮娅几乎笑出声来。看来这世上的骑士毕竟还没有死绝,骑士们踢马刺的齿轮也还没有生锈。

"当然了,"托妮娅望着飘在蔚蓝天空中的一朵白云,若有所思地说,"没人能在明天姑娘们来这儿叫我之前赶回来。算了,这个复活节礼拜日我是哪儿都去不了了。"

说完,她又露出了微笑。

"嗯,托妮娅小姐,我得回马乔卡勒去了。"皮尔逊一边说一边偷偷伸手拿起帽子，狡猾得像个装睡的婴儿，"明天一早干草场那边还有活儿，我和我的马'健将'都得在场帮忙才行。您的帽子没按时到，实在是可惜。没准儿他们会赶在复活节之前，把那座高架桥修好哩。"

"我也得赶紧回去，托妮娅小姐。"伯罗斯瞧了瞧手表说，"告诉大家，快到五点了！我得马上赶回牧场去帮忙把那些发疯的羊儿关回羊圈。"

托妮娅小姐的两位追求者，一个比一个更急切地想要离开。他俩郑重地跟她告别，然后按西南部人士的那种夸张而肃穆的礼仪互相握了握手。

"但愿很快又见到你，皮尔逊先生。"伯罗斯说。

"彼此彼此。"牛仔严肃地说，像送别远行的朋友，"无论你什么时候到马乔卡勒来，我都非常高兴与你见面。"

皮尔逊飞身跨上"健将"，这匹弗里奥县最健壮的牧牛矮种马，由着它跳跃了几下——只要主人骑到它背上，它就会蹦跳一番，即使跑了一整天刚停下也是如此。

"托妮娅小姐，"他喊道，"您那顶从圣安东尼奥订做的帽子是什么样啊？您的帽子没按时到，实在是太可惜了。"

"是一顶草帽，"托妮娅说，"式样嘛，当然是最新款的，而且边上有红玫瑰装饰，正合我心意——红色的玫瑰。"

"红色最配您的肤色和头发了。"伯罗斯奉承道。

"我就喜欢红色,"托妮娅说,"世上各种花里面,我只爱红玫瑰。粉红色、蓝色的都给别人好了。可是高架桥烧毁了,什么都没有了,我还能怎么样?这个复活节对我来说注定枯燥乏味!"

皮尔逊摘下帽子,骑着"健将"飞快地冲进埃斯皮诺萨牧场东边的密林中。

就在皮尔逊的马镫沙沙地擦过灌木丛的当儿,伯罗斯的长腿栗毛马也在沿着狭长的小路,往西南那片开阔草原疾驰而去。

托妮娅挂好小马鞭,起身回到客厅里。

"你没拿到帽子真是太遗憾了,女儿。"她母亲说。

"您别着急,妈妈,"托妮娅平静地说,"明天我会拿到新帽子的,还来得及。"

伯罗斯行至草原尽头的狭长地带,往右扯了扯栗毛马的缰绳,驾着马儿优雅转向,让他的栗毛马自行确定前进路线。马儿向一条干裂的河床方向跑去,接着,它过了河床,爬上一座灌木丛生的砾石小山,奋力攀登抵达山顶的一处平坦的高原,栗毛马得意地打了一个响鼻儿。放眼望去,满目青翠,春意盎然,绽出嫩芽的牧豆树星星点点地点缀在草原上。伯罗斯拉着缰绳一直往右走,踏上了一条年代久远的印第安小路,它向南沿着纽埃西斯河并行,东南方向二十八英里处，便是此行的终点独木渡口。

伯罗斯在小路上勒紧栗毛马的缰绳，让它把速度降下来。就在他坐稳马鞍，准备长途跋涉之际，耳边突然传来"嘚嘚"的马蹄声、木质马鞭抽在树丛间的咻咻声以及印第安科曼切人①似的呐喊声。紧接着，威尔斯·皮尔逊策马从小路右边的灌木丛中蹿了出来，像只从绿油油的复活节彩蛋里破壳而出的早熟的小黄鸡。

皮尔逊一向无忧无虑，只有在他倾慕的女人面前才会惴惴不安。每次见到托妮娅，他的声音轻柔得像夏天休憩在芦苇巢中的牛蛙。眼下的他却畅快地吆喝着，吵得一英里外的野兔都耷拉下耳朵，吓得敏感一些的植物战战兢兢地卷起叶子，缩成一团。

"你这是把羊圈搬到离牧场十万八千里的地方来了吗，邻居？"皮尔逊骑着"健将"来到栗毛马旁边。

"二十八英里。"伯罗斯的脸色不大好看。皮尔逊大笑起来，使半英里外河畔水榆树上的一只猫头鹰早醒了一个钟头。

"真有你的，放羊的。我也喜欢公开竞争。我俩就是一对在旷野里疯狂捕猎帽子的男帽匠。我把话放这儿，你就把本事都使出来吧。我俩起点一样，谁先买到帽子，谁才能在埃斯皮诺萨昂首挺胸。"

---

① 科曼切人：北美印第安游牧部落，主要分布于美国俄克拉何马州。

"你的马不错。"伯罗斯瞄着"健将"那木桶般圆滚滚的身体和四条上粗下细、跑起来像引擎的活塞杆一样节奏平稳的腿,"当然,这是一场竞赛,但你这骑手未免也太过自大,不要得意得太早。不如我们一起上路,到冲刺阶段再一较高下。"

"悉听尊便。"皮尔逊对这一方案表示赞同,"我欣赏你的理智。要是在独木渡口那儿还有帽子卖,其中一顶明天就会出现在托妮娅小姐的头上了。不过,你恐怕无缘得见她戴上新帽子这一重要时刻。我不是自吹,伯罗斯,可你那匹栗毛马前腿真的不行。"

"我用我的马跟你的赌。"伯罗斯说,"明天托妮娅小姐去仙人掌镇,头上戴的肯定是我弄来的帽子。"

"赌就赌!"皮尔逊高声说,"不过,这对我来说简单得就像直接偷走你的马!哪天夫人小姐们来马乔卡勒的话,让她们骑骑倒还凑合,我……"

伯罗斯的脸瞬间沉下来对他怒目而视,弄得牛仔不由自主地结巴起来,话都说不完整了。不过皮尔逊可从来不会被吓倒。

"过个复活节,为什么要这么折腾,伯罗斯?"他笑着问道,"那些女人为什么每年都必须要新帽子呢?还要费尽心机,就为了一顶帽子?"

"这是圣约里的季节性规定吧,"伯罗斯解释道,"教皇或什么人一声令下,就流传开了。据说还跟十二宫之类的东西有关,这个我也说不清楚,我猜应该是埃及人发明的。"

"如果真的是那些异教徒弄出的庆祝方式倒也不错,"皮尔逊说,"不然的话托妮娅不会对它那么上心。而且在教会那儿也能说得过去。哎,你说,要是独木渡口那家铺子里只剩下一顶帽子,那该怎么办呢,伯罗斯?"

"要是那样,"伯罗斯阴沉着脸说,"就看咱俩谁更厉害了,帽子由我俩之中最厉害的那位带回埃斯皮诺萨。"

"哦,老天!"皮尔逊大叫起来,一下子把帽子抛得老高,然后轻松接住,"牧羊场那儿可从来没有像你这样的人物。你说话干脆,句句都在点子上。要是帽子不只一顶呢?"

"要是那样,"伯罗斯答道,"咱俩各选各的,看谁先赶回去,另一个就自认倒霉吧。"

"从来没有两个灵魂,"皮尔逊仰望着天上的星星喊道,"像我和你一样心意相通。说不定我俩是骑在一只独角兽上,用同一个脑袋思考呢。"

午夜刚过,两名骑士行至独木渡口。这个有五十来户人家的大镇上一片漆黑。那间大商店的木屋,坐落在全镇唯一的街道上,已经上了锁。

两人很快拴好了马,皮尔逊满心欢喜地去捶店主老萨顿的门。

一支温彻斯特连发步枪的枪筒从严实的百叶窗缝隙里伸了出来，一声喝问紧随其后。

"我们是马乔卡勒的威尔斯·皮尔逊和绿谷①的伯罗斯，"造访者自报家门，"我们想到店里买东西。很抱歉吵醒了你，但我们非买不可。出来吧，汤米大叔，快点儿吧。"

汤米大叔行动缓慢，但最终还是站在了柜台后面，点燃了一盏煤油灯。两人可怜巴巴地跟他讨要想买的东西。

"复活节的帽子？"睡眼惺忪的汤米大叔说，"啊，有的，应该还剩下几顶。今年春天我也就订了一打。我这就拿给你们瞧瞧。"

半睡半醒的汤米·萨顿大叔，依然是做生意的一把好手。两顶被人挑剩下的春季女帽，一直放在柜台下面的纸盒里，盒子上面落满灰尘。可是，在这个周六的黎明，他本着商业道德告诉顾客——这两顶帽子其实是两年前的货色，女人一眼就能看出好歹。可他面前的牛仔和羊倌只是茫然地瞪大了眼睛，估计还以为那是当季新货。

两顶帽子看上去一模一样，俗称"车轮帽"，用稻草的硬茎秆编织而成，染成了红色，平底平边，顺着帽檐装饰

---

① 前文说伯罗斯来自昆塔纳山谷（Quintana Valley），此处说他来自绿谷（Green Valley）。原文如此，照译存疑。

着一圈手工白玫瑰花，每一朵都完美无瑕，显得相当奢华。

"只剩下这两顶吗，汤米大叔？"皮尔逊问店主，"两顶就两顶吧。既然没什么好选的，伯罗斯，你先拿一顶吧。"

"这可都是最新款的帽子，"汤米大叔信口开河，"纽约的第五大道上到处都是这种帽子。"

汤米大叔用两码长的深色花布，把两顶帽子各自包扎妥当，用绳子系得紧紧的。皮尔逊把其中一顶小心翼翼地系在自己的小牛皮马鞍皮带上面，另一顶则让"健将"驮着。两人谢过汤米大叔打道回府，融入茫茫夜色之中，奔向了冲刺阶段。

两名骑手打起十二万分精神策马前行，他们在漆黑的归途上骑得很慢，他们没怎么对话，仅有的几句还算友好。伯罗斯左腿下方的鞍头上悬挂着一把温彻斯特连发步枪，皮尔逊腰上别着一把六发左轮手枪。两人一同在弗里奥县道上骑马前行。

早上七点半，两人行至一座小山的顶部，五英里外埃斯皮诺萨牧场的院落依稀可见，在黑黝黝的斛树林中只是一个小小的白点。

眼前的景象让几乎瘫倒在马鞍上的皮尔逊精神一振。他知道自家"健将"的能耐，眼下它仍旧像一台小发动机一样勤快地踢踏着蹄子，而伯罗斯那匹栗毛马已经在口吐白沫了，一直打着战。

皮尔逊转身冲着羊倌大笑起来。"回头见，伯罗斯。"他士气高昂地挥了挥手，"比赛现在开始，我们可以冲刺了！"

他两膝一夹，伏在"健将"背上，朝埃斯皮诺萨方向奔去。"健将"甩开大步飞奔起来，头颈前后剧烈地摆动，喷着响鼻，简直就像养精蓄锐了一个月似的。

皮尔逊跑出二十码左右，耳边清晰地传来"咔嗒"一声，他立刻意识到，这是温彻斯特连发步枪子弹上膛的声音，绝对不会错。在耳朵被枪声震聋之前，他敏捷地做出反应，身体已经贴着马背卧倒。

也许伯罗斯的本意只是想吓住"健将"——他枪法不错，可以在保证骑手安全的前提下做到这一点。可惜的是，就在皮尔逊弯腰躲避之际，一颗子弹射穿了他的肩膀，又射穿了"健将"的脖子。马匹一下子跌倒了，牛仔一头栽在坚硬的路面上，人和马皆动弹不得。

伯罗斯马不停蹄，朝埃斯皮诺萨方向疾驰而去。

两个钟头过去了，皮尔逊睁开眼睛，察看着自己的处境。他挣扎着站起身来，跌跌撞撞地向"健将"倒地的地方挪去。

"健将"倒在原地，看上去并不痛苦。皮尔逊仔细检查了一下，发现他的坐骑只是受到了子弹擦伤，伤得并不重。

可它也差不多筋疲力尽了,这会儿正压在托妮娅小姐的帽子上,歪着头吃路旁牧豆树垂下的枝条上的嫩叶。

皮尔逊费劲儿地牵起马儿。用花布包着的那顶复活节帽子,早已从马鞍皮带上面脱落下来,被"健将"这个大块头压了那么久,早已经完全不成形了。这时,皮尔逊眼前一黑,浑身无力地再一次朝着那可怜的帽子倒了下去,受伤的肩膀压在了那顶可怜的帽子上。

牛仔的生命力非常顽强。仅半个钟头后,他又苏醒过来——要是换成一个女人,这段时间足够让她昏过去,再醒过来两回,接着吃完一碗冰激凌压惊了。他小心地站起来,发现"健将"还正忙着享用附近的青草。他把那顶倒霉的帽子又系到马鞍上,随后一连试了好几次,自己终于爬坐到了马鞍上。

中午时分,一大帮访客兴高采烈地聚集在埃斯皮诺萨牧场小屋的门口,等着跟托妮娅一起出行。罗杰斯家的姑娘们坐在一辆崭新的平板车上,另外还有安克欧家和绿谷的两母女——几乎全是女眷。虽然此刻置身于空旷的草原,每位女眷都迫不及待地把复活节的新帽子戴上了,急不可耐地想要亮相,为即将到来的节日增光添彩。

托妮娅伫立在自家门前,脸颊挂着无法掩饰的两道泪水。她手里拿着伯罗斯从独木渡口买来的新帽子,上头那圈白玫瑰让她烦恼,惹她哭泣。她狂喜的姐妹们在兴致勃勃之余,都不忘发自真心地告诫她,这种"车轮帽"是三年前的款式,绝对不能戴出去。

"你就戴上旧帽子,咱们一起走吧,托妮娅。"她们催促道。

"戴旧帽子去复活节礼拜?"她答道,"干脆让我死掉算了。"她还在低泣。

那些幸运儿的帽子都是今春的最新款,帽檐蜷曲成漂亮的弧线。

就在众人吵吵嚷嚷的时候,一个奇怪的家伙从灌木丛里蹿了出来,马儿疲惫不堪地站在一旁。他浑身上下脏兮兮的,被草汁的绿色和碎石路上的石灰蹭得几乎毁了容。

"喂,皮尔逊,"韦弗老爸过来打招呼,"看这架势,你是在驯野马吗?你马鞍上挂的是什么——冲动购买的战利品?"

"你要是想去的话,就赶紧上车,托妮娅。"贝蒂·罗杰斯催促道,"我们没法儿再等了。马车上给你留了座位。别管那顶帽子了。你穿的这身可爱的棉布裙,随便配一顶旧帽子都很漂亮。"

皮尔逊一点一点地解开挂在马鞍上的古怪东西。托妮娅望着他,一丝希望油然而生。皮尔逊是希望的创造者。

他取下那包东西，递给她。她十指飞舞地解开了绳子。

"我尽了力，"皮尔逊一字一顿地说，"'健将'和我只能弄到这个了。"

"啊！啊！就是这个样式！"托妮娅兴奋得发出一声尖叫，"还有红玫瑰哩！等等我，我这就试试！"

她飞快地跑进屋去照镜子，又飞快地跑了出来，喜气洋洋，魅力四射，笑靥如花。

"啧啧，她还是配红颜色最好看！"姑娘们咏叹般地同声赞叹道，"赶紧上车吧，托妮娅！"

托妮娅在"健将"旁边停留了片刻。

"多亏你了，多亏你了，威尔斯，"她兴高采烈地说，"那帽子正合我意。明天你来仙人掌镇，跟我一起去教堂吧？"

"可以的话，我一定去。"皮尔逊说。他瞧着她的帽子，神色有些异样，随即露出一个虚弱的微笑。

托妮娅像只小鸟似的飞上马车。车轮滚滚，奔向仙人掌镇。

"你这是干吗去了，皮尔逊？"韦弗老爹好奇道，"脸色比平时差很多。"

"我吗？"皮尔逊回答，"我刚才忙着给玫瑰花上色来着。我离开独木渡口时，那些花儿本来是白色的。麻烦搭把手扶我下来，韦弗老爹，我的染料都用光了。"

一千美元

"一千美元，"托尔曼律师一本正经地又说了一遍，"钱在这儿。"

吉利恩，这个年轻的小伙子点着这薄薄的一小沓儿五十美元的新钞票，毫不掩饰地咧开嘴笑起来。

"这个数目真叫人为难哩，"吉利恩向律师解释道，"一个人要是有一万美元，就可以买一大堆烟花放，也好让自己出出风头，少一点，哪怕只有五十美元，那也省事儿多了。"

"刚才我向你宣读了你叔叔的遗嘱，"托尔曼律师继续履行其职责，用这一行当特有的干巴巴的语气说，"不知道你是否注意到相关细节。我有必要就其中的一条再次郑重提醒：立遗嘱人要求，你花光这一千美元之后，须尽快向我们提交一份书面报告，说明该款项用于何处。我想你会尊重已故吉利恩老先生的遗愿。"

"那是自然，"年轻人恭恭敬敬地说，"就算增加点儿额外的开销也没什么——我也许得雇个秘书,谁叫我对账目一窍不通呢。"

吉利恩回到他的俱乐部,找到那个他平日里称作"老布赖森"的家伙。

老布赖森四十岁了,是个安静而生活孤独的人,这会儿正在俱乐部的一角看书。瞧见吉利恩向他走来,他叹了口气,撂下书本,摘掉眼镜。

"打起精神来,老布赖森,"吉利恩说,"你听我说,有件事儿太有意思啦。"

"你还是去台球厅那儿说吧,"老布赖森说,"你知道我不爱听你的故事。"

"这事儿非比寻常,"吉利恩卷了根烟,继续道,"我乐意跟你说说。台球厅那儿噼里啪啦的响声叫人不舒服。我叔叔过世了,我刚从他的法律事务所那艘贼船下来,叔叔给我留下一千美元。你说说看,这一千美元,能派上什么用场呢?"

"依我看,"老布赖森说,他对这一话题实在兴味索然,就像蜜蜂对醋瓶毫无兴趣一样,"已故的塞普蒂默斯·吉利恩少说也有五十万左右的家当吧。"

"可不是嘛,"吉利恩兴致勃勃地附和道,"我说这事儿有意思,正在于此。我叔叔把自己的全部家当留给了一种细菌。具体说来就是，他把一部分钱财留给培育出这种新细菌的家伙，又用其余的钱财建立一所能够消灭这种细菌的医院。除此以外，只有一两笔少得可怜的遗赠。他的厨师和管家各得到一枚印章戒指和十美元，他的侄儿独得一千美元。"

"你平时总有足够的钱好花。"老布赖森说。

"有的是钱。"吉利恩说，"要谈到资助什么的，叔叔简直是个好教母。"

"还有别的继承人吗？"老布赖森问。

"没有了。"吉利恩皱着眉头瞧着手里的烟卷，又心神不定地踢踢长沙发的皮垫子，"不过，倒有个海登小姐，我叔叔是她的监护人，就住在叔叔家里。她是个文静的姑娘，喜欢音乐。她父亲的情况我不太清楚，只知道他不幸成了我叔叔的朋友——刚才我忘了跟你说，她也是得一枚印章戒指和十美元那场滑稽戏中的一个角色。我倒希望我也成为其中的一员，那么我就可以去喝两瓶香槟，把戒指送给侍者当作小费，就此了事。你别摆谱了，老布赖森，告诉我一个人拿一千美元能干什么。"

老布赖森擦擦眼镜，有了点儿笑模样。每当老布赖森面露微笑，吉利恩就知道，这家伙又要对自己冷嘲热讽了。

"一千美元，"老布赖森说，"说多就多，说少就少。有人会拿这笔钱买一幢舒服的房屋来嗤笑洛克菲勒①；有人会拿这笔钱把老婆送到南方疗养，而救她一命；有人会拿这笔钱买纯牛奶，供一百个婴儿从六月喝到八月，至少能保住他们中间五十个孩子的性命；你可以拿这笔钱在一家警卫森严的画廊里玩半小时法罗牌戏②；也可以拿这笔钱资助一个有志气的孩子完成学业。我听说，昨天在一家拍卖行，一幅柯罗③的真迹就是以一千美元成交的。拿着这笔钱，你也可以搬迁到南半球的一个城镇里，在那儿过上两年体面的日子；你还可以将麦迪逊广场花园④租下一晚，就'假定继承人'⑤这一声明的不可靠性发表演讲，要是有人愿意捧场的话。"

"你要是少来点儿说教，老布赖森，"吉利恩尽量保持

---

① 洛克菲勒：全称约翰·戴维森·洛克菲勒，美国实业家、慈善家，世界最大的石油天然气生产商埃克森美孚公司创始人，是19世纪首位亿万富翁，人称"石油大王"。
② 法罗牌戏：一种纸牌赌博游戏。
③ 柯罗：卡米耶·柯罗（1796—1875），法国巴比松派画家，19世纪最重要的风景画家之一。
④ 麦迪逊广场花园：纽约市的一座著名体育馆，位于宾夕法尼亚车站上方，是许多大型体育比赛、演唱会和政治活动的举办地，是美国的文化符号之一。始建于1879年，因原址位于麦迪逊广场而得名，其后虽然于1925年和1968年两次迁往新址，但是名称始终未改变。
⑤ 假定继承人：其继承权会因血统更近的继承人出生而丧失。此语意在挖苦吉利恩，他本应是叔叔财产的继承人，却只分到一千美元。

着平静说,"人家可能会喜欢你。我不过是想问问你,这一千美元,到底能派上什么用场。"

"你呀,"老布赖森温和一笑,说,"哎呀,博比·吉利恩,像你这种人,只有做一件事情顺理成章。那就是,用这笔钱给洛塔·劳里埃尔小姐买个钻石耳坠,然后赶紧离开这儿,到爱达荷州弄个什么牧场经营——最好是个绵羊牧场——因为我非常讨厌绵羊。"

"多谢啦,"吉利恩边说边站起身来,"我认为我能信赖你,老布赖森。你的建议真不错。我要把这一千美元一次性花完,因为我还得为他交上一份报告,零敲碎打地记账,实在是让我烦透啦。"

吉利恩抄起电话,叫来一辆出租马车,对车夫说:

"科隆比纳①剧院后台门口。"

天生丽质的洛塔·劳里埃尔小姐,这会儿正拿着粉扑化妆。日场观众爆满,她马上就要登台献艺,差不多都装扮妥帖了。就在这当儿,她的化妆师对她说,吉利恩先生来访。

"让他进来吧。"劳里埃尔小姐说,"嗯,博比,有什么事吗?还差两分钟我就要出场了。"

"你右耳边的头发挂下了一点,"吉利恩吹毛求疵地提

---

① 科隆比纳:意大利传统戏剧女主角。

醒她,"嗯,这样就好多了。我用不了两分钟。送你一件小东西像坠子什么的,你觉得怎么样?三个圈前加个一,这个价钱我出得起。"

"哦,瞧你说的,"劳里埃尔小姐像唱歌般地说,"把右手套递给我,亚当斯。喂,博比,你瞧见前几天晚上德拉·斯泰西脖子上戴的那条项链了吗?在蒂梵尼①买的,花了两千二百美元哩。不过呢,当然啦——把我的饰带往左拉一点儿,亚当斯。"

"开场合唱,劳里埃尔小姐登台!"催场员在外面叫道。

吉利恩从剧院溜达出来,上了等候他的马车。

"要是你有一千美元,你打算怎么花呢?"吉利恩问车夫。

"开一家酒吧。"车夫不假思索地答道,嗓音有些沙哑,"我知道有个地方不错,我能双手捞钱。在一个街角上有栋四层楼的砖房,我早就盘算好了:在二楼开中国餐馆;在三楼开修指甲房,供外国使团用;四楼嘛,可以弄个台球厅。要是你有意投资——"

"呃,你别误会,"吉利恩说,"我不过是出于好奇,随便问问罢了。我按钟点付你车钱。一直往前走,叫你停车你再停。"

---

① 蒂梵尼:美国首屈一指的高档珠宝商店,位于纽约第五大道与57街交叉口。

车子沿着百老汇大道一路前行,过了八个街口,吉利恩用手杖戳戳马车,叫车夫停下。他下了车,瞧见人行道那儿有个盲人坐在凳子上卖铅笔,便走到他跟前:

"劳驾,可不可以跟我说说,要是你有一千美元,你打算怎么花呢?"

"你刚从那辆马车上下来,对吗?"盲人问。

"没错。"吉利恩答道。

"大白天坐着马车闲逛,"卖铅笔的人说,"我猜,你的日子一定过得很滋润。要是你不介意,可以瞧瞧这个。"

盲人从上衣口袋里掏出一个小本子,递给吉利恩。他打开一看,原来是本银行存折,存款额为一千七百八十五美元。他把存折还给那个盲人,上了马车。

"有件事我给忘了,"吉利恩说,"得去趟托尔曼-夏普法律事务所,在百老汇。走吧。"

托尔曼律师戴着一副金边眼镜,很不客气地打量着吉利恩。

"实在不好意思,"吉利恩兴冲冲地说,"我可以问一个问题吗?但愿不会让你感到为难。我叔叔在遗嘱里留给海登小姐的,除了那枚戒指和十美元,还有别的什么吗?"

"什么也没有。"托尔曼先生答道。

"太感谢你啦,先生。"吉利恩说罢,出门又上了他的马车,将他叔叔生前的住址告诉了车夫。

海登小姐正在书房里写信。她长得又瘦又小,穿一身黑,不过你可能注意到她的眼神。吉利恩带着一副满不在乎的神情走了进来。

"刚才我去了老托尔曼的事务所,"吉利恩解释道,"他们正在那儿核实文件,发现了——"他在头脑里搜索着恰当的法律术语,"发现了我叔叔遗嘱的'修正条款'或是'补充说明'之类的东西。看来,那个老头儿经过再次考虑,总算慷慨了一回,决定留给你一千美元。我正好坐马车来这一带办事,托尔曼就托我把钱带给你。钱全在这儿,你最好数一数,以免有什么差错。"吉利恩说着,把钱放在她手边的桌子上。

"哎呀!"海登小姐脱口喊道,她的脸一下子变白了,紧接着又是一声"哎呀"。

吉利恩侧过半边身子,瞧着窗外。
"我琢磨着,"吉利恩小声说,"你知道我爱你。"
"对不起。"海登小姐拿起她的钱说。
"没用吗?"吉利恩几乎是轻飘飘地说。
"对不起。"她还是那句话。
"我在这儿写个便条,可以吗?"吉利恩微微一笑,问道。他在一张大书桌前落座,海登小姐给他拿来纸笔,又坐回到她原来的位置。

吉利恩对其一千美元的开销做了如下表述：

为了永久的幸福，不肖子罗伯特①·吉利恩拜上天所赐，特将一千美元交付人世间至善至亲的女子。

吉利恩书写完毕，把便条塞进信封，鞠躬告辞。

一直待命的马车，再次把他拉到了托尔曼－夏普法律事务所的门前。

"我花光这一千美元啦，"吉利恩兴高采烈地对戴着一副金边眼镜的托尔曼说，"我是如约来交报告的。你这儿可真够热的，简直像过夏天——难道你没感觉到吗，托尔曼先生？"说罢，他把一个信封丢到律师的办公桌上，"这里面有份备忘录，先生，看了你就知道，这笔钱是怎么化为乌有的。"

托尔曼先生并没有理会那个信封，而是走到门口叫来其合伙人夏普。他俩一起在一个硕大的保险柜里搜索着，像获得战利品似的抽出一个带封蜡的大信封。两人用力撕开信封，两个可敬的脑袋凑在一起瞧着信上的内容。随后，由托尔曼担任发言人。

---

① 罗伯特（Robert）：其昵称即前文提到的博比（Bobby）。

"吉利恩先生，"托尔曼郑重其事地说，"你叔叔的遗嘱还有一份附录。他私下里特意叮嘱我们，只有在你将遗嘱里留给你的一千美元的开销情况交代清楚之后，才可以打开这份附录。既然你已经履行了规定的条件，我的合伙人和我已经读过了这份附录。我不想让你为这一文本中的法律术语大伤脑筋，择其要点告知如下。

"如果这一千美元的开销情况表明，你的品质值得褒奖，你将得到更大的利益。夏普先生和我被指定为这一事宜的评判人；你尽管放心，我们将恪尽职守，秉公办事。我们对你绝无偏见，吉利恩先生。现在，让我们言归正传。如果你对这笔款项的使用堪称审慎、明智、无私，我们将有权将此前代管的价值五万美元的证券移交给你。不过，如果——正如我们的委托人、已故的吉利恩老先生所说，注意我此处引用的是其原话：你还是像以往那样，用这笔钱跟狐朋狗友吃喝玩乐，那么，这价值五万美元的证券将直接归米里亚姆·海登小姐所有，吉利恩老先生生前是她的监护人。现在，吉利恩先生，夏普先生和我将审核你对这一千美元的使用情况。我相信，你提交的是书面形式的账目。我希望你对我们的裁决表示信任。"

托尔曼律师伸手去拿办公桌上的信封。吉利恩抢先一步，把那个信封抓在手里。他慢条斯理地把信封连同里面的账目撕成了碎片，塞进口袋里。

"好啦，"他微笑着说，"二位不必费心审核了，我认为你不必去了解那些细账了。这一千美元，我在几次赛马中输了个精光。再见吧，先生们。"

吉利恩离开后，托尔曼和夏普面面相觑，遗憾地摇摇头。他们听见他在楼道里等电梯时吹着欢快的口哨。

生活的陀螺

　　治安法官①贝纳加·威达普坐在办公室门口，嘴里叼着一支接骨木②杆烟斗。坎伯兰山脉③直插云天，青灰色的峰峦在午后的雾霭中若隐若现。一只芦花母鸡大摇大摆地在"居民点"的大街上溜达着，"咯咯"地傻叫个不停。

　　"吱呀吱呀"的车轴声由远及近，一团沙尘过后，一辆牛车缓缓而来，车上坐着兰西·比尔布罗和他的老婆。牛车在办公室门前停下，夫妻俩爬下车来。兰西六英尺高，瘦瘦的，黝黑皮肤，黄头发，大山一般的冷峻气息犹如一副盔甲笼罩着他。他老婆穿着花布衣服，身材瘦削，打扮

---

① 治安法官：又称"太平绅士"，是一种由政府委任民间人士担任维持社区安宁、防止非法刑罚及处理一些较简单的法律程序的职衔。现时英国、澳大利亚、新西兰、马来西亚、美国、新加坡等国家地区皆有太平绅士制度，但各地区对太平绅士的定义和要求有所不同。
② 接骨木：一种常见的药用木本植物。在古希腊神话中，接骨木被视为女神赫拉的圣树，具有神秘的力量。
③ 坎伯兰山脉：阿巴拉契亚山脉的一部分，山口位于肯塔基、弗吉尼亚和田纳西三州交界附近的坎伯兰高原上，是一个天然的关隘。

入时，但莫名的苦恼使她看上去心力交瘁、无精打采。这一切似乎表明，不知不觉中青春已逝，着实让她有些意难平。

治安法官为了表示庄严，赶紧把双脚塞进鞋子，起身让他俩进屋。

"我们俩，"女人先开了口，声音让人联想到吹过粗大松枝的风，"要离婚。"她看了看兰西，生怕自己没有把两人的来意交代明白，让他抓住把柄，说她偏心眼儿，袒护自己。

"要离婚。"兰西重复了一遍，郑重其事地点了点头，"我跟她实在没法儿一起过日子了。一男一女整天厮守在山里已经够寂寞的了，更何况，她在屋里不是像野猫那样盯着你嘟囔，就是像猫头鹰一样阴沉着脸，男人没有理由守着她过这种日子。"

"他是个十足的废物，"女人说，并不特别激动，"只知道跟那些无赖和私酒贩子瞎混，灌完了玉米威士忌倒头就睡，丢下一群烦人的饿狗等人家来喂！"

"她一言不合就摔锅盖，"兰西立刻还嘴道，"把滚开的水往猎狗身上泼，那么好的猎狗，你跑遍整个坎伯兰山也休想找到第二条。她懒得给男人做饭吃，动不动就骂骂咧咧，每天晚上吵得人睡不着觉！"

"他逃税抗税,在山里恶名远扬,谁晚上还能睡得着觉?"

治安法官开始有条不紊地履行其职责。他把仅有的一把椅子和一条板凳摆好,让两位离婚案原告落座,然后打开桌上的法典大全查看索引。片刻后,他擦了擦眼镜,挪了挪墨水台。

"法律和法令,"他说,"并未提及本庭是否具有办理离婚事宜的权限。不过,根据衡平法①、宪法和为人的准则,有来无往不是生意经。既然本官能批准结婚,自然也能办理离婚事宜。本庭可以为你们发放离婚证书,并遵照最高法院的决定认可其效力。"

兰西·比尔布罗从裤子口袋里摸索出一个装烟叶的小袋子,从袋子里晃荡出一张五元的钞票放到桌上。"刚卖掉一张熊皮和两张狐皮,"他声明道,"我们总共只有这么多。"

"办理离婚事宜,"治安法官说,"本庭一概收取五元。"他装出一副不以为意的样子,把那张钞票随手塞进土布背心的口袋里。随后,他经过一番冥思苦想,费了好大力气,终于在半张大页公文纸上写下了判决词,又在另外的半张

---

① 衡平法:也称"平衡法""公平法""公正法"。它是英美法系的一个分支,旨在弥补普通法的一些不足之处,以"正义、良心和公正"为基本原则,以实现和体现自然正义为主要任务。

纸上抄写了一份。书写完毕，他对兰西·比尔布罗及其老婆宣读了这份即将赋予他们自由的公文：

田纳西州皮德蒙特县治安法官贝纳加·威达普晓谕众百姓：

兹有兰西·比尔布罗偕妻艾利埃拉·比尔布罗，今日亲临本庭议定，自即日起无论境遇好坏，既不相敬相爱也不相互依从。当事人神志清醒，身体无恙，自愿接受离婚判决，以维系本州治安和尊严。上帝鉴察，绝无反悔。

治安法官正准备把一份文件递给兰西，被艾利埃拉的声音拦了下来。两个男人一齐盯着她。迟钝的男性特性使他们对面前的这位女人感到突然和意外。

"法官大人，先别急着把这张纸给他，毕竟这事儿还没有完全了结哩。他得先给我赡养费，这是我应有的权利。做丈夫的要跟妻子离婚，一个子儿都不掏，实在不像话。我打算去霍格巴克山我兄弟埃德那儿住些日子，总得买双鞋，还有鼻烟什么的。兰西拿得出离婚的钱，叫他给我点儿赡养费，不过分吧？"

兰西·比尔布罗一下子愣住了，好半天说不出话。以前他老婆压根儿没提过什么赡养费。女人总是提出一些意想不到的问题叫人感到吃惊。

治安法官贝纳加·威达普认为，这一诉求需要依法裁决。虽然法典里没有提及赡养费事宜，但这女人赤着双脚，去霍格巴克山的路又十分陡峭，满是硌脚的石子，其诉求显然应予支持。

"艾利埃拉·比尔布罗，"他派头十足地问，"依你看本庭为了结此案判多少赡养费会恰当又够用呢？"

"我觉得，"女人答道，"买鞋什么的，加起来得五元。这个数目不算多，但到我兄弟埃德那儿走一趟应该够用了。"

"这一数额，"治安法官评判道，"不能说有悖情理。兰西·比尔布罗，本庭裁定，你先付给原告五元，付后再领取离婚证书。"

"可我实在没钱了，"兰西心情沉重地叹了口气，"我的钱刚才都给了你。"

"你敢拒付，"治安法官狠狠地从眼镜上方盯着他说，"以藐视法庭论处。"

"要是大人开恩，宽限到明天，"这位丈夫恳求道，"我也许能想出办法凑足这笔钱。我压根儿没想过还要给什么赡养费。"

"本案暂停审理，"贝纳加·威达普宣布道，"明天继续。

你俩届时到庭执行本庭裁决,随后颁发离婚证书。"他走到门口坐了下来,开始解鞋带。

"看来,我们只好去齐阿大叔家过夜了。"兰西为夫妻俩接下来的行程做出安排。他从一侧爬上牛车,艾利埃拉则从另一侧爬了上去。他一抖缰绳,红毛小公牛慢吞吞地掉转了方向,拖着车子缓缓离开,车轮过处,尘土飞扬。

治安法官贝纳加·威达普坐在门口,继续抽着那支接骨木杆烟斗。黄昏时分,他取来一份周报,一直看到暮色昏沉,辨不清字迹。他点亮桌上的牛脂蜡烛,继续看报,一直看到月亮升起——他总在这会儿回家吃晚饭。他住在山坡上两间一色的小木屋里,附近有棵剥了皮的白杨树。他穿过一条黑乎乎的小路,路旁的月桂枝繁叶茂,密密匝匝。突然,一个黑影从月桂树丛中蹿了出来,举起一支长枪对准了他的胸膛。那人的帽子拉得很低,脸上用什么东西遮住了一大半。

"把钱交出来,"那人说,"少废话。我神经紧张,手指在扳机上直打哆嗦哩。"

"我只有五——五——五元钱。"治安法官说着,从背心口袋里摸出一张钞票。

"把票子卷起来,"对方命令道,"塞进枪管里。"

这是一张崭新的钞票,脆生生的。虽然治安法官的手指不太灵活，还发抖，但要把它卷成小圆筒并不难，只是往枪管里塞的时候稍微费了一点儿力气。

"我说，你现在可以走了。"劫匪说。

治安法官一听这话，撒腿就跑，一刻也没有停留。

第二天，那头红毛小公牛又拖着车子来到治安法官办公室的门口。贝纳加·威达普法官早已穿好了鞋子等着他们。兰西·比尔布罗当着治安法官的面，把一张五元的钞票交给他的老婆。贝纳加·威达普法官睁大眼睛注视着，那张钞票卷曲着，似乎曾被卷成小圆筒塞到枪管里去。他强忍着没有声张，毕竟别的钞票卷过后边上也会翘起的。他给两人分别颁发了离婚证书，他俩局促不安地站在那儿，一声不吭、慢吞吞地把保障他们自由的公文折叠起来。女人禁不住羞怯地瞟了兰西一眼。

"我想，你该赶着牛车回山里的小木屋了吧。"她说，"面包在架子上的铁皮盒子里，咸肉被我藏在烧开水的大锅里了，免得那些狗偷吃。晚上别忘了给钟上发条。"

"你这就到你兄弟埃德那儿去？"兰西问，一副漫不经心的样子。

"我得在天黑之前赶到那儿。我不是说，他们会不怕麻烦欢迎我，可我实在没有别的地方可去。这段路远着哩，我还是赶紧动身吧。要是你还愿意说声再见，兰西，那么，我也跟你说声再见。"

"我不知道谁会跟猎狗一样,"兰西说,听口气像个殉道者似的,"连声再见都不说就——除非你急着赶路,不想听我说声再见。"

艾利埃拉一时沉默了。她小心翼翼地折好五元钞票和离婚证书,然后揣进怀里。贝纳加·威达普法官眼睁睁地瞧着那张票子进了别人的腰包,眼睛里透露出悲哀。

这位法官想着要说的话(他的思绪飘忽),让他要么与一大群世间的同情者为伍,要么加入一小撮大金融家行列。

"今天晚上,你的小木屋会有点儿冷清啊,兰西。"他说。

兰西·比尔布罗出神地望着坎伯兰群山,阳光下的峰峦郁郁葱葱。

"我也知道会冷清,"他说,并没有看艾利埃拉,"可人家发疯似的非要离婚不可,想留也留不住啊。"

"又不是一个人要离婚,"艾利埃拉说,眼睛瞧着那条板凳,"更何况,也没人说要人家留下啊。"

"没人说过不想留。"

"没人说过让人家留下。我最好现在就动身去我兄弟埃德那儿吧。"

"没人会给那只老钟上发条了。"

"要我跟你一起坐车回去给钟上发条吗,兰西?"

山里汉子脸上的表情没有任何变化,但他伸出一只大手,将艾利埃拉又瘦又黑的小手紧紧握住。她无法掩饰自己内心情感的积极变化,原本木然的脸上顿时有了神采。

"那几条猎狗不会再惹你生气了,"兰西说,"你骂我没出息、恶棍,我也认了。你给钟上发条吧,艾利埃拉。"

"我舍不得离开那座小木屋,兰西,"她悄声说,"也舍不得离开你。我以前脾气不好,以后我也不闹了。咱俩这就走吧,兰西,在太阳落山前就能赶回家。"

两人向门口走去,竟忘记了治安法官还在场。贝纳加·威达普见此情景,突然提出异议。

"谨以田纳西州的名义,"他说,"本庭严禁二位做出无视本州法律法令的举动。目睹不睦与误解的阴云从两颗相濡以沫的心灵上飘走,本庭颇感欣慰与高兴。不过,维系本州的道德与风尚,亦为本庭履职的应有之义。本庭在此提醒二位注意,离婚判决已经生效,你们不再是夫妻。基于这种情形,你们不再享有婚姻关系存续期间的各种权益。"

艾利埃拉一把抓住兰西的胳膊。按法官大人的意思,莫非在他们刚刚接受了生活的教训之后,她现在又非得离开他不可?

"但本庭已做好准备,"治安法官接着说,"随时撤销这份使你们丧失夫妻权益的离婚判决书。本庭现在就可以承办庄重的结婚仪式,圆满解决争端,满足本案双方重归于好的愿望,恢复其光荣而高尚的婚姻关系。至于仪式的承办费用,就本案而言,五元即可。"

这番话让艾利埃拉看到了一线希望。她忙不迭地把手伸进怀里,那张五元的票子像只鸽子似的拍打着翅膀径自落在治安法官的办公桌上。她跟兰西手挽着手站在一起,听到法官大人宣布两人重归于好时,她原本蜡黄的脸上泛起了红晕。

兰西先扶她上了车,然后自己爬上去,坐到她身旁。红毛小公牛重新掉转头,他俩手握着手出发往山里去了。

治安法官贝纳加·威达普走到门口坐了下来,把鞋子脱掉。他又一次伸手摸摸背心口袋里那张卷曲的钞票,再次抽起那支接骨木杆烟斗。那只芦花母鸡再次大摇大摆地在"居民点"的大街上溜达着,"咯咯"地傻叫个不停。